詮釋學經典文選 （下）

著 ——伽達默爾、貝蒂、哈伯瑪斯、里克爾 等
譯—— 洪漢鼎 等譯

桂冠
圖書

目 錄

第一篇 詮釋學的普遍性要求(1970) ┈┈┈┈┈┈┈1
〔德國〕哈伯瑪斯(Jüergen Habermas)著 高地 魯旭東 孟慶時譯

第二篇 科學主義還是先驗詮釋學？論實用主義符號學中
符號解釋的主體問題(1970) ┈┈┈┈┈┈┈35
〔德國〕阿佩爾(Karl-Otto Apel)著 孫周興譯

第三篇 科學主義、詮釋學和意識型態批判：一種從認
知人類學觀點出發的科學理論構思(1971) ┈┈┈81
〔德國〕阿佩爾(Karl-Otto Apel)著 洪漢鼎譯

第四篇 答《詮釋學和意識型態批判》(1971) ┈┈┈115
〔德國〕伽達默爾(Hans-Georg Gadamer)著 洪漢鼎譯

第五篇 詮釋學的任務(1973) ┈┈┈┈┈┈┈143
〔法國〕里克爾(Paul Ricoeur)著 李幼蒸譯

第六篇 詮釋學與意識型態批判(1973) ┈┈┈┈167
〔法國〕里克爾(Paul Ricoeur)著 洪漢鼎譯

第七篇 詮釋學(1974) ┈┈┈┈┈┈┈209
〔德國〕伽達默爾(Hans-Georg Gadamer)著 洪漢鼎譯

第八篇 作為理論和實踐雙重任務的詮釋學(1978) ┈229
〔德國〕伽達默爾(Hans-Georg Gadamer)著 洪漢鼎譯

第九篇　從認識論到詮釋學(1979) ……………………251

〔美國〕羅蒂(Richard Rorty)著　李幼蒸譯

第十篇　無鏡的哲學(1979) ……………………………289

〔美國〕羅蒂(Richard Rorty)著　李幼蒸譯

第十一篇　在現象學和辯證法之間：一種自我批判的嘗試

(1985)………………………………………………323

〔德國〕伽達默爾(Hans-Georg Gadamer)著　夏鎮平譯　洪漢鼎校

第一篇

詮釋學的普遍性要求

（1970）

〔德國〕哈伯瑪斯（Jürgen Habermas）著

高地　魯旭東　孟慶時譯

本文 1970 年原發表於《詮釋學與辯證法》（J. C. B. Mohr Paul siebeck），後收入《詮釋學與意識型態批判》（1971）中。本文譯自布萊希爾編《當代詮釋學》1980 年英文版第 181-211 頁（Josef Bleicher, *Contemporary Hermeneutics：Hermeneutics as Method, Philosophy and Critique*, Routldge & Kegan Paul, London, Boston and Henley, 1980）。

一

詮釋學探討一種我們獲得的能夠「掌握」某種自然語言的「能力」，即理解語言上可溝通的意義，以及在溝通被曲解的各種情況下使得這種意義可被他人理解的藝術。對意義的理解，就是理解言語的語義內容，並且只要書寫形式或者甚至非語言符號系統的意義－內容在原則上能夠用詞彙來表達，對意義的理解也指書寫形式和非語言符號系統的意義－內容。因爲每一個語言使用者具備的釋義能力可以形成不同的風格，可以發展成爲某種藝術技能，所以我們談到理解和使自己被理解的藝術，就不無道理了。在對實際問題一定要作出結論的情境下，此種藝術和使他人信服、說服他人的藝術是對應的。修辭學也是建立在一種能力上，

這種能力是每一語言使用者溝通能力的一部分，也可以形成具有不同風格的特殊技巧。修辭學和詮釋學都是作爲可施教於人的藝術而出現的，這些藝術從方法上可以訓練和培養一種自然能力。

然而，在哲學詮釋學的問題上情況就不同了[1]：哲學詮釋學不是規則指導下的實用技能，而是一種批判；經過反思的決定帶給意識有關我們語言的體驗，這些語言體驗是我們在運用我們溝通能力的過程中，也就是靠在語言中的運動獲得的。正因爲修辭學和詮釋學是指導訓練溝通能力的，所以詮釋學的反思可以吸收這方面的經驗。但是，一方面對熟練的理解和使自己被理解〔的方式〕的反思(1)，和另一方面對使他人信服和說服他人〔的方式〕的反思(2)，並不用來建立一種可教的藝術，而是用來對日常溝通的結構進行哲學上的思考。

(1)理解和自己被理解的藝術向哲學詮釋學提供了自己特點鮮明的洞察，即自然語言從原則上講有足夠多的方法能闡明任何符號複合體的意義，即使這種意義最初似乎是未知的、不能了解的。我們能夠對任何語言進行互譯。我們通過把極遙遠時代客體化了的東西以及極遙遠時代的文明同我們所熟悉的、即我們自己世界的前理解語境聯繫起來去理解它們。同時，與其他傳統實際上的距離是每一自然語言視野的一部分。不僅如此，自己世界已被理解的語境可以隨時被揭示爲不可靠的，從潛在趨勢來說，它甚至是不可理解的。詮釋學的經驗受到這兩個要素的結合的限制：日常溝通中的主體間性原則上既受到約束又不受到約束；不受約束是因爲它能夠被隨意延伸，受約束是因爲它絕不能被徹底建立起來。此種情況適用於當代的溝通，既適用於在社會－文化方面有統一語言的共同體內部的溝通，也適用於不同階級、不同

---

[1]　伽達默爾：《修辭學、詮釋學和意識型態批判》，載《短篇論文集》，1967 年德文版，113-130 頁。

文明和不同時代之間存在距離情況下的溝通。

詮釋學的經驗意識到言談主體關於自己語言的觀點。爲了從後設溝通的角度對各種變化進行釋意，他可以利用自然語言中的自我相關性。

當然，我們有可能在作爲「最後的後設語言」的日常語言基礎上建立各種形式語言的不同等級體系。日常語言作爲對象彼此相聯——和後設語言、後設後設語言等等相聯。這種語言體系的形式構造排除了這種可能性，即使用的規則應特別根據單個句子予以決定、評論或改變；類型－規則禁止在這種對象語言的水平上進行關於一個語言的句子的後設溝通。但是，上述兩種情況在日常語言中都是可行的。自然語言的系統不是封閉的，它允許規則適用於在任何被特別決定的、評論的或改變的表達。後設溝通不得不使用本身被當作客體的語言：每一自然語言是自己本身的後設語言。這就是那種反思的基礎，即反思在面對類型－規則時使得語言表達的語義內容有可能在明顯的訊息之外，包含一種有關其適用性的間接訊息。例如，在隱喻意義上使用語言就是這種情況。由於自然語言的反思式結構，講母語的人才有了一種獨特的後設溝通演習的空間。

這種活動自由相反的一面就是一種與語言傳統的封閉式聯繫。自然語言是非形式的；因此，言談的主體不能把自己的語言看作一個封閉系統。語言學方面的能力似乎是在他們的背後：他們只能在特定範圍內明確把握一個意義複合體，這個範圍就是他們依照離不開的、根據教條傳統化了的和內在地前給定的語境。詮釋學的理解離開任何先入之見就不能接近論題。相反，理解的主體不可避免地受到語境預先的影響，在這種語境中，他從一開始就已經獲得了他的解釋方案。這種前理解可以被變成主體，並且一定要在用詮釋學認識進行每一分析的過程中，在與論題的關係中證明它自己。但是，即使糾正這些不可避免的先入之見也不

能打破語言對於言談主體的客觀性：在改進他的知識的過程中，他只能發展起一種新的前理解，然後，這種新的前理解在他進行新的解釋時給予他指導。這就是伽達默爾宣稱「效果歷史的認識不可避免地比意識有更多的東西」所指的意義[2]。

(2)使人信服和說服人的藝術依次向哲學詮釋學提供了特點鮮明的洞察，以致不僅可能通過日常語言的媒介交換訊息，而且通過媒介有可能改變或形成指導活動方面的態度。修辭學傳統上被認爲是一種藝術，它給那些不能通過強制的推理活動解決的問題帶來一致意見。這就是爲什麼古典時代保留了修辭學僅僅是「可能」的領域，並使這一領域與從理論上討論陳述眞理的領域相對立。因而，我們在這裡要解決那些實際問題，這些問題能夠追溯到關於是接受還是反對活動評價和規則的標準和尺度之決定。這些決定如果是在一種合理過程中形成的，它們就不是以一種理論上強制的方式或純屬武斷的方式形成的：它們實際上是在令人信服的言語活動推動下形成的。信服和說服之間表現的這種特殊矛盾心理同所有借助修辭手段達到的一致意見緊密相關。這種矛盾心理不僅僅證明至今仍存在著尚未從社會－政治目的的決定作用中排除的力量因素——不管它在多大程度上依賴於討論。更重要的是，這種含糊不清還表明了下述事實：實際的問題只能用對話的方式解決，並且出於此種原因這些問題仍要在日常語言的語境中解決。由理性促成的決定只有通過說服人的言語活動帶來的一致意見基礎上才能被得到，其方法依賴於日常語言適合認知和表達兩方面的方法。

我們還可以從我們有關修辭的經驗那裡了解一下言談主體和其語言的關係問題。一個言談者能夠利用自然語言的創造性，自發地向變化著的情境作出反應，並在大都不可預測的陳述中確

---

[2] 同上書，127 頁。

定新的情境。這一問題的正式前提是一個語言結構，語言結構使我們有可能遵照一般的規則，以及依靠有限數量的因素，創造和理解無限數量的句子。這種創造性〔或譯多產性〕不但可擴及在一般情況下直接創造的句子，而且可擴及在日常語言中形式化了的、既使經驗形成成爲可能，又能預先判斷經驗形成的解釋方案形成的長期過程。導致對實際問題作出決定一致意見的有效的言語，僅能指出我們在哪一點上有意識地干預了這種自然的－內在的過程，並試圖改變被接受的解釋方案，以便學著（和教著）以一種不同的方法去認識我們通過傳統預先理解的東西，重新評價這些東西。這類洞察通過選擇恰當的詞可以具備革新力。由於自然語言具有創造力，講母語的人獲得一種獨特的掌握共同體成員實際意識的能力。詭辯活動提醒我們注意，它既可用來搞迷惑人頭腦的煽動，也可以用來啓迪人民。

當然，這種能力還有另一方面：面對習慣化了的語言遊戲，言談主體缺乏具體的能力，除非你參與語言遊戲，否則你無法改變它們。而且，這種能力成功地使用，只是在決定語言遊戲的規則已經內在化的範圍內。爲了進入某種語言的傳統，至少潛在地需要一種社會化過程的努力：語言遊戲的「語法」一定要成爲個性結構的一部分。一種完美言語對實際意識的支配，依賴於這樣的事實：一種自然語言不能恰如其分地被理解爲一個按系統建立的、在語義學上有意義的符號語境的發生的規則系統；除此之外，內在的必要性將這個規則系統和活動的語境以及手勢語的表達聯繫了起來。在這種意義上，修辭上的經驗教會我們語言和實踐的相互聯繫。如果沒有按語法規定的與受規範指導的相互溝通的聯繫，沒有相伴隨的、斷斷續續的經驗表達，日常溝通不僅不完整而且不可能實現。語言和行動相互解釋這一洞察，當然是在維根斯坦認爲語言同時又是生活形式的觀點中發展起來的。語言遊戲的語法，在完整的生活實踐意義上，不但規定著符號如何結合，

而且同時規定著如何按照行動和表達對語言符號進行解釋[3]。

這些論述可以使我們注意到，一種哲學詮釋學把那些洞察發展爲自然語言的結構，這種結構是從反思地使用溝通能力中獲得的：反思性和客觀性是語言的本質特徵，就像創造性和變爲生活實踐的語言與生活實踐的一體化是語言的本質特徵一樣。此種由「詮釋學的意識」所組成的知識，顯然有別於理解和言語中的技術。哲學詮釋學同樣有別於語言學。

語言學不研究溝通的能力，即使用母語的人通過理解和言談參與日常溝通的能力，這種能力只是指較狹隘意義上的語言的能力。瓊斯基[4]爲了表徵一個掌握了自然語言規則抽象系統的理想交談者的能力，提出了這種說法。語言意義上的語言系統的概念不考慮語言轉變成言語的實用方面的問題。哲學詮釋學所關心的正是一個言談者在這方面創造的經驗。進一步說，語言學旨在重建規則系統，這種系統允許自然語言的一切符合語法和有語義學意義的因素之生成，而哲學詮釋學則思考有溝通能力的言談者的基本經驗，他們的語言能力不言而喻是先決條件。對於這種合理的重構和自我反思之間的區別，我願僅用一個直觀的例子做些介紹。

通過自我反思，一個主體認識到已完成的活動的無意識先決條件。詮釋學的意識因此是自我反思過程的結果，在這個過程中，一個言談主體具體認識到他如何不受語言的影響，而又如何依賴於語言。這種認識導致消除主觀主義和客觀主義這類的僞裝，這類僞裝迷惑了樸實的意識。自我反思有助於說明一個主體在運用他的溝通能力時所創造的經驗，但它不能解釋這種能力。相反，合理的重建語言規則系統則旨在解釋語言的能力。這種重建使得講母語的人潛移默化地掌握了的那些規則明確了，但不能因此就

---

[3] 參看哈伯瑪斯：《知識和人類興趣》，1968 年英文版，206 頁。

[4] 瓊斯基：《句法理論諸問題》，1965 年英文版。

使主體意識到的預先假定。因此言談者的主體性本來可以在其中獲得反思經驗的視野，般地仍被排斥在外。人們可以說，成功的語言重建使我們意識到那不為我們認識也在起作用的語言機制。然而，這是對語言的一種不真實使用，因為言談者的意識並沒有因這種語言學知識而改變。如果哲學詮釋學和語言學沒有什麼關係，因此又和理解與言語的藝術沒有關係，那末詮釋學的意識和什麼問題有關呢？也就是說，如果哲學詮釋學的用途對科學地研究語言來說，是有限的，同樣，對溝通能力的前科學運用來說也是有限的，那麼詮釋學的意識和什麼問題有關呢？

不管怎樣，我們能夠說出哲學詮釋學和各門科學以及其結果的解釋有關的四個方面：(1)詮釋學的意識摧毀了客觀主義者有關傳統人文科學的自我理解。從處於正在做解釋的科學家特定的詮釋學環境來說，我們可以認為理解的客觀性不能靠預先認知觀念的抽象來獲得，只能靠對把認識的主體及其客觀連在一起的效果歷史的語境進行思考才能獲得[5]。(2)詮釋學的意識進一步使社會科學記起了在它們對象的符號式前結構活動中產生的問題。如果資料的獲得不再靠受控制觀察作為中介，而是以日常語言中的溝通為中介，理論概念就不能再在前科學意義上發展了的物理測度的語言遊戲的框架中發揮作用。在測度水平上產生的問題在理論結構的水平上重新出現：範疇框架和基本理論謂詞的選擇一定要符合客體的一個試驗性前概念[6]。(3)詮釋學的意識還影響科學主義對自然科學的自我理解，當然並不影響自然科學方法論。人們認識到，自然語言對所有用形式語言表達的理論來說代表著「最後的」後設語言，這種洞察解釋了處於科學活動中的日常語言之認識論

---

[5] 伽達默爾在他的《真理與方法》一書的第二部分論述了這一問題。

[6] 參看哈伯瑪斯：〈社會科學的邏輯〉，載《哲學評論》，1967 年，增刊 5 期。

的軌跡。各種決定指導著研究戰略的選擇、理論的構建和檢驗它
們的方法，因此決定著「科學的進步」；這些決定的合理性依賴於
在科學家共同體進行的討論。這些討論是在後設理論的水平上進
行的，不過在原則上和自然語言的語境緊密相聯，和日常溝通的
解釋形式緊密聯。哲學詮釋學可以展示這樣的原因：爲什麼在這
種理論水平上達到合理促發的一致性而不是專斷的一致性是可能
的。(4)詮釋學的意識最終會在一種解釋的領域，而不是其他領域
得到使用，這個領域就是具有巨大社會意義的領域：把重要科學
訊息翻譯成社會生活世界的語言。「現代物理學本身明顯地改變了
我們的存在，而我們對現代物理學知道些什麼呢？對它的描述要
超出專家的圈子，對它的效果來說，描述依賴於修辭因素……。
一切期望產生實際用途的科學都依賴於修辭」[7]。

　　把技術上可用的知識和生活世界實際知識合理聯繫起來的
客觀需要，要靠科學技術進步已獲得的維持發達的工業社會體系
的功能加以解釋。我認爲，哲學詮釋學試圖以其對普適性的主張
來滿足這種需要。詮釋學的意識可以爲「再一次把科學經驗和我
們一般的人的生活經驗一體化」開闢道路[8]，但是，只有這樣考慮
時才可能：「人類語言行爲的普遍性是一種本身不受限制，並能支
持任何事物的因素，而不僅僅是支持語言上被傳遞的文化對象的
因素」[9]。伽達默爾談到柏拉圖的說法：他在語言之鏡中考慮客體，
達到了客體全部無遺的真理——「在語言鏡中每一存在之物都得
到了反射。」[10]

　　這種具體的歷史主題本身成了哲學詮釋學努力的對象，但它

---

[7]　伽達默爾：《修辭學、詮釋學和意識型態批判》，117 頁。

[8]　伽達默爾：《詮釋學問題的普適性》，載《短篇論文集》，德文版，109
頁。

[9]　伽達默爾：《修辭學、詮釋學和意識型態批判》，118 頁，123 頁。

[10]　伽達默爾：《修辭學、詮釋學和意識型態批判》，118 頁，123 頁。

並不和柏拉圖的論述一致。事實顯然是，現代科學可以合情理地宣稱：它靠滔滔不絕的獨白，不用考慮人類的言語之鏡，也就是說，靠形成以獨白方式構造的、由受控制觀察支持的形式化理論，就可對「事物」做出真實判斷。正因爲科學命題的假設－演繹系統不能成爲日常言語的一個因素，所以從這些系統得來的訊息脫離了在自然語言中所清晰表達的生活世界。當然，把技術上有用的知識移入生活世界語境，要求以獨白式方法產生的知識應該在言語方面，也就是在日常語言的對話中，變得明白易懂。這種移入當然要展示詮釋學的問題——但這是詮釋學本身所面臨的新問題。詮釋學的意識最終確是從一種對我們自身在自然語言範圍內的運動所進行的反思中浮現出來，而代表生活世界的科學解釋必須得到一種自然語言和獨白式語言系統的調解。這種解釋過程超越了修辭學－詮釋學藝術的界限，修辭學－詮釋學藝術僅僅一直在研究由日常語言傳下來的和構成的文化產品。要想超越在這種藝術反思的演習過程中已確認自己的詮釋學的意識，哲學詮釋學的任務就是：闡明這種可能性的條件。可以說這種可能性就是要擺脫日常語言的對話式結構，爲形式構造理論和組織有目的的合理活動以獨白的方式使用語言。

　　在這一階段，我願附帶說明一些需要考慮的問題。皮亞傑（J. Piaget）的發生認識論揭示出作用著的思想有非語言的根源[11]。毫無疑問，作用著的思想只有通過各種認知方式同語言規則系統的一體化才能臻於成熟，而認知方式在工具性活動的領域內按照前語言的方式顯露出來。但是，有足夠的證據表明，語言僅僅限於如空間、時間、因果關係和實體之類的範疇，限於前語言基礎的符號之形式的邏輯的結合規則。由於有了這一假設的幫助，我們有可能理解爲什麼爲了組織有目的的－合理的活動和構造科學理

---

[11]　參看弗思：《皮亞傑和認識論》，1969 年英文版。

論而利用獨白式的辦法使用語言；在這些情況下，自然語言不妨說脫離了主體間性的結構；如果沒有其對話構成上的要素，如果脫離溝通，自然語言僅僅會處於理解活動的支配之下。這一問題的闡發仍需要完善，在任何情況下它都和決定我們的問題有關。如果實際情況是理解活動回到前語言的、認知的方式中去，並因此能夠以一種工具性方式使用語言，那麼，詮釋學的普遍性主張就會在科學的語言系統和合理選擇的理論中發現自己的有限性。在這種先決條件的基礎上，以下情況就能講得通了：爲什麼根據獨白式方法構建的語言系統，不求助於自然語言，人們便不能得到解釋，卻可以繞過詮釋學的問題而「被理解」；理解的條件不能同時是便於日常溝通的條件。一旦嚴格構建的理論的內容被翻釋成了言語生活世界的語境，情況才可能是那樣。

這裡我不能探討這一問題，但我願從另一方面提出這個問題，這個問題和詮釋學主張具有普適性是否正確這一問題有關。日常語言與依賴於語境的理解過程的詮釋學先決條件無關，符號結構正是在這種日常語言中形成；那麼，是否有一種和此種符號結構有關的意義理解呢？是否有一種在這種意義上繞過作爲最後的後設語言的自然語言的理解呢？因爲詮釋學的理解總是不得不以一種特定方式進行，不能發展成爲一種科學的方法──最多只能成爲一種藝術，這一問題就相當於這樣的問題：能否有一種適合於自然語言結構的理論，它可以成爲對意義有條理的理解的基礎。

爲了解決問題，我設想兩種可能成功的方法。

一方面，在精神分析學研究的事例中，或者對有關集體現象的意識型態的批判所研究的問題中，我們遇到了詮釋學理解範圍的一個重要限度。精神分析和意識型態批判都研究在其中主體不能確認指導他表達活動意圖的日常語言中的各種客觀化現象。這些表現可以認爲是一貫地被曲解的溝通的部分。它們只有在日常

溝通的病態的一般條件被認識到的範圍內才可以被理解。一種有關日常溝通的理論首先要獨闢新路，研究有病理障礙的意義語境。如果描述這種理論的要求被證明是有道理的，那麼就可能有一種超越意義的詮釋學理解限度的說明性理解。

另一方面，生成語言學的代表們十幾年來一直在努力設計有關自然語言一般理論的更新計劃。這種理論旨在合理地重建一種能恰如其分地確定一般語言學能力的規則系統。如果這種要求能夠實現的話，即自然語言的每一因素可以明確地同理論語言中形成的結構描述聯繫起來，那麼，後者就能代替詮釋學的意義理解。

現在我也不可能研究這個問題。在下邊我只想考察這個問題：熟練的解釋在以理論為基礎的語義分析幫助下和日常溝通的自然能力緊密相聯，一個像精神分析學這樣的批判科學能否可以置這種聯繫的方式而不顧，並因此反駁詮釋學的普適性主張。這些研究將幫助我們更精確地認識到，在什麼意義上我們可以保衛基本的詮釋學信條：用伽達默爾浪漫主義的公式來說就是，我們不能超越「我們所是的對話」。

二

詮釋學意識，如果不包含對詮釋學理解範圍的考慮，那就不會完善。對某種詮釋學限度的體驗涉及特別不可理解的表達。人們天生獲得的溝通能力的運用無論多麼嫻熟，也無法克服這種特別表達的不可理解性；可以把這種棘手的現象看作是在暗示著，僅僅訴諸詮釋學哲學業已發現的日常溝通結構是無法解釋的。在這種情況下，對解釋努力的妨礙，既不是語言傳統的客觀性，也不是從語言上表達的對生活的理解的水平有限，或被默認為是自明的東西所潛在的不可理解性。

假如，有人證明理解的困難是出自巨大的文化的差距和時間

或社會的差距，那麼我們還是有可能大體上說明，為了充分地去理解，我們還需要補充什麼樣的訊息：我們知道我們不得不去譯解某個字母系統，以便弄清在其語境內有著特別用法的某種詞彙或使用規則。在正常的日常溝通所容許的範圍內，當我們試圖弄懂某個不可理解的複雜的含義時，我們還是有可能確定什麼是我們尚不知道的。但在一貫被曲解的溝通情況中，就會證明這種詮釋學意識是不適當的了：因為在這種情況下，不可理解性是由於言語本身的組織有缺陷造成的。明顯病態的言語的缺陷，例如在精神病患者中是顯而易見的，而詮釋學可能會在不損害其自我形象的情況下置之於不顧。只要排除了病態表達的情況，詮釋學的應用領域與正常日常言語的範圍就是一致的。只有當各種類型的一貫被曲解的溝通似乎也顯而易見地存於「正常的」，我們把它稱之為病態不明顯的言語之中的時候，詮釋學的自我形象才會被動搖。在無效溝通（或譯為偽溝通——譯者）過程中就會出現這種情況，在這種情況下，溝通者無法認識到他們的溝通中出現了破裂或障礙，只有局外人才能注意到他們相互誤解了對方。無效溝通導致了一個誤解系統，而從虛假的意見一致的表面現象來看，是無法認識到這一點的。

詮釋學業已告誡我們，只要我們在自然語言的環境之中活動，我們總是這種語言的參與者，而且，我們所能起到的作用，也不可能超出一個具有反思能力的對話者的範圍。因此，對於我們來講，也就不存在什麼適當的一般性標準，能使我們斷定，在什麼時候我們正在受著錯誤的非正常理解的意識的支配，並且能使我們把需要系統解釋的事物視為是能用詮釋學方法解決困難之處。對詮釋學限度的體驗，包括對一貫誤解的認識，一開始並沒有能夠「把握」這種誤解。

弗洛伊德已經吸收了這種一貫被曲解了的溝通的經驗，以便劃定特別不可理解的表述的範圍。他始終認為，對於其自身把日

常生活中無害的無效溝通和倒錯行爲摻入神經官能症、精神病和心身疾病等的病態表現的那些現象來說，夢是它們「標準的模型」。弗洛伊德在他關於文明理論的論著中，擴展了一貫的曲解性溝通的範圍，並且把在處理臨床現象時獲得的洞察作爲解決貌似正常的狀態（亦即社會系統潛伏的病症）的關鍵。首先，我們集中討論一下神經官能症病狀的範圍，這個範圍已經得到了最充分的解釋。

對於劃定因精神疾病而曲解的（在這裡就是特別不可理解的）表達形式來講，存在著三種通用的標準。從語言符號這個層次上來看，曲解性溝通表現在使用規則時背離人們普遍接受的規則系統。一個孤立的語義內容，或者一個完整的意義域，甚至連句法在內都有可能受到影響。弗洛依德考察的夢的內容主要涉及縮略、移置、違背語法的情況以及相反的事物所起的作用等。從行爲這個層次上來看，畸形語言遊戲，由於其呆板和迫於進行重複因而值得注意。在具有同樣的能導致感情衝動的刺激因素的情況下，就會重複出現固定不變的行爲型式。這個固定不變暗示著，一種符號的語義學內容，已經失去了其特有的語言情境的獨立性。當我們把曲解性溝通系統作爲一個整體來考慮時，顯然在溝通層次之間存在著一種獨特的矛盾：語言符號、活動與伴隨而來的表達之間的那種通常的一致已經破壞了。神經官能症的症狀只不過是這種不諧調最爲棘手、最爲明顯的證據。無論在什麼樣的溝通層次上，這些症狀在語言表達、手勢語或不由自主的行爲中出現時，情況總是這樣：某個被從其公共的慣用法中刪掉了的內容，以獨立的形式出現。這種內容表明了一種按公共溝通規則不可理解的意向，從這個意義上來講，這種內容是私人化的東西；不過，它對其創造者來說也是難以理解的。在自我中，具有語言能力並且參與主體間所認可的語言遊戲的「我」與用私人特有的或天生而來的語言符號系統來表述的「內在流放（inner exile）」

（弗洛伊德語）之間，存在著溝通障礙。

勞倫澤爾（Lorenzer）把心理分析作為一種語言分析，從這種觀點出發，他考察了醫生與患者之間的分析對話[12]。他設想，對特別不可理解的客觀化表現的意義進行深層詮釋學譯解，就是對類似的景象的理解。從詮釋學的觀點來看，這種分析解釋的目的，包括澄清不可理解的症狀表現的含義。就神經機能症而言，這些表達代表了一部分畸形的語言遊戲，患者「做」的就是這種遊戲：他用一種惹人注目的、固定的方式，與現有對行為的預見發生了衝突，從而表演了一場不可理解的戲。在成年患者臨床現象以外的表現與其早期的兒童時代原有的表現之間，存在著一種處於遷移情境中的編碼關係，而分析者則試圖把症狀與包含著這種關係之關鍵部分的某種情境中的類似景像聯繫起來，以此來使這種症狀的意義能令人理解。其所以這樣，是因為分析者身不由已地扮演著充滿矛盾的、原來的對象的角色。在他所扮演的具有反思能力的會話者的角色中，分析者可以把那種遷移解釋為是早期的兒童時代的表現的一種反覆，並且可以把用某種私人特有的語言闡述的這些症狀所表達的意義，編寫成一部專門的詞典。因此，對表現的理解，始於這種洞察，即患者在其病狀表現中的舉動與他在某種遷移的表現中的所做所為是一樣的；這種理解的目的就在於，把患者在一種反省活動中證實的本來的表現加以重建。

正如勞倫澤爾通過參考弗洛伊德診察過的小漢斯的那種病態恐懼所證明的那樣，重新構建的本來的表現，很典型，就是一個孩子所經歷的一種難以忍受而他當時卻抑制了的心理衝突的情境。這種護身術與非符號過程和症狀形成過程有關。這個孩子把有關充滿矛盾的對象−關係方面的經驗，從公共溝通排除了出去（並且，他因此使它成了甚至對於他的自我來講都難以理解的東

---

[12] 勞倫澤爾：《心理分析過程中的符號和理解》，1970年德文版。

西）；這就使得對充滿矛盾的對象的陳述分裂了出去，而且，從某種意義上來說，使有關對象的意義非符號化了。有一種症狀彌合了語義學領域內所出現的這種縫隙；在這種症狀中，一種不會引人懷疑的符號代替了被分裂出去的符號內容。無論如何，這種符號自從獲得一種私人特有的意義之後，就變得像一種症狀那樣惹人注目，並且，再也不能按照公共語言的規則來使用這種符號了。對景像的理解，在日常的行為表現、遷移的行為表現以及本來的行為表現這三種形式的基礎之間，建立起了意義的等價關係；它還因此突破了症狀特別的不可理解性，而且有助於重新符號化，亦即把被分裂出去的符號內容重新引入公共溝通之中。這種隱藏在現在情境中的潛在意義，參考一下保持完整的嬰兒期原來表現的意義就可以理解了。因病態而造成的僵化的溝通模式雖然長期以來令人難以理解，但對行為卻起著支配作用，而對行為表現的理解則有可能把這種溝通模式的意義向公共溝通「譯解」。

根據行為表現的理解所具有的解釋潛力，我們可以把它與對意義的基本的詮釋學理解區分開；只有在有可能把（會伴隨對本來行為表現的重建而來的）荒謬出現時的條件闡明的範圍內，行為表現的理解才能使特別難以理解的表達形式的意義使人能夠理解。而只有在能夠同時回答「為什麼」的問題時，亦即在根據一貫的曲解本身的初始條件來「解釋」症狀表現的出現的情況下，被系統地曲解的表達之意義的內容是「什麼」，才能被「理解」。

這種理解，只有當對意義的分析不再僅僅依賴嫻熟的溝通能力的運用，而是靠理論假設來指導時，才能在狹義上獲得解釋功能。我指出兩點證據來說明，對行為表現的理解有賴於理論上的預先假定，這種假定是無法從一位講母語的人的天賦能力那裡自動地獲得的。

首先，對行為表現的理解有賴於一種特別的詮釋學的實驗形式。弗洛伊德引進的分析法則，確保了醫生與患者之間的溝通形

式，這種溝通形式是滿足實驗條件的；把實際的情境實質化和患者的自由聯想，以及分析者不露目的的反應和帶著反思的參與，可以使得能用來作為「譯解」任務的陪襯的轉換有出現的可能。其次，分析者的前理解針對的是潛在含義的一小部分，亦即早期充滿矛盾的對象－關係。與患者的交談過程中出現的語言材料，在嚴格限定的潛在的雙重含義的範圍內得到了分類。這個範圍包含了對嬰兒的相互影響的模型的一般性解釋，這種解釋是與一種展示了發展的特殊階段的個性理論聯繫在一起的。上述這兩方面都表明，不能把行為表現的理解與詮釋學的理解相提並論，也就是說，不能把它看作是對於首先使理論化成為可能的溝通能力的非理論性應用。

不言而喻，理論假定構成了深層詮釋學語言分析的基礎，這些假定可以從三個方面來展開。(1)心理分析者對未被曲解的日常溝通的結構有一種預想；(2)他把溝通中一貫的曲解追溯到符號的前語言的和語言的組織方面的混亂，可以把這些符號分為發展過程中的兩個階段；(3)嬰兒相互影響的模型與個性形成的關係，受到了異常的社會化過程的影響，借助一種有關異常的社會化過程的理論，分析者就可以解釋畸形的出現。我沒有必要在此用系統的方式來展開這些理論假定；不過，我卻想簡略地說明一下剛才提到的那幾個方面：

(1)第一組理論假定涉及談論「正常的」日常溝通時必然會遇到的結構條件。

(a)在非畸形的語言遊戲中，在所有三個溝通層次上的表達是一致的。那些在語言上符號化了的表達，那些用行動來表示的表達以及包含在有形的表示中的表達並不矛盾，相反，它們從後設溝通方面講，是相互補充的。從這種意義上來講，那些在它們本身中含有某種訊息的預期的矛盾，可以被視為是正常的。有一部分超出了語言表達的含義，是人們有意搞成這樣的，換句話說，

這個部分原則上講是可以用語言表達的。這個部分屬於正常的日常溝通形式層次更深的一個部分，它在其社會－文化範疇內時常變化，但在一個語言共同體中卻保持不變。

(b)正常的日常語言，遵循著主體間有效的規則：它是共用的。被傳送的那些含義，原則上講，對一個語言共同體的所有成員都是相等的。語言表達的形成是與有效的語法規則系統相一致的，而且，語言的表達有著特定的語境；超語言的表達不遵循語法規則，對於所有這樣的表達也存在著一些專門的詞彙，它在社會－文化語境的範圍之內變化著。

(c)在正常的言語中，講話者意識到了主體與客體有著不同的範疇。他們區分著外部用法與內部用法，並且把隱蔽的存在和公開的存在加以區別。此外，對實在和現象的區分，有賴於語言符號、它意義的內容（含意）以及由符號所涉及的客體（指稱物或外延）之間的差別。只有在這個基礎上，才有可能在無論什麼樣的情況下（不考慮背景）使用語言符號。如果語言相對於講話的主體來講獲得了一種存在，這種存在既有別於所涉及的客體和所描述的事態，又有別於個人的經驗，那麼，在獲得這種存在的範圍內，講話的主體就能把實在和現象加以區分了。

(d)關係中的主體間性，確保著彼此相互認識的個人的同一性，這種主體間性正是在正常的日常溝通中形成並得以維持的。語言的分析性使用允許對事物狀態加以鑒別（也就是說，通過對特殊事物、對元素的歸類以及集合體的內涵物等的鑒定，來把客體加以分類）；語言的反思性使用則確保著講話的主體與某個語言共體之間的相互聯繫，對這種聯繫，無法恰當地用已提到的分析操作來加以描述。主體只要借助他們通過日常語言所進行的溝通，就可以獲得某個領域中的主體間性，這種主體間性並非是這樣的一種通則：即根據它可以把個人像元素那樣歸屬到某一個類中。相反，情況卻是這樣，我、你（另一個我）和我們（我和他

我）之間的關係，是通過一種在分析上自相矛盾的結果建立起來的。說話者把他們自己看作是兩個彼此不相容的對話者，從而證實了這個我的同一性以及集體的同一性。一個人（我）證實他自己相對於另一個人（你）而言是絕對非同一的；但在同時，這二者都承認彼此是不可取代的個人，從而認識到了他們自身的同一性。在這個過程中，他們被某種共同的東西（我們）聯繫在一起，這種共同的東西也就是一個集體，它證實了它相對於其他集體而言的個性，這樣，在以主體間性爲基礎結合在一起的集體的層次上，同樣的（就像存在於個人之間的那種）關係也就建立了起來[13]。

　　語言的主體間性有一個特點，那就是，個體化的人可以以它爲基礎進行交流。在語言的反思性使用過程中，對於一般範疇中什麼是不可分割的和個體的，我們已作了闡述；可以說，我們是用這種方式進行闡述的，即在後設溝通上收回（並且有保留地確證）我們的直接訊息，以便間接地表明這個我的部分是非同一的，而且它無法用一般的限定來描述，即使這些限定是表達它的唯一方法時也不例外[14]。語言的分析性使用包含在反思性使用之中，這是因爲，沒有說話主體相互的自我描述，日常溝通的主體間性就無法維持。當說話者把握住了後設溝通水平上溝通的那些間接方法時，那麼，在這個條件下他就能對實在和現象加以區分。對事態進行直接的交流對我們來說是可能的，但在我們相互交談的過程中碰到的主觀性只會作爲直接的溝通形式中的一種表面現象而

---

[13] 當我們涉及外語時，這一點也很明顯。原則上講，我們能學會每一種外國語，因為所有自然語言都可以追溯到某種語言產生之規律的一般系統。不過，我們只是在一定的程度上學到一門外語，因為這時我們至少是在不知不覺地受到講母語的人們的社會化過程晚期階段的影響——所以，至少也是不知不覺地，我們進入了一個個人特有語言的共同體；自然語言只有在作為某種具體的事物時，才能夠具有普遍性。

[14] 有關非同一性的概念，請參見阿多諾：《否定的辯證法》，1966年德文版。

出現。間接的溝通形式會表達個體的和不可名狀的事物，而此類溝通形式的範疇意義只能用存在於其現象中的某種實在之概念加以本體化。

(e)最後，正常語言的特徵是：實質和因果性、時間和空間等範疇的意義的區別，這取決於它們是用於世界中的客體，還是用於說話主體語言上構成的世界本身。解釋的系統性框架的「本質」是在於那些可以用一種分析上明確的方法加以分類的客體的同一性方面的意義，而不同於它相對於說話和行動的主體而具有的另一種意義，主體自我的同一性是無法用一些分析上明確的操作而獲得的。因果關係解釋的系統性框架，如果用於事件的經驗推斷就會導致物理學上的「原因」概念，另外，它還會在有意向的行動的語境內導致「動機」概念。類似地，對於空間和時間來講，從客觀和事件在物理學上的可測量性方面所進行的簡明的描述，與從以符號為媒介相互影響的語境內的主體間性的經驗方面所進行的描述是不同的。在第一種情況中，範疇被用來當作一種座標系統，這種系統是為受儀器裝置的成功與否所控制的觀察服務的；在第二種情況中，範疇則是作為一種參考框架為社會空間和歷史時間的主觀經驗服務的。而在主體間性領域中潛在的經驗參項，其與客體化的客體和事件的潛在的經驗參項是互補的。

(2)第二組假定涉及人類對符號進行組織的兩個在發生上相互連貫的階段之間的關係。

(a)對符號較早期的組織，並不允許把組織的真意轉移到語法上條理化的溝通之中，對於這種組織過程，只有通過有關病態言語的資料並以對夢的內容的分析為基礎才能調查清楚。在此，我們要討論那些指示行動的符號，而非討論示意的動作，因為符號具有真正的表意功能；這些符號表示著從相互影響中獲得的經

驗。畢竟，原始符號這個層次根本不具有正常語言的任何屬性[15]。
原始符號未被並入某個語法規則系統之中。它們是些無序的元
素，並且，不會在可從語法加以改造的系統中出現。正是由於這
個原因，人們把前語言符號的功能與相對於數字計算機而言的模
擬計算機的功能進行了比較。弗洛伊德已經注意到了，在他對夢
的分析中缺少邏輯聯繫。尤其是他表明，矛盾的事物已經在語言
的層次上，把邏輯上不相容亦即有矛盾的意義整體在發展上居前
的特徵保留了下來[16]。前語言符號具有高度感情色彩，而且與一
些特定的情境是結合在一起的；語言符號與用身體活動的表達也
沒什麼區別。它們與特殊的場合結合在一起，這種結合如此緊密，
以致於表達行為的符號是不能隨意改動的[17]。儘管原始符號相當
於共存和集體行動的主體間性的前語言基礎，它們本身仍不能適
用於嚴格意義上的公共溝通。這是因為，意義的穩定性很低，而
同時個人專有的含義所佔的比例卻很高：它們還無法使受主體間
性約束的意義之同一性受到保護。對於符號進行前語言組織過程
中的利己主義，在各種病態的言語方式中表現得很明顯，可以把
這種利己主義一直追溯到這個事實上：在日常溝通中存在的言者
與聞者之間的差距還沒有被揭示出來；而符號標誌、語義內容以
及指稱物之間的區別也沒有被揭示出來。要想用原始符號明確地
區分實在的和現象的層次，區分個人的和公眾的世界（非二元論）

---

[15] 參見阿列蒂（Arieti）：《靈魂中的自我》，1967 年英文版，尤其是第 7
和第 16 章；另請參見沃納（H. Werner）和卡普蘭（B. Kaplan）：《符號
的形成》，1967 年英文版；沃茨勒威克（P. Watzlawick,）、比文（J. H.
Beavin）、杰克遜（D. D. Jackson）：《人類溝通的語用學》，1967 年英文
版，尤其是第 6 章和第 7 章。

[16] 參見蓋倫（A. Gehlen）：《原始人與後來的文明》，1956 年德文版；戴
蒙德（A. S. Diamond）：《語言的歷史和起源》，1959 年英文版。

[17] 勞倫澤爾（同上引書 88 頁）發現，有關精神官能病的行為方式的那
些無意識活動的例子中，也有同樣的特性：現行的表達和符號的混亂、

這還是不可能的。

最後，符號的前語言組織仍不能對客體的經驗世界進行任何能使人滿意的分類。溝通和思維的混亂在精神病患中是很明顯的[18]，從這種混亂中，人們可以發現兩種罕見的官能失常的形式；在這兩種情況中，分類的分析操作受到了妨礙。第一，存在著一種分裂的結構，它不能按照一般的標準把分散開的個體元素理解成類。第二，人們可以發現一種無定形結構，它不能對客體的聚合體進行任何分析（這些客體表面上類似，但卻是籠統地組織在一起的）。總的來看，使用符號並非是不可能的。不過，在建立類的等級和鑒別類的元素方面的這種無能爲力，暗示著在這兩種情況中語言的分析性使用下降了。當然，我們還是可以推斷說，在第二種情況中，借助前語言符號，古代的類的形成還是有可能的。在任何情況中，我們都能發現所謂的基本類，在個體發育和系統發育的早期發展階段，在病態言語的情況下，這些基本類並不是在屬性同一性的抽象基礎上形成的。事實上，如果不考慮這裡所討論的集合物相同的屬性，那麼從明顯的、主觀上令人信服的動機形成的語境來看，這些集合物是包含著有形的客體的。泛靈論的各種宇宙觀就是根據這種基本類組織起來的。既然沒有任何相互作用的經驗，綜合性的意向性結構就無法得以發展，那麼，人們就可以設想，主體間性的早期形態在符號組織的前語言階段就已經得到了發展。原始符號顯然是在它們被並入語法規則系統並與有效的理解力聯繫在一起之前，在相互影響的語境內形成的。

(b)上面所描述的符號的組織，從發生上看先於語言，它是一種理論上的建構。這種建構在哪兒都無法觀察到。無論如何，既

與某種特殊的行為方式的密切配合、表現的內容、語境的依賴等等。
[18] 參見阿列蒂，同上引書 286 頁；沃納和卡普蘭，同上引書，253 頁，以及溫（L. C. Wynne）：《精神分裂症患者的思想干擾和家庭關係》，載 1965 年德文版，5 期，82 頁。

然深層詮釋學要把正常言語中的混亂理解成向較早的溝通階段的被迫倒退，要麼把它理解成較早的溝通方式對語言的妨礙，對一貫被曲解的溝通進行心理分析方面的譯解，就要以這種建構為先決條件。勞倫澤爾本人以分析者對神經病患者的經驗為依據，把上面所提到的心理分析的本質看作是這樣一種嘗試，即把導致利己主義者使公共溝通受到限制的已經分裂出去的符號內容，重新併入語言通常的慣用法中。借助對壓抑過程的回顧並把它消除，分析就會對「重新符號化」的實現提供很大的幫助；而壓抑過程，可以被視為一種「反符號化」過程。患者借用類似於一種逃避式防禦壓抑的機制，反抗分析者很有說服力的解釋；這是一種借助語言並根據語言進行的活動——否則的話，用詮釋學方法，亦即通過對語言的分析，去消除壓抑過程就是不可能的了。想要進行逃避的自我，在矛盾的情況下不得不服從客觀現實的要求；通過把令人生厭的無意識的衝動的典型要求從其每天的自我理解的主題中去掉，它使自身隱藏了起來。這樣，人們所忌諱的性愛描述，就會被從語言的一般用法中剔除掉，而且會被推回到原始符號早期的發展階段。

有一種假定認為，精神病行為是受原始符號的支配的，並且，只有以後借助語言解釋才被合理化了。這種假定也為這種行為方式的種種特性提供了一種解釋，亦即解釋了這種行為的各種狀態，如無效溝通、固定不變的和強迫性行為，以及意味深長的內容和固定的情境的聯繫。

如果可以把壓抑看作是反符號化，那麼，就有可能為互補的防禦機制提供一種語言－分析解釋，那種機制並不是針對自我，而是針對客觀現實，這種機制就是投射和推卸。在第一種情況下，已經形成的代替被剔除的語言要素的徵候使語言的公共用法受到了損害，在第二種情況中，可以把曲解直接地看作是把原始符號的派生物無拘束地強加給語言。在這裡，語言分析針對的並不是

把反符號化的內容重新改造成語言上明晰的意義，而是對前語言的原始符號的元素有意地進行剔除。在這兩種情況中，日常溝通的一貫曲解都可以根據語義內容加以解釋，語義內容與原始符號是聯繫在一起的，而且像異體似地包含在語言之中。語言分析的任務，就是把這些同時存在的事物分離開，亦即把語言的兩個層次隔開。

可是，在語言的創造過程中，卻出現了一種真正的結合；與原始符號聯繫著的意義的潛在內容，在語言的創造過程中公開地得到了恢復，而且還被用來爲在語法的指導下的符號運用服務[19]。語義內容從前語言狀態向語言的集合狀態的遷移，以沒有意識到目的的活動爲代價，擴大了溝通活動的範圍。語言的成功的、創造性的使用之日，也就是擺脫束縛之時。

講笑話的情況與此不同。對一個笑話，我們幾乎會情不自禁地發出笑聲，這笑聲證明了對從原始符號狀態向語言思維狀態轉的不受約束的體驗；滑稽的因素，存在於對笑話的模稜兩可的揭示之中；講笑話的人誘使我們向前語言的象徵主義倒退，亦即把相同與相似混爲一談，同時又使我們意識到這種倒退的錯誤，笑話正是存在於這一整個的過程中。使人發笑是一種調劑。笑話會使我們從實際中和實驗上去回顧跨越前語言溝通與語言溝通之間陳舊界限的危險行程，而在我們對笑話作出反應的過程之中，我們在對意識被取代的危險的控制方面感到放心了，我們已經獲得了這種控制。

(3)深層詮釋學能說明被曲解的溝通的特別不可理解性。嚴格地講，不能把深層詮釋學看作像普通的詮釋學理解那樣與譯解模型有什麼關係。這是因爲，受到控制的「譯解」或滲入語言之中的前語言的象徵主義可以消除模糊性，但模糊性並不出現於語言

---

[19] 參見阿列蒂，同上引書，327 頁。

之中，而是通過語言本身產生的；正是日常溝通的結構為「譯解」
提供了基礎，它本身是能被改變的。因此，深層詮釋學的理解，
要求有一種總的來說擴展到語言之上的系統的前理解，而詮釋學
理解總是從一種前理解開始的，這種前理解是根據傳統塑造的，
而且本身是在語言溝通中形成和變化的。理論的假定，一方面涉
及符號組織的兩個階段，另一方面，涉及反符號化和重新符號化
過程，涉及把原始符號元素強加給語言的問題和有意識地剔除這
些裝飾的問題，還涉及前語言符號的內容的結合等。這些理論假
定可以統一到一種結構模型之中，這種模型是弗洛伊德從他分析
防禦機制所獲得的經驗那裡引申出來的。「自我」和「本我」的構
建，可以闡明分析者在患者的反抗方面獲得的經驗。

　　「自我」屬於個性的一部分，其任務就是考察實在和批評無
意識衝動行動的動機。「本我」是指已被從「自我」中分離出來的
自身（self）的那些部分，這些部分的存在對於防禦機制來講是可
以理解的。這種「本我」是間接由徵兆來表現的，這些徵兆填補
了反符號化過程中出現的正常交談中的縫隙；那些通過投射和推
卸進入語言的東西，是直接由那些不可靠的原始符號元素描述
的。對於「反抗」的同樣的臨床經驗已經導致了對「自我」的結
果的建構，而且現在還表明，防禦過程大體上是無意識地產生的。
這就是為什麼弗洛伊德要引入「超自我」這個範疇；「超自我」是
一種不為「自我」所知的防衛力量，他是通過與原始客體的期望
取得廣泛的一致而形成的。所有這三個範疇「自我」、「本我」和
「超自我」，因此就與一種一貫被曲解的溝通所特有的含義聯繫起
來；分析者和患者都參與這個溝通，其目的就在於開創一種說明
或啟迪的對話過程，並鼓勵和指導患者進行反思。後設心理學只
能像後設詮釋學那樣建立起來[20]。

---

[20] 參見哈伯瑪斯，同上引書，290頁。

結構的模型含蓄地依賴著日常的主體間性的變形模型。「本我」和「超自我」在個性結構中的向度，顯然與一種主體間性的結構的變形是相對應的，這種結構在無拘無束的溝通中是顯而易見的。弗洛伊德是把結構模型作為後設心理學的範疇框架而引入的，顯然，我們可以把這種模型追溯到有關溝通能力的扭曲問題的一種理論那裡。

後設心理學基本上是由有關個性結構的形成的假定組成的，對這種形成，也能借助心理分析的後設詮釋學作用加以解釋。正如我們已經看到的那樣，對一貫難以理解的意思的澄清，只有在這種荒謬的意思的起源本身得到解釋時才能成功，分析者的理解也就從這個事實中獲得其解釋的力量的。對這種原來表現的重建，可以起到兩方面的作用；它可以使對畸形的語言遊戲的理解成為可能，並且，還可以同時解釋這種畸形的起源。這就是為什麼對行為表現的理解要求預先假定一種後設心理學，也就是一種有關「自我」和「超自我」結構之形成的理論。

在社會學層次上，這種理論會發現，它與那種有關受職責支配的行為之基本條件的獲取問題的理論是相應的。不過，這兩個理論都是一種後設詮釋學的組成部分，這種後設詮釋學會把個性結構的心理發展和受職責支配的行為之基本條件的獲取追溯到溝通能力的發展；這就是日常溝通的主體間性形式之社會化的引入和實踐。現在有可能回答我們原來的問題了：從對特別適當的表達之深層詮釋學譯解的意義上講，闡釋性理解，不僅像基本的詮釋學理解那樣需要對天生而來的溝通能力加以嫻熟運用，而且還要預先假定一種溝通能力的理論。溝通能力理論，包括語言的主體間性的形式以及這種主體間性的變形。我不能說，到目前為止，某個溝通能力理論的嘗試，已經有了令人滿意的結果，更不要說已經有了顯而易見的進展。某個弗洛伊德的後設心理學，在其可以用來作為後設詮釋學的一部分之前，不得不擺脫它在唯科學主

義上自我的誤解。無論如何我要說，對一貫曲解的溝通的每一種深層詮釋學的解釋，不管它是在分析衝突中出現還是非正式地出現，都含蓄地依賴著那些苛刻的理論假定，這些理論假定只能在一種溝通能力理論的框架中得以發展，也只能在這裡被證明是正確的。

三

什麼是這種詮釋學的普適性主張的必然結果呢？不是這種情況嗎，即：後設詮釋學的理論語言像一切其他理論一樣，也受同樣條件的約束，就是說，既定的非重構的日常語言仍然是最後的後設語言？而且，把可以從這樣的理論中推斷出來的一般解釋應用於以日常語言表達的事實或資料，不還是需要任何一般化的可測量性方法都不能取代的基本詮釋學的理解嗎？根據詮釋學的普適性的主張，一個認知主體必定利用他先已獲得的語言能力，如果他能夠在理論重構過程中確切弄清楚這種能力的話，以上兩個問題就都不需要解答了。我們直到現在還沒有談起這個自然語言的一般理論的問題。但是我們早已涉及這種能力了，這種能力是分析者（和意識型態批判者）在構建一切理論以前實際上必須用來揭示特別難以理解的表達方式的。我們預先假定，在深層詮釋學運用溝通能力過程中，實際上存在著一貫被曲解的溝通的現象，關於這種溝通的種種條件隱含的知識，就已經足夠使我們對伽達默爾（遵循海德格）提出來的哲學詮釋學之本體論的自我理解，提出疑問。

哲學詮釋學已使我們認識到對意義的理解依賴於語境，而語境要求我們永遠從由傳統支持的前理解出發，同時也要在理解被修正過程中繼續不斷地形成新的前理解，伽達默爾認為，從本體論上說，比起意義理解的語境依賴關係，必定是語言的傳統最為

重要[21]。伽達默爾提出問題:「雖然我說,理解就是要避免誤解,但這樣來說明理解的現象適當嗎?確切的說,不是這種情況嗎,某種像支持性的意見一致的東西已在一切誤解以前存在。」[22]我們可以同意對這一問題給以肯定的答案,但是對怎樣解釋上述意見一致,我們的意見不同。

　　如果我沒有理解錯的話,那麼,伽達默爾認為,詮釋學對不能理解或理解錯誤的表達方式的說明,總得要回到一種一致意見,這種一致意見是通過趨同的傳統確立的。這一傳統在這一意義上對我們來說是客觀的,即我們不能要求它原則上都符合真理。理解的前判斷結構,不僅禁止我們去探究那構成我們誤解和不理解之基礎的事實上已確定的意見一致,而且認為這樣一種努力是沒有意義的。我們涉及具體的前理解乃是詮釋學的需要,這種前理解本身,說到底,還是回到社會化過程,也就是引入共有的傳統之內。無論哪一種意見一致,在原則上都是可以批評的,但是不能對它們抽象地加以懷疑。這種批評和質疑只能這樣進行:我們考察那通過互相理解取得的意見一致,彷彿就是從側面窺視它,並且,背著參與者,使它服從新的合理要求。但是我們只有同參與者進行對話才能當面提出這種要求。在這種情況下,我們再一次服從詮釋學的要求,權且把重新開始的對話可能達成的一致意見接受下來,作為共同支持的意見一致。應當承認,這種意見一致是暫時的,但是既然我們不能超越我們所是的對話,抽象地懷疑這種意見一致是偽意識就沒有意義了。以上所述導致

---

[21] 參見鮑爾曼(G. V. Bormann):《詮釋學經驗的兩面性》,載《哲學評論》,1969年德文版,16卷,92頁。並見阿佩爾等:《詮釋學和意識型態批判》,1971年德文版,83-119頁。伽達默爾在論述中提出對詮釋學意識的本體論解釋,是對我關於《真理與方法》第三部分的異議之後設批判。

[22] 伽達默爾:《詮釋學問題的普適性》,104頁。

伽達默爾做出以下結論，即語言傳統從本體論上說比一切可能的
批判居首要地位；我們是語言傳統之廣泛語境的一部分，所以我
們只能在此基礎上批判特殊的種種傳統。

　　乍一看來，這些意見似乎是可取的。然而，深層詮釋學的洞
察能使這些意見站不住腳，因為由似乎「合理的」方式取得的意
見一致，很可能是無效溝通或偽溝通的結果，韋爾默（A. Wellmer）
曾指出過，啓蒙運動傳統把這個與傳統敵對的洞察普遍化了。儘
管啓蒙運動對溝通很感興趣，但它仍然要求人們承認理性是溝通
的原則，在被壓力歪曲的溝通之實際經驗面前，要擺脫壓力的影
響：「啓蒙運動了解哲學詮釋學忘卻的是什麼──伽達默爾說的我
們『所是』的『對話』，那也是個統治的語境，就這點而論恰恰就
根本不是對話……人們要堅持詮釋學方法的普適性主張，只有從
一開始就認識到這一點才行，即：作為可能真理和事實上意見一
致的軌跡之傳統語境，同時也是事實上非真理和不斷強制的軌
跡。」[23]

　　如果我們能夠確定，在語言傳統的中介中達到的每一種意見
一致，都是在不受壓制情況下取得的，那麼，我們只有把支持的
意見一致與既定的事實上的同意等同起來，才是合理的；按照伽
達默爾的觀點，這種支持的意見一致總是在相互理解不發生問題
以前存在的。但是我們從深層詮釋學體驗中認識到，傳統語境的
武斷不僅一般地受語言客體性的支配，而且也受種種抑制力量的
支配，也就是這些抑制力量使同意本身的主體間性變形，並一貫
地歪曲日常溝通。因此，人們懷疑每一種意見一致，作為對意義
理解之結果基本上是通過偽溝通而被迫產生的：在早期階段，當
人們看到表面上真實的意見一致、但誤解和自我誤解毫未改變
時，他們談到欺騙或誤會的問題。深入意義理解的前判斷結構之

---

[23]　韋爾默：《社會的批判理論》，1974 年譯本。

洞察，並不是用一種真正意見一致的識別去掩蓋那種事實上已取得的意見一致的識別。相反，這一洞察導致語言的本體論化，導致把傳統的語境看作實在。一種批判的、有啓迪性的、區分洞察與誤會之詮釋學，綜合了後設詮釋學對一貫被曲解的溝通之可能條件的認識，它把理解過程同合理談話的原則結合起來，根據這一原則，真理只能以那種意見一致來保證：即它是在沒有控制、不受限制和理想化的溝通條件下取得的，而且能夠長久保持下去。

　　阿佩爾（K. O. Apel）正確地強調，詮釋學的理解同時也能導致批判地探明真理，只要它遵循這一調整原則：設法在解釋者不受限制的共同體的框架內建立普遍的意見一致[24]。只有這一原則才能確保，在我們認識到在強行意見一致之內的騙術以及隱藏於似乎偶然誤解背後的一貫曲解以前，詮釋學的努力不會停止。有一種真理概念是指，用一種在不受控制、沒有限制的溝通中取得的理想化的意見一致來衡量其自身的真理。如果意義的理解打算繼續對真理觀念更加關心的話，那麼，我們必須預期，連同上述那種真理概念一起，在沒有強制的溝通中也建立休戚與共的共存結構。真理獨具那種趨向非強迫的普遍承認的強制力；後者本身則是與理想的說話情境，亦即那種使非強迫的普遍同意成為可能的生活方式。因此，對意義的批判理解本身必須對一種真正生活的正式預期或事先準備負責。這一點已由米德（G.H.Mead）表明了[25]：「普遍對話是溝通的正式理想。如果溝通能夠徹底進行並能臻於完善，那麼就會存在這樣的民主制……在那裡，每一個人在他內心獲得的響應，恰恰是他知道的他自己在共同體中產生的響應。只有民主制才能使溝通成為共同體中起組織作用的重要過程。」

---

[24] 阿佩爾：《是先驗詮釋學還是科學主義？》，載布柏納（Bubner）等：《詮釋學和辯證法》，1970 年德文版，2 卷，48 頁；並見阿佩爾：《哲學的變遷》，1973 年德文版，2 卷。

[25] 米德：《心靈、自我和社會》，1934 年英文版，327 頁。

　　用真正意見一致衡量其自身的真理的觀念，意味著真正生活的觀念。我們也可以說：它包括了成年人的觀念〔譯註：成年（Mündigkeit）原意是指一個人作為一個能勝任的、自我決定的言談者的能力。〕。真正已經把我們團結起來的東西不過是對一種理想化對話（作為將來實現的一種生活方式）的正式期待或事先準備，這種對話保證最後的、支持的與事實相反的意見一致；相對於這種正式期待來說，我們可以批判每一件事實上的意見一致，如果它像偽意識那樣，是虛偽的意見一致的話。然而，只有我們能夠說明，對可能真理和真正生活的預期乃是一切並非獨白式的語言溝通所不可或缺的，我們才能夠不僅要求應該有理解的調整原則，而且還要證明那一原則的正確。基本後設詮釋學的體驗使我們意識到：批判，作為並不躲開誤會或錯覺之理解的深入形式乃是遵循合理談話的調整原則，使本身適應理想的意見一致的概念。但是，要證明這一觀點的正確，即在每一深入理解過程中，我們不只確實參與而且確實應該參與那種正式的預期或事先準備，僅僅借助於經驗一面是不夠的。為了嘗試提出系統的證明，我們必須把這種隱含的知識（它已經而且永遠指導語言的深層詮釋學分析）發展為一種理論，它能使我們從日常語言邏輯中推出合理談話的原則，並把這一原則看作是任何實際談話的必要調整原則，儘管這種實際談話可能是被歪曲的。

　　即使事先沒有提出關於自然語言的一般理論，上述見解也足能批判以下兩個概念。這兩個概念不是從詮釋學本身推導出來的，我認為是詮釋學本身的錯誤的本體論的自我理解。

　　(1)伽達默爾根據他對理解的前判斷結構之詮釋學的洞察，得出重建先入之見的地位的結論。他沒有看到權威和理性的任何對立。傳統的權威並非盲目地自作主張，而僅僅是通過人們對它的反思的承認，這些人本身是傳統的一部分，通過運用而理解並發

展了這種權威。伽達默爾在答覆我的批判中[26]，再一次說明了他的看法：

> 我承認，權威以無限控制的形式施加壓力……但是這種服從權威的觀點並不能解釋，為什麼這些控制形式都顯示有序事態，而並不顯示使用暴力情況下那種無序狀態。我認為如果我把承認看作是在權威的實際情境中確定的，上述情況乃是必然的結果……人們只需要研究像權威喪失或權威下降那樣的事件……以便了解什麼是權威以及什麼能維護權威；它不是武斷的壓力而是武斷的承認。但是，如果不是人們把知識的優越性讓給權威的話，那還是什麼武斷的承認呢？」[27]

　　只有當人們在這一傳統之內能夠獲得免於壓力的自由和關於傳統的不受限制的意見一致的時候，才能把對傳統的武斷的承認，即對這一傳統的真理主張的接受和知識本身等同起來。伽達默爾的論證預先假定：合理的承認以及權威以之為基礎的意見一致是能夠不受強制而自由地產生而發展的。但是人們關於被歪曲的溝通的經驗與上述預先假定是互相矛盾的。在任何情況下，壓力或強制只有通過客觀上看來貌似非強制的僞溝通的意見一致，才能長久保持下去。用這種方式被合理化的壓力或強制，我們可以按照維貝爾的說法，稱之爲權威。

　　因此，爲了根本分清武斷的承認和真正的意見一致，就需要有那種以未受控制的普遍意見一致爲條件的原則。從合理談話的原則這一意義上說，理性意味著是一塊基石，但實際的權威卻

---

[26] 哈伯瑪斯：《社會科學的邏輯》，174頁。
[27] 伽達默爾：《修辭學、詮釋學和意識型態批判》，124頁。

一向猛烈地加以撞擊，而並非以之爲基礎。

　　(2)那麼，既然權威和理性的這種對立像啓蒙運動一向宣稱的那樣，事實上確實存在；既然這種對立不能用詮釋學方法取代，那麼企圖對解釋者承擔說明或啓迪的義務施加基本限制也就必然是成問題了。此外，伽達默爾從他對理解的前判斷結構的洞察中得出這一結論，即在當前存在的種種確信的視野內，重新吸收了說明或啓迪的要素。解釋者之理解作者勝於作者理解自己的能力是受到限制的，這些限制來自他身在其中的社會－文化生活世界之被人們接受的、傳統上確立的種種確信[28]：

> 　　精神分析者的認識與他在社會現實中的地位有什麼關係呢？由他啓發病人解脫出來的反思，迫使他研究更有意識的表面解釋，撥開僞裝的自我理解，識破社會禁忌的壓抑作用。但是當分析者超出他的合法範圍以外，在身爲其社會相互作用一分子的環境中指導這些反思時，他扮演的就不是分析者的角色了。如果任何人看穿潛藏在他的社會伙伴背後的東西，也就是説，他並不認眞對待他們的角色活動，那麼他就是個人人敬而遠之的「掃興的人」。所以，精神分析者可利用的反思之解脫潛力必定是在社會意識之中，在那裡，分析者及其病人和所有其他人都是一致的。正如詮釋學反思已向我們説明的那樣，社會的團結心或感情一致儘管存在著矛盾和缺陷，卻總是叫我們求助於它賴以存在的意見一致。

　　然而，有理由設想，已確立的傳統的和語言遊戲的背景意見一致，可能是由僞溝通產生的強制的意見一致；這種情況不僅在

---

[28] 同上書，129頁。

失常的家族體系的個人的病理實例中是可能的，而且在社會的各種制度中也是可能的。因此，我們一定不要使那已經擴展爲批判的詮釋學範圍，囿於種種傳統確信的界限之內。甚至在基本意見一致和公認合理的事物中，仍殘存著被曲解的溝通之自然－歷史的痕跡，堅持合理談話的調整原則的深層詮釋學必須找出這些殘跡；既然它也能夠在那裡找到它們，那麼可想而知，任何使深層詮釋學對說明或啓迪的義務利己主義化，以及把意識型態的批判局限於像在分析者和病人關係中規定的那種醫療作用，這都是與深層詮釋學方法的出發點相矛盾的。來自於徹底而完全的理解的說明或啓迪總是政治上的。當然，批判總是會受它所反映的傳統語境的約束，這也是事實，伽達默爾對詮釋學的保留意見，對於反對獨白式的自我確信來說，還是合理的，這種自我確信不過是擅取批判的資格而已。除了一切參加者在對話中成功地獲得的自我反思以外，就根本沒有深層詮釋學解釋的充分根據。確實，一般詮釋學的假說狀態先天地限制了人們不能選擇這樣的方法，如果選用這種方法，人們就可以在任何時候實現對說明或啓迪的批判理解之既定的、固有的諾言[29]。

在現時條件下，指出由批判提出的普遍適用的錯誤要求的限度，比指出詮釋學主張的普遍適用的限度，更爲緊迫。不過，涉及關於證明根據的爭論的地方，也必須批判地考察後－主張。

---

[29] 哈伯瑪斯：《抗議運動和高等學校改革》，1969 年德文版，〈前言〉，43頁，小註 6。

第二篇

科學主義還是先驗詮釋學？

論實用主義符號學中符號解釋的主體問題

（1970）

〔德國〕阿佩爾（Karl-Otto Apel）著

孫周興 譯

　　阿佩爾（Karl-Otto Apel, 1922-），當代德國哲學家，法蘭克福學派的同路人。主要著作有《哲學的變遷》（1973），《從先驗實用主義看「說明一理解」的對立》（1979）和《實踐哲學》（1990年）。

　　本文最初發表於布伯納等《詮釋學和辯證法》1970年德文版第 2 卷中，後收入《哲學的變遷》（1973）。本譯文選自英譯本 *Toward a Transformation of Philosophy*（Routledge & Kegan，1980）。

一、問題：什麼是關於符號作用之語用面向的適當解釋？

　　在莫里斯奠定符號學基礎之後[1]，人們往往在語言哲學分析中，相應地在科學哲學中，區分同符號學的三個方面及其相關的

---

[1] 參見莫里斯：《符號理論的基礎》，載《統一科學百科全書》，第 1 卷，第 2 號，芝加哥，1938 年。

三門學科，即語形學（或叫句法學）、語義學和語用學。

(1)句法學研究符號之間的關係。由於形式化語言的邏輯結構可以在符號關係中得到反映，所以句法學標誌著現代數理邏輯在語言分析和科學哲學中的出發點（參見卡納普：《語言的邏輯句法》)。

(2)語義學研究符號與符號所表達的語言外的客體或事態的關係[2]。因此，它也是現代經驗主義的科學邏輯的出發點的標誌之一；這種科學邏輯以一種非形而上學的方式提出關於命題或命題系統如何在語義上表達事態這樣一問題，來取代傳統本體論真理問題（即亞里斯多德意義上的真理符合論。參看塔爾斯基對真理概念的闡述）。

(3)最後，語用學研究符號與符號使用者（即人類）的關係。在現代語言分析和科學哲學中，語用學標誌著以皮爾士為發端的美國實用主義符號學的出發點，這種實用主義符號學的主要興趣在於語言、知識和科學在人類生活實踐語境中的作用。

在分析哲學的發展進程中，科學哲學的興趣重點逐漸從句法學轉移到語義學，進而轉移到語用學。這已經不是什麼秘密。關於這種發展過程，我們可以給出許多理由或動機。舉其要者，可列出以下幾點：

(1)在分析的科學邏輯亦即邏輯經驗主義領域內，關於意義的經驗標準問題（最早被稱為**實證原則**）通過構造科學語言的「邏輯句法」或「邏輯語義學」得不到解決。假使有了這些抽象前提，

---

[2] 在語義學實用主義之後一種內涵的語義學的可能性──它也許與語用學毫無干係，在此不予討論。在符號學實用主義中，符號的所謂內涵意義是在語用面向中以「解釋項」為名得到討論的。創造這個術語的皮爾士關於內涵意義與「解釋項」的關係說了下面這段話：「當我們談到一個符號的深度或意義時，我們乃訴諸於本質抽象；我們借以把思想看作某個事物的這一抽象過程，使一個解釋性符號成為一個符號的對象。」（皮爾士：《文集》，第 5 卷，坎布里奇，麻薩諸塞，1934 年，第 488 節。）

這個問題就表明是關於經驗科學家對理論的證實或證偽的問題了，這就意味著，它是一個關於理論或語言系統的語用應用和解釋的問題[3]。只有在語言分析的這一語用面向（莫里斯十分合時地把它提供給處於發展的關鍵階段的邏輯經驗主義）中[4]，新實證主義的證實原則問題才有可能與皮爾士關於意義澄清的語用原則以及布里奇曼的操作主義定義原則和意義標準匯聚在一起。還應補充的是，在數學領域中，甚至構造主義和操作主義在意義水平上對柏拉圖主義的批判，也在某種程度上與在符號學分析的語用面向中的經驗主義意義批判匯聚在一起了。正是在數學基礎問題上，並且部分地出於與邏輯經驗主義相同的原因，原先的句法－語義學的科學概念的不適當性被揭露出來了，例如由哥德爾和丘奇的定理引起的邏輯主義危機和希爾伯特後設數學危機。用惟一的形式化語言進行惟一的世界演算，這種新萊布尼茲主義的夢想，已被證明為一個烏托邦，因而那種認為有一個純粹句法－語義學的科學概念的玄秘的核心思想，根本上也變得站不住腳了。羅素和前期維根斯坦曾相信有一種在句法和語義上都是決定性的「語言邏輯」。但是現在，邏輯經驗主義已不得不拋棄這種信仰，轉而去贊同一種認為語言「結構」要在語用上得到檢驗的約定論。在這裡，顯而易見的是，由於拋棄了其玄秘的柏拉圖－萊布尼茲形而上學，邏輯經驗主義同時也失去了它的形而上學批判工作的理論基礎。[5]

(2)在狹義的語言分析哲學領域內，也即在維根斯坦及其英國

---

[3] 參見卡納普：《語義學引論》，坎布里奇，麻薩諸塞，1942 年，第 38 節。

[4] 參見杜根哈特的文章，載《哲學評論》，第 8 卷，1960 年，第 131-139 頁，和阿佩爾：《哲學的變遷》（德文版），法蘭克福，1973 年，第 1 卷，第 308 頁以下。

[5] 參見阿佩爾：〈海德格哲學對詮釋學的徹底化與語言的「意義標準」問題〉，載《哲學的變遷》（德文版），第 1 卷，第 308 頁下。

弟子那裡，關於語言和意義的適當解釋的問題離開了「邏輯原子主義」的句法－語義學模式而走向徹底語用化的「語言遊戲」模式，也即走向關於在受規則指導的「生活形式」語境中的語言使用的模式。[6]

(3)在廣義的分析的科學哲學領域內，例如，在巴柏學派和托納波姆的瑞典學派那裡，興趣日益離開了那種發端於數學的「辯護主義」而轉向關於在社會環境的實用語境中「科學的增長」的問題[7]。在科學哲學中，強調語用面向的一個極端例子乃是孔恩的《科學革命的結構》[8]，這本書是受後期維根斯坦和美國實用主義思想的激發而寫成的。

(4)上面提到的關於科學的社會環境問題又指示出分析哲學的「語用學轉向」與科學哲學中的其他眼下正十分熱門的探究的親和關係，例如與貝塔朗費的一般系統論、控制論、博弈論、柯太賓斯基的人類行為學，以及當代社會科學中的行動理論和行為學說等等的親和關係。

(5)最後，我們在這裡必須提一下語用學轉向與新左派的科學哲學之間的親和關係。顯然，提出科學的社會條件問題（例如，認知旨趣）和科學對社會的實踐作用問題的新馬克思主義的科學觀念，只有借助於語用學，才能進入一種與分析的科學哲學的對話。[9]

---

[6] 參見厄姆森：《哲學分析》，牛津，1965 年；和阿佩爾：＜維根斯坦和海德格：存在的意義問題和對一切形而上學之無意義性的懷疑＞，載《哲學的變遷》（德文版），第 1 卷，第 225 頁以下。

[7] 參見萊特尼茨基：《當代後設科學學派》，哥德堡，1968 年；芝加哥，1973 年。

[8] 芝加哥，1962 年。

[9] 對正統的馬克思主義——列寧主義領域來說，這一點已由克勞斯的著作（《符號學與知識論》，柏林，1963 年；《詞語的力量：一篇知識論－語用學論文》，柏林，1964 年）和沙夫（《語義學引論》，紐約，1962 年）

　　但面對這整個發展過程，一個哲學觀察者，或者不妨說，一個精通哲學史的觀察者，就不能忽視所謂「語用學轉向」的一種深刻的模糊性。至少，新實證主義——與莫里斯有著某些一致關係——借以解釋莫里斯的符號學（和操作主義）的方式已經顯示出這種模糊性。最初，與句法學和語義學不同，人們企圖把語用學從哲學的科學邏輯那裡排除出去，並把它移交給一門經驗科學（例如行為主義心理學）[10]。但是我們可以來反駁這種企圖，並且可以與皮爾士和莫里斯一起對比作如下辯駁：如果符號的中介化（符號過程）被看作是知識論和科學論的當代研究的三合一的基本結構，那麼顯而易見，符號與符號解釋者的語用關係必然至少具有與符號之間的句法關係以及符號和事態之間的語義關係同樣的重要性和知識論地位。事實上，莫里斯的符號學證明工作就告訴我們，就它們的語言分析的或科學理論的真理要求而言，句法學和語義學只有作為對一般符號過程的部分作用的抽思考才是可理解的。正是語用學才分析整體作用；而在這個整體作用的語境中，對語言系統或科學系統的句法－語義學分析才可能是有意義的。因此，惟有符號語用學才能使當代語言分析的科學邏輯變得完整。

　　但是這樣的話，就出現了下面這個意在揭示「語用學轉向」的模糊性的問題。可以把語用符號面向——而這同時也就是作為科學主體的人的問題——還原為經驗科學的一個論題嗎？或者，這個問題——無異於邏輯句法學問題和邏輯語義學問題，而且恰恰作為句法學和語義學的抽象的補充——也不能被看作是一個關

所證實了。對語用學的大量的新馬克思主義的解釋和闡發，請參見馬斯和馮德利希：《語用學和語言行為》，法蘭克福，1972 年。進一步請參見哈伯瑪斯：〈關於溝通資質理論的準備性說明〉，載哈伯瑪斯和魯曼：《社會理論或社會技術》，第 101-141 頁。

[10] 參見卡納普：《語義學引論》，第 5 節、第 39 節。

於科學及其語言的可能性和有效性條件的問題？

在這裡，人們也許會反駁說，在新實證主義（例如卡納普[11]和馬丁[12]）那裡已經有了一種嘗試，即把語用學發展爲一門公理－構造的、可形式化的學科，這門學科聯繫於經驗－描述的語用學，就如同構造的語義學聯繫於經驗－描述的（語言學的）語義學，構造的句法學聯繫於描述的（語言學的）語形學（句法）。

然而，這個關於一種與經驗描述的語用學相聯繫的構造的語用學的觀念，並不能回答我想提出的問題。因爲在符號語用學領域中，顯而易見的事情是，即使對句法學和語義學來說，公理－構造性學科與經驗－描述性學科的相互聯繫也是有條件的，而這個條件是不可能在公理構造與經驗描述之相互聯繫意義上成爲可理解的。這是由於句法－語義學的語言構造與相應的描述的聯繫就已經是以這樣一點爲前提的，即構造和描述語言的人類主體能夠在相互之間[13]就被構造的語言與被經驗地描述的語言之間的可能聯繫達成一致性溝通。這種溝通既不是經驗的描述也不是形式化的構造，而是使這兩者成爲可能的東西。因此，就構造語義學的情形而言，這種溝通歸因於日常語言，後者乃是語言構造和語言解釋的實際的終極性後設語言[14]。但恰恰是這種在科學主體（即符號使用者）之間的溝通，顯然必定是作爲終極「後設科學」的自我反思的符號語用學的主題。

---

[11] 參見卡納普：《關於語用學的幾個概念》，載《哲學研究》，1955 年，第 6 期，第 85-91 頁。

[12] 參見馬丁：《論系統語用學》，阿姆斯特丹，1959 年。

[13] 嚴格說來，他們也同樣能與那些使用被描述語言的人類主體達成一致性溝通。參見本書第 6 章。

[14] 參見佛賴：《自然語言的殘留》，載《方法》，1951 年，第 3 期，參閱阿佩爾《從但丁到維科的人文主義傳統中的語言觀念》一書的導論部分；也參閱阿佩爾對施內勒（《語言哲學與語言學》，賴恩貝克，1973 年）的卡納普立場的批判，見阿佩爾編輯的《語言語用學與哲學》一書中的

　　新實證主義的科學哲學家也許會爭辯說，一種關於終極性的自我反思的語用學後設科學是不可能的，而符號使用者之間的溝通只能是經驗社會科學的主題。在下文的討論中，我將把這一立場稱爲科學主義。它的要義在於這樣一種信念：對科學的主觀條件的哲學反思是不可能的，但必然能夠把科學的人類主體還原爲一個科學客體。在科學主義看來，一種有語用學傾向的科學哲學乃是關於科學（作爲行爲）的社會科學[15]。於是，語用學本身又成了一種語義系統意義上的科學語言的客體。而這種科學語言的主體又只能被理解爲一個客體，如此等等，永無止境，科學主義於是導致了對科學主體的還原性消除。

　　莫里斯作爲一個行爲主義者與新實證主義有著共同之處。他也堅決主張，語言使用者及其以符號爲中介的行爲方式乃是經驗科學探究的一個自然客體，就如同那些在語義學的意義面向中被指稱的客體。但是作爲符號學家，莫里斯強調指出，「解釋項」作爲規則——我們根據這種規則才能說某個符號媒介物指稱特定種類客體或情境——本身不是一個在這些被指稱客體或情境中的客體。我們決不可能把語用面向的描述在其使用的同時應用到它自身的面向上。莫里斯由此得出結論說，（某個解釋者共同體的）終極「解釋項」，是得不到分析的[16]。但是，既然這個終極「解釋項」作爲指稱作用之可能性條件根本上是不能與一個所指相等同的，莫里斯本人對終極「解釋項」又了解多少呢？

　　莫里斯著作中的終極「解釋項」問題使人聯想到構造性語義學的終極後設語言問題。在這兩個問題上，邏輯經驗主義科學哲學——它只承認或構造或描述兩者擇一，而不承認一個關於反思

論文，特別是第 44-53 頁的論述。

[15] 關於這一觀點的困難，請參見內斯：〈作爲行爲的科學：一種行爲後設科學的前景和局限性〉，載沃爾曼編《科學心理學》，紐約，1965 年。

[16] 參見莫體斯：《符號理論的基礎》，第 34 頁。

的──解釋性認知的概念──阻止我們去解釋我們實際上總是已
經在利用的知識。如果我們要了解這一觀點的歷史起源，我們可
以訴諸於羅素類型論的語義學方面。恰如在賴爾那里[17]，顯然正
是對語義學類型論的接受──它對於 20 世紀分析哲學來說幾乎
變成自然而然的事情了──使得莫里斯本人不可能去思考他對那
種反思的──解釋性知識的求助，後者乃是關於以符號為中介的
知識之可能性的主體條件的知識。實際上，對這種知識的不假思
索的求助在語義學類型論本身那裡得到了見證，因為這種類型論
聲稱闡述了一個關於一般符號的一切使用的哲學觀點，它因此乃
是自相矛盾的[18]。

　　儘管前期維根斯坦的嘗試的形式是自相矛盾的，但是他是思
考類型論（從而邏輯的語言分析本身）的可能性和有效性的語言
條件問題的惟一的一個人。對維根斯坦來說，因為語義學類型論
要以一種自我反思的語言為前提，所以，關於語言的「邏輯形式」
我們不能說什麼[19]。但是另一方面，由於語言的「邏輯形式」同時

---

[17] 賴爾關於可能「行為」的反思性等級的陳述服從於語義類型論，他因
此否認他的這些陳述對於一般「行為」而言的有效性要求：「評論活動
不是也不可能是被評論的那個等級……一個較高級的行為不可能是它
借以完成的那個行為。」（《心的概念》，倫敦，1949 年，第 195 頁）。賴
爾沒有注意到，正是在這些陳述中他求助於一個對他自己的陳述的判
斷，即使這些陳述的「評論」。但是這一判斷無疑不可能被歸入心理學
上的無限逆溯；相反，作為一個哲學判斷它是在普遍性的先驗水平上產
生的。賴爾和莫里斯通過他們各自對言語或符號過程的語用的自我反思
的論述，證實了關於在一種科學哲學語言（它應當是無語義悖論的）中
自指性言語之不可能性的羅素／塔斯基公理的範式作用。我最近試著提出
以下似真的論點，即 20 世紀分析哲學的這一基本前提假設表現出一種
對哲學性與邏輯－數學理性的混淆。參見我的論文〈今日理性之類型〉，
載蓋拉奇（編）《「今日理性」國際討論會文匯編》，渥太華，1977 年，
1978 年。

[18] 也參見布拉克：〈羅素的語言哲學〉，載布爾普編：《羅素的哲學》，埃
文斯頓，伊利諾伊，1944 年，第 227-255 頁。

[19] 參見《邏輯哲學論》§ 3.332, 4.12, 6.13。較為詳細的解釋請參見我的

也是（可描述的）世界的邏輯形式，從而是（語言分析）哲學的真正主題，因之，在維根斯坦《邏輯哲學論》中自相矛盾地表達出來的語義學類型，就意味著哲學的自我消解[20]。

在維根斯坦的著作中，很明顯，對關於語言作用以及語言分析的有效性和可能性條件問題的消除，是與對科學主體問題的消除相一致的。而後面這種消除顯然也導致了悖論：

5.631：沒有思維著和設想著的主體……

5.632：主體不屬於世界：相反，它是世界的一個界限。[21]

這兩個句子的第一句提示了新實證主義（或廣義上的語言分析）的綱領的出發點，也即關於把主觀主義－心靈主義－意向主義的哲學語言和人文科學還原為一種外延論－行為主義的「事物語言」的新實證主義綱領的出發點[22]。但第二個句子卻標示出那種立場的一個矛盾的極限情形；我們下文的討論將把這種立場當做對從科學主體向科學客體的科學主義還原的抉擇來加以闡述。在《邏輯哲學論》中，維根斯坦不但含蓄地暗示出[23]，這一立場是他把知識批判轉換為語言批判的前提條件，而且當他談到語言的邏輯也即可描述世界的邏輯時，還明確地指出了這一點，他說：

6.13：……邏輯是先驗的。

然而我們在下文中對科學主義的先驗哲學抉擇卻並不是從前

論文〈維根斯坦與海德格〉，載《哲學的變遷》（德文版），特別是第 232 頁以下。

[20] 參見《邏輯哲學論》最後一句話，以及§ 6.53 以下。

[21] 參見§ 5.641。

[22] 關於包含在這個綱領中的不可消除的矛盾，請參見斯杰夫海姆：《客觀主義和人的研究》，奧斯陸，1959 年；另外請參見阿佩爾：《語言分析哲學和「人文科學」》一書。

[23] 關於這些康德意義上的間接暗示的闡明，請參見施特紐斯：《維根斯坦的邏輯哲學論》，牛津，1960 年；也請參閱上面提及的我的著作。

期維持根斯坦那裡發展而來的，而是對符號作用之語用面向的主
體問題或者說科學的主體問題的回答。語用符號學的主體問題是
不同於《邏輯哲學論》中關於純粹語言的主體的限界問題，因爲
在前一個問題中，解釋的主體不可能萎縮成「一個無廣延的點」
——在這樣一個點上只剩下「與之配合的實在」[24]。相反，符號作
用的語用面向的主體必須在一種十分顯著的以人類學和歷史學－
社會學方式可得到具體把握的意義上被考慮爲對實在（作爲**某物**）
的透視主義解釋的可能性條件。與《邏輯哲學論》的規定相反，
這些主體之間的溝通並非直接就是關於「這麼一回事」[25]的信息
交流，它首要地是獲得一種先行理解：獲得對我們如何能夠解釋
世界，也即我們如何能就人類需要、興趣和目標等等來評價作爲
某物的世界這回事情的先行理解。由於符號語用學的這一顯著
的，可以「在經驗上」把握的主體問題，對科學主義作一種先驗
哲學的抉擇的問題無疑也變得更爲錯綜複雜了。如果像上面所說
的那樣，科學主體作爲符號作用的語用面向的主體可以在歷史學
－社會學上得到具體把握，那麼把科學主體還原爲科學客體就毫
無可能嗎？

　　在對這一問題的回答中，康德的先驗哲學模式只允許有一種
與維根斯坦的回答相容的抉擇：或者，科學主體作爲某個可經驗
的東西，必然歸屬於自然科學之對象化研究的範疇，特別是因果
範疇；或者它根本就不可能在可經驗性意義上得到討論。換言之，
就是在康德那裡，科學主體本身也構成了**世界的界限**。在哲學史
上，對科學的人類社會歷史的主體的問題的第三種回答，純粹是
由客觀唯心論傳統闡發出來的。這一以萊布尼茲和赫爾德爲先驅
的哲學傳統最清晰不過地表達在黑格爾的客觀精神概念中。狄爾

---

[24] 參見《邏輯哲學論》，§ 5.64。
[25] 參見《邏輯哲學論》，§ 4.024。

泰等人重新發現了這個概念，並認爲它在某種程度上是詮釋學的解釋性人文科學的蘊涵哲學。簡言之，這一傳統的代表人物相信認知主體不僅經驗他自身之的其他東西——一個可以從外部加以描述和說明的世界——而且也在反思性沉思中並且在其他事物中（至少是在其他人，在他人的語言和行爲中）經驗他自身。因此，借助於一個關於主客體同一的抽象辯證法的概念，客觀唯心論就把在詮釋學的理解意義上的經驗與先驗反思結合起來，並且把兩者與科學主義意義上的科學經驗主義對立起來了。

　　我們上文關於符號作用的語用面向（即「解釋項」與「解釋者」的面向）的特性所作的這番討論表明，一個對這一面向的先驗哲學解釋必然不僅求助於康德，而且也一定以某種方式求助於詮釋學人文科學的客觀唯心主義傳統。因此我將把對科學主義語用學的抉擇，也即對科學主體的行爲主義還原的抉擇，稱爲先驗詮釋學。於是，眼下這個研究的中心問題就成爲：就符號作用之主體問題而言，在語用學符號中存在著一個非科學主義的、先驗詮釋學的回答的出發點嗎？

　　爲了澄清這一問題，我們將求助於皮爾士（1839-1914 年）[26]，這位符號學實用主義的奠基人依然認爲自己是一個康德主義者。特別是其後期的進化宇宙論中，他力圖復興謝林和黑格爾的客觀唯心主義。[27]

---

[26] 參閱本書第 3 章。（編按：指《哲學的變遷》（德文版），第 2 卷）
[27] 下面的論述可參見我的《皮爾士思想之路》，法蘭克福，1975 年。引文照例標出皮爾士《文集》的卷和節，哈茨霍恩和韋斯編輯（第 1-6 卷），伯克斯編輯（第 7-8 卷），坎布里奇，麻薩諸塞，1933-1961 年。關於莫里斯《符號、語言和行爲》（杜塞爾多夫，1973 年）一書所作的導論〈莫里斯與一種與語用學相整合的符號學綱領〉，載上書第 9-66 頁，該書系莫里斯原作（紐約，1946 年）的德譯本。

二、皮爾士對先驗哲學的符號學改造：實在而無限 的實驗和解釋共同體作為符號作用和科學的 先驗主體

　　符號作用以及以符號爲中介的知識的語用面向的發現，可以 追溯到皮爾士的符號學、範疇學說和關係邏輯[28]。其要旨在於這 樣一個觀點：作爲一種以符號爲中介的作用，認知乃是一種不能 被還原爲某種二元關係的三元關係。在客體世界的一切可觀察的 反應那裡則有可能作這種還原。認知的本質並不是世界中的某個 客體對另一客體的實際反應（「第二性」範疇），而是那種必須以 符號爲中介的關於某物之爲某物的解釋（「第三性」範疇）。三元 關係的所有基本要素都必不可少，要不然認知作用就會喪失其基 礎。這也就是說，認知既不能被還原爲純粹感覺材料的無關係的 給予性（古典實證主義特別是馬赫的實證主義），也不能被還原爲 一種二元的主－客體關係（它僅僅說明當自我與非自我相抵觸時 所經驗到的阻力），也不能被還原爲語義學意義上的理論與事實之 間的二元關係（邏輯實證主義）——儘管在皮爾士的觀點來看， 所有這一切都不可或缺。但認知也同樣不能被理解爲在康德的統 覺之先驗綜合意義上的概念的直接中介作用。

　　這裡提到康德理性批判的缺陷已經爲德國語言哲學之父赫爾 德和洪堡所認識。而實際上這一缺陷已在新康德主義的發展中爲

---

[28] 對在皮爾士著作中關係邏輯、範疇學說與符號學的聯繫的詳細分析， 可參見阿佩爾：《皮爾士思想之路》。關於一種在第一哲學中的符號學探 究的關鍵結論，請參照我的論文〈論先驗語言語用學的觀念〉，載西蒙 （編）：《語言哲學的角度和問題》，弗賴堡/慕尼黑，1974 年，第 283-326 頁，和阿佩爾的〈先驗符號學與第一哲學的範式〉，載《哲學交流》，1977 年，第 4 期。

卡西勒所糾正；後者的《符號形式的哲學》在某種程度上把符號作用整合到知覺之先驗綜合中去了。新康德主義是與美國實用主義同時出現的，但前者對先驗哲學的符號學改造不同於皮爾士的思想，因爲，儘管新康德主義對認知的中介性作用作了符號學的具體化，但就這一被中介化的主體－客體關係而言，它依然沒有拋棄康德先驗意識唯心論的前提。就此而言，皮爾士對康德主義的符號學改造就要徹底得多。他從三元符號關係中得出有關哲學基礎的三個結：

(1)如果沒有一種以質料性符號媒介物爲基礎的現實的符號中介作用，就不可能有任何關於某物之爲某物的知識。在皮爾士看來，質料性符號媒介物不僅包括常規的語言中的概念「符號」，而且還包括非常規的或者說不僅僅是常規的「指標」和「圖像」。這些「符號」、「指標」和「圖像」一方面保證著言語的情境關聯或者言語的美學表達和結構描繪的能力；另一方面，它們使人類能夠在某種程度上把在自然和技術——工具和模型——中的因果關係和類似性聯繫整合到語言的符號作用中去，從而也即整合到認知作用中去。因此，皮爾士強調指出，可以根據可識別的對象和可知覺的世界性質把概念「符號」的常規語言固定在情境的「此時」和「此地」。另一方面，我們可以把語言外的自然本身理解爲一個爲我們的符號所指，更可以理解爲——通過一種以符號爲中介的符號過程的反面類比——一個在「圖像」和「指標」水平上的過程[29]。這一對認識之中介化作用的具體化包含著對狹義的知識論的符號改造。

(2)如若沒有一個實在世界的存在，沒有一個在各方面根本上都必然是可表象的也即可知的實在世界，那麼符號對意識來說不

---

[29] 參見本書第 3 章。在這一點上後期皮爾士的客觀唯心主義起了作用。可參見皮爾士：《文集》，第 5 卷，第 119 條。

可能具有任何表達作用。在皮爾士看來，諸如知識論唯心主義所做的對作爲三元符號關係之一的實在存在的否定，或者康德的物自體假設對實在的基本可知性的否定，都是對符號學的理解的認知作用的一個根本前提的摧毀。諸如謬誤、假像、幻覺、空洞的協議之類的概念，如要成爲有意義的，就都是以一個可知實在的存在爲前提的。康德區分了這一作爲純粹現象的可知實在與根本上不可知而僅僅可設想的物自體；這種區分忽視了一個事實：從符號學上來理解，認知的範圍甚至也涵蓋了對那些有意義的具有真理要求的假設的建立。就此而言，甚至康德關於不可知的物自體的假定也要求自身成爲一種認識。然而根據皮爾士的觀點，這樣一個假定乃是一個自相矛盾的假設，因爲它把真正的認知客體規定爲不可知的東西了。在皮爾士看來，只有在終究可知的東西與實際已知的東西之間的區分，才可能是有意義的區分[30]。這種區分吻合於可錯論和批判的約定主義，它們只承認一切人類知識的暫時有效性。

這一**意義批判的實在論**[31]觀點表明了對知識批判的符號學改造的結論。與維根斯坦和新實證主義者一樣，它用關於無意義問題的概念取代了康德關於根本上不可回答的因而是過渡的問題的概念，但又沒有因之就宣布一切形而上學都是無意義的。

(3)如若沒有關於實在的解釋者的解釋，就不可能有符號對某

---

[30] 參見皮爾士：《文集》第 5 卷，第 257 節：「無知和謬誤只能被看作是與現實的知識和真理相聯繫的。……在任何一種認識面前，只有一個未知而可知的實在；但是在一切可能的認知面前，就只有自相矛盾的東西。簡言之，可知性（在其最廣泛的意義上）和存在不僅僅在形而上學上是同一的，而且就是同義語。也請參見第 5 卷第 265 節和第 5 卷第 310 節以下。

[31] 參見阿佩爾：《皮爾士思想之路》，第 51 頁以下對皮爾士的「意義批判實在論」的討論。〔英譯者註：「Sinnkritischer Realismus」這個術語是阿佩爾創造的，在英語哲學詞彙中並無真正的對應詞。我們一概譯作「Sense critical realism」。〕

物之為某物的任何表達。

　　皮爾士對符號關係的這一第三個成分的更詳細的界定——同時也是他對科學主體問題的回答——最為清晰地表明了兩點：一方面，它表明符號學實用主義作為一種以三元關係為基礎的知識論是如何與先驗哲學結成一體的；另一方面，它表明在何種意義上符號學實用主義改造了先驗哲學，從而使得通俗實用主義所具有的自然主義－行為主義的還原傾向變得明白可解了。

　　對知識概念的符號學改造首先需要一個使用符號的真實主體，後者必然取代了純粹意識。另一方面，正是這一由符號解釋對對象意識的取代要求通過作為解釋過程的認知過程超越一切有限的主體性。皮爾士在 1868 年寫道：[32]

　　　　每一個思想符號都在另一個與之相隨的符號中被翻譯或解釋——這乃是一個概無例外的規律，除非一切思想都達到一個突然的終點而死亡了。

　　根本說來，就連對可知的實在作意義批判的界定也需要超越一切有限的認知主體。按皮爾士的觀點，根據有限的意識及其對世界的表象能力，實在本身作為一個整體必須被視為不可知的。皮爾士實際上作了一種假定，即那種僅僅作為有待認識的和可知的東西才能得到有意義的思考的實在，在任何一個時間點上都不可能真正獲得明確的認識。這一點或許含有把第三性範疇還原為第二性範疇的意思，前者把概念或規律的普遍性與無限的解釋過程聯繫起來，後者則對有限的事實具有有效性。早至 1868 年，皮爾士就找到了這裡提出的問題的答案，即關於符號學所理解的認知過程之主體的問題的答案。皮爾士闡發了關於一個「共同體」

---

[32] 皮爾士：《文集》，第 5 卷，第 284 節。

的觀念，「這個共同體無明確界限，並且有明確的增加知識的能力。」[33]

皮爾士不再像康德那樣認為能夠對具體科學的經驗判斷之客觀性和必然性進行先驗演繹，儘管他依然相信，就科學推論的客觀性而言，上述先驗演繹最終將是可能的[34]；因此，皮爾士就必須取消康德的終極前提和「極點」，亦即知覺之先驗綜合，而代之以一個**終極信念**的假設——在一個充分的漫長的研究過程後，無限的科學家共同體將對這一終極信念達成一致。

在確立實用主義立場之前，皮爾士就已經達到了對先驗哲學的符號學改造的這一階段。實用主義立場的確立最早見於其《巴克萊評論》（1871 年）[35]，進而在未出版的 1872-1873 年的《邏輯學》[36]中。儘管即使在這裡也表現出他對知識問題作了實在論的具體化[37]，但其思想的邏輯結構卻表明，關於科學主體的問題不能以一種自然主義的方式加以還原。雖然皮爾士把一個實在的共同體假定為主體，也根本沒有把認識僅僅理解為一種意識作用，而是首先把它理解為一個實在的歷史性的解釋過程；但是他對實在和真理所作的意義批判的界定，以及對研究過程的綜合推論方法

---

[33] 皮爾士：《文集》，第 5 卷，第 311 節；參見第 8 卷，第 13 節：「那種構成真理的普遍贊同對在現世生活中的人或人類來說絕不是有限的，相反它涵蓋著我們所屬的整個精神共同體，也許還包括這樣一些共同體，這些共同體的心智與我們的心智是大相逕庭的，以至於沒有任何對感覺的性質的論斷能進入其贊同，除非以這種方式刺激了那些特定的心智。」

[34] 參見〈邏輯規律的有效性基礎〉一文（1869 年，特別是第 5 卷，第 342-352 節）和〈歸納的可能性〉一文（1878 年，特別是第 2 卷，第 690-693 節）。

[35] 參見第 8 卷，第 33 節。

[36] 參見第 8 卷，第 358 節以下。

[37] 但皮爾士在這裡依然認為自己是一個康德式的「唯心主義者」或「現象主義者」，參見第 5 卷，第 310 節（1868 年）；第 8 卷，第 15 節（1871）年。

之必然有效性的證明，都不是求助於在實際共同體中可經驗描述
的實際認知作用來完成的。相反，皮爾士所作的上述界定和證明，
乃是根據在無限共同體中的推論過程和解釋過程的會聚——這種
會聚必須被假定爲規範性的。借助於意義批判而假定起來的一致
性乃是知識之客觀性的保證，它取代了康德的先驗的「意識本
身」。實際上，這種一致性起著一種規整性原則的作用，它作爲溝
通共同體的理想，首先必然在實在共同體中並且通過實在共同體
才得到實現。再者，關於目標的實際完成的不確定性必須由一個
關於約定和希望的倫理原則來取而代之[38]：此即皮爾士的**邏輯社
會主義**原則[39]。皮爾士在這個原則中首次對理論理性問題與實踐
理性問題作了辯證的中介化，但他所設想的中介化是以這樣一種
方式被提出來的，即它的先驗哲學的規範特徵是毋庸置疑的。

　　這似乎是隨實用主義立場的確立而發生的變化，特別體現在
他的後來因詹姆斯的發揮而變得著名的通俗論文〈信念的固定〉
和〈如何使我們的觀念清晰〉（1877-1878）中。現在，以符號爲
中介的認知之推論過程和解釋過程被嵌入反饋控制性行爲的生活
過程中；而且這一過程的目標似乎不再是無限的研究者共同體的
真理一致性，而只不過是「對一個信念的固定」，這種固定通過建
立一個新的在實踐（實驗）上接受檢驗的行爲習慣而恢復了被懷
疑所擾亂了的行爲可靠性。這似乎也是由對意義批判實在論的實
用主義具體化暗示出來的傾向。例如下面這段話就表達了這一
點：[40]

---

[38] 參見皮爾士：《文集》第 5 卷，第 354 節以下。

[39] 參見瓦滕堡：《邏輯社會主義》，法蘭克福，1971 年。在這本著作中，
作者也強調了皮爾士對哲學的絕對主體的取代——以美國先驗主義爲主
中介（特別是通過承繼傅里葉的老詹姆斯的影響）——與青年黑格爾派
的「無限共同體」（施特勞斯、費爾巴哈）或「社會」（馬克思）對絕對
主體的取代之間的類似性。

[40] 參見皮爾士：《文集》，第 5 卷，第 400 節。

思想的整個作用就是生產行爲習慣……因此，爲了
顯示其意義，我們必須直接去決定思想產出何種習慣，
因爲某物所意謂的東西只是它所牽涉到的習慣。

毫無疑問，通俗實用主義就是從這種表述中發展而來的，包
括最後莫里斯的符號學行爲主義也是由此而來的，這種符號學行
爲主義把符號的意義還原爲實際上是以符號本身爲中介的可描述
的行爲傾向，從而也把語用符號解釋的主體還原爲經驗社會科學
的客體了。

在某種還有待澄清的意義上說，確實也有可能根據語言使用
從溝通著的人類的一般行爲中推斷出符號的（語言上的）意義。
但這樣一來，我們就悄悄地立下了幾個本身不可能通過在觀察基
礎上的描述來加以論證的前提條件。例如，其中也許有這樣一個
前提：消息接受者的反應一般是以一種對消息意義的正確理解爲
基礎的，此外這種反應又是根據一種典型的由言語行爲引起的「超
表現力」而得到回答的。無論是「非表現力」意義上的正確理解、
還是與之相區別的在「超表現力」意義上的典型反應，正如奧斯
汀和塞爾的言語行爲分析所表明的那樣，都不是自明的事實[41]。進
一步，我們假定：我們能夠理解那種構成語言使用之基礎的規則，
並且能夠通過與資質言語者的溝通來檢驗這種理解。之所以要假
定這一點，是因爲我們不能僅僅根據觀察及其統計式評價來保證
我們根本上與語言行爲相關。換言之，我們不能保證，我們從外
部應用於觀察事實（在此是爲了按語言學方式「說明」這些事實）
的規則就是溝通性客體本身所遵循的規則——由於遵守這一規
則，溝通性客體就能形成無限多的而實際上（即在他們的正常行

---

[41] 參見奧斯汀：《如何以言行行事》；塞爾：《言語行爲》。

爲中）決不出現的句子。[42]

　　上文已指出成果卓著的準行爲主義意義分析的無聲前提；對這些前提的反思性討論表明即使作爲一種一般語言使用的分析，這種意義分析也不可能把符號的意義還原爲可觀察的行爲方式。甚至對語言使用所作的間距化的準客觀分析也只能被看作——用科學哲學的話來說——是在主體間溝通的範圍內的疏離化的限界情境。然而，由皮爾士在其探究邏輯中建立起來的關於意義闡明的**實用主義公理**，根本上不是對語言使用的語言學概括，而是對在某個溝通情境中的符號意義作規範性闡明。譬如在皮爾士在世時，物理學的基礎危機就已使得人們不得不去闡明時空概念。顯然，在這裡不可能求助於實際上的語言使用或一般行爲來闡明意義，因爲恰恰就是語言的常規使用——例如也包括科學家的語言使用——依賴於必須予以消除的誤解。

　　實際上，當皮爾士採用關於意義闡明的「實用主義公理」時，他的意圖無非就是用對觀念的實際結果的觀察或描述來取代對觀念的意義的理解。但如果我們予以更爲仔細的審視，那麼就連上文所引用的容易誤解的那段話也顯露出一個完全不同的意圖。皮爾士寫道：「因此，爲了顯示其意義（也即一種思想的意義），我們必須直接去決定〔而不是『觀察』或『描述』——著重號我所加〕思想生產出何種習慣。」**生產**一詞不免輕率，但皮爾士也並不是以此來表示思想實際地造成何種結果，反之正如在下一個句子中取代生產一詞而出現的**包含**一詞所表明的那樣，他意在表示思想根據某個規則對正確解釋來說可能引起何種習慣[43]。緊接著的

---

[42] 依我之見，正是在這一點上，溫奇在《社會科學的觀念》第一章中對行爲主義的含蓄批評恰好吻合於喬姆斯基在〈關於斯金納「言語行爲」的評論〉中的批評，載弗多和卡茨（編）：《語言的結構》，第 547 頁以下。

[43] 1990 年，皮爾士在致詹姆斯的信中：「最終解釋項並不存在於任何一

討論表明，習慣在皮爾士那裡等同於一個觀念的意義，不可按休謨或行為主義的語言用法把這種習慣理解爲因果決定的觀察事實，而是要把它理解爲能夠在我們的自我控制的主體行爲與可能的觀察事實之間起中介作用的規則，即他所謂「第三性」範疇：「於是，一個習慣的同一性取決於它如何可能引導我們行動，不只是在很有可能出現的情形中，而是在或許可能出現的情形中，儘管後者也許未必真的可能。」[44]

這些文字是在先已得到草擬的並且自 1903 年以來專門被稱爲探究之規範邏輯的背景中寫下的。即便在這些文字中，我們也明顯地看出，皮爾士的符號學實用主義中並不是要把意義還原爲經驗社會科學的客觀事實，而是要探討關於可能實驗經驗的意義闡明的後設科學規則。皮爾士在這裡並沒有用實驗事實的觀察來取代意義理解，而是在思想實驗中把意義理解與可能的實踐經驗聯繫起來了[45]。

但是在這裡似乎出現了一個困難。如果我們隨著皮爾士而試圖去決定我們借以闡明關於可能經驗的某個思想的意義的那些習

個心靈的實際活動方式中，而是存在於每個心靈的可能活動方式中……如果任何一個心靈如此這般的遭遇，那麼這個符號將決定這個心靈如此這般地表現。我用『表現』一詞表示服從某種自我控制意向的行為。絕沒有任何一個心靈所遭遇的事件和任何一個心靈的行為能夠構成那種條件命題的真理。」（第 8 卷，第 315 節；參見第 5 卷，第 482 節和第 5 卷，第 491 節）。

[44] 皮爾士：《文集》，第 5 卷，第 400 節，著重號是我加的。

[45] 在此可參閱：《怎樣使我們的觀念清晰》（牛津，1962 年）中關於「實用主義公理」的關鍵表述：「試考慮一下我們認為我們概念的對象所能有的效果（這些效果可以設想是具有實際意義的），那麼，我們關於這些效果的概念就是我們關於對象的整個概念。」（第 5 卷，第 402 段）在一個 1906 年所加的注腳中，皮爾士本人提到「設想」的派生詞——「可設想的」（我們在這裡加了著重號），目的就是為了減輕這樣一個嫌疑：似乎他在 1878 年曾力圖把符號的「思想意義」「還原」為那種不具有概念的普遍特性的東西（例如感覺材料或實際行動）。

慣，那麼，我們就必須在某種程度上已經理解了這個被闡明的思想的意義。在這裡似乎有一個邏輯循環。我們在布里奇曼的語義學操作主義那裡也看到了這個邏輯循環。布里奇曼對愛因斯坦關於其物理學基本概念諸如「同時性」、「長度」等的定義作了方法論的反思，從而獲得了那樣一些與皮爾士根據其符號學實用主義先已提出來的要求相類似的要求。布里奇曼面臨著這樣一個困難：概念的意義必須已經得到假定，而概念的意義又是由一套操作來規定的（例如，時空和空間的概念一開始就是在現象上被理解了，從而我們才得以把握測量操作的不同等級）。[46]

但是在我看來，這個困難本身是可以消除的，如果我們去考慮實用主義公理的詮釋學意義而不是它的還原意義的話。只有那些（像布里奇曼和行為主義者之流）想把意義還原為可規定的或者可描述的行為方式的人，才必須堅持一種演繹邏輯；而當人們通過規定行為方式而先行假定意義理解時，這種演繹邏輯就迫使人們在此看到一個**惡性循環**。但是，如果意義是借助於那些符合實用主義公理的思想實驗而得到澄清的，那麼，其中所發生的絕不是這樣一種還原，而是闡明一個被含糊地先行理解了的意義。當想像先行進入符號意義所指涉的實踐和經驗的可能性中時，就有了這種闡明。與一種可在邏輯上形式化的理論構成方式不同，這種方法不是以事態演繹出事態；不如說，它致力於那種對概念意義的溝通，而這種溝通乃是一切可形式化的理論構成方式的前提。作為一個後設理論原則，實用主義公理僅僅闡明了概念符號的指稱結構的某一方面，而這個指稱結構包含著處於詮釋學的有效循環中的一切理解。

不待說，關於實用主義公理的詮釋學僅只是關於一般意義闡

---

[46] 參見本杰明：《操作主義》，斯普林菲德，伊利諾伊，1955 年，第 69 頁以下。

明之詮釋學的後設理論的（或後設科學的）極限情形。它著眼於
可能的實驗經驗作出對概念意義的闡明。我們下文還要討論這一
情形。在其後期著作中，皮爾士說明了一種包含在實用主義公理
中的後設科學的詮釋學的極限情形；皮爾士用「與事實相反的條
件語句」即「如果／那麼」命題來進行說明。這樣，他也就把他
的通過指涉將來（預定論，mellonization）[47]進行意義闡明的方法
與任何一種經驗主義者的還原理論區別開來了[48]。「預定論」的反
事實結構爲皮爾士提供了可能性，使他能夠同樣地在其符號學中
發揮規範性探究邏輯的觀點。與莫里斯不同，皮爾士在其論述＜
實用主義＞的論文（1905 年以後）中明確地區分了**符號解釋項**的
三個類型，即「情感的」、「能力的」和「邏輯的」解釋項[49]。只有
前兩類符合於符號對解釋者所產生的經驗上（即心理學上）可決
定的效果；而諸如一個命題的**邏輯解釋項**卻是：[50]

> 那種翻譯形式，在其中命題變得可應用於人類行
> 為，不是在這些或那些特殊情形下可應用，也不是當人
> 們抱有這一或那一特殊的意圖時才可應用，相反，這種
> 形式在任何情境下對任何目來說都可以最直接地應用於
> 自我控制。這就是爲什麼他（即實用主義者）要把意義
> 置入將來之中；因爲將來的行爲是服從於自我控制的惟

---

[47] 參見皮爾士：《文集》，第 8 卷，第 284 節。

[48] 限於篇幅，我們不可能討論「預定論」的反事實結構是如何以及在何
種程度上使皮爾士得以一方面把一切科學概念的意義與一種關於可能
經驗的先驗結構——追隨巴克萊和康德——聯繫起來；另一方面卻又憑
意義批判實在論來取代經驗的或先驗的唯心論（後者似乎從巴克萊或康
德以來就與「預定論」方法相聯繫的）。（參見我給皮爾士《文集》德文
版所作的導論，見《皮爾士的思想之路》，特別是第 255 頁以下和第 309
頁，注 90）。

[49] 特別請參閱《皮爾士文集》，第 5 卷，第 476 節。

一行為。

根據上面所假定的關於意義的可能應用的規則,「終極的邏輯解釋項」——它實際上必須中斷無限的解釋過程以得到一個「真實生動的結論」——對皮爾士來說卻同樣也是一個**習慣**,不過它是一個被賦予了規範性意義的習慣：[51]

　　蓄意構成的,自我分析的習慣——之所以是自我分析的,是因為它借助於對那些滋養了它的運用的分析而構成的——是活生生的界定,是真正的和最終的邏輯解釋項。

因此,我們對皮爾士符號學實用主義的更為詳盡的闡釋表明：就以先驗哲學方式被假定起來的一個無限的科學家共同體的真理一致性的目標而言,皮爾士也持有一種規範邏輯的觀點——早在 1868 年他就創立了這種溝通理論與實踐的規範邏輯。而且,皮爾士這位實用主義者這一以先驗哲學方式假定起來的目的論的探究過程視為一條道路,它通向一種——借助於自我控制的習慣構成——對宇宙之理性化過程的實際完成。但這種習慣構成的主體不能被還原為經驗社會科學的客體,就如同皮爾士所說的作為邏輯解釋項的習慣不能還原為這樣一個客體一樣。這個主體無疑也不是康德（甚至胡塞爾）古典先驗哲學所見的純粹意識本身,而是一個實在的實驗和解釋共同體,在其中,一個理想的,無限的共同體作為一個**終極目的**（Telos）也同時被設定起來了。這個共同體在某種意義上是可經驗的,一如它的符號行為是可經驗的

---

[50]　參見《皮爾士文集》,第 5 卷,第 427 節。
[51]　參見《皮爾士文集》,第 5 卷,第 491 節。

一樣，但它不是經驗的一個客體，不能把它當做一個觀察材料從外部加以說明。毋寧說，它是關於觀察材料之描述和說明的可能性和有效性的概念性條件的主體間溝通的媒介。

三、對皮爾士符號學的先驗詮釋學解釋與關於符號解釋的非工具性實踐關聯的問題：作為互動共同體的解釋共同體

羅伊斯（J. Royce）發展了皮爾士的符號學，他用一個經濟學比喻來說明主體間性溝通的後設科學問題與科學的認知問題的關係。為了用實驗證實來兌換個觀念或假定的「現金價值」，我們必須首先通過解釋來固定它在科學家共同體中的「名義價值」。換言之，人類與自然之間的知覺性認知交換是與人之間的解釋性認知交換為前提的——後者也即一種通過翻釋來實現的觀念價值的交換[52]。在我看來，羅伊斯與皮爾士不同，他首要地不是熱衷於一種關於科學概念之闡明的後設科學理論，而是致力於一種關於主體間性普遍溝通的社會哲學理論；在上述經濟學比喻中，他已經把認知的一個先驗詮釋學前提突顯出來了，而這是一個迄今為止未見思考的前提。我認為，羅伊斯清楚地揭示了自然科學和人文科學的聯繫與區別之處。而這正是一種前符號學的知識論所不能領會的。

所謂前符號學的知識論必然包括康德和古典實證主義，還包括施萊爾馬赫和狄爾泰的人文精神科學理解理論；這種前符號學

---

[52]　參見羅伊斯：《基督教問題》，紐約，1913 年，第 2 卷，第 146 頁以下。關於羅伊斯，請參閱洪巴赫：《羅伊斯論個體與共同體的關係》，海德堡，1962 年，第 110 頁以下；和施密斯：《羅伊斯和社會無限性》，紐約，1950 年。

的知識論根本上只能在主體－客體關係面向中思考認識問題。這種知識論的基礎在於對象意識或自我意識的統一和自明，其方法論概念是唯我論的，因而它就不能理解這樣一個事實：以符號爲中介的知覺性認知的主體－客體關係總是以解釋性認知的主體－客體關係爲中介的。換言之，在歷史悠久的唯名論知識論傳統中（在那裡符號僅僅被看作是用來傳達已知之物的工具），語言作爲關於某物之爲某物的認知的中介化機構被忽視了。而這種對語言的忽視總是意味著忽視主體間的傳統中介化，這種傳統中介化聯繫於語言在知覺－統覺性認知行爲中的一切解釋性應用。人們也許注意到，對某物作爲某物的解釋除了感覺因素和理性因素之外，還包涵著一種所謂的約定因素。但是人們沒有看到這一「約定」因素的認知特徵乃是對那些在語言上傳承下來的詞義或概念的意義的解釋——這種解釋必然先於一切把感覺材料納入那些概念的概括工作。在對認識之約定因素的思考中，人們僅僅注意到一個孤立的人類主體在解釋感覺材料的活動中作出的決定，卻沒有理會在一切解釋性語言應用中都起著作用的主體間性認同的完成。簡言之，人們沒有看到，在一個解釋共同體中，作爲傳統中介化的主體間性溝通乃是一切客觀知識（包括前科學知識）之可能性和有效性的先驗詮釋學條件。依我之見，羅伊斯的功績就在於最早指出了這一關係。他因此才能夠同等地吸收皮爾士的語用符號和黑格爾關於自我知識依賴於他人的承認的觀點。這兩個主題在其「關於社會忠誠的哲學」中攙和在一起了。

憑借他對知覺、概念和解釋之間的關係的分析，羅伊斯不僅指出對先驗哲學進行詮釋學改造的方向；而且，正如我們上面已經提到的，他同時還想借此爲一個對自然科學與人文科學之關係的決定性洞見鋪設道路。他在何種程度上獲得了成功呢？

從根本上來說，前符號學的知識論——這種知識論維繫於主體－客體關係，在方法論上是唯我的——只可能把詮釋學的「理

解」了解爲一種與關於觀察材料的科學「說明」相競爭的方法（如果這種知識論竟會去思考「理解」這樣的主題的話）。它只能把這種理解視爲對某一類客觀經驗材料的直觀性「移情作用」。這類經驗材料可以得到重新體驗意義上的內化。即使施萊爾馬赫和狄爾泰的詮釋學也沒有從根本上超越這一框架的界限。實際上，狄爾泰明確地把對要在「表達」中重構的精神的客觀化理解爲一種與客觀自然科學領域中可觀察的事物客觀性相類似的東西[53]。以此爲前提，現代科學主義就不難把人們對作爲認識方法的理解的要求看成是一個想補償在規則說明中出現的困難的非理性企圖。進而現代科學主義用關於理解的「咖啡壺理論」來反對所謂「精神科學」的上述不合理要求；在這一咖啡壺理論看來，移情式理解只能行使一種服務於說明的功能，即一種能促進規律假設的發現的心理學上的啓發式功能。[54]

與這一理論相對照，對符號學的先驗詮釋學的解釋——就像羅伊斯所勾勒的那樣——則能夠表明，「理解」不能被看作是一種與「說明」相對的競爭事業，而是一種與客觀事實的科學知識構成互補的認知現象。這互補的兩者實際上包含在以符號爲中介的關於某物作爲某物的知識中，也即以世界解釋爲形式的主體與客體的中介化以及以語言解釋爲形式的人類主體之間的中介化。這

---

[53] 參見《狄爾泰全集》第 5 卷，斯圖加特，1958 年，第 317 頁，第 319 頁，第 328 頁；第 7 卷，第 309 頁，第 217 頁。

[54] 就我所知，關於理解的「咖啡壺理論」最早由紐拉特提出（《經驗社會學》，維也納，1931 年，第 56 頁）；後來由亨培爾和奧本海姆（《科學哲學》，1948 年，第 15 期），以及阿貝爾（〈被稱為「理解」的操作〉，載費格爾和布洛貝克編：《科學哲學讀本》，紐約，1953 年，第 677-688 頁）加以闡發。我試圖從根本上摧毀這一理論，參見阿佩爾的〈溝通和人文科學的基礎〉，載《行動社會學》，1972 年，第 15 期，第 7-26 頁（擴充後的文本載《人與世界》，1972 年，第 54 期，第 3-37 頁）；也參閱阿佩爾的〈根據知識的人類旨趣看社會科學的類型〉，載《社會研究》，1977 年，第 425-470 頁和本書第 2 章。

兩種以符號為中介的認識型式甚至在它們的起源上也是互補的，也即它們是相互補充也相互排的[55]。這一點就顯示在作為「觀察」和「說明」的客觀知識與自然科學家的解釋共同體的**主體間性溝通**之間的歧異中；對這種主體間性溝通皮爾士已有了含蓄的表達，而羅伊斯則予以明確的概念化表達。自然科學家不可能用相互觀察和行為說明來取代主體間性溝通，因為即使是以語言解釋（與世界解釋相聯繫）的形式進行的隱而不顯的溝通，也不能由對語言材料的客觀觀察和說明來取而代之。

甚至那些在描述世界的活動中對語言媒介投以很大關注的人，諸如詩人之類，也遠非對語言作對象化處理並予以觀察。倒不如說，他是在傾聽語言，如同傾聽某個有話要說的人[56]。進一步來看，即使是那些把語言解釋為精神的表達或客觀化的文化歷史學家這類人，也並不是先把語言還原為觀察和說明的客體，然後才借此去確立一種服務於說明的移情式關係，毋寧說，他的耽於冥思的準客觀化活動依賴於一種對同樣也處於傳統中介化之中的溝通情境的方法論疏離（Verfremdung）。社會學家和語言學家在

---

[55] 海德格《存在與時間》（第 31 節）中把在方法論上有分歧的「知識類型」──「理解」和「說明」──看作是源始理解的「生存論上的衍生物」，而源始理解共同構成生存的「展開狀態」，並且從「可能存在」和「被拋存在」的「為何之故」那裡得到啟迪，這裡在我看來，儘管強調了「共存」，但海德格依然落入了一種方法論唯我論的生存論本體論變種中了。依我之見，在被設為基礎的理解統一體中，即在總是我的「在世界之中存在」的展開狀態中，以語言為中介的關於世界公眾解釋狀態與我的世界經驗──特別是由每個個體的實驗活動所發現的關於外部世界的抵抗經驗──之間的緊張關係沒有得到充分的考慮。

[56] 這一點或許可以與後期海德格關於「語言說」的奇怪陳述相比較（參見《通向語言之路》，普富林根，1959 年，第 254 頁以下）。柏拉圖筆下的蘇格拉底把流浪歌手稱為「詩人的解釋者」（《伊安篇》535a），並把詩人稱為「神的解釋者（代言人）」（《伊安篇》534a）。賀德林寫道：「人之體驗也多，/諸神由其命名，/吾人既為對話/故能相互傾聽」（著重號係我所加）。依我之見，這最後一句詩最近乎真理。

這條方法論疏離的道路上走得更遠，然而也沒有能夠完全越出溝通情境去觀察和說明[57]。

　　上面這些從羅伊斯那裡引發出來的思考表明，只有一種經受了符號學改造的先驗哲學才能夠充分領會詮釋學問題的起源，這個問題蘊含在與科學的認知旨趣構成互補的旨趣之中。由於把溝通共同體設定爲認知的主體（認知本身是一種以符號爲中介的作用），這樣一種先驗哲學就克服了傳統知識論的方法論唯我論；根據這一方法論唯我論，其他人類主體及其溝通行爲只能被思考爲某一孤立的認知主體的客體，一個充其量可以通過移情作用加以把握的客體。

　　然而，儘管由皮爾士所開創的符號學有著上述種種功績，但在其實用形式中，即在羅伊斯用於他的經濟學譬喻的形式中，這種符號學卻依然有著某種視界方面的限制。這種限制誠然不同於我們前面所假定的限制，但也必須把它歸咎於科學主義。在這裡，我們有必要重提這樣一個事實，即實用主義公理所描繪的，僅僅是作爲意義闡明方法的先驗詮釋學的後設科學的極限情形。

　　作爲一種規範性探究邏輯的組成部分，實用主義公理——正如我們剛剛表明的——無疑不是在說明性科學意義上的一個可形式化的還原方法。然而，作爲一條實用主義的公理，它自始就是與科學意義上的實驗經驗聯繫著的：惟當符號的意義能夠被可能經驗所闡明，而這種可能經驗則能夠在合目的理性的、反饋控制的行爲框架中爲那些可替換的人類主體（他們從事著原則上可重複的實驗）所獲得——惟就此而言，我們所談論的符號（例如語句）才被證明爲有意義的符號[58]。因此，溝通只能涉及那樣一些終

---

[57] 參見本書第126頁注2關於溫奇和喬姆斯基對行爲主義的批判。

[58] 哈伯瑪斯在他對皮爾士的討論中（《知識與人類旨趣》）直截了當地把這一「實用主義公理」的參照視界的科學主義限制揭示爲「工具主義的先驗框架」。但是，皮爾士也熟悉那種通過指涉一種可能的惟一的將來

究能由一種主體間性的也即客觀的規律知識來加以回答的問題。但由於這種規律知識是在科學家解釋共同體中通過確定符號的名義價值而獲得的對實驗結果的現金價值的利用，它反過來又必須以溝通爲中介，所以，皮爾士似乎認爲在自然科學的實驗研究過程與人類解釋共同體中的溝通過程之間沒有任何區別。看來，一切具有潛在意義的符號的意義之能夠得到解釋性闡明的範圍，似乎取決於研究者共同體獲得一種經過實驗檢驗的客觀的規律知識和一種相應的技術「訣竅」的程度。

　　羅伊斯拋棄了這一關於溝通問題的科學主義框架，因爲他不再側重於關心可被實驗檢驗的事態的知識，而是關心人類的自我知識。在他看來，人類的自我認識是以解釋共同體中的相互理解爲中介的。因此，在實用主義思潮中，羅伊斯就成爲第一個把關於符號解釋的討論推進到關於意向意義之理解的詮釋學問題的討論的哲學家。皮爾士由於把注意力集中在以實驗爲中心的對事態的完全贊同（sonsensus omniun）上，就力圖把人本身當做一個符號整合到符號解釋的超個體的推論過程中[59]。相反地，羅伊斯則用

證實某個歷史陳述的意義的闡明。在他最早發表在鮑德溫《哲學和心理學辭典》（1902 年）中的實用主義中，他尋求一種「更高程度的思想清晰性」，而這是「實用主義公理」所不能提供給他的。他也許是出於這樣一種考慮：「它（實用主義公理）所關注的實際事實服務於惟一的終極的善，而惟一的終極的善，就在於推動具體理性的發展。」（第 5 卷，第 3 節）關於皮爾士後期著作中所含的工具主義與倫理學或目的論進化的形而上學之間的衝突，請參見阿佩爾的《皮爾士思想之路》，第 155 頁以下。

[59] 皮爾士的一篇早期論文非常粗糙地表達了這一點：「正如任何思想都是符號這個事實——連同生命乃是一連串思想這個事實——證明了人就是一個符號；同樣地，任何思想都是外在的符號，這個事實證明了人就是一個外在的符號……於是有機體只不過是思想的工具。但是人的特性乃是在於他們行動和思想一致性……由於個體只是通過無知和謬誤才顯示出他的獨立存在，就他分離於他的同類、分離於他及其同類的可能存在而言，作為個體的人只不過是一種否定性（5.314-317）。」

作爲意向意義之主體的人，來替代作爲符號學分析對象的解釋過
程中的符號。這樣一來，羅伊斯就把對符號過程的關係邏輯分析
——它讓皮爾士相信解釋乃是「第三性」範疇的範式——應用到
思想史過程和歷史學－語文學知識的過程上。羅伊斯認爲，符號
解釋的三元關係在這裡再現於傳統中介化的三元結構中，或者說
再現於由三個傳遞著傳統的人類主體組成的最小「解釋共同體」
的三元結構中。在這三個人類主體中，第一個（A）必須擔當中
介性解釋者的作用，它向第二個主體（B）闡明或者——必要的話
——「翻譯」第三個主體（C）所意謂的東西或已表達出的東西。
〔這裡須得補充一點：就連孤獨的思想也具有同樣的結構，即在
一種「心靈與自身的對話」（柏拉圖）中某人（A）向自身（B）
傳達他自身（C）；這種孤獨的思想在某種意義上必須把自身整合
到承擔著傳統中介化過程的解釋共同體中——這乃是一種必須不
斷地重新實現出來的必要性，儘管心靈的先天三元結構是在既可
能成功也可能失敗的語言習得和社會化過程之中的。〕由於這種
三元結構蘊含著一個不可逆的過程，在這種進程中，諸主體不能
改變位置，因之，羅伊斯就在解釋的邏輯結構中看到了歷史時代
的本體論結構。「無論在哪裡把世界過程記載下來……現在都爲將
來而解釋過去，現在就在這種解釋活動中無限延續……因爲我們
乾脆可以把時間序列及其三個面向，即過去、現在和未來界定爲
可能解釋的序列。」[60]

　另一方面，這一解釋結構也是社會關係世界的關鍵所在：[61]

　　　從形而上學上來看，解釋世界是這樣一個世界，在
　其中——如果我們根本上能夠解釋的話——我們得以了

---

[60] 羅伊斯：《基督教問題》，第 2 卷，第 146 頁以下。

[61] 羅伊斯：《基督教問題》，第 2 卷，第 160 頁以下。

解我們的同類的存在和內心生活，並且學會理解時間經
驗之構造，連同它的意義行為的無限積累的相繼序列。
在這個解釋世界中……不同的自我和共同體獲得了存
在，過去和將來得到了界定，精神王國找到了它的地盤。

　　羅伊斯的解釋哲學在某種程度上是把皮爾士的符號學從對康
德的實用主義改造轉化爲對黑格爾的新唯心主義改造。無疑，這
種詮釋學哲學達到了美國哲學與德國哲學詮釋學傳統的親和關係
的極致[62]。在經歷了由施萊爾馬赫和狄爾泰的同一性移情重構理論
所導致的一種心理學化的偏離之後，德國哲學詮釋學傳統憑著伽
達默爾的傳統中介化概念也重返黑格爾的思想路線[63]。因此在這一
點上，似乎有必要把符號學的解釋哲學與伽達默爾關於詮釋學「真
理」與科學「方法」之「客觀性」之間的關係的問題作一對照。
在伽達默爾看來，用科學客觀性標準——這種客觀性標準必須在
漸進的近似中實現出來——去衡量人類科學解釋的可能「真理」
乃是不明智之舉。根本的原因在於：與科學描述或說明的主體不
同，詮釋學的理解的人類主體之範式並不在於康德「意識本身」，
而在於海德格的歷史性「生存」（此在）中。這種生存同時籌劃著
它自己的**可能存在**（Seinkönnen）和**被拋存在**（Zuseinhaben）的意
義境域，惟因此它才能夠從傳統的產品那裡贏獲意義。因此，對
伽達默爾來說，解釋的真理不是一種漸進的，在方法論上近似於
客觀性理想的真理，而是一種意義揭示活動的真理，它產生於歷

---

[62] 洪巴赫：《羅伊斯論個體和共同體的關係》，第 111 頁）沒有能看到羅
伊斯與其德國同時代人狄爾泰的任何關係。

[63] 關於伽達默爾與黑格爾的關係也請參照阿佩爾對《真理與方法》的評
論，載《黑格爾研究》，1963 年，第 2 卷，第 314-322 頁。另外，參閱
阿佩爾的〈反思和物質實踐〉，載《哲學的變遷》（德文版），第 2 卷，
第 9-27 頁。

史性情境中的過去和現在的**視界融合**。這種關於與效果歷史意識
意義上的「此時此地」（hic et nunc）相應的傳統中介化的真理誠
然源出於那種通過反思來克服過去的自我理解的解釋。但是這種
真理同樣也吻合於一種有限的情境理解和自我理解，從而絕不可
能確定地克服過去。就此而言，現在對過去的理解就不可能「比
過去對自身的理解更好」，倒不如說，現在只能不同地理解過去。
64

　　如果我們比較一下伽達默爾的這一生存論詮釋學立場與符號
學實用主義的解釋理論，那麼，皮爾士解釋理論所具有的後設科
學的科學主義傾向就再次得到了證實。皮爾士不再把一個「意識
本身」假定爲客觀真理的先驗主體——甚至也沒有爲自然科學作
這種假定。與新近一個時期的巴柏相似[65]，皮爾士甚至也把自然科
學的可能的客觀性建基在科學家共同體的歷史性溝通過程之中。
但儘管如此，他仍然假定這樣一點，即認爲這一溝通過程，如果
不被擾亂的話，終將產生一種完全贊同，這種完全贊同以符號學
的方式符合於「先驗意識本身」並且構成了客觀性的保證。而且，
由於他從實用主義公理出發把一切意義溝通與可能的實驗經驗聯
繫起來，皮爾士就認爲，哪怕是作爲符號解釋的一切意義理解，
也憑著學者們就他們的主題所達成的一致性而獲得了它的內在地
可能的主體間性真理。羅伊斯則摒棄了這一對溝通問題的科學主
義限制，轉而贊成一種最廣意義上的詮釋學的傳統中介化，但是，
與黑格爾相似，羅伊斯又把在解釋共同體內進行的傳統中介化設
想爲人類自我認識的一個目的論過程。人類向著自我認識的進步
也不是像皮爾士所見的那樣，依靠一個規整性原則直接聯繫於可

---

[64] 伽達默爾：《真理與方法》，倫敦，1975 年，第 263 頁。
[65] 這句話在某種意義上已經無效了（過時了），因爲被巴柏已經把知識
的可能客觀性建立「第三世界」這樣一個準柏拉圖主義的領域中。參見
巴柏：《客觀知識：一個進化論的研究》，牛津，1972 年，第 3、4 章。

能的完美；毋寧說，這種進步是由精神之自我表達的實際上無限的絕對系統來保證的[66]。結果是，一方面，羅伊斯這位黑格爾主義者[67]最早表明了他所採納的實用主義符號學的問題如何與人文科學的詮釋學匯聚在一起；另一方面，作爲一個絕對唯心論者，羅伊斯似乎比實用主義更加遠離於伽達默爾的情境詮釋學。[68]

鑒於這一複雜情形，我們這裡暫時把迦達默爾的後生存論詮釋學與絕對唯心論的反思確定性之間的關係問題擱在一邊。我們首先要更加準確地決定這樣一個問題：是什麼東西阻止著詮釋學去接受皮爾士關於意義闡明的規整性原則——這個原則似乎確保了在後設科學的客觀性意義上的解釋的進步。

以一種拓寬的實用主義符號學爲線索，通過對某個實踐關聯因素的考慮——這個實踐關聯因素在日常會話和對文化傳統的解釋中使得一種無關於實驗經驗（它是可以由可替換的人類主體任意再造的）的意義理解成爲可能——我們當能找到上述問題的答案。最簡單的例子似乎是兩個人之間的對話，在這種對話中，雙方並不是相互傳達事態，而是相互表達他們的意願意向[69]。在這

---

[66] 羅伊斯有時也用一張能自我描摹的圖來說明這樣一個系統的理論上的可能性。這張自我描摹圖把自身描摹爲一張也能自我描摹的圖，如此等等，以至無限。他把自我意識與這樣一張圖相比較。（參見「一、多和無限」，見《世界和個體》一書的附錄，紐約，1990 年，倫敦，1901 年。）

[67] 這一稱呼對羅伊斯是否得當大可商榷。但它恰當地說明了在（思想）歷史和社會問題上的著重點的轉移，這種轉移把羅伊斯與波爾士區別開來了。

[68] 這一印象通過皮爾士之後美國實用主義的發展而得到了鞏固；皮爾士之後的實用主義沒有採納皮爾士的玄奧的（準先驗哲學的）「實用主義」，而採納了皮爾士在《信仰的固定》中提出來的情境常識實用主義。這才有心理學詹姆斯和社會教育學家的杜威的有限論實用主義，它在某些方面表現爲歐洲生存論詮釋學在美國的那一半。

[69] 這裡必須補充一點：嚴格說來，我們不能設想一種對話，它不包含願對抗和相應的以修辭手法使用語言的策略。

裡，一方在謀劃自己的話時預先就考慮到另一方將作出的反應。
並因此賦予他自己的話以意義。另一方則根據在他們雙方的關係
中要獲得的東西來理解他說的話。這裡，雙方最初是根據預期的
實踐也即他們的「互動」[70]和相關的可能經驗，來闡明他們各自的
表達意義。這種互動是不可重複的，因爲它不可逆轉地改變著會
話情境。言語表達本身並不是一個可以普遍有效地解釋的意義的
能不斷引用的媒介物，毋寧說，它們也是不可逆的互動實踐的組
成部分。[71]

　　但是人們也許立即會反駁說，這種根據不可逆的互動來進行
的意義闡明本身只能以理性方式加以證實，因爲它是以一種與可
能的有目的理性行爲的關係（它在任何時代對所有人都是有效的）
爲中介的。在以互動爲基礎的溝通中的任何一方，在某種意義上
都有理由借助於一種旨在實現意願的可能策略的遊戲理論，爲自
己去闡明他的語言行爲和預期的他人的行爲反應所具有的可能的
理性意義，以及與之相對照的可能的非理性意向[72]。這也許就是把
意義解釋問題──甚至在相關於不可逆實踐的意願對抗情形中─
─還原爲皮爾士實用主義公理意義上的精神實驗了。

　　然而，這一具有廣義的科學主義特徵的論證思路忽視了一種
基於互動的對話的真正要義。它依賴於一個不言而喻的，在方法
論上是唯我論的預設，即認爲人類主體之間的實際溝通總是能夠

---

[70] 與常見的用法不同，「互動」在這裡不是取兩個客體間的相互作用之
意，而是表示那種根據在人類主體之間才有可能的互惠關係的行爲──一
種期待著另一個人的反應的行爲類型。參見哈伯瑪斯：〈勞動和互動〉，
載《理論和實踐》，維爾特譯，波士頓/倫敦，1974年，第142-169頁。
[71] 這裡和下文指出的關係借助於奧斯汀和塞爾的言語行爲理論可以得
到更爲具體的分析。也請參見馬斯和洪德里希：《實用主義與語言行
爲》。
[72] 參見韋伯關於有目的的理性行爲的意向詮釋學。

或必須把個體成員的自我理解和相應的自我肯定意願假定爲設立目標的機構；以此爲前提，這種溝通就僅僅被看作是一種要在工具上共同控制由自我肯定意願設立起來的目標的企圖。但是，這個十分古老的，淵源深遠的由傳統主體哲學所作的預設，甚至也與這樣一個在經驗上已經得到證實的事實相抵觸：一個小孩通過語言習得和社會化過程——這是從與其母親的接觸中發展而來的——僅僅獲得了一種自我理解以及一種對可能目標的意願意向的相應取向。因此，他不是從一開始就是可能的對象化和工具技術（也許也包括語言使用技能）的一個自我－主體，毋寧說，他首先是在互動和語言溝通的共同體中通過對一個落到他身上的角色的認同，才獲得了這種自我－主體性和工具技術的可能目標。

在這種以語言溝通和互動爲基礎的角色認同中蘊含著一種習慣的發生[73]，後者不能還原爲實用主義公理意義上的「習慣」的建立（儘管這種發生所能帶來的僅僅是那種行爲傾向，後期皮爾士希望從這種行爲傾向那裡獲得一種在指向「終極的善」的「進化之愛」意義上的宇宙理性化）。社會角色的認同無疑對以互惠關係爲基礎的行爲具有穩定作用，但不是在有目的的理性行爲（也許通過對他人的控制）的如果——那麼規則意義上的穩定作用，而是在那種總是先行蘊含在一切有目的的理性行爲中的社會互動的內在化規範意義上的穩定作用。而且，在社會化過程中習得的語言的每一個詞語不僅僅並且首先是個別溝通成員的工具，即他借以獲得他的話語目標的工具；不如說，它始終都是社會互動的制度化規範的體現，另外，它始終也是關於事物和情境的規範性約束意義的一種古老溝通的結果。就此而言，語言作爲一個整體，始終已經是溝通共同體的「一切制度的制度」，正如那些作爲隱秘

---

[73] 參見馬克：《關於「普遍唯心論」、「意向性分析」和「習慣發生」的先驗現象學探究》，伯杜瓦，1957 年。

的修辭學哲學的維護者的人文主義者所淸楚地認識的那樣。[74]

　　但是作爲特定社會的歷史構成的生活形式，語言不僅是具有規範約束力的「一切制度的制度」。作爲無限溝通的自我反思性[75]媒介物（特別是一種語言到另一種語言的翻譯的媒介物），語言也是一切教條地凝結起來的制度的「後設制度」。作爲後設制度，語言表現爲一切未經反思的社會規範的評判機構；同時，作爲一切制度的後設制度，它也總已經是一個具有規範約束力的機構，這個機構並不是聽任個體作任意的主觀推理[76]，毋寧說，只是個體保持著溝通，那麼這個機構就迫使個體去參與到對社會規範的主體間性溝通。但是，只有當被使用的語言符號關涉於可能實踐和可能經驗時才有批判性溝通（作爲無限的共同體形成過程的制度）的上述潛在約束性力量。在此意義上，一種拓寬了的實用主義號學的觀點得到了確證。但是，這裡所說的實踐及其與經驗的關係，並不是那種無論何人、無論何時都可以加以重複的的實驗活動，而是惟一的和不確定的互動實踐，也即對社會情境的改變或者說實證活動。有理由認爲，如果一種語言的符號不能被闡明爲有意義的符號——不僅從可替換的實驗家的一種可能技術實踐方面，而且從歷史性互動的可能經驗方面——那麼它就完全喪失了它的功能。（這一點也許就足以說明一種空轉的語言遊戲的命運類似於維根斯坦爲形而上學設想的命運！）

　　根據上述考慮，我們當能更爲準確地確定作爲解釋理論的實用主義符號與伽達默爾意義上的詮釋學的關係了，並且在一種先驗詮釋學意義上來回答我們原先提出來的關於符號解釋的主體的

---

[74]　參見阿佩爾：《從但丁到維科的人文傳統中的語言觀念》。

[75]　這一點適合於與形式化語言相對應的日常語言。

[76]　參見阿佩爾對格倫的《制度的哲學》一文的批判評論，載《哲學評論》第 10 卷，1962 年，第 1-21 頁，又載於《哲學的變遷》（德文版），第 1卷，第 197 頁以下。

問題了。

　　首先變得清楚的一點是，為什麼一種具有人文科學取向的詮釋學——它把最廣義上的符號解釋設想為歷史性的傳統中介化的作用——不能委身於意義闡明的「實用主義公理」。從詮釋學的角度來看，這一意義闡明方法（以及類似地一種得到正確解釋的「操作主義」）表面為意義理解的後設科學上的極限情形，表現為這樣一種企圖，即借助於一種理想化的抽象，把一切意義與操作以及相關的經驗聯繫起來——這裡所說的經驗是每個無關乎他與他人的歷史性互動的孤立主體在任何時候都可能具有的，在此意義上，這些經驗被認為是先天主體間的，而這就是說，它們是客觀的經驗。在這裡我們可以發現任何漸進性的經驗分析科學都具有的基本原理，即試圖通過一個意義溝通的固定模式使詮釋學對主體間溝通的輔助作用對將來來說成為多餘的，從而一勞永逸地確立在邏輯上和經驗上可檢驗的理論的可能性和有效性的前提條件。在此不妨附帶地插一句，關於這種確定的後設科學的溝通的理想大抵是對歷史地形成的日常語言（包括從日常語言中發展出來的由實驗證實的科學語言）的粗暴取消，代之而起的乃是一種普遍計算語言，後者既被保證為無矛盾的，又被保證為在實驗上、實用上可應用的。這乃是邏輯實證主義的最初夢想。

　　然而，即使是詮釋學的意義理解的這一科學主義的極限情形，本身也受歷史性的傳統中介化的基本規律的支配；根據這一基本規律，一切意義闡明活動都是以一種具有日常語言的形式的先行理解為前提的，而所有精確的說明都通過其充分條件與這種先行理解相聯繫。這一詮釋學的基本規律決定著上文已經提到的實用主義－操作主義的意義闡明的「循環」。（這種「循環」也表現在形式化科學語言的構造的情形中，乃是精確語言和歷史性的日常語言的共同前提：一種精確語言是對日常語言的部分說明，而被構造的語言必然是借助於日常語言才被解釋為對科學語言的

精確化，並得以與實驗經驗聯繫起來。）每一個成功的實用主義或操作主義的意義闡明，在某種程度上都不外乎是這樣一種歷史性轉變，即從互動的解釋共同體的歷史性傳統中介化，轉到那些與實驗經驗相關的概念所具有的無關乎歷史的清晰性。[77]

　　然而，根據不可或缺的對傳統的適當先行理解來看，只有在那些本身可操作性解釋的概念或表達那裡，尋求這樣一種轉變才是有意義的。因此，人們力圖根據可能的測量操作來澄清例如作為自然科學基本概念的「空間」和「時間」，甚至把科學史上的早期概念的解釋與操作性澄清的理想聯繫起來，並以這個理想為尺度來衡量這些概念的創造者的意向意義。同樣的方法也許還適合於社會科學的有關性情方面的術語，諸如「理智」、「侵略性」、「社會威信」之類的術語，儘管在此情形中，對操作標準的先行溝通──與自然科學家的先行溝通不同──或許已經含有一種規範性的社會──歷史的義務。諸如「生活標準」、「生產力發展階段」或「法律」之類的概念，本身就已經蘊含著經驗評價的規範性標準，後者既取決於不可逆的歷史性互動和溝通，又反過來影響了這種歷史性互動和溝通。但諸如「自由」、「公正」、「幸福」、「人類尊嚴」之類的概念，卻只有通過一種與倫理實踐的關聯，才能被證實為有意義的──一個歷史性的解釋共同體以傳統方式投身於這種倫理實踐，或者在解放義務中實際地擔當這種倫理實踐。

　　顯然，我們必須為詮釋學人文科學預設起來的未縮減的符號

---

[77] 這一由後設科學式的意義溝通作出的轉變，符合於另一種具有一個恰恰相反的結構，後者是從程序化的科學技術專業語言到明達的「輿論」的日常語言的轉變，而且只有它才能夠把科學技術的成果結合到一種民主式意願形成機制所具有的政治和論理框架中。也許，詮釋學的溝通科學的特別迫切的任務──而不是實用主義──操作主義的意義闡明的任務──就可以認為是這種轉變的不斷實現。參見阿佩爾：〈作為解放的科學？〉，載《一般科學理論雜誌》，1970 年，第 2 期；重載於《哲學的變遷》（德文版），第 2 卷，第 128-154 頁。

解釋的主體，正如海德格和伽達默爾所假定的那樣，實際上本身就是歷史性的。通過拓寬皮爾士的符號學，我們可以說我們這裡討論的主體乃是一個無限的互動共同體中的解釋共同體。這個解釋共同體可以追溯到（也即還原爲）科學實驗家的共同體，但只是在這樣的情形下：在那裡問題不在於通過倫理約束的實踐活動來展開作爲歷史的世界，而在於通過實驗檢驗直接把關於宇宙世界的規律知識轉化爲技術技能。這種習慣化了的技能本身無疑地表現爲——用皮爾士的話來說——一種對宇宙的理性化。但是，這種工具理性化是否就是那種向著「終極的善」的「進化之愛」，無疑要取決於歷史性的人類互動共同體是否能夠使它服務於人類向著一個無限的批判性的解釋共同體的自我解放。科學主義對這一前景的抉擇也許在於人類的一種與本能類似的自我固定，這種自我固定已經達到了控制論操縱的水平[78]。根本說來，它也許是任何人類溝通共同體所不能加以抑制的。

　　在這裡，似乎我們對伽達默爾從德國傳統中發展出來的詮釋學與實用主義符號學的關係問題的回答必須有所補充才好。起初，我們不得不捍衛受生存論分析激發的詮釋學的合法性，以反對科學主義通過區分技術科學的實踐和經驗與相關於倫理互動的實踐和經驗而對歷史性傳統中介化問題所作的削減。然而現在，從皮爾士的符號學角度來看——我們已經對這種符號學作了歷史性的互動共同體意義上的拓寬——德國詮釋學的後黑格爾主義傳統，包括生存論詮釋學，必須再度得到批判性追問。下面的問題特別是指向伽達默爾的，因爲他對這一傳統作了總結。

　　把作爲傳統中介化的意義闡明解析爲「視界融合」的一個受制於境遇的發生，即一種已被托付給「時代的生產能力」的「遊

---

[78] 在某種意義上講，這一點也許是在格倫的人類學和社會哲學路線上的皮爾士實用主義的技術統治論調的極點。

戲」，一種總是將產生出實際「應用」的不同結果的發生——作這樣一種解析就夠了嗎？

作為一個準方法論的假設[79]，從一種對理解之「歷史性」的分析中僅僅推導出「效果歷史意識」的要求，此外無它——這就夠了嗎？

更準確地說：解釋者意識到自己在「效果歷史意識」意義上的解釋過程中的作用，他知道他不可能避免把他的理解「應用」到歷史實踐中去——難道這樣一個解釋者因此就不必把他的活動與一個互動共同體中的可能溝通，也即歷史實踐聯繫起來嗎？

難道解釋者在這種情境中不是需要一個具有方法論意義的規整原則，以便把他的解釋活動與一種無限的可能進步聯繫起來，

---

[79] 儘管伽達默爾強調——特別是在他與貝蒂的論戰中（參見貝蒂：《作為精神科學一般方法論的詮釋學》，萊賓根，1962 年，第 118 條注）——他並不是提出「方法」，而是描述「存在」（Was ist）。但是我們還是不能忽視在伽達默爾那裡這樣一種隱含的要求：即要記住解釋者與解釋項之間的歷史性關係（這是一種對解釋來說必然的關係，因為它決定著「先行理解」），進而面對解釋項展開一種「效果歷史意識」。而且，這種要求只能被理解為規範性要求。如果人們想否定這一點，那麼這種從「本體論上」把解釋嵌置入「遊戲理論」的作法（伽達默爾：《真理與方法》，第 97 頁以下）就危險地接近於一種行為主義式的客觀主義描述了（就像維根斯坦的語言遊戲說所暗示出來的那樣）。與可說明的自然過程不同，傳統中介化的歷史性解釋過程不僅只限服從於規律，相反，它還須由我們自己責無旁貸地來加以展開（而且正因為如此它才是「可理解的」）；只有當哲學概念也表達出一種有方法論意義的規範性義務時，這種歷史的解釋過程才能在本體論上得到把握，後期皮爾士清楚地領悟到了這一點。他在思想發展的第四個階段（1902 年以後）建立了一種**規範探究邏輯**，這種探究邏輯採納了第一階段的康德主義立場，以糾正他前期實用主義（第二階段）的自然主義傾向，以及他的進化宇宙論思想（第三階段）。在我看來，甚至牛津學派的「後設倫理學」（類似於作為後期維根斯坦之哲學基礎的非歷史性語言遊戲理論），也忽視了這樣一個事實，即嚴格說來，我們不能以一種價值中立的態度來描述思想事件，這種思想事件的具體位置在必須由我們本身來展開的歷史之中。遊戲理論和功能主義的本體論依賴於一種抽象，而那種關於歷史整合的詮釋學必須「超越」這一抽象。

也即根本上與一個絕對解釋真理的理想極限值聯繫起來？

在我看來，如果我們不是在狹隘的科學主義實用主義意義上，把解釋進步的觀念限制在關於可能的實踐經驗和技術「訣竅」的意義闡明上，那麼，上面這些為一種規範探究邏輯所特有的問題也就在皮爾士符號學思想中再現出來了。如果我們把歷史性互動共同體，而不是把具有科學主義局限性的實驗家解釋共同體，看作是符號解釋的主體，那麼看來甚至在這裡——儘管現在解釋以不可逆轉的方式與一種改變著某種情況的活動交織在一起——我們也能夠發現可能的無限進步的一個規整原則。依我之見，這裡所說的規整原則就在於關於那個無限的解釋共同體的實現的觀念之中，而這個解釋共同體作為一個理想的控制機構則是參與批判性論辯的每一個人（也即思想著的每一個人！）的前提條件。因為，如果我們考慮到，實在的溝通共同體——它是在有限情境中從事批判性論辯的個體的前提條件——絕對不是與那個無限解釋共同體的理想相符合，而是服從於那些由在不同民族、階級、語言遊戲和生活方式中的人類顯示出來的意識和旨趣的限制，那麼，從這一在解釋共同體的理想與現實之間的對照中，也就出現了實踐進步的規整原則，解釋的進步可能而且理當與這種實踐進步交織在一起。解釋與人類主體——它本身乃是歷史性的，同時憑其解釋不可逆轉地改變著某種境況——的不可否認的關係也就不用著把規範性詮釋學拱手交給一種相對主義的歷史主義；相反，它本身作為可能進步的一個面向能夠在主體間溝通的水平上得到思考。要是我們無權設想一種向著理想的溝通共同體的實現邁進的實踐進步（我們必須反事實地搶在這個理想的溝通共同體之先進入所有溝通努力中），那麼我們實際上就不得不與伽達默爾一起得出結論：在詮釋學的理解中也不可能有真正的進步，而只有「差異性的理解」。

作為一個具有方法論意義的詮釋學原則，在實踐上關聯於互

動共同體的無限溝通的理想也許還能消除這樣一種誤解，即認為對歷史上完成了的解釋應用的沉思，當然要用一種具有主觀現實性的理解來反對那種歷史學上客觀的對傳統的理解[80]。因為一個無限溝通共同體的建立恰恰也包括在時間和空間上分離的溝通成員的意向（本文的意義和作者的意義）。而且，使現實的應用——在一種無限溝通的旨趣中——或許對現在來說變得困難，這完全在一個有意識地被應用的解釋方法的職責範圍內。（毫無疑問，這裡蘊含著歷史學、語文學的人文科學的特殊任務，這個任務把人文科學與外語翻譯者的實踐作用聯繫起來，卻以一種相關於詮釋學的方式把人文科學與法官、傳道士、或藝術「解釋者」，例如導演或指揮的作用區分開來。）

另一方面，關於一種無限溝通的假定無疑使我們——在迦達默爾意義上——最終取消對真理或者傳統的倫理約束力量的「詮釋學的抽象」。儘管這種詮釋學的抽象在狹隘的方法論提煉意義上是有用的，但是它必須不是導致一種對古典本文的權威的無限制的恢復，就像伽達默爾所提出的那樣。伽達默爾似乎要求解釋者僅只在他本身那一方尋找理解之失敗的理由或原因（也即根本說來是尋找可能認同的失敗的原因）。如果有關解釋項的**完美性之前把握**（Vorgriff der Vollkommenheit）（伽達默爾）——它必然構成任何文本解釋的啟發性起點——被設想為對在可能的**總體贊同**（consensus omnium）意義上的真理的前把握，那麼，對這種前把握的失望，也必定使得我們有權借助於一種解釋項及其作者的社會歷史局限性的批判理解，來揭示溝通之失敗的原因。在我看來，無限溝通的目標——這同時也即對一切溝通上的障礙的消除工作的目標——甚至也包括證明以下事情的合法性：即暫時中止與解

---

[80] 這一指責在何種意義上擊中了生存論詮釋學（海德格、布特曼、伽達默爾？）（從而來確定它與通俗實用主義的相似性）——這個問題在此不

釋項的詮釋學上的溝通，而代之以作經驗分析的社會科學的因果或功能「說明」[81]。作為對詮釋學方法的一個意識型態批判上的拓寬，並且在普遍溝通的先驗詮釋學理論的框架內，社會科學的「說明」方法就是合法的，只要「說明」不是以自身為目的，而是被認為能夠轉化為溝通成員的一個得到反思性深化的自我理解[82]。就歷史本文的解釋而言，對這一由意識型態批判作出的假設進行詮釋學的證實，當然不可能由傳承下來的本文的作者來完成，但也許就是這些本文的閱讀者的任務：通過把強制性的動機揭露為解釋項的作者的自我理解的障礙，閱讀者學會比他們原先的理解更好地理解自己。[83]

在我看來，一個在理論上和實踐上終將實現自己的無限的解釋共同體的上述規整原則，以一種比伽達默爾更為明確的方式，公正地評判了黑格爾的理解概念[84]。黑格爾的理解概念的要義在於精神之反思性超越的自我透視，它是與施萊爾馬赫和狄爾泰關於對他人的精神產品的同一的、移情式重構的假設相對立的。儘管反思性超越的整個解釋過程的目標被推向一個無限的將來，這個目標的實現不是訴諸於一種自足的哲學，而是訴諸於一種以哲學為指導的在詮釋學活動與互動實踐之間的中介化，但我們依然可

擬討論。參見貝蒂：《作為精神科學一般方法論的詮釋學》。

[81] 參見《科學主義、詮釋學和意識型態批判》（本書第3章）；也參見哈伯瑪斯：《知識與人類旨趣》，第3部分。

[82] 在此意義上我認為，溫奇的與自然主義社會學相對立的假定是正確的，儘管他關於外來的或過去的文化只有在他們實際相關的語言遊戲意義上才能得到理解的主張，既沒有公正地對待「視界融合」（伽達默爾）的詮釋學要求，也沒有公正地對待具有解放意圖的意識型態批判的要求（參見阿佩爾在《語言分析哲學和「人文科學」》和本書第5章中的批判。）

[83] 作為對這一公認為精緻的深度詮釋學方法的說明，我們可以引證埃里克森的《青年路德──一個心理分析和歷史學的研究》，紐約，1958年。

[84] 參見伽達默爾：《真理與方法》，第161頁。

以作上面這一斷言。然而如果關於一個無限的解釋和互動共同體中的溝通，建立一個絕對真理的規約原則是可能的，甚至是不可避免的，那麼，我們就不能否認：在某種意義上，甚至這裡對於批判性自我意識來說——這種自我意識不是以一種方法論上的唯我論方式來看待自身，而是作為無限解釋共同體的一個成員和代表——就有可能把自身當做經驗的和有限的意識而與無限共同體相對照。儘管無限解釋共同體的對話不能被單個思想家的獨白所取代[85]，但哲學反思——借助於日常語言（它即是它自身的後設語言）[86]——還是能夠達到這樣一個層面上：在那裡，哲學反思能夠把握包含在形式預見中的目標，並且在任何時候都能把這個目標表達出來。我認為，惟有在確定這一反思成就的過程中，哲學才能夠認識到它自身的陳述的普遍有效性要求，並且有意義地實現這樣一種要求。

由於上面這樣一個論點，我們最後要再次重提羅伊斯對符號解釋之主體問題的回答。羅伊斯不能充分地把他關於無限解釋共同體（它知道自己處於一種無限的自我意識中）的絕對唯心主義與實用主義的核心思想（即通過可能的真實實踐及其相關經驗進行意義闡明的思想）調和起來[87]。關於可能經驗的一種期望不是基於可重覆的實驗操作，而是基於互動之上；我們前面已經把這樣一個觀念與羅伊斯有關歷史性「解釋共同體」的觀念聯繫起來了。羅伊斯和詹姆斯這兩位哲學家的學生米德最早把這一期望觀念引

---

[85] 參見伽達默爾在《真理與方法》中對黑格爾的批判，第 351 頁。

[86] 參見阿佩爾的論文〈語言與反思〉，載《第十四屆國際哲學會議（維也納，1968 年）文集》，第 3 卷，維也納，1969 年，修訂稿載《哲學的變遷》（德文版），第 2 卷，第 311-329 頁。

[87] 羅伊斯（1855-1916 年）晚年對皮爾士身後出版的著作很有興趣，這些遺著是哈佛在 1914 年發現的。羅伊斯當時仍試圖組織編輯皮爾士的著作。參見克南〈皮爾士手稿和羅伊斯〉，載《皮爾士學會會刊》，第 1 卷，1965 年，第 90 頁以下。

入實用主義中[88]。但是，米德不再把他的研究建立在羅伊斯的先驗詮釋學問題基礎之上，而是轉向了達爾文的進化論和杜威的「自然主義的」實用主義。他的學生（如他的著作編人莫里斯）把他視為一個社會行為主義者，儘管米德的意圖更多地是通過主體間溝通的情境來揭示行為，而不是把主體間性的情境還原為可以客觀描述的行為[89]。米德的互動主義和社會實用主義成了美國社會心理學的隱秘哲學。而羅伊斯的先驗詮釋學連同唯心主義哲學一起卻漸漸被人們遺忘了。結果，在美國哲學中就沒有產生兩種探究的綜合，這兩種探究——正如本文所試圖表明的——或許已經補充了皮爾士對符號解釋之主體的問題的回答，並且或許已經提供了一個明確的回答。

---

[88] 參見米德：《心靈、自我與社會》，芝加哥，1934 年。
[89] 參見哈伯瑪斯：《論社會科學的邏輯》，法蘭克福，1973 年，第 152 頁以下。

第三篇

科學主義、詮釋學和意識型態批判

一種從認知人類學觀點出發的科學理論構思
（1971）

〔德國〕阿佩爾（Karl-Otto Apel）著

洪漢鼎　譯

　　本文最初是在維也納一次會議上宣讀的，報告的摘要發表在《人與世界》第 1 期（1968），全文收入《詮釋學與意識形態批判》一書（1971）中，又於 1973 年重印於《哲學的轉變》中。本文譯自《詮釋學與意識形態批判》，舒爾康姆出版社，1973 年，第 7-44 頁，同時參考上海譯文出版社 1994 年中譯本《哲學的改造》。

一、阿佩爾引言：認知人類學探究

　　下面的研究可以被理解為一種綱領性的概述。如果我們把本文的正標題與副標題作一比較，那麼很明顯，**科學理論**（Wissenschaftslehre）中的**科學**（Wissenschaft）概念無疑應比包含於**科學主義**（Szientistik）中的**科學**（scientia，英語或法語讀成 science）概念廣泛得多，因為我們這裡所擬論的「科學理論」，除了包括「科學主義」之外，還包了「詮釋學」和「意識型態批判」。事實上，下面的概述所做的乃是這樣一種嘗試，即試圖證明一種

完全科學理論的、即至少與方法論相關的想法的可行性，雖然這一想法並不局限於「科學邏輯」範圍之內。

在**認知人類學**（Erkenntnisanthropologie）的意義上對傳統「認識論」的擴充，可以爲我們這裡所設想的對科學概念的擴充提供基礎。所謂「認知人類學」，我理解爲這樣一種探究，它在如下意義上擴充了康德關於「認識可能性之條件」這一探究，即該條件不僅僅指對於**意識本身**來說是一種客觀有效的、統一的世界觀念的條件，而且也指使一個科學探究有可能成爲有意義的探究的所有條件。

在我看來，譬如物理學問題的意義不可能僅僅通過返回到「統一的」（綜合的）意識功能（範疇）來得到理解。它的含義還需預先假設研究者在理解自然的意義時某種語言的「統一」，以及通過某種對自然的工具性干預而使探究現實化的可能性。在任何實驗中先天被假定的這種對自然的工具性干預裡，在某種程度上明確地表明了通過感覺器官而對世界的身體介入，而這種對世界的身體介入在前科學經驗裡就已經被預先假定了：人類自己「與」自然所作的**自我量度**（Sich-messen）總是成爲實驗科學的「衡量標準」。舉例來說，前科學的「熱」的概念反映了有機體與其環境之間的「自我量度」，反之，「溫度」概念則相應於溫度計的工具上精確化的**測量干預**（Messeingriff），以及相應於那種在溫度計中有其「典範」的科學語言[1]遊戲。現代自然科學家不僅僅——像康德

---

[1] 後期維根斯坦給我們的一個根本啟示是：確定的自然現象，特別是人爲的尺度、工具，甚至包括其物質條件在內的操作程序，共同成構成了作爲「模式」或「典範」的語言遊戲的「深層結構」，並因此也共同決定了我們的世界理解的先天有效的所謂「本質結構」。最近，孔恩卓有成效地把這一思想運用到科學史的理解上（《科學革命的結構》，芝加哥，1962），實際上，孔恩的做法恰恰就是把維根斯坦所理解的「語言遊戲」——也即關於交織在生活實踐中的語言用法、行爲（操作程序、工具性技術）和世界理解（理論構成）的準制度性統一體——稱爲「典

已經斷言的那樣－用一種在思維(或者說在時空圖式化的想像力)中發生的規律性過程的先天框架來探索自然，而且他們實際上還把這種先天框架以工具裝置的形式、即所謂人工自然，與自然本身聯繫起來。正是通過這種在某種程度上把人類的探究轉化爲自然的語言的技術性干預，自然科學家才可能像康德所說的那樣「迫使自然回答他們的問題」[2]。這裡其實涉及到物理知識的可能性條件，這種條件必然作爲知性的一種功能被附加到範疇綜合上，並構成物理學語言遊戲的一個整合要素；在我看來，這一事實由於愛因斯坦在物理學基本概念的定義中完成的語義學革命而變得特別清晰。例如，作爲這種革命的一個結果，「同時性」的意義必然這樣來界定，即在定義中必須把「同時性」測量的技術－物質條件考慮進去。因此，諸如光速這類自然常數就屬於相對論的語言遊戲的「典範」；我們講到「經驗之可能性的物質或物理條件」。[3]

一方面，以上所說的認識之可能性和有效性條件不能僅僅被歸結爲邏輯的意識功能；另一方面，這些條件也不能被附加給有

範」。類似於維根斯坦，孔恩的「典範」表示了一種通過實踐建立起來的實踐性認知先天性；我則要在這個「典範」概念中發現一個關於我所假定的對知識論的認知人類學具體化的例證。但是，這裡有一個附帶條件：在我看來，孔恩和維根斯坦都低估了各種「典範」或「語言遊戲」之間的邏輯聯繫——在自然科學的進展過程中，離心的、非介入的反思所具有的認知先天性把這種邏輯聯繫包含在越來越全面的理論構成的形式中了。參見下面關於反思與介入之互補關係的討論。

[2] 參閱康德：《純粹理性批判》B XII 以下。康德本人在那裡含蓄地談到我們所假定的工具先天性；而且在我看來，他還在其《遺著》中著手討論了在其《純粹理性批判》中忽視了的作爲物理經驗之先驗條件的身體先天性問題。參見許布納：〈康德《遺著》中的身體和經驗〉，載《哲學研究雜誌》，1953，第 7 期，第 204 頁以下；也可參閱霍佩：《特殊自然認識的客觀性：關於康德《遺著》的一個探究》，基斯勒，1966。

[3] 參閱米特爾施泰特：《現代物理學的哲學問題》，曼海姆，1963，第 15 頁以下。關於「經驗之可能性的物質條件」的方法先天性，在羅倫採關於測量的「原物理學」觀念中得到了更爲驚人的說明。參見伯海編《原物理學》，法蘭克福，1976。

待認識的知識對象，因為它們總是被所有對象知識以之作為先決條件。然而，笛卡兒式的主體－客體關係不足以建立一種認知人類學；一種純粹的對象意識不可能獨自從世界那裡獲得任何意義。為了獲得一種意義構造，本質上是「離心的」[4]意識必須向心地介入，也就是說，它必須在此時此地具體地介入。譬如，任何意義構造都與表達一個立場的某種個別觀點相聯繫，而這就意味著與一種認識著的意識的身體介入相關繫。

但值得注意的是，不僅僅每一個別的可能性意義的構造是以認識著的意識的活生生的介入為中介的，而且任何意義構造的主體間有效性也是這樣的。這就是說，唯有通過語言符號，我的**意向性意義**（Sinnintentionen）才與其他人的可能的意向性意義達到一致，從而我才能真正「意指」某物。這就是說，我之所以具有有效的意向性意義，只是因為有一種不只把我的意向性意義固定在其中的語言。這種與他人關於可能的意向性意義的統一——這種統一總在某種程度上以語言的**所指**（Bedeutungen）而實現的——乃是康德的「知覺綜合」中的經驗材料統一的可能性條件。但是除此之外，它還開啟出一個獨特的經驗領域。

從認知人類學的觀點看，語言符號正如感覺器官或作為感覺器官介入外部自然之媒介的技術工具一樣，並不屬於知識的對象；因為即使作為一切意向性義意的可能性條件，符號也已經是知識對象得以被構造的前提條件。另一方面，作為符號媒介的語言也不能被還原為知識的邏輯上的意識條件。相反，如同算作實驗自然科學知識之前提條件的物質－技術干預一樣，語言也總是回溯到某種在傳統的笛卡兒式認識論中沒有考慮到的特殊的主體先天性。我想把這種主體先天性稱之為知識的**身體先天性**

---

[4] 參見普勒斯納在《機體階段與人》（柏林，萊比錫，1928）中關於人類的「離心位態」的討論。

（Leibapriori）[5]。

在我看來，知識的身體先天性與意識先天性有著某種互補關係。換言之，知識之可能性的這兩個條件在知識整體中必然是相互補充的，儘管在知識的實際形成過程中，或者是身體先天性佔了主導地位，或者是意識先天性佔了主導地位：「通過反思而獲得的知識」和「通過介入而獲得的知識」是對立的兩極。例如，我不可能同時既獲得世界的某一意義層面又反思我在這樣做時必然要採取的立場。一切經驗——這一點甚至也適用於自然科學中受理論指導的實驗經驗——主要是通過**身體介入**（Leibengagement）而來的知識，而一切理論構成則主要是通過反思而來的知識。[6]

我堅持認為，就認知人類學把人類身體的介入當作所有知識的必要條件而言，這種認知人類學就能夠而且也必然把知識的更進一層的條件提高到某種先天性的位置上；我們知識的身體介入的類型相應於某種特殊的**認知旨趣**（Erenntnisinteresse）[7]。例如，現代物理學的實驗介入先天地相應於一種技術上的認知旨趣。

這並不是說，可在心理學上證實的技術利用動機也屬於自然科學理論構成的可能性和有效性條件。這類動機無疑也不是自然科學中那些偉大理論家的主觀意圖的特徵。但在我看來，關於這

---

[5] 參閱阿佩爾：〈知識的身體先天性：一個根據萊布尼茲單子倫的考察〉，載《哲學檔案》，1963，第 12 期，第 152-172 頁。

[6] 羅特哈克在《精神科學中的獨斷主義思維方式與歷史主義問題》（美國／茨威斯巴登，1954）中論述了介入性知識的特殊性和必然性。貝克在《偉大的數學思維方式及其局限性》（弗賴堡／慕尼黑，1959）中通過從科學史中推演出來的「畢達哥拉斯必然性」定律（即為了數學抽象的普遍有效性而拋棄具有直觀意義的知識），闡明了離心反思對於形成日益擴大的相對性理論或變換理論所具有的重要性。

[7] 參見哈伯瑪斯：〈認識與人類旨趣〉，見《技術與作為意識型態的科學》，法蘭克福，1968；也可看看阿佩爾：〈根據人類認知旨趣看社會科學類型〉，載《社會研究》，1977，第 44 期；又載於《社會科學中的哲學爭論》（布朗編），哈索克斯，薩塞克斯，1979。

類動機的追問忽略了關於在技術和自然科學之間的先天有效的聯
繫的追問，因而也忽略了關於首先使這種知識成為可能的必要的
旨趣的追問。我認為，這種旨趣僅僅在於現代物理學對原則上已
被設定起來的操作證實之可能性的先行依賴關係中。現代物理學
探究所具有的這種依賴關係相應於它的身體先天性，這種身體先
天性就是那種能夠把人類的探究加到自然上去的工具性干預的前
提條件。僅就探究對於工具性證實的這種先天依賴性而言，現代
自然科學家必然受到某種技術旨趣的引導。在這種超個體的、準
客觀的依賴關係中，他的認知旨趣與希臘或文藝復興的自然哲學
的認知旨趣大相徑庭，進而也與歌德或浪漫主義的認知旨趣有所
區別。而且由於這種具有方法論特色的旨趣，整個精確的自然科
學就首先區別於構成所謂「精神科學」基礎的另一種實踐旨趣和
世界介入（Weltengagement）[8]。

　　至此，我就來到了我的報告的真正論題。通過上面勾勒出來
的認知人類學範疇的預先假定，我想重新提出那個目前由於「行
為科學」（Verhaltens-bzw Handlungswissenschaften）的發展而弄得
更為複雜的關於自然科學與精神科學之間關係這麼一個古老的爭
執不休的問題[9]，而且倘若可能的話，我還希望能對這一問題接近
於得出一個解決。這裡所想到的解決已經表達在標題的這樣一個

---

[8]　關於技術性認知旨趣的論題不意味著自然科學知識的真理要求可以用
一種工具主義的方式予以還原，與這一從謝勒那裡接受來的尼采、詹姆
斯和杜威式的實用主義相對立，我們要與皮爾士一起強調指出，只有實
驗知識的可能意義才先天地被技術實踐的證實境遇所揭示和限制。根據
它的意義，人類知識不可能直接是一種關於「意識本身」的對象的純粹
知識，而只不過是關於一個個體的和實踐關注的自然的知識。在我看
來，對康德的知識批判認知人類學的徹底化和改造的要義就在於此。實
際上，我們不可能有意義地設想另外一種對我們來說具有意義的因而也
許是真的知識形式。關於建立在「意義批判」基礎之上的對「知識批判」
的改造問題，請參看我的《皮爾士思想之路》，法蘭克福，1975。

[9]　參閱我的《從先驗語用學看「說明－理解」之爭》，法蘭克福，1979。

三位一體概念中了：「科學主義」、「詮釋學」和「意識型態批判」。我們應當指出，借助於這種方法論上的「三位一體」，當代實踐的經驗科學的多種多樣的方法論探究就能得到界定，並且能相互關聯起來。因此我的論證將分為兩部分：第一部分或更為廣泛的部分將涉及關於「科學主義」與「詮釋學」之間〔或換一種說法，即**說明性的**（erklaerenden）自然科學與**理解性的**（verstehenden）精神科學之間〕有著互補性的主張。這一互補性論點直接反對那種「統一科學」觀點。第二部分將涉及在意識型態批判中的**說明**（Erklaeren）與**理解**（Verstehen）的辯證中介問題。

二、科學主義與詮釋學的互補關係（對統一科學觀念的批判）

今天，無論是誰主張一種以先天地具有差異的認知旨趣為基礎的科學理論，他都必須面對實證主義或新實證主義關於「統一科學」（unified science）的論點的一些相反的假定[10]，因此，我們首先必須從認知人類學的立場來分析這些假定。

如果我們把今天佔主導地位的新實證主義的科學理論與康德的知識論作一比較，那麼我們就會看到，這裡關於知識之可能性條件的探究並沒有得到擴大——而我所設想的認知人類學則擴大了這種探究——相反，這個探究卻盡可能地被簡化還原了：康德曾經認為，為了在哲學上澄清經驗之可能性的條件，必須有一種「先驗邏輯」，這種先驗邏輯的特殊問題乃是通過「範疇的綜合」對經驗的構造，而新實證主義則主張，借助於具有數學精確性和擴展形式的形式邏輯就能應付，它能借助於形式邏輯把一切知識都回溯到「這種」經驗材料那裡。關於經驗材料之綜合構造問題

---

[10] 參見《認識》雜誌（1930-1938）中的研究，該雜誌後來繼續在美國以《統一科學雜誌》（1939）和《統一科學國際百科全書》（1938以後）

──至少就新實證主義者所構想的「認識邏輯」[11]的最終形式來說
──是根本不起作用的。

如果我們考慮到，我們的認知人類學已經使得經驗材料的構
造不僅依賴於──有如康德所說──人類知性本身的一種綜合成
就，而且也依賴於一種介入性的世界理解，即依賴於一種具有意
義構造作用的認知旨趣，那麼上述那種對知識之前提條件的探究
的還原的意義就顯而易見了。

相比之下，新實證主義則希望消除認知旨趣問題以及評價問
題──至少是從科學邏輯的基本難題出發來作這種消除工作。它
希望在這類問題中看到一種**認知心理學**（Erkenntnispsychologie）
或**知識社會學**（wissensoziologie）的第二性問題，也即那些本身
又能由無旨趣的科學作為純粹的事實問題來處理的問題。以這種
方式，一切科學都將被證明為本身是無旨趣的，是對事實的純粹
的理論處理，是認知－操作，它們原則上服從於同樣的方法論，
即一種統一的**科學邏輯**。

從這些前提條件出發，新實證主義傾向於懷疑在所謂認識的
先驗條件名目下──就這些條件在各種不同的科學中造成對經驗
材料的不同構造而言──理論觀點和不能容許的實踐目標之間的
意識型態的混合。就理論觀點而言，正如我們已經說明的，它們
應歸之於經驗心理學或社會學。至於就實踐目標而言，它們則應

為名出版。

[11]　當然，自從巴柏的《研究邏輯》以來幾乎還沒有代表這種邏輯的論著
出現。代之而起的是前期維根斯坦以來的當代新實證主義的語言分析哲
學再次把所謂「材料」之意義的先驗構造問題當作必要的語言約定問
題。參見阿佩爾的〈語言分析哲學的發展與「精神科學」問題〉，載《哲
學年鑑》，72 期（1965），第 239-289 頁。在巴柏的《研究邏輯》的發展
中，康德關於經驗材料的綜合構造的假定卻被取消了，代之以這樣一個
假設：材料總是根據理論的創造性自生得到解釋。然而就這些理論而
言，無疑是根據內在的具有意義構造作用的認知旨趣來獲得其構造的；
這些認知旨趣各個相異，譬如在理解的說明和說明的理解那裡。

隸屬於一種意識型態批判，而這種意識型態批判作為統一科學的一個組成部分，本身則應當是無涉於實踐旨趣的。

我們前面指出的「統一科學」觀念的前提假定，也許可以以這樣的問題來說明，即新實證主義是怎樣判斷由狄爾泰和其他思想作家作出的所謂**因果說明的**（kausalerklaerender）自然科學與**意義理解的**（sinnverstehender）精神科學之間的區別的？[12]

就這種區別所具有的認識論地位來看，人們說它是有意識型態嫌疑的形而上學——這也許是按下列模式來理解的：「精神科學」這個名稱，以及在一種內在「理解」與一種純粹外部是「說明」之間的所謂方法論的區別，表達出這樣一個事實，即（人類生活的）某些對象領域是與**說明性科學**（erklaerendeWissenschaft/ science）無成見的把握相去甚遠，它們應當成為世俗化的精神神學（在黑格爾或施萊爾馬赫傳統中）的領地。

然而除此之外——按照新實證主義——在**說明**（Erklaeren）與**理解**（Verstehen）的區別上還有一個心理學方面：人能夠把外部世界的事件之間的某些因果關係，也即被人們當作有機體行為中的刺激和反應的那些關係**內在化**（internalisieren），人們能夠在某種程度上內在地體驗這些關係。例如，由於害怕敵人進攻或害怕有危險威脅的自然事件的逃避反應，或者在同樣情況下憤怒而激起的進攻反應；或者由於寒冷而尋求溫暖，由於饑餓而尋求食物等等。我們在某種意義上內在地認識到這些反應以及——在其基礎上——複雜的行為反應，並由此自然而然地習慣於在思想中內推出它們與外部世界事件的聯繫。

下面我將從阿貝爾（Th. Abel）那裡援引一些例子[13]。阿貝爾

---

[12] 我對實證主義意識型態批判的描述，部分地參照托皮奇的《在意識型態與科學之間的社會哲學》，新維德，1961。

[13] 見費格爾和布羅貝克編的《科學哲學讀本》，紐約，1953，第 677-688 頁。

在其「被稱之爲**理解**的操作」一文中曾根據新實證主義的科學理論來分析理解問題。例如，如果我看見，當氣溫急遽下降時，我的鄰居從書桌前站起來，劈木柴並點燃火爐，那麼我會自然而然地內推出，他感到寒冷而想製造一個能讓他感到溫暖的環境。按照阿爾貝的看法，我們把這種「內推」稱作「理解」。但是阿爾貝說，這種「內推」並沒有爲我們提供某種特殊的可以在邏輯上與因果說明規則區別開來的科學方法。因爲移情理解的邏輯意義就在於：通過把被觀察的行爲「內在化」我們得以去想像一種「行爲準則」，而這種行爲準則恰好與關於行爲的可能的因果說的**規律假說**（Gesetzeshypothese）相符合。假如以這種方式提出的規律假說能夠得到客觀證實，那麼我們實際上就提供了一種「說明」。由此看來，「理解」與「說明」之間的區別就在：「理解」不過是說明的邏輯操作中的一個組成部分，即規律假說之建立的一個組成部分。根據新實證主義的「科學邏輯」觀點，這一啓發性的組成部分並不構成說明操作的科學性，因爲就其本身來看，它不可能在邏輯上，而只是在心理學上得到確證。在邏輯上，只有一個假說的可能的正確性才符合於那種可以通過理解發現行爲準則的心理學上的自明感覺。只有從規律假說中演繹出可證實的觀察陳述，也即在某種程度上的預測檢驗才構成「說明」的科學性。與亨普爾和奧本海姆的說明理論完全一致[14]，阿貝爾得出結論說，儘管所謂「精神科學」的「理解」作爲科學的啓發性前奏還是有意義的，但它與科學邏輯毫不相干。

那麼，從認知人類學觀點來看，我們對這種把理解以及所謂**精神科學**還原爲服務於**說明性科學**（die erklaerende Wissenschaft）的一個前科學的啓發性前奏階段的作法能說些什麼呢？

首先，我們可以指出新實證主義思想中的一些困難。這些困

---

[14] 參見費格爾和布羅貝克編輯的《科學哲學讀本》，第 319 頁以下。

難是最近幾十年內由分析學的代表向自己提出來的。舉例來說，其中有這樣一個觀點，即歷史學家借助於理解建立說明假說的方式按其本質不可能被理解和證實爲一種把事件或情況納入普遍規律的概括。

德雷（William Dray）在 1957 年就得出了這一結論[15]，當時他檢驗了巴柏的下述論點，即「個別化的」歷史科學不能根據說明的邏輯而與「普遍化的」自然科學相區別，而只能在心理學上與它們區分開來，因爲歷史科學主要地不是對建立普遍的規律假說感興趣，而是對特殊的邊界條件或初始條件感興趣，而這些邊界條件或初始條件──在預先假設某些瑣屑的規律的情況下──可以被當作特殊事件的原因來使用[16]。與之相反，德雷則斷言，根據諸多的理由，歷史說明並不滿足於那種把事件納入普遍規律的概括的條件。爲了證明這一點，他舉出下面的例子：一個歷史學家也許可以根據路易十四推行一種有害於法蘭西民族利益的政策這一事實，來說明這位皇帝在死前一個時期是不得人心的。如果這裡是「科學邏輯」意義上的因果說明，那麼邏輯學家就必須能夠明確地表述那種歷史學家蘊涵地假設的普遍規律；諸如：「一個推行一種與其臣民利益相抵觸的政策的統治者將是不得人心的」。

然而，歷史學家將拒絕這種不必實際的假設，並且也將拒絕任何不充分的闡明規律假說的企圖──當然，下面這個表述除外：「任何像路易十四那樣並且在完全相同的條件下推行路易十四的政策的統治者將是不得人心的」。（這個陳述句沒有把個別化的**說明**（explanandum）歸結爲某個普遍的**意義**（explanans），而是在意義本身中訴諸於特殊的東西。）

但從邏輯觀點來看，這個陳述句根本不是一般的規律假說，

---

[15]　德雷：《歷史中的規律和說明》，牛津，1957。

[16]　參見巴柏：《開放社會及其敵人》，伯恩，1957，第 2 卷，第 326 頁。

而只是沒有任何說明價值的關於某個別事件的必然性的形式斷言。

　　這就表明，歷史學家的說明根本不能被視為一種根據一般規律的演繹說明。（然而也不能把它理解為一種歸納說明，因為歸納說明只是從規律中推導出某種事件的統計概率；因為「經驗社會科學」的這樣一種說明，原則上不在歷史學家那種說明某個特殊事件的「必然性」的要求範圍內。）那麼它（指歷史學家的說明）依據什麼建立它的**似真性**（Plausibilitaet）呢？德雷對這種似真性提出了以下觀點：一種歷史說明並沒有提出某個事件與該事件發生的必然條件之間的關係。而這些必然條件是：

1. 不是事件預測的充分條件；
2. 作為必要條件，它們只在某個給定的整體情況的範圍內才是有效的；

在這些限制的背後隱含著什麼呢？

關於第一點：

歷史學家所發現的條件對一種預測來說是不充分的，這一事實根本上是由歷史學家所「說明」的一切事件都是在事件的構造中通過行動著的人的意向所中介的。因此這些事件的條件不是行為的「原因」，而是行為的「理性根據」。然而，作為行為的理性根據，它們同樣也必須被處於行為者的境況之外的歷史學家所「理解」。而且，它們也不可能像在基於規律的預測框架內的因果條件那樣在關於事件的說明邏輯中來加以討論。因為規律假說可以通過否定性的事例來予以證偽，而那些涉及作為理性根據的條件的行為法則卻不能通過事實而得到證偽。

　　這裡我們無疑又似乎處在阿貝爾會反駁的這樣一點上：就可理解的行為法則不能被事實證偽而言，它們也就沒有任何說明價

值，而只是表達行為的一種純粹可能性。

關於第二點：

然而在這裡德雷的另一觀點對我們更有裨益：歷史說明必然有其價值，但這僅僅是在給定的整體境況的範圍內。

實際上，這個論點暗示出作為所謂「歷史說明」的可能性的決定條件的「理解」的積極成就。對照一下阿貝爾的理解理論，這一點就十分清楚地顯示出來了。

在他對理解的分析中，阿貝爾完全忽視了在要被理解的人類行為與對該行為在意向上所關涉到的**世界材料**（Weltdaten）的先行理解之間的詮釋學關係問題。在他看來，世界材料似乎與自然科學的認識境況中的事件一樣，以同一的方式被給予。這樣，理解只不過在於把內心體驗的關係內推到事實的可客觀說明的規律性關係之中。由於這一點，阿貝爾這種分析就表現為一種前語言分析的理解理論[17]，即一種尚未考慮到後期維根斯坦觀點的理論，

---

[17] 在 19 世紀，對「自然科學」與「精神科學」之區別的科學理論反思，最初是以心理學為取向的——諸如穆勒的實證論就對這種反思發生了影響，也就是說，當時人們認為，精神科學把生活「理解」為內心的表達，而自然科學則從外部「描述」不可理解的「生活背景」（狄爾泰）和「說明」根據歸納所獲得的規律。今天凡實證主義的「統一科學」綱領以一種語言分析的表述所出現的地方（為了不成為一種形而上學的還原論！），「哲學詮釋學」也同樣有充分理由去接受這一新的論證基礎。於是，對「哲學詮釋學」來說，根本用不著求助於精神（或生命）形而上學的術語，它就能根據它自己的語言分析前提來駁斥實證主義關於一種客觀－分析的統一科學的論點。（參看阿佩爾的〈語言分析哲學的發展和精神科學〉）。這樣，在要從內部來理解的「精神的客觀化物」（黑格爾和狄爾泰）與要從外部來說明的「自然過程」之間的差別，也許就被探究者能藉以進入語言溝通的那些對象與因之而不可能有任何溝通的那些對象之間的區別取而代之，或者——如若願意，可以說——具體化了。探究者必須根據對應用於外部的理論的語言參與來處理後一種對象——甚至作為材料；前一種對象則使探究者面對這些對象的境遇世界的材料，這些材料出自一種語言性的世界理解，而探究者本人作為一個溝通成員就致力於這種語言性的世界理解。被用於「暗啞的」對象的行為

按照維根斯坦的觀點，經驗材料本身是在語言遊戲的語境中構造起來的。因為這一緣故，在阿貝爾那裡，理解就僅僅被看作是一種在材料之聯結過程中的心理學輔助作用，而不是被看作材料本身之可能性的前提條件。相比之下，一種語言詮釋學的分析則以這樣一個事實為出發點，即可理解的人類行為反應，作為具有語言關聯的**意向構成物**（intentionale Gebilde），本身具有理解的特性。由此這種分析勢必要斷定，要被理解的行為是在世界材料的聯結中出現的，而世界材料本身卻必須從要被理解的行為的意向性理解出發來理解。這樣，世界就不再是「物的存在——就物（在自然科學意義上）構成一種合乎規律的聯繫而言」（康德）；而是某個特定的「在世界中存在」的「整體境況」（海德格），我們能夠通過語言理解參與這個「整體境況」。

這樣，我們就回到了德雷對不能歸結為普遍規律的歷史事實說明之可能性條件的問題的解答上。根據德雷的觀點，歷史事實說明在對某種給定的整體境遇的考慮中有其必然性，從這種整體境遇出發，事實－說明的先行條件必須首先被理解為意向性行為的可能根據。這種理解實際上是怎樣在歷史科學中發生的呢？它如何獲得那種有充分實效的確實性——德雷把這種確實性當作一

說明只能通過觀察來證實，而關於理解的詮釋學「假設」則主要通過溝通成員的回答來證實，甚至「本文」就能「回答」！在這裡饒有趣味的是，所謂「生成」或「轉換」語法的創始人瓊斯基向我們表明，即使那種很容易客觀化的表現為無名的和無意識的行為簇的語言用法，如果沒有與「資質言語者」的理解性溝通，也不能得到描述。真正說來，僅根據外部觀察——譬如根據具有行為主義傾向的布盧菲爾德學派所接受的統計分標準——既不可能決定某人實際上是否「說話」，也不可能決定他根據何種規則說話。參見弗多和卡茨編輯的《語言的結構》一書（新塞州，1064）中瓊斯基的著作。對維根斯坦提出的關於如何決定某人是否遵循規則這個問題的回答，也得出了一個類似的結論。參見溫奇：《社會科學的觀念及其與哲學的關係》，倫敦，1958。關於瓊斯基和溫奇，也可參閱哈伯瑪斯的〈論社會科學的邏輯〉，載《哲學評論》（特輯），蒂賓根，1967。

個受境遇制約的必然性置入事實說明中？

　　早期的詮釋學傳統（施萊爾馬赫、德羅伊森、狄爾泰）是這樣講的，即歷史學家必須把自身置入要被理解的行為的整體境遇中。這種說法具有某種隱喻的真理性。然而，如果回到德雷的例子上，歷史學家又如何把自身置入法國民眾在其中判斷路易十四去世前不久的政策的個境遇之中呢？對歷史學家來說，人類行為的某個過去境遇的事態是如何構造起來的呢？

　　根據客觀的統一科學的世界理解，我們得到了這樣一個值得注意的結論：歷史學家必須從所有在路易十四死前一個時期實際發生的事件中選擇某些事件，並把這些事件作為路易十四同時代人的行為的條件來進行探究。事實上，歷史學家是不會以這種方式進行工作的，因為他本人既不可能親身了解也不可能從任何人那裡經驗到路易十四死前那種「根本是先行發生的事件」。這些事件只存在於實證主義的形而上學中。這就是說，自然科學只能由其對世界的語義上的先行理解出發而求助於路易十四時代的各類事件，例如地震、日蝕等等。在許多情況下，這些事件可以被確定為某個人類行為境遇的被歷史地傳承下來的事件。自然科學與歷史科學能夠共同合作，例如，合作鑒定所謂史前發現物的年代。

　　然而，歷史學家是從——用維根斯坦的話來說——一種不同於自然科學家的「語言遊戲」裡獲得過去時代事件的基本取向的。正是這種語言遊戲已經先於歷史學家的真正科學的語言遊戲在起作用：它乃是文化傳統的語言遊戲，或者更確切地說，是某個本身可以構成一個歷史學主題的特定文化傳統的語言遊戲。歷史學家的科學的語言遊戲在於一種對基本傳統的批判性審查和擴充。但這同時也表明歷史學家原則上依賴於語言傳統的可能性；例如記敘的和口頭或文字傳承下來的**歷史故事**（Geschichten），為了能個別地（借助於所謂史料考證）考慮每個案例，歷史學家在原則上當然必然把這些「歷史故事」假定為溝通（與人類已發生的「在

世界中存在」的溝通）的媒介。歷史學家本身是從自己委身於其
中的「這個」歷史的境遇視域出發來理解傳承下來的「歷史故事」
的[18]；正是由這種傳承的「歷史故事」的境況視域出發，歷史學
家才獲得了那些作爲事作之「歷史說明」的先行條件的重要「材
料」。而且這些「材料」與有待說明的各個事件之間的似真的關聯，
其實就在於一種新的歷史敘述，在其中，許多事件——通過參與
的人的境遇關係的中介——儘可能地被置入相互關係中了。[19]

這樣一來，這一以詮釋學爲中介的對事件以及事件之間的關
係的回憶過程，原則上就與自然科學的規律假說的證實過程一樣
永無止境。不過，與後者的研究處境相似，前者也同樣能獲得一
種實用上充分的有效性。

我認爲，由此我們就能充分理解德雷在其對（歷史說明的）
事例的分析中所得出的結論了。德雷寫道：「根據路易十四的政策
有損於法蘭西民族的利益這一事實來說明他的不得人心，這種說
明的力量很可以在路易十四時代的國民的各種各樣的願望、信念
和問題的詳細描述中找到。給定這些人以及他們的境遇，路易和
他的政策，那麼他們對這位君主的厭惡就是恰當的反應。」[20]

但是，德雷所作的關於「歷史說明」的邏輯與自然科學說明
的邏輯的區分，即前者基於對行爲境遇的闡明，後者則是從規律

---

[18] 按照海德格和維根斯坦的觀點，「歷史本身」乃是一種無意義的本體
論上的假設（Hyphostasierung）。只有我們自己的「歷史」！

[19] 在此意義上，丹圖在其《歷史的分析哲學》（劍橋，1965）中把作為
「敘述說明」的歷史說明與自然科學中的演繹說明區分開來。其實現象
學家沙普在其《錯綜的歷史：論人與物的存在》（漢堡，1953）中早就
已經展開了類似的探討。呂貝在〈語言遊戲與歷史〉（載《康德研究》，
第 52 卷，1960/ 1961）中也已經對這一現象學－詮釋學探究與維根斯
坦以來的「分析哲學」作了比較。

[20] 德雷，同上書，第 134 頁。也可參閱賴特關於人類行為的「事後」理
解的特殊「必然性」的討論，見《說明與理解》，倫敦/紐約，1971，第
117 頁和第 205 頁，注 26。

假說中推演出來的，依然沒有揭示出自然科學與精神科學、科學方法與詮釋學方法之間的區別和互補關係的真相。實際上，政治史並不是充分明確認識詮釋學之理解的認知人類學意義的恰當場所。因爲儘管有我們指出的那些詮釋學前提，政治史所關心的始終是一門說明某一事實的、對象化某一時空事件的科學。對意義的「理解」在那裡依然是作爲說明事實的一個輔助工具，其作用是說明某事件乃是作爲其他事件的結果而出現的，儘管這一客觀關係與自然科學中的因果關係相反，是通過對理性根據、情緒傾向、社會約束性行爲預期、制度化的價值和個人目標等等的理解而中介的。(這就表明了爲什麼實證主義者總是把關於行爲動機的概念與事件的原因等同起來[21]。但這樣一來就必須在動機可能被對象化爲原因之前，從完全不同的角度根據其意義內容來理解動機。然而，因爲與一種對時間中的事件的對象化有著先的聯繫，政治史的探究與自然科學的因果分析有著無可否認的類似性)。

　　相反，在我看來，真正的詮釋學探究處於與自然科學對事件的對象化和說明活動的互補關係中。兩種探究形式既是相互排斥的，但又恰恰因此也是相互補充的。如果我們著手處理自然科學本身之可能性和有效性的語言條件問題，並且在認知人類學意義上來徹底地思考這種語言條件問題，那麼我們就能最充分地弄清上述這種結構關係，任何一個自然科學家都不可能（作爲孤獨的自我）僅僅自爲地想說明某物[22]。即使僅僅爲了知道他應該說明「什麼」，他也必須就這個「什麼」與他人形成某種溝通。正如皮爾士所認爲的，自然科學家的**實驗共同體**（Experimentier- gemeinschaft）

---

[21] 參閱施太格繆勒：《當代哲學主編》，第 3 版，斯圖加特，1965，第 457 頁以下。也可參見阿佩爾的〈語言分析哲學的發展和精神科學〉，見《哲學年鑑》，72 期（1965），第 254 頁以下。

[22] 參見維根斯坦在「私有語言」問題上的思想經驗，《哲學研究》，第一部分，§ 197 以下，§ 199，§ 243，§ 256。

總是相應於一個語義**解釋共同體**（ semiotische Interpretationsgemeinschaft）[23]。而這種在主體間性層次上的溝通不能由某種客觀科學的方法程序來取代，原因就在於這種溝通是客觀科學（science）之可能性的條件。在這裡我們碰到了任何一個客觀說明性科學綱領都具有的絕對界限。關於我們意指的東西和我們所意願的東西的語言性溝通，在上述所界定的意義上乃是對客觀科學的一個補充。

現在我們還必須表明，不能由任何客觀科學方法來取而代之的主體間性溝通卻仍然可以成為科學探究的一個主題。換言之，我們必須證明，不僅以主－客體關係為前提的**描述的**（ beschreibende）和**說明的**（erklaerende）科學是可能的和必然的，而且以主體間性關係為前提的**理解性科學**（ Verstaendigungswissenschaften）也同樣是可能的和必然的。理解性科學的探究方式必定與前科學的人類溝通具有這樣一種關係，有如因果說明性自然科學的探究方式與作為初始階段的所謂「工作知識」（謝勒）之間的關係。事實就是這樣：在我看來，人類在根本上具有兩種同等重要的、但並非等同而是互補的認知旨趣：

1. 一種是由以自然規律之洞見為基礎的技術實踐的必然性所決定的認知旨趣；
2. 一種是由社會的、有道德意義的實踐之必然性所決定的認知旨趣。

第二種認知旨趣的目標是對一種有意義的人類「在世界中存在」之可能性和規範的理解——這也已被技術實踐作為前提。這種在意義理解方面的認知和旨趣不僅涉及當代人之間的溝通，而

---

[23] 參閱我的《皮爾士思想之路》，法蘭克福，1967。

且也同時涉及活著的人以傳統中介方式與過去時代人的溝通[24]。實際上，正是首先通過這種傳統的中介，人類存在才得以積累技術知識並加深和豐富他們對那種賦予他們以超出動物的優越性的可能的意義－動機的知識。

實際上，傳統中介化——特別是當它陷於危機時——乃是認知人類學的場所，正是在這裡才可能產生所謂詮釋學科學，而且實際上已經在歐洲和亞洲發達文化裡被產生。構成詮釋學科學之中心的乃是最廣義的即包括了文學研究在內的**語文學**（Philologie）。當然，我們不能像客觀主義的科學理論常常做的那樣把這種語文學理解爲歷史學的純粹輔助科學，彷彿對歷史本文的解釋只具有提供關於過去事件的信息的意義。「經典的」或規範性的傳統本文（宗教、哲學、詩歌和法律文獻）首先並不歷史學家的「史料」，而語文學家只能對之作一番校訂。相反，「語文學」乃是真正的詮釋學精神科學。因爲它們的主要目標首先不是時空中的過程，而是對意義的**解釋**（Auslegung）——這種意義在時空事件的領域內只有它的媒介物，它的「無處不在的條件」。[25]

在詮釋學精神學的基本問題中，知識的「身體先天性」並沒有被揭示爲對自然的工具性干預的前提條件，而是被揭示爲意義的主體間性顯示對可以感性地知覺的「表達」的依賴關係；例如，它在語言科學中被揭示爲音位學所處理的語音中可能意義的聯接方式。這種對能夠在對話中傳達出來的意義的生動表達在有限情況中——譬如在計算語言中——無疑可以成爲一種嚴格的「符號工具」。當語言成爲純粹的符號工具時，意義的理解當然就不再依

---

[24] 參閱伽達默爾的《真理與方法》（蒂賓根，1965）中從傳統中介化的作用關係出發對詮釋學精神科學的闡釋。關於此點也可參見阿佩爾在《黑格爾研究》第 2 卷（波恩，1963，第 314-322 頁）中的論述。

[25] 參見羅特哈克的〈意義與事件〉，載《意義與存在》，蒂賓根，1960，第 1-9 頁。

賴於對生動表達的個別解釋，而僅僅依賴於對某個符號系統的（句法和語義的）規則的習慣固定用法的參與。但即使在這裡，符號工具仍然充當著「意義理解」的工具。它乃是「解釋共同體」（而計算語言的結構就必須隸屬於這種共同體）的先行理解的按其形式是固定的結果。

　　以上大體上就是我們關於一種科學理論的第一個主要論點；這種科學理論一反常態，並不是以作為人類知識的唯一前提和主題的主體－客體關係為出發點。我們上述關於科學主義和詮釋學科學的互補關係的斷言歸根到底是從這樣一個事實出發的：一個溝通共同體的存在是一切在主體－客體向度中的知識的前提；這個溝通共同體本身乃是對世界材料的客觀描述和說明的主體間性後設向度，其作用能夠而且必須成為科學知識的主題。

　　美國黑格爾主義者羅伊斯（J. Royce）依據實用主義創始人皮爾士的思想以下述形式表達了我們這一觀點：人類在與自然的溝通過程中不但必須「感知」感覺材料並「構想」觀念，而且同時還必須在與某個歷史「共同體」的其他成員的經常溝通中「解釋」觀念。例如，如果問題是關於意見的證實，那麼借助於那種獲致對感覺材料感知的實驗操作來確定觀念的「現金價值」是不夠的，相反，有待證實的觀念的「票面價值」必須首先由「解釋」已得到確定。因此，在一個基本的三元關係中，A 向 B 解釋了 C 意謂什麼。即使在所謂孤獨思想中，情形亦然：在這裡我（A）必須向我自己（B）解釋我現有的觀念、意見和意圖（C）意謂什麼。解釋的這種三元中介化過程保證著知識的歷史的連續性，因為在這裡 A 代表現在，這個現在向未來（B）中介（傳達）過去（C）的意義或意見。[26]

26　參閱羅伊斯：《基督教問題》，紐約，1913，第 2 卷，第 146 頁以下。關於此點也可參閱洪巴赫：《羅伊斯論個體與群體的關係》，海德堡，

　　在我看來，有關詮釋學之哲學基礎的根本問題，也即關於（被意謂的或至少是被表達的）意義之科學解釋的學說的哲學基礎的根本問題，可以以如下問題來表述：存在著一種在人類主體間性溝通的層次上使被意謂或表達的意義的科學探究成爲可能的方法論抽象嗎？

　　十九世紀詮釋學的哲學奠基者（施萊爾馬赫和狄爾泰）對這個問題作了肯定的回答，並且實際上是這樣來回答的：通過對要被理解的意義表達（例如傳承下來的本文）的真理或規範要求的探究進行抽象，就有可能對意義作一種進展的、普遍有效的客觀化。這裡應當蘊含著理解的精神科學與客觀的進展的自然科學之間的類似性。這樣，取代了對前科學的傳統中介化的規範約束性的理解，出現了——按照科學理論的意圖——對詮釋學「精神－科學」的無規範約束的但在科學上仍是普遍有效的理解。

　　如果我們嚴肅地看待這一設想的實踐（生存論）的後果，那麼這種設想就會導致虛無主義的「歷史主義」問題；狄爾泰本人已經清楚地看到了這個問題，後來詩人米希爾（R. Musil）依據尼采思想把這個問題表述爲**無特性的人**（Der Mann ohne Eigenschaften）的問題[27]。其實，在科學上把一切約束性真理和規範客觀化，並且把它們收集在一個只剩下可理解的意義的**虛構博物館**（imaginaeren Museums）的同時性之中的那個人，與那個不能獲得任何特性的人、那個不能實現其生命的純粹的「可能性的人」（按米希爾的說法）是無甚分別的。這樣一個人已經失去了與傳統的一切聯繫，而歷史學－詮釋學科學把人縮減到這一實際上無歷史的狀態上了。這些科學本身以及它們對約束性規範和真理的不偏不倚的客觀化，取代了真實有效的傳統，因而也就取代了

1962，第 110 頁以下。

[27]　關於此點請參看哈恩特的〈無特性的人與傳統〉，載《科學與世界圖

歷史本身。[28]

最近，特別是伽達默爾依據海德格的生存詮釋學，並且也像海德格那樣從狄爾泰的生命哲學思想出發（這就是說，並不是從狄爾泰的客觀主義和歷史主義思想出發），探討了對精神科學進行歷史主義建基的前提問題[29]。伽達默爾否認了在詮釋學科學中對意義有可能進行在方法上有進展的客觀化，因爲這種客觀化導致了對歷史傳統的閹割。他在這個客觀化觀念中看到了一種即使在狄爾泰那裡也未曾被識破的誘惑，即自然科學（科學主義的）方法論理想的誘惑。而且，他還走得更遠，使取消一切方法論抽象的工作成爲詮釋學科學對意義的哲學分析的先行條件。按照伽達默的看法，詮釋學的理解不能像施萊爾馬赫最早要求的那樣，不考慮對規範或真理問題的裁決。無論它願意與否，詮釋學的理解都必須包含它在實際生活境遇中的**應用**（Applikation），也即歷史－生存論的介入以作爲它的可能性和有效性的條件。作爲對理解之整合作用的一種哲學分析的模式，伽達默爾向我們推荐了法官對成文法的應用性理解或導演對他上演的劇本的應用性理解。在這兩個例子中，理解並沒有破壞傳統的約束性，而是用現在來中介傳統的約束性。在伽達默爾看來，歷史學－詮釋學科學也具有這同樣的任務；就其在詮釋學上的基本結構特徵而言，伽達默爾把優秀的翻譯者——精神科學家大多就是優秀的翻譯者——的模式與導演或法官的模式加以等同。

在我看來，要在歷史主義地建立精神科學的意義和生存論－詮釋學地建立精神科學的意義之間作一種二者擇一的抉擇，並不

景》，1960，第 179-194 頁。

[28] 參見里特爾的〈現代社會中精神科學的任務〉，載《威斯特法倫州威廉斯大學（明斯特）促進會 1961 年年刊》，第 11-39 頁。對此也可參看舍爾斯基：《孤獨與自由》，漢堡，1963，第 278 頁以下。

[29] 參閱伽達默爾：《真理與方法》。

是輕而易舉的事情。

　　我認為，伽達默爾的**哲學詮釋學**的力量乃在於對歷史主義的客觀主義方法論理想的批判；但當他否認真理問題的方法論詮釋學的抽象的意義，並且把法官或導演的模式與**翻譯者**的模式加以等同時，他走得太遠了。在我看來，伽達默爾正確地指出了理解者的歷史性乃屬於精神科學之理解的可能性前提條件；這裡並不是說笛卡兒或康德的主體或意識本身使世界成為進展性的可支配的對象聯結體，而是說當代的「在世界中存在」歸根到底必須在其從有待據有的傳統而來的諸種可能性中來理解自身。就此而言，認為在精神科學中被客觀化的意義的「虛構博物館」把歷史傳統閹割了這樣一種看法，乃是一種錯覺。其可疑性在於：精神科學家掩蓋或排斥本己的歷史性介入對他的理解的不可避免的限制，並因此沒有支持人們所追求的對意義理解的非獨斷化，實際上倒是支持了對意義理解的意識型態化。

　　儘管如此，我還認為，在語文學詮釋學意義上的科學的意義理解，如同任何一種具體科學的方法程序一樣，是以一種方法論抽象為前提的。在翻譯者的情況裡，這種方法論抽象已經蘊含在前科學領域之內了。而生活實踐的情況中，翻譯者在中介意義方面的特殊作用已經完全不同於導演或法官的作用。法學史家的方法解釋活動完全不同於法官的解釋活動，儘管法官的解釋活動也無疑不是服務於對在一個「虛構博物館」中的法律的意義的客觀中性化，而是——正如伽達默爾正確地指出的——被整合到實踐上可應用的傳統中介化的過程中去了。當然，我們必須承認，科學的本文解釋者或語言翻譯者對某個生活實踐的歷史境遇的隸屬性乃是作為他的理解之可能性的前提條件被預先設定的。就此而言，詮釋學理解就不僅包含了反思性的間距化，而且也包含了前反思的介入——但科學的解釋者的前反思的介入根本不同於導演甚或法官的前反思的介入。

　　導演的職責，特別是法官的職責，首先在於把理解應用到他所處的境遇中去。就對這一任務的實際完成而言，他必須在創造性的解釋中擔負起對要被理解的意義的真理或規範約束性的責任；這種責任是十分重大的，舉例來說，要比解釋羅馬法典的法學史家的責任重大得多。法學史家的職責主要是對那種本文的意義負責，這種本文的原始意向還難以被人們理解。這裡已經蘊涵著一種抽象說明，即對規範約束性以及如何把這種約束性轉讓給實踐法學家（實踐法學家在傳統中介化的分工過程中承擔了理解的「應用」的職能）的問題的抽像。無疑，法學史家不可自誇，他能夠通過語言和歷史研究成爲與法典本文同時代的人，而這一點──作爲達到與作者的最終等同的條件──正是施萊爾馬赫所要求的。但法學史家也可不爲了對理解作有意識的實現化而否定施萊爾馬赫的詮釋學理想[30]。伽達默爾正確地要求本文解釋者**共同思考**（mitdenken）本文的**效果歷史**，因爲這種「效果歷史」根本地共同構造著解釋者的歷史境遇，因而也共同構造著理解之可能性的條件。但對科學解釋者來說，這一「關於時間間距的共同思考」並不是在對理解之「應用」的興趣中發生的，而恰恰是在對施萊爾馬赫提出的那種方法論理想──也即使自身成爲要被理解的本文的同時代的人這樣一種理想──的興趣中發生的。

　　在我看來，這裡我們就可以用一種新的眼光來看待那個（自尼采＜關於歷史對生命的利與弊＞的「不合時宜的」考察以來就爭論不休的）問題了。這個問題就是：歷史理解是否可能導致對歷史的閹割（作爲一種有效應的傳統中介化）？在前面我們已經（與伽達默爾一樣）在這種意義上排除了這種可能性，即精神科學家不應自欺欺人地認爲他能夠站在歷史之外採取某種中性立

---

[30] 我認爲，貝蒂正確地抨擊了似乎也在生存論詮釋學的精神「科學家」那裡潛在著的現實化要求。參見貝蒂：《作爲精神科學普遍方法論的詮

場；就此而言，歷史作爲傳統之中介化的力量永遠存在於歷史主
義時代。但另一方面，我們不能忽視在關於歷史解釋是對傳統的
閹割這種談論中所包含的真理因素。當然這在裡我們所關心的並
非一種作爲「傳統」之中介化本身的對歷史的閹割，而是對前工
業或前科學時代的某種在內容上共同的傳統的閹割的劃時代過程
[31]。在這一時代危機中——這個危機對 20 世紀的非歐洲文化所起
的作用顯然要比對 19 世紀的歐洲文化所起的作用重要得多——
包含著（虛無主義的）歷史主義的實質性問題。此外，這個問題
總是如此具體，以致它不可能通過形式上正確的生存論分析論
證，即證明詮釋學的理解不可能擺脫歷史性傳統中介化的聯繫，
來表明這個問題是虛幻的問題。

　　實際上，傳統之中介化——如果沒有這種中介化，人類就決
不能生存——在我們這個後歷史主義的時代裡所具有的形式，必
然不同於在歷史學－詮釋學的精神科學出現前的時代所具有的形
式：在歐洲啓蒙時代之前和直到今天的大多數非歐洲文化中所具
有的那種對傳統之理解的獨斷－規範性的（是在制度上加以固定
的並且是具有社會強制性的）應用的直接性已不可能再生。一旦
借助於對規範有效性的詮釋學抽象對要被理解的意義的客觀化和
疏離化——儘管只是暫時的——已成爲可能，那麼傳統中介化必
然成爲一個在科學上被中介的複雜過程。而且在我看來，認爲詮
釋學精神科學能夠憑自身的力量來產生那種通過它必然成爲複雜
化的傳統中介化作用，這同樣也是一種虛妄之見。爲此，認爲詮
釋學精神科學僅僅必須放棄任何實證主義的自我理解，並且有意
識地把自身整合到多文化之間的溝通的功能性聯繫，特別是傳統

釋學》，蒂賓根，1962。
[31]　我認為，一方面是伽達默爾的觀點，另一方面是里特爾和舍爾斯基的
觀點，兩者的對立實際上部分地就在「傳統」這個概念的模糊性這一點
上。

中介的功能性聯繫之中去，這是不夠的。在我看來，由於（存在主義式的甚或馬克思主義式的）過分要求其理解的約束性應用，詮釋學精神科學就在意識型態上被敗壞了，有如由於對作為其意義理解的可能性條件的歷史性介入作了實證主義的壓制，詮釋學精神科學被敗壞了一樣。如果根本上存在著一種對詮釋學科學之成果的合理整合，如果這種整合不應是放棄藝術或放棄生存上的自我理解，那麼這一任務就只有哲學，尤其是歷史哲學，才能夠擔當。然而，在對這一問題的解決中，歷史哲學不能僅僅憑靠歷史學－詮釋學的精神科學。它還必須包括一批更廣泛更大量的科學，並且包括一種方法論上的考察方式，這種方法論考察方式既不能被還原為科學主義的探究方式，也不能被還原為詮釋學的探究方式。

這樣，我就來到了我所勾畫的關於一種科學理論設想的第二個主要論點上了。遺憾的是，我在這裡只能精略地以十分思辨的斷言形式來對必要的思考作一提示。

三、通過意識型態批判對客觀科學主義方法與詮釋學方法的辯證中介而對歷史主義問題的哲學解決

我認為，為了給所謂歷史主義問題以一個明智的哲學評價，與其說有必要選擇我們西方的境況，倒不如說有必要選擇非歐洲文化作為我們的定向點。這些非歐洲文化已經並且還將不得不接受歐洲的技術工業生活方式及其科學基礎，它們被迫與自身造成間距，被迫與它們的傳統疏遠，其徹底程度遠勝於我們。它們絕不能期望僅僅通過詮釋學的反思來補償已經出現的與過去的斷裂。對它們來說，從一開始就有必要去獲得一個與對它們自身的和外來的傳統的詮釋學反思同時並存的準客觀的歷史哲學的參照系。這個參照系必須創造可能性，把它們自身的立場整合到世界

歷史的和人類全球性的聯繫之中去，而整個聯繫在沒有它們的活動的情況下就已經通過歐洲和美國的文明而被形成了。它們將受制於對它們自身傳統的不可避免的疏遠，同時又將取決於這樣一個事實，即對世界所作的精神性的意義解釋（例如宗教的和道德的價值秩序）必須在與社會生活形式（制度）的量緊密的關係中被把握。因此，它們首先要尋求的東西，乃是一種哲學－科學的定向，這一定向通過對它們所屬的經濟和社會秩序的社會學分析來促成對它們自己的和外來的意義傳統的詮釋學理解。這一點首先使我們得以理解，何以馬克思主義對發展中國家的知識分子具有如此迷人的力量。

但是，解釋歷史主義問題的科學理論學說在非歐洲文化的情況中是如何得到闡明呢？

對這個問題的回答首先可以用一種我至少想讓它具有啓示性價值的思辯語言來加以勾勒：精神本身並不是黑格爾在其歷史唯心論體系中所說的那樣直接在時間中顯現出來，而是基於與那種在人類社會行爲中延續的自然歷史的中介化作用而顯現出來。換句話說，如果說伽達默爾認爲古典詮釋學的主導觀念——即讓自己成爲要被理解的本文的作者的同時代人，並且最終與作者相等同——之所以必然是一種虛幻，乃歸因於**時代的生產能力**[32]，那麼在我看來，這一刺激理解的「生產能力」應歸咎於在所有人類生活表現中包含著未曾被意識到的和還不能被意識的東西的模糊印跡，也就是說，不可理解的自然歷史依然在可理解的精神歷史中延續著並將永遠延續下去。

假如人類對他們的行爲動機或者至少對他們的文學作品的意義觀念是了然顯明的，那麼在理解中使自身成爲本文作者的同代人，個體單子之間的相互認同（施萊爾馬赫繼萊布尼茲的思想而

---

[32]　參閱伽達默爾：《真理與方法》，第 279 頁。

來），所有偉大作家的超越時代的「高尚的心靈話語」等等，這一切在原則上都是可能的了。換言之，如果人類對他們的意向是完全清楚明白的，那麼就只有兩種互補的認知旨趣是正當的：對技術性自然知識的科學旨趣和對生活中可能的意義動機的主體間性溝通的詮釋學旨趣。但是迄今為止，人類並沒有「製造」他們的政治和社會歷史，他們所謂的精神信念——如當他們潛心於語言文獻時——也不是他們的精神「意向」的純粹表達。他們的意向的所有結果同時也是他們還不能將其納入他們的自我理解中的那些實際生活形式的結果。在我看來，由於這一在人類精神歷史中持續地存在著的人類自然歷史的模糊印跡，那種詮釋學的認同努力，特別是與來自時空上疏遠的文化的那些作者的認同努力失敗了。正因此，一切理解，就其最終將成功而言，必定比作者的自我理解更好地理解了作者，因為它——在黑格的意義上——反思性地超越了作者的世界理解和自我理解，而不只是以再體驗的方式重構作者的內心體驗（施萊爾馬赫和狄爾泰）。但是，反思性超越的理解不僅在解釋者的有限性和有缺陷的自我透視中有其界限，而且理解也在要被理解的生活表現中遇到了抵觸，或者是在傳承下來的那些本文內部，或者是在那些本文和有關的作者行為之間，這些抵觸根本上是不能憑藉於使隱含的意義明顯化的詮釋學方法來予以消除的。這些抵觸是由意義和無意義、意向行為和自然決定性的反應彼此交織所決定的，它們構成了「理解」的一個界限。一種僅僅想把自己理解為整合詮釋學「精神科學」的歷史哲學，在這裡勢必要面對無意義的事實和完全非理性的偶然。

　　但在人類歷史中，甚至在思想史中，恰恰就是這些事實性的和偶然性的因素還不能進入主體間性溝通之中，原因就在於它們作為動機，並不是主觀上透明的，而只是事實上起作用的，從而我們只能借助於一種準客觀的說明性科學來分析它們。

　　在人與人之間的任何談話中，顯然有這樣的情況：談話一方

不再力求以詮釋學的方式嚴肅地對待另一方的意向，而是努力把對方作為一個準自然事件以與自己客觀地間隔開來。這時他不再想在溝通中創造一個語言統一體，而是力求把對方所說的東西當作某個客觀事態的徵兆來予以估價，並且他能從外部用一種他的對方無法分享的語言來說明這種客觀事態。關於這種因為客觀的認識方法而出現的詮釋學溝通的局部中斷，有一個典型例子就是醫生與他的病人的關係，特別是精神醫生與精神病患者的關係。我認為，對科學理論的基礎問題來說，這一局部中斷了的溝通的模式其實恰恰就像積極的基本談話模式那樣，是可以變得富有成效的；也就是說，在我看來，尋求解決歷史主義問題的歷史哲學家必須不僅把翻譯者的詮釋學作用與其實踐的應用統一起來──就像迦達默爾所期望的那樣──從而達到用現在來中介傳統這一目的；與此同時，面對傳統和同時代人的行為和意義要求，歷史哲學家還必須採納醫生尤其是精神病醫生的客觀地疏離化的認知行為。實際上，當歷史哲學家不單是依靠所謂「精神科學」的詮釋學方法的成果，而且同時也憑靠經驗社會科學的客觀結構分析去說明諸如在政治以及思想史中那些不能用文學方式證實的旨趣狀態時，他就是那樣做了。

這裡我們將再次回到在詮釋學與科學主義之間居有顯著的中間地位的**歷史說明**問題上。前面我們已經強調指出，儘管與關於意義意向的詮釋學理解有著完全的依賴關係，但政治史仍然以某種類似自然科學的方式來說明在可客觀化的時間秩序中實際發生的事件。而在我們前面舉出的關於歷史說明的例子中，我們強調了這一點，即歷史學家所達到的關於事件的客觀聯繫是通過對參與其中的人的意向的理解而得到中介的。只要歷史學家真正嚴肅地把人類當作他們行為和意向的主體，那麼事情就總是如此。舉例來說，當歷史學家僅僅借助於有關政治家遺留下來的關於他們的動機的陳述來尋求回答關於某次戰爭的原因之問題時，就有上

述情況。但我們也可以作與此相反的設想：對理由的理解在方法
論上是通過一種對客觀上起作用的因素的分析來中介的，而有關
的行爲者根本就沒有把這些因素意識爲意義動機。這一點已經有
人作了探討，例如合爾加登（Hallgarten）關於帝國主義的世界經
濟狀況的書就已經對第一次世界大戰的原因作了說明[33]。在這個
研究中，政治家的官方動機在某種程度上被忽視了，而熱衷於銷
售市場的大工業的可證實的需要則被認爲是促成戰爭的原因。

　　當然，一種更爲精確的方法論分析可以表明，幫助具有社會
學傾向的歷史學家準客觀地確定旨趣狀況的那種經驗調查，是與
自然科學獲得事實材料的方式大相徑庭的。諸如協議書、結算表、
價目單、帳單之類，說到底也是表達人類「意向」的可理解的「本
文」。相應地，就所謂社會心理學的行爲研究來說，我們輕而易舉
地就能證明，它的統計調查往往總是回到旨在獲得材料的詮釋學
操作，譬如「採訪」這樣的詮釋學操作[34]。但社會學的和心理學
的行爲研究的準科學的認知成果的意義，根本上是不可能通過指
出它們始終具有詮釋學的前提而獲得的：在我看來，其意義在於
它們通過理論構成而對個體和人類共同體的傳統的自我理解的疏
遠；它們的理論構成是以一種人類生活表達的創作者不可能直接
分享的語言（當然也不可能通過語文學操作把這種語言翻譯爲這
些創作者的語言）對該人類生活表達的解釋。與原則上力求維護
甚至深化溝通的詮釋學的理解相比較，心理學和社會心理學的行
爲分析完全像從外部用於對象的因果說明方式那樣按規則而發生
作用。這一點主要表現在：心理學和社會心理學的行爲分析——

---

[33]　哈爾加登：《1914年前的帝國主義》，2卷本，1951。
[34]　這一點特別在斯杰夫海姆的《客觀主義與人的研究》（奧斯陸，1959）
　　一文中得到了論證。關於在社會科學中把溝通性經驗轉化爲測量材料這
　　一做法所面臨的困難，參見哈伯瑪斯：《論社會科學的邏輯》，第95頁
　　以下。

恰如預測性的自然科學知識——使得一種對它們的對象的技術支配成爲可能，諸如精通組織心理學的經理控制雇員、廣告設計師控制消費者和精於選舉術的政治家控制選民。

然而在這裡，行爲科學的科學理論的自我理解實際上成了歷史的一個具有道德意義的因素：如果我們事實上——有如新實證主義樣那——想把行爲科學的準客觀的認知成果當作一門關於人的普遍自然科學的開端來予以評價，那麼我們必然會看到它們的目標就是保證和擴大那種對人的控制。當然，這也同時預先假設了：人類行爲決不可能通過預測而得到完全控制；若不然，社會工程師們就不能開創他們的社會統治知識了。畢竟科學家在哲學上的自我理解對可以零碎地獲得社會統治知識的天真的證明，總可能具有災難性的實踐後果。

幸好，人類客體對行爲說明的結果的**反應**——這種「反應」在自然科學中根本上是不可能的——表明，在社會心理學科學的科學主義式的自我理解中，必然蘊藏著一種根本的缺陷。而且，這種以一種新的行爲來對抗行爲——「說明」的「反應」同時也指示我們如何把行爲科學的準客觀的認知成果富有意義地結合到一種（認知人類學的）科學理論中去。

這就是說，對有關人類行爲的因果分析說明，人類能夠用一種新的行爲來作反應；對此的唯一解釋在於這樣一種洞識：人類能夠通過自我反思把**心理學－社會學的說明**的語言轉化爲一種深刻的自我理解的語言（而這種深刻的自我理解改造著人類的動機結構，並因此取消了「說明」的基礎）。這就把我們引回到前文已有所探討的精神療法模式那裡。在這個顯著的認知模式中實際上有兩個要素，即：

1. 客觀的－疏離的行爲「說明」，它以溝通的局部中斷爲前提；

2. 隨後在一種具有辯證中介作用的深化了的自我理解中對
   這種說明的**超越**（Aufhebung）。

借助於心理分析理論構成，醫生認識到：

1. 被壓制的意義動機所具有的那些準自然的、可說明的、甚
   至是可預報的作用方式。這樣一來，他就使病人成為一個
   客體了。
2. 但與此同時，醫生力求超越僅僅可說明的因果強制力，因
   為他理解被壓制動機的意義，並通過交流誘導病人把這種
   意義解釋應用到修正其自傳式的自我理解中去。

然而，正如我們上面所指的，人們可以把精神療法模式轉用
到歷史哲學與人類社會的自我理解的關係之上。（真正說來，也許
在特定社會實踐的準自然的因果程序與這個社會中的個體的神經
症狀之間就存在著一種真實的聯繫。我們無把能某些社會行為方
式(1)歸結為因果作用的需要，並把它們(2)作為被理解的需要而與
社會的意義傳統協調起來，這種無能同時也許會在個體那裡助長
對內在於這些需要的動機的壓制。）
　　我認為，正是上面這些思考激發出一種方法論要求，即要求
根據關於我們的歷史性存在的種種無理性要素的超越的規約性原
則，對關於意義傳統的**社會科學的說明**與**歷史學－詮釋學的理解**
作一種辯證的中介。在這裡，或許人們應這樣來建立（和公佈）
社會科學的說明：即要使得它們並不是給予有知識的人以控制無
知識的人的權力，而是激發所有的人通過自我沉思把可以因果說
明的行為方式轉換為可理解的行為。關於這一對理解和說明的辯
證中介有一個專門術語，叫做**意識型態批判**。在我看來，作為對
人類社會歷史的心理分析和作為對人類行為現實危機的精神療

法，意識型態批判似乎對於人的客觀說明性科學提供了唯一富有
意義的邏輯論證和道德辯護。[35]

　　這種意識型態批判的主導性認知旨趣相應於人類所具有的身
心相關的自我診斷和自我治療的身體先天性。這一認知介入的調
節性原則不是使精神脫離於身體，也不是在絕對觀念中對物質作
認知超越，而是對存在於身體之中的精神的純粹表達，是**自然的
人化**（Humanisierung der Natur）和**人的自然化**（Naturalisierung des
Menschen）。

---

[35] 關於這裡勾勒出來的科學理論模式的闡發和批判性討論，請參閱伯瑪
斯：《知識與人類旨趣》；羅倫釆：《語言之摧毀與重構》，法蘭克福，1971
年；萊特尼茨基：《當代後設科學學派》，哥德堡，1968，波斯頓，1973；
以及阿佩爾在別處的論述，如《詮釋學與意識型態批判》，法蘭克福，
1971；〈溝通與精神學的基礎〉，載《行為社會學》，1972，第 7-26 頁，
重刊於《人與世界》，1972，第 5 期，第 3-37 頁；也可參閱〈社會科學
的型式〉。

第四篇

答《詮釋學和意識型態批判》

（1971）

〔德國〕伽達默爾（Hans-Georg Gadamer）著

洪漢鼎　譯

　　本文第一次發表在《詮釋學與意識形態批判》，法蘭克福，1971 年，第 283-317 頁，重印於《短篇著作集》第 4 卷，第 118-141 頁，後收入《伽達默爾著作集》第 2 卷。本文譯自伽達默爾《著作集》〔J. C. B. Mohr（Paul Siebeck），1986〕第 2 卷，第 251-275 頁〔Hans-Georg Gadamer, Gesammelte Werke, Band 2, J. C. B. Mohr （Paul Srebeck），1986.〕。

　　詮釋學是**相互理解**（Verstaendigung）的藝術。然而，對詮釋學的問題要達到相互理解，卻似乎具有特別的困難──至少在討論中所涉及的諸如科學、批判和反思等概念均未經澄清時就是這樣。因爲我們生活在這樣一個時代，在此時代，科學正在越來越廣泛的程度上實施對自然的統治並指導對人類共同生活的管理，而且我們的文明──這文明不倦地糾正著其成就的缺陷，不斷地提出新的科學研究任務，而再度進步、規劃和對災禍的預防就以此種任務爲根據──的驕傲還助長了一種真正的蒙蔽力量。堅持通過科學不斷實現對世界的統治導致一種這樣的體系，個人的實踐意識聽命於這種體系，毫無主見地屈服於這種體系，或者用革命的方式──這種做法同樣不算有主見──反對這種體系以保護自身。

闡明這種蒙蔽與那種反抗科學及其技術應用的浪漫主義文化批判並不相干。不管是把「理性的沒落」（the eclipse of reason），抑或日益增長的「存在遺忘」，還是「真理與方法」的對峙作為思考的對象——只有受到蒙蔽的科學意識才會忽視以下事實，即關於人類社會的真正目標的爭論，或者在制作的前統治中對存在的追問，抑或關於我們的歷史傳統和未來的認識，均指示一門知識，這門知識並非科學，但它卻引導著一切人類的生活實踐，並且正是在這種生活實踐有意關心科學的進步和應用時起引導作用。

現代科學自 17 世紀以來創造了一個新世界，它毫不留情地放棄了對實體的認識，把自己限於用數學方式對自然的設計以及測量、實驗等方法的運用，並從而闢闢了統治自然的建設性道路。技術文明全球性的擴展正是以此為指導。儘管如此，但卻只是到了本世紀，那在我們的科學進步意識和社會－政治意識之間的對峙才隨著日益增長的成果而不斷尖銳化。然而，科學知識和社會－政治知識之間的衝突卻是一個很老的問題。正是這種衝突使蘇格拉底付出了生命，因為他證明了工匠的專業知識導致了其對真正值得認識的東西、也就是善的無知。在柏拉圖筆下的蘇格拉底身上重複著這一切。柏拉圖用辯證法這門引導談話的藝術不僅來對比專業人員有限的專業知識，而且也用來對比所有科學的最高典範，亦即數學——雖說他仍在數學的統治中發現了詢問真正的存在和最高的善這個最後的「辯證法」問題的必不可少的條件。

亞里斯多德的倫理學儘管對製造知識（technê 技術）和實踐知識（phronesis 實踐智慧）之間的區別作了基本的說明，但即使在那裡仍然有幾處不甚清楚，例如政治家和政治活動家的政治知識與專家的技術知識彼此如何區別。雖說那裡也列出了很清楚的等級，例如儘管在戰時所有其他的「技術」都要服務於全軍統帥，但這統帥最終是為和平服務，而政治家則無論在和平時期和戰時均操心所有人的幸福。但那也有問題。比如誰是政治家？是身居

政治要務的專家？抑或是作為選民的組成部分通過投票作決定的
公民（以及因此有其「公民」職務的人）？柏拉圖在《卡爾米德
篇》中論證了把政治科學作為科學之科學的專家理想是荒謬的。
顯然，我們不能按照製造知識的模式來理解作為實踐－政治決定
之基礎的知識，並在其中發現最高級的技術知識，也即製造人類
幸福的知識。因此，像柏拉圖如何喜歡向雅典大人物的兒子們示
威，以及亞里斯多德——儘管他本人不是雅典的公民，而只是在
雅典教授知識——如何把理想地立國和制憲的外來專家們稱作詭
辯論者（而不是稱為政治學家）並對他們作了批駁，這些都是難
以說明的。確實，這些專家都不能算作政治家，也即不能算作自
己城中扮演領導角色的公民。然而，即使這一切對於亞里斯多德
都朗若白晝，並且他已針對技術知識的結構而出色地制訂了實踐
知識本身的結構——但仍然還存在一個問題：亞里斯多德本人作
出這種劃分並教授的究竟是何種知識？實踐的（和政治的）科學
究竟是一種什麼樣的知識？

　　這種知識並不簡單就是亞里斯多德當作 phronesis 來描述和
分析的那種實踐知識更為高級的形式。雖說亞里斯多德清楚地區
分了**實踐科學**和**理論科學**，他認為實踐哲學的「對象」並不是永
遠固定的東西和最久遠的原則和公理，而是處於經常變化之中的
人類實踐。但實踐哲學在某種意義上卻仍然是理論性的，因為它
所教導的並不是去解釋和決定某種具體實踐情境的實際操作知
識，而是促成關於人的行為及其「政治」此在形式的一般「知識」。
因此，在西方科學史的傳統中，**實踐科學**（scientia practical）作為
一種獨特的科學形式既不是理論的科學，又不能通過它是與實踐
有關就充分被刻劃的科學。作為一種學說，它絕不是**操作知識**
（Handlungswissen）。但是它難道不是一種技術或「技藝學」？它
不能被比作語法學或修辭學，這些學科是為一種技術性的能力—
—講話或書寫——準備技術的規則意識，這種意識一方面能夠控

制實踐，另一方面則也是學說。這些技藝學因其超越單純的經驗的優點似乎爲講話或書寫工作賦予最終的有效性，有如所有其他我們爲了生產品而使用的技術和工匠的知識。實踐哲學並不像語法學或修辭學作爲一種技藝學那樣是對人類－社會實踐的規則知識，毋寧說它是對此類知識的反思，從而最終是「一般的」和「理論的」知識。另一方面，學說和講話在這裡處於一種特有的條件之中，因爲所有道德哲學的知識以及相應的所有一般國家學說均與特殊的學習者的經驗條件相聯繫。亞里斯多德完全承認，只有當學生已成熟得足以把一般的話語以獨立的責任感運用到他們生活經驗的具體環境之中，則這種關於每個人最獨特的具體實踐的「一般話語」才是正當的。因此，實踐的科學雖有也許是一種「一般的」知識，但這種知識與其說是製造的知識，倒不如說是一種批判。

這就似乎與哲學詮釋學相近了。只要人們還把詮釋學定義成理解的藝術，並把諸如講話藝術和寫作藝術等這類藝術的運用理解成與能力有關的行爲，則這類學科性的知識就能作爲有意識的規則運用並可以叫做技藝學。施萊爾馬赫和他的後繼者就是這樣把詮釋學理解成**技藝學**（Kunstlehre）。但這卻並不是「哲學的」詮釋學。哲學詮釋學不會把一種能力提升爲規則意識。這種「提升」總是一種非常矛盾的過程，因爲規則意識也相反會重又「提升」爲「自動的」能力。哲學詮釋學則正相反，它是對這種能力以及作爲這種能力基礎的知識所作的反思。因此，它並不是用於克服特定的理解困難，有如在閱讀文本和與別人談話時所發生的那樣，它所從事的工作，正如哈伯瑪斯所稱，乃是一種「批判的反思知識」。但什麼叫批判的反思知識呢？

讓我們設法對上面所說的這種知識有一具體的印象。哲學詮釋學從事的反思似乎在以下意義上是批判性的，即它揭露天真的客觀主義，而以自然科學爲榜樣的歷史科學的自我理解就受到這

種客觀主義的束縛。意識型態批判在這一點上可以利用詮釋學反思，因為它從社會批判角度解釋了所有理解都有的成見性——或者說詮釋學反思從以下方式揭露了語詞錯誤的假設，有如維根斯坦通過追溯到與實踐相關的說話所具有的詮釋學原始境遇對心理學概念所作的批判。甚至這種對語言魔法的批判也證明了我們的自我理解，從而可以更正確地對待我們的經驗。例如，批判的反思也可以如此受到詮釋學的指導，即它保護可理解的講話免受邏輯學的錯誤要求，這種錯誤要求曾為哲學文本提供衡量陳述演算的特定尺度，並想證明（卡納普或杜根哈特）當海德格或黑格爾談論虛無的時候，這種說法是沒有意義的，因為它不能滿足邏輯學的條件。但哲學詮釋學卻可以在此批判地指出，如此運用詮釋學經驗是不恰當的，從而會背離人們應當理解的東西。例如「走向無的無」（nichtende Nichts）並不像卡納普所說的是表達一種情感，而是表達一種需要去理解的思想運動。在我看來，當有人譬如在柏拉圖的對話中檢驗蘇格拉底論證方式的邏輯合理性的時候，詮釋學反思似乎是同樣地富有成效的。詮釋學反思在這裡可以發現，這種蘇格拉底式引導談話的溝通過程就是理解和相互理解的過程，這種過程與邏輯分析家的認識目標根本不相干[1]。在所有此類情況中，反思的批判顯然都依據於某種由詮釋學經驗及其語言過程所代表的最高當局。它被提升為批判的意識：什麼是目前陳述的意義，哪些詮釋學努力要求擁有真正存在的權利。

反思的批判涉及的完全是對一種自我理解的修正。就此而言，這種詮釋學反思是「哲學的」——這並非因為它從一開始就要求某種哲學的合法性，恰恰相反，是因為它否定了某種「哲學的」要求。它所批判的並不是諸如自然研究過程或邏輯分析過程等科學的過程，而是正如前面所說，在這種運用中缺乏的方法合

---

[1] 柏拉圖《第七封信》，343A7：「因為並非講話者的『靈魂』遭反駁。」

理性。根據這類批判工作來建立哲學的合法性，這當然不算什麼特別。也許除了指出這一事實外，哲學活動不存在別的合理性證明，即雖說總是處於反「形而上學」要求的這種否定性的預期之中，例如處於懷疑論、語言批判或科學理論的預期之中，哲學卻總是已經存在了。

但是，哲學詮釋學的要求卻伸展得更為深遠。它提出了普遍性的要求。它以此來證明這種普遍性的要求：即理解和相互理解原本和最初並不是指從方法角度訓練的與文本的關係，而是人類社會生活的進行形式，人類社會生活的最後形態就是**交談共同體**（Gespraechsgemeinschaft）。沒有任何東西，包括一般世界經驗，能同這種交談共同體相脫離。無論是現代科學的專門化及其日益增長的經營秘傳，還是物質的勞動和它的組織形式，甚或用統治形式管理社會的政治統治機構和管理機構，它們都不處於這種普遍的實踐理性（以及非理性）的媒介之外。

然而，詮釋學經驗的普遍性也很有爭議。難道它不是由於自己的語言進行方式而局限於一種互相溝通理解的圈子之中，而這種圈子似乎在多種方式下是欺騙性的？這首先就是科學本身及其理論構造的真實。但哈伯瑪斯卻在此發現了異議：「現代科學當然可以合法地提出達到關於『事物』的真實陳述的要求，它可以無須參照人的話語這面鏡子，而採用獨白的方式進行。」雖說他承認這種「用獨白的方式」構造的科學理論必須在日常語言的對話中使人理解，但他卻在其中發現了一個對於詮釋學乃是全新的問題，即詮釋學要受到這種理論語言的限制。由於詮釋學從一起始本來就只與口語構造和流傳下來的文化打交道，因此，要解釋語言如何脫離對話的結構並能取得嚴格的理論構造，就成為一項新的任務。

我們不能理解這種解釋。專業語言和日常語言之間的差別千百年來就已存在。難道數學是門新的學科？自古以來對專家、薩

滿教徒和醫生的定義不就在於他們並不使用大家都能理解的理解
手段？能被看作近代的問題的至多是這一問題，即專家不再把他
的知識翻譯成普通的日常語言這一點看作他自己的任務，因而這
種詮釋學綜合的任務就成為一項特別的任務。但這樣一種詮釋學
的任務卻並未因此改變。也許哈伯瑪斯的意思只是說，對於在諸
如數學和當今數理自然科學領域中存在的理論構造，我們無須訴
諸於日常語言就能「理解」？這點當然毋庸置疑。如果聲稱我們
所有的世界經驗都只不過是一種語言過程，我們色彩感的發展只
不過在於使用色彩詞的不同，這是荒謬的[2]。甚至連皮亞傑的發生
學認識（哈伯瑪斯和這種理論有關係）似乎也認為存在一種前語
言地起作用的範疇適用語，但像普萊斯特[3]、波蘭依[4]和庫恩茲[5]等
人特別注意的各種非語言的溝通形式，卻使得所有想根據一種語
言普遍性否認其他語言之外的理解形式的論點顯得可笑。相反，
言語是這些形式的被傳達了的特定存在。然而正如哈伯瑪斯正確
地認識到的，正是在理解的可傳達性中存在著詮釋學的論題。所
以，如果我們想避免關於語詞的爭論，那麼我們最好放棄這個引
號，例如不要在我們的語言世界解釋作為理解著的解釋這一意義
上去「理解」人工符號系統。這樣我們就當然不能再說，自然科

---

[2] 這是波曼說的，第 98 頁，他甚至議論我說「被理解的一切無非只是語
言」──「再沒有具體的意義……」，並把這歸咎於一種過分表述的詮釋
學提問立場。但他本人卻在這裡陷入他批判我的多義性──他低估了所
有詮釋學哲學與詮釋學實踐的本質關係。我們將會知道，在這種情況下
將會發生什麼（並不是「相信」）。波曼在他對我作的最有裨益的批判中
指責我的「多義性」，顯然一部分原因是出於我的概念的弱點，另一部
分原因卻正是詮釋學經驗的本質，即要使自己暫時不作決斷，並且經常
要試圖做到，把人們理解成對另一件事的陳述的東西從事實角度明顯地
找出來。

[3] 現載《哲學人類學：人的狀況》，法蘭克福，1970 年。

[4] 載《緘默的度向》，紐約，1966 年。

[5] 例如與我在《哲學研究》第 20 期（1961）的批判性爭論。

學無須「參照人的話語這面鏡子」而達到關於「事物」的陳述。
自然科學認識的是怎樣一種「事物」？詮釋學的要求是而且始終
是，只把那種不可理解的和不是普遍的，而只是在內行之間才「可
理解的」東西整合到語言的世界解釋的統一性當中。嚴格說來，
以下這點並不能作爲對此要求的反駁，即現代科學發展出了它自
己的特殊語言、專業語言和人工符號系統，並在這些系統中「獨
白式」地操作，也即在所有日常語言的溝通之外達到「理解」和
「相互理解」。提出這種反駁的哈伯瑪斯本人很清楚地知道，這種
構成現代社會工程師和專家思路的「理解」和自我理解恰好缺乏
那種能夠使他們承擔社會責任的反思。

　　哈伯瑪斯如此清楚地知道這一點，以致爲了使反思得到重
視，他還生動地描繪了一門批判的反思科學的例子，這個例子或
許應當成爲社會反思的一個典範，這就是精神分析。精神分析進
行批判的、解放的反思，它通過反思把受到扭曲的溝通從它的障
礙中解救出來並重新建立溝通。在社會領域中值得重視的也是這
種解放的反思。並非只有精神病人在防禦其神經疾病時要受到系
統扭曲的溝通的痛苦，從根本上說，每一種和佔統治地位的社會
制度相一致並支持它的強權性質的社會意識都有這種痛苦。這是
並未被提出來討論的前提條件，哈伯瑪斯正是在這個前提條件下
進行論證。

　　正如精神分析家對出於治療願望而上門的病人總要給予一
種最負責任的解放性的反思工作，同樣在社會領域內，我們也要
使人認識到所有形式的強權統治，並使之加以消除。哈伯瑪斯和
齊格爾用不同的方式以語言的欺騙性這個原則性的論題對此作了
特別具體的論述。他們這樣做的意圖，在某種意義上當然是把理
解技術化，通過這種技術化克服語言溝通的多義性。但又不止於
此。哈伯瑪斯雖然也爭論這種後設語言的可能性，但精神分析對
於他卻有另外的含義，這就是它的方法特殊性，它既是說明性的

科學（因此而可能是技術）同時又是解放性的反思。他認為在精神分析這種情形中，語言必定被欺騙，因為在精神病中我們會發現一種非常徹底和系統的溝通阻撓，如果治療性的談話不在非常特別和複雜的條件下進行，它就必然會失敗。在談話中，儘管精神分析最終在病人的認可中得到證實，儘管在徵兆消除後病人重又恢復了正常的溝通能力，但那種把談話伙伴聯結在一起的**基本認可**（das tragende Einverstaendnis）的前提卻不能兌現。哈伯瑪斯在此進而使自己與洛倫茲關於「語言毀壞」那富於啟發的描述發生聯繫。

但他自願補充了他認為的關鍵：正如病人學會識破未曾識破的強權、學會解除壓抑並有意識地克服壓抑一樣，在社會領域也是如此，我們要通過意識型態批判識破並消解社會統治關係中未被識破的強權。哲學詮釋學充滿自信的談話樂觀主義卻無法做到這一點，因為它僅僅堅持建築在佔統治地位的社會成見基礎之上的虛假認同。它缺乏批判的反思。因此需要一種對「受到系統扭曲的溝通」的深層詮釋學解釋。因為我們「必須假定，我們熟悉的傳統和語言遊戲的**深層同意**（Hintergrundkonsensus）不僅在受干擾的家族制度的病理個例中，而且在整個社會制度中也可存在一種強迫整合的意識，一種偽溝通的結果。」哈伯瑪斯反駁了把溝通局限於「在傳統領域中起作用的信念」，並在其中發現一種深層詮釋學提出的把解釋私人化的不可能的要求。顯然他就是在這種意義上理解我對於醫生的社會角色以及心理治療受限制的條件等說法的。

事實上這就接近了我提出的反駁，即只要解放性的反思工作是以職業的責任性進行，病人和醫生就可以在確定社會角色中進行遊戲並被局限於這種社會角色遊戲。如果越過醫生治療的範圍並在解放性的反思中把他人的社會意識作為「病態的」來「處理」，這就不可能屬於醫生的社會合法性（例如外行的分析家）。我這樣

說並沒有誤解精神分析治療法所特有的治療特性，這就是獨佔（「轉用」）和釋放的複雜混合，它是構成正在進行治療的分析者的藝術。無論是洛倫茲出色地描述的過程（哈伯瑪斯即以此為根據），還是齊格爾的解釋，我都完全承認這種「治療」並不能作為一種技術來描述，而只能看作一種共同的反思工作。此外，我還承認，當分析者不再作為醫生而是作為社會成員來行使他的社會作用時，分析者並不能把他的分析經驗和知識簡單地拋在一邊。但這並不能改變以下情況，即這種精神分析因素的混合在社會溝通中意味著一種干擾因素。我並沒有說這種情況是可以避免的。比如說人們也會給筆相學者寫信並把信交付他們，但卻並不想因此而觸動他們的筆相學家的權能，而且在這種特殊權能之外，確實還有這樣的事情：人們通過對話的運用、主要通過傾聽和其他人的有效影響卻也可以讓自己對於人的知識、另外的信息和疏異的觀察發生作用，並為了「純」理性的談話而避免公開。例如可以想一下沙特關於他人的注視所作的著名描寫。

　　儘管如此，處於社會伙伴關係中的這種詮釋學境遇，仍然同處於分析關係中的詮釋學境遇大相徑庭。如果我對某人敘述一個夢，而且我在這樣做時並沒有分析的意圖，或者我的角色根本不是作為病人，那麼我的敘述當然就沒有引導分析夢的含義的意義。如果聽者在傾聽時這麼做了，那麼他就缺乏這種詮釋學意圖。毋寧說這裡意圖是要說出自己夢幻的無意識遊戲，從而使人家也可以加入到童話的幻想或詩意的構想力中去。這種詮釋學要求是合理的，它和那種在分析領域中十分常見的現象毫無矛盾。如果有人忽視了被描述的詮釋學境遇，例如不把保羅的夢幻詩理解成構想力富有意義的遊戲，而是當作非常嚴肅一部秘傳的無意識的象徵，那麼拒絕這種做法是完全正確的。這裡正是詮釋學對深層心理學合法性的批評，這種批評決不局限於審美的教化愉悅。例如，當有人以熱烈的情緒討論某個政治問題，而且試圖通過甚至

令人生氣的尖銳的論辯去說服他人，這樣他就會有一個詮釋學要求，即要得到對方的反駁，而不是按照「誰生氣，誰就錯」的格言去看待他有情緒的深層心理活動。我們下面還會回過頭來討論精神分析和詮釋學反思的這種關係以及混淆這兩種「語言遊戲」的危險。

這樣在解放性反思的作用裡，就有了精神分析對於詮釋學批判和在社會溝通內部的批判所具有的典範意義，解放性反思在此起了它的治療作用。這種反思通過使未看清的東西變成可看清的，從而擺脫了那種強行支配個人的東西。當然，這是與詮釋學反思不同意義上的批判反思，詮釋學反思，如我所描述的，是要摧毀不正確的自我理解，揭露方法運用的失當。這並不是說以精神分析為典範的批判會和這種詮釋學批判相矛盾（雖說我想指出，詮釋學批判必定會拒絕採用這種典範）。但這種以精神分析為典範的批判相對於詮釋學批判卻是不夠的。詮釋學科學為維護自身而通過詮釋學反思駁斥以下說法，即說它的方法是非科學，因為它否認科學（science）的客觀性。意識型態批判在這一點上甚至贊同哲學詮釋學。但它又轉而批判詮釋學，因為詮釋學以不能容忍的方式堅持對因襲而流傳下來的成見的傳統主義的把握，而自從工業革命爆發和科學的勃興以來，這種傳統因素在社會生活中只具有次要的作用。

阿佩爾當然作過這種批判，而他顯然是誤解了哲學詮釋學談到應用時的含義。哲學詮釋學在談論應用時所涉及的是一種在所有理解中蘊含的因素。人們確實應當嚴肅地看到，我所提出的對詮釋學經驗的分析，是以詮釋學科學富有成效的實踐作為對象，其中根本沒有「有意識的應用」，而這種「有意識的應用」能使人擔心認識會被敗壞成意識型態。這種誤解曾使貝蒂感到不安。顯然，這裡有應用意識（Applikationsbewusstsein）概念不清的作用。正如阿佩爾所指出的，應用意識確實是針對理解科學的客觀主義

自我理解並同樣鑒於理解的生活實踐而被當作一種詮釋學要求提出來的。就此而言，一種哲學詮釋學，正如我所試圖發展的，肯定是「規範的」，也即是在這一意義上：它致力於用某種更好的哲學來代替一種較壞的哲學。但是，它並不推銷一種新的實踐，而且也並未說過，詮釋學實踐總是在具體上受到某種應用意識和應用意圖的指引，更又何從談起有意去證明起作用的傳統的合法性。

　　當然，錯誤的自我理解會對實踐過程起反作用，同樣，恰當的自我理解也會有反作用，只要這種自我理解從理論方面摧毀了這種起因於理論的實踐扭曲。但是，效果歷史反思的任務絕不是去追求現實化和追求「應用」，正相反，它不僅要通過科學方法的正規手段，而且要通過具體內容的反思來阻止並破壞一切在理解傳統時的現實化做法。阿佩爾對我說了他的心裡話，他說：「在具有應用意識的解釋方法的責任領域內，為了使理解在某種情況下不受限制，必須使當時的現實應用增加難度」。我想走得更遠，因此我不說「在某種情況下」，而說「在任何情況下」──只不過我不會把此命題作為應用意識的結果，而是當作真正科學責任的滿足，我認為，這種科學責任經常只有在意識型態的成見作為背景產生作用的情況下才會受到損害，因為偽科學的方法思考不會感覺到這種責任。在這點上我和阿佩爾一樣，確實發現一種意識型態被敗壞的危險。這是否如阿佩爾所說類似於那種被他稱為「存在主義」的詮釋學精神科學，對此我沒有把握，因為我並不明白他所指的到底是什麼意思。但這肯定不同於哲學詮釋學所指向的領導或哲學詮釋學本身。相反，詮釋學反思卻能在這裡成為「實踐的」：它使人們意識到成見，從而使任何意識型態都變得可疑。

　　我們最好用具體例子來證明這一點。為了不超出我的判斷權限之外，讓我們來看一下本世紀關於前蘇格拉底解釋的歷史。在這裡，每一種解釋都有某種成見在起作用，喬埃爾（K. Joeel）是宗教學的成見，賴因哈特（K. Reinhardt）是邏輯解釋的成見，耶

格（W. Jaeger）是捉摸不透的宗教一神論的成見（正如布呂克出色地指出的），至於我自己，當然受到海德格對存在問題解釋的影響，試圖根據古典哲學從哲學思考的角度來理解「神性」[6]，因而在所有這些例子中我們都可觀察到一種成見在起指導作用，由於這些成見均對迄今為止的成見作了修正，因此它們具有建設性的作用。這並不是把事先想好的意見應用於本文，而是試圖對於存在的東西進行理解和更好的理解，因為我們識破了他人的成見。但我們之所以能夠識破，只是因為我們用了新的眼光看待存在的東西。詮釋學反思並未脫離詮釋學實踐。

當然，我們必須注意不要按照直接進步的模式來理解這種詮釋學研究活動。阿佩爾關於詮釋學問題的討論因其援引皮爾士和羅伊斯而大為增色，他在所有的意義理解中都制訂出實踐關係，因此，當他要求提出一個不受限制的**解釋共同體**（Interpretations-gemeinschaft）的觀念時，他是完全正確的。顯然，這樣一種解釋共同體的特徵就是證明理解努力的真理要求的合法性。但我懷疑把這種合法性證明僅限於進步觀念是否正確。業已被證明的解釋可能性的多樣性絕不排除這些可能性會相互取代。事實也是如此，在這種解釋實踐的進程中出現的辯證反題也絕不會保證它達到真正的綜合。相反，我們絕不能在歷史科學的領域中用只是部分地存在的進步來看待解釋事件的「結果」，而是要在和知識的下滑和衰落相對立的成就中看待這種結果：即語言的重新賦予生氣和意義的重新獲得，這種意義是通過傳承物向我們訴說的。只有按照絕對知識的尺度，也即並非人類知識的尺度，才能說它是危險的相對主義。

在歷史意識出現之前統治傳統領域的是天真的應用，我認

---

[6] 見我的論文〈論早期希臘思想中的神性〉，見我的著作集，第 6 卷，第 154 頁。

爲，如果把這種天真的應用等同於所有理解中都具有的應用因素，這當然也是一種誤解[7]。毫無疑問，理解的實踐因傳統的斷裂和歷史意識的出現而得到修正。儘管如此，我從來就不相信，歷史意識及其在歷史精神科學中的形成乃是傳統權力被瓦解的根據，甚至傳統的斷裂本身對此不起決定性作用（傳統的斷裂是隨近代而開始，並在法國大革命中達到其第一次極端的頂峰）。我覺得，歷史精神科學與其說是通過對這種傳統斷裂的反應而被呼喚出的，還不如說它們從一開始就對這種傳統斷裂發生作用或僅僅肯定這種斷裂。顯然，儘管精神科學具有浪漫主義的源頭，但它本身卻是一種斷裂的傳統現象，並且在某種意義上繼續發展了批判的啓蒙。我把它稱爲那個時代啓蒙的反光鏡[8]，但從另一方面看，其中顯然也有浪漫主義修復的功力在起作用。無論對它持歡迎還是批判態度，這都絲毫不影響這種專門的認識成就風靡一時。例如可以想一下勞默爾的《斯道佛時代的歷史》。它完全不同於有意識的應用。毋寧說，它內在地滲透了批判的啓蒙，這啓蒙對天真地相信傳承物會繼續生效以及共同規定歷史視域的繼續發生作用的傳統進行批判，這屬於歷史科學的本質，而且這絕非僅僅存在於浪漫主義精神科學的故鄉。例如對伯羅奔尼撒戰爭期間的雅典史、對伯里克利斯或對吉朋的克里昂的評價，在德意志帝國的傳統中看起來就完全不同於用美國民主制的眼光所看的──儘管這兩種傳統都非常年輕。對於馬克思主義傳統，情況也是如此。例如，如果我用階級鬥爭的範疇閱讀齊格爾的思想，那我絕不會搞錯（有如他所擔心的），這樣做時會意識到何種效果歷史反思──如果他認爲，在某種情況下，會因此而達到一種合理的證明，那他就搞錯了。詮釋學僅限於開啓除它之外無法感覺到的認

---

[7]　見我的著作集，第 1 卷，第 344 頁以下，407 頁。
[8]　參閱我的著作集，第 1 卷，第 278 頁。

識機會。它本身並不促成真理標準。

　　關於有意識應用的說法在其它領域也受到極大的誤解。令我驚訝的是，阿佩爾提出的導演和音樂家的例子中居然在有意識應用的意義上談論現實化，彷彿與要重新復甦的作品的聯繫並不必支配整個解釋一樣。實際上，我們之所以把成功的導演或音樂的複製尊崇爲解釋，是因爲作品本身以其真正的內容被重新表述出來。反之，如果要求我們在複製的工作中提出粗略的現實化傾向，並對當代作出過分清楚的暗示，那我們當然會覺得不會合適。口譯是詮釋學任務現存的典範，如果忽視了口譯者並不是翻譯，而是通過說話把他所理解的部分用另一種語言提供給另一方，那就是極大地低估了口譯者的形象。我覺得在這裡一個客觀化的概念總是受到與事實不符的意義和意義透明度的引導。

　　詮釋學經驗並非起自於近代科學，而是自從出現了詮釋學提問立場之後就包含了一種從未減緩過的衝突。它並不能被歸入在它在中認識自我這種唯心主義的框架內，從而使意義被完全把握住並流傳下來，這種唯心主義的意義－理解概念按我的看法不僅使阿佩爾弄錯了，而且也使絕大多數我的批判者誤入歧途。這樣一種簡化爲唯心主義的哲學詮釋學需要作出批判性的補充，這一點我承認，而且在對 19 世紀黑格爾後繼者德羅伊森和狄爾泰的批判中我也試圖指出這一點。但這難道不正是一向詮釋學的動力，即通過解釋來「理解」陌生的東西、捉摸不透的神意、宗教典籍或古典作家的作品？難道這不正說明理解者對於說話者和有待理解者總具有一種基本的劣勢嗎？

　　因此，詮釋學的這種原始規定因近代傳統的斷裂和另一種完全不同的精確認識理想的出現而得到輪廓清楚的描述。然而，提出詮釋學任務的根本條件——對此任務人們並不願真正承認而我則試圖重新提出——從來就是獲得一種佔優勢的意義的條件。當

我在我的研究中提出時間距離的詮釋學創造性[9]，並且在根本上強調所有理解和效果歷史反思的有限性和不可結束性時，我所說的並不是獨創的觀點。這只不過是真正詮釋學論題的發揮。它在歷史經驗中完全可找到自己真正的證明。在歷史領域，它確實與意義透明度無關。歷史學必須不斷防範人文精神的淡化。歷史經驗並不是關於意義、計劃和理性的經驗，只有用絕對知識哲學的永恆眼光才會要求在歷史中把握理性。這樣，歷史經驗實際上又把詮釋學任務重新置於其本來的位置。它必須重新破譯歷史的意義殘篇，這些意義殘篇由於事實的晦暗而受到限制和破壞，當然，首先是由於那種使未來對每一個當下意識變得日益模糊的黃昏而受到限制和破壞。甚至屬於理解結構的「完全性前把握」[10]也強調它的「前把握」，因爲要被理解東西的優勢即使不通過解釋也可得到保障。因此，當阿佩爾、哈伯瑪斯以及經過重大修正的齊格爾依賴一種說明性科學的觀點把詮釋學反思提升爲完全唯心主義的意義向度時，這就非常令人吃驚。這實際上就存在於這些精神分析作者所設想的典範作用當中。

這樣，我們就又回到那種把精神分析的解放性反思應用於社會領域的所謂轉用的合法性這個問題上來。對於那些足以冷靜地預知和預示歷史的人而言，歷史究竟是他們所否認的無法識破的東西，抑或這種因素只是對於業已變得理智的人類不再起作用的未成形，這一切都有賴於精神分析的知識究竟有多少有效性。絕非偶然，精神分析這門科學在關於詮釋學的討論中得到特別的重視，而且阿佩爾、哈伯瑪斯和齊格爾的論述都很有教益。但是它的人類學收獲是否得到正確表達？例如，當阿佩爾說自然生物完全是在有意識的欲求控制下被保存下來，這種理想就有賴於這種

---

[9] 參見我的著作集，第 1 卷，第 301 頁以下。
[10] 同上書，第 299 頁以下，第 2 卷，第 61 頁下。

轉用的合法性。因為人是一種社會生物。

　　為了證明這一點，哈伯瑪斯為溝通權能的後設詮釋學理論制定了廣泛的基礎。當他根據深層心理學經驗勾勒出**我－它結構**（Ich-Es-Strukturen）和**超－我結構**（Ueber-Ich-Strukturen）之形成理論後，他似乎覺得轉用到社會領域已經完全不成問題。根據這種普遍的**溝 通 權 能 理 論**（Theorie der kommunikativen Kompetenz），「掌握角色活動的基本性質理論」乃是對立面。我不知道自己是否正確地理解了哈伯瑪斯。「溝通權能」這個表述顯然是仿照瓊斯基的語言權能，它指的是對理解和相互理解能力的毫無疑問的掌握，正如說話權能意味著言語能力的掌握一樣。正如語言學的理想就在於提出語言權能的理論，並且最終建設性闡明語言的一切例外現象和各種變體，同樣，相對於日常語言的理解也必須達到類似的理解。如果研究工作尚不足以達到這一點，那絲毫也不會改變以下基本事實，即藉助於對造成系統扭曲溝通的條件的認識，我們可以達到理想的理解實施，這種實施必然會導致認同。唯有這種認同才能成為合理的真理標準。反之，缺乏這種理論，就會使人陷入強制性認同的 tragenden Einverstaendnis（基本的認同），並且無法識破這一點。

　　溝通權能理論至少能用於證明識破受扭曲的社會溝通這種要求的合法性，就此而言，它是同精神分析在治療性談話中的活動相當的。然而，個例並不能決定全體。因此我們必須採用這樣一些團體，其中每一團體都生存於相互認同之中。因此當認同在這些團體之間受到了破壞並且被尋求時，我們這裡所說的就不是精神分裂的個人與語言共同體之間的某種東西。那麼，這裡是誰的精神分裂了呢？例如，在說到「民主」這個詞的時候，究竟發生了何種符號破壞？根據何種權能？當然在這些團體的背後都必然有著關於自由究竟為何物的觀點，這是不言而喻的。因此哈伯瑪斯也說：不受強制的、能解決這種扭曲的合理的談話總是以對

某種正確生活的預期爲前提。唯有如此，這樣的談話才能成功。「按真正的認同來衡量的真理觀念包含著**成年**（Muendigkeit）的觀念」（100）。

對於這種從善的觀念引導出真的觀念、從「純粹」理智概念引導出存在的真理標準，我覺得很明顯是來自於形而上學。純粹理智概念起源於中世紀的理智論，它以天使作爲代表，這種天使具有恰當的方式去觀察上帝的本質。我很難在這裡不把哈伯瑪斯歸於錯誤的存在論自我理解之中，就像對阿佩爾通過合理性揚棄自然生物的做法我的感覺一樣。當然，哈伯瑪斯恰好也譴責我有錯誤的存在論傾向，因爲，例如我不能在權威和啓蒙之間看到絕對的對立。按照哈伯瑪斯的觀點，這當然是錯誤的。因爲它的前提是，起證明作用的承認無須權威證明的認同而自由地起作用[11]。但這種前提是不允許的。真的根本不能建立這種前提嗎？當哈伯瑪斯承認，在沒有強制和統治的社會生活這種主導觀念中存在這種不帶有強制的贊同時，他自己不正是提出了這樣的前提？我自己當然從未見過這種「理想的」關係，而只見過所有具體經驗的例子，在這些例子中人們談論自然的權威以及他們所找到的信徒。這裡總是談到強制溝通，例如，凡在愛、典範的選擇、自願的服從等使上下級關係固定化的地方，我就覺得有一種獨斷的成見與人們認爲的理性有關係。因此我就無法發現，在社會領域中，溝通權能及其理論統治如何能拆除團體之間的障礙，這些團體在相互的批判中都斥責對方的一致意見具有強制性質。而且「溫和的生產權力」（齊格爾，249）好像也是必不可少的，因而，另一種完全不同的權能的要求也是必不可缺的，也即政治活動的權能

---

[11] 當波曼（見前引書第 89 頁）要我們注意 17 和 18 世紀，尤其要閱讀萊辛時，他是完全正確的。我自己首先就以斯賓諾莎爲依據，還有笛卡兒，在其它情況下則依據克拉頓尼烏斯，這說明我從來就不屬於「完全反對啟蒙」的蒙昧主義這一邊（見前引書第 155 頁）。

——它的目標就是在缺乏溝通可能性的地方引起溝通的可能。

　　在這一點上，齊格爾的論辯對我很有啓發，他的論辯實際上是針對我而不是針對哈伯瑪斯。雖然我根本不知道，當他說到一種「理解的責任」（也許這是理性的同義詞？）和一種「批判的權利」（難道這也不正是理性的同義詞？）時，他到底說的什麼。彷彿這兩個命題一個並不包含另一個似的。但我在下面這一點上贊同他的意見，即溝通理解的可能性受條件的支配，這種條件不可能由談話重新創造出來，而是構成一種先行的一致。我認爲這確實對每一談話都基本適用。這完全不是強迫，而是使談話成爲可能。齊格爾的以下說法完全正確：誰參與談話，誰就已經同意把談話的條件視爲既定的。反之，拒絕談話，或用「與你沒什麼好說的」表明談話試圖的破裂，則意味著這樣一種情境，在此溝通的理解受到極大的干擾，從而根本不可能期待有溝通的試圖。

　　這當然是一種一般不能稱之爲神經障礙的干擾。恰好相反，這是情緒上的固執或蒙蔽等日常經驗，這種經驗通常甚至是雙方的，並且雙方都對對方進行譴責。因此，它並不代表一種溝通權能的干擾，而是無法克服的意見分歧。對於這種對立的信念當然可以說到無對話可能。但它的背景與精神病的背景卻大相徑庭。它是由於團體信念統治的緣故，這種團體信念陷於詞藻的作用範圍，從而就能落入有損於對話的境地。把它比作精神分析者歸於精神病患者並試圖治療的病態的無對話能力，這就會導致謬誤。在社會和政治集團之間不可溝通的對立是以利益的區別和經驗的差別爲基礎的。它們從談話中產生，這就是說，它們的不可溝通性並非與生俱來，而是理解試圖的結果——而且這種情況永遠不會結束，而是和那種在精神上永不窮盡的解釋共同體中重新進行的談話相聯繫，而這種解釋共同體可以歸屬到溝通權能的概念之中。這裡談到的蒙蔽是以自認爲單獨佔有正確的信念爲前提。凡是這樣認爲，則就是一種固有的蒙蔽。與此相反，我認爲，當哲

學詮釋學認為溝通的真正含義就是對相互的成見進行檢驗，甚至當它面對文本這種文化傳承物時仍然堅持這種相互關係，它就一直是正確的。

然而，我有時所用的說法，即關鍵在於取得和傳統的聯繫，卻容易引起誤解。我的說法決不帶有偏愛人們必須盲目地順從的傳統這層意思。相反，「和傳統的聯繫」意思只是說，傳統並未中止於被人們當作自己的源頭所認識和意識的東西，從而使傳統無法保存在某種正確的歷史意識之中。對既存事物的改變與對既存事物的捍衛同樣都是與傳統相聯繫的形式。傳統本身也只有在經常的變化中才能存在。於是，和傳統「取得聯繫」就成為一種經驗的表述，按照這種經驗，我們的計劃和願望經常都是趕在了現實的前頭，也就是說，未與現實相關。因此，關鍵就要在預期的願望和可行性之間、在單純的願望和實際的願望之間進行調解，也就是把預期植入現實的材料之中。

這確實並非沒有批判的區別。我甚至可以說，只有在這種實踐關聯中「被決定的」東西才是真正的批判。我與齊格爾一樣認為，如果一種批判，一方面針對對方的或佔統治地位的社會成見而指出它們的強制性，另一方面又聲稱要通過溝通來消解這種蒙蔽關係，那麼這種批判就處於一種十分尷尬的境地。批判必須忽略根本的差別。在精神分析的例子中，病人的痛苦和治療願望為醫生的治療行為準備了基礎，從而使醫生可以建立他的權威，並且無須強制地來解釋受抑制的動機。這裡的基礎是一方自願服從於另一方。但在社會生活中的情況正好相反，對方的抵制以及反對對方的抵制乃是各方的共同前提。

這一點在我看來是如此理所當然，以致當我的批判者如齊格爾以及更根本地說哈伯瑪斯等指責我，說我根據我的詮釋學想否認革命意識和改革意識的合法性時，我感到非常愕然。當我對哈伯瑪斯提出反駁說醫生－病人關係對於社會的對話是不夠的，並

且向他提出問題：「相對於對社會意識的何種自我解釋——所有的倫理習俗都是這樣的自我解釋——則尋根究底的追問才是合適的，例如在革命的變革意願中？相對於何種自我解釋是不合適的？」我這樣問乃是針對由哈伯瑪斯提出的類比。對這個問題的回答在精神分析的例子裡是通過內行的醫生的權威給出的。但在社會和政治領域中卻缺少這種溝通分析的特殊基礎，即病人是由於知道自己生病而自願地接受這種分析。因此，我認為這些問題實際上無法從詮釋學角度來回答。它們建築在政治－社會信念的基礎上。但這絕不是說，與認可傳統相區別的革命變革意願因此就無法證明它的合法性。這兩種信念都無法或不需要用詮釋學從理論上證明它的合法性。詮釋學理論本身根本無法決定以下前提正確與否，即社會受到階級鬥爭的統治、在階級之間根本不存在對話基礎。我的批判者們顯然忽視了在對詮釋學經驗進行反思時的效用要求，否則他們就不會對以下論題提出異議，即凡在相互理解可能地方都是以某種**一致**（Solidaritaet）作為前提。他們倒是提出了這種前提。我的觀點中沒有什麼可使他們作這種抨擊，好像這種「基本的認同」保守的方面多於革命的方面，被我當作保守的，而不是革命性的一致加以使用。這是理性本身的觀念，它無法放棄普遍認同的觀念。這是大家都贊同的一致。

只有和年輕一代的討論，尤其是和哈伯瑪斯的討論才告訴我，意識型態批判者的 intentio oblique（服從的意向）也同樣保持了我所強調的「保守的前見」。我通過對這種據說正確的覺察進行研究得出結論，即保守的前見在這裡究竟能含有何種詮釋學意義，也即要使人認識，在談話中究竟要求多少不言而喻的前提。雖說齊格爾引證了我承認自己是保守主義的句子，但他卻在開始自己陳述之處中斷了引文。但他的陳述卻是說確定的認識就是因此而成為可能。我認為關鍵就在於認識機會。但這卻也是人們唯一能夠討論的地方：我認為可以在這種前提下所認識到的東西，

究竟是不是真實的。我認爲齊格爾從他相反的前見出發卻達到了相同的結果，而且在以下這點與我完全一致，即哈伯瑪斯賦予了反思一種錯誤的權力。也許這是與我作爲根據的經驗相同的經驗，但卻作了相反的評價，這種評價導致了他對哈伯瑪斯作的相應批判，這種批判恰好體現在他對伯恩斯坦修正主義所作的批判上。因此，齊格爾按照他對詮釋學的理解，就順理成章地對詮釋學作出批判：「它也許根本不會由於反批判，而唯有通過革命鬥爭本身才會從這種（大家統一的一致）幻夢中驚醒過來。」但我認爲這個命題並不會順理成章地開闢出一種討論……。

　　讓我們回到討論的主題上來——即詮釋學實踐的理論基礎。我與我的批判者在一點上意見相同，並且因爲他們迫使我提出這一點而感謝他們：正如意識型態批判根據自我反思而超越了理解的「技藝學」，我覺得詮釋學反思也是理解本身的一個組成部分，我甚至認爲，把反思和實踐相分離包含著一種獨斷的謬誤，這也同樣適用於「解放性的反思」這個概念。這也是爲何我覺得用「解放」概念描述黑格爾《精神現象學》中變易精神所經歷的各個形態的進展很糟蹋的原因。當然，作爲變化的辯證法經驗在黑格爾那裡是通過覺悟而起作用。但我卻認爲，布伯納根據情況正確地強調了黑格爾現象學辯證法中的某些因素，也即，從另一種精神形態產生的某種精神形態其實並非產生於另一種精神形態，而是開拓了一種新的直接性。精神形態的發展階段是按照它的終點而設計而並非由其開端而推導。這就是促使我對之加以闡述的原因，關鍵在於倒過來閱讀《精神現象學》，把它顛倒如同實際思維過程一樣，從主體到在主體中擴展出來並超越其意識的實體。這種逆向趨勢包括對絕對知識觀念的徹底批判。知識的絕對透明性類似於唯心主義對惡的無限性的掩飾，有限的人類正是在這種惡的無限性中創造其經驗。

　　我這樣就用黑格爾式的語言表達了我的思想，然而，這就成

爲批判性評論的對象，特別是波曼的批判，他認爲我使用祈克果、庫薩的尼古拉以及特別是黑格爾的概念都是不合法的，因爲我使用的概念語言手段都脫離了它們的系統聯繫[12]。這種批判並非沒有一點道理，特別就是黑格爾的概念語言來說，更可以說言之成理，因爲我在《真理與方法》中對黑格爾作的批判性論戰顯然非常不能令人滿意。儘管如此，我也想在此爲我描述性地獲得古典作家的思想的做法作辯護。由於我是根據最寬泛的經驗意義使用黑格爾描述的「意識的辯證經驗概念」，因此根據我的看法，我事實求是地提出我對黑格爾的批評。完成的經驗並不是知識的完成，而是爲新的經驗實現了的開放性，這就是詮釋學反思針對絕知識概念而使人認識到的真理。它在這一點上乃是明白無誤的。

關於解放的說法也沒有什麼兩樣。我認爲在這裡使用的反思概念並非不是獨斷的。它並沒有表達實踐所特有的**覺悟**（Bewusstmachung），而是像哈伯瑪斯曾經表達過的那樣，建築在某種「反事實的認同」的基礎上。這裡隱藏著預知的要求——在實際的接觸之前，對此人們並不同意。然而詮釋學實踐的意義就在於，不要從這種反事實的認同出發，而要盡可能地促成這種認同，並且它所導致的結果，不外乎是說：通過具體的批判而達到確信。作爲哈伯瑪斯之基礎的反思概念的獨斷性質，也許可以在以下例子中表現出來：在正確地批判社會對專家迷信時，他要求「擺脫受技術限制的合理性的反思階段」[13]。這裡蘊含了一種我認爲是錯誤的階段觀念。即使面對「科學的新作用」，下面這一點在社會中也是有效的，即製造能力——亞里斯多德稱之爲技術（technê）——的合理性，是一種不同的、但卻並非低於存在於公民的合理認同中的反思性。詮釋學反思就著眼於對這種合理性的

---

[12] 參見我的著作集，第 1 卷，第 99 頁以下。
[13] 哈伯瑪斯，《理論與實踐》，第 232 頁。

闡明。如果缺少批判論據之間經常進行的相互作用，那麼它的目標就確實不能達到，但這些論據應該是反映談話伙伴的具體信念的。

我認爲，在合理認識的動機中揚棄自然的規定性這一理想，乃是一種獨斷的過分拔高，它並不適合於人的狀況。在個體心理學和深層心理學中的情況就是如此。通過疾病和健康、對醫生幫助的依賴和治療後的康復之間的對立，這一點已被設定：分析只具備有限的作用範圍。正如「反饋」理論所明確承認的，甚至分析者本人也不能分析到底。我覺得沒有資格從深層心理學的這種基本狀態中得出人類學－心理學結果，對此只要注意一下平衡概念以及圍繞平衡狀態的遊戲存在方式，我在其它地方用它來說明健康的存在論性質。

另一方面，因爲哈伯瑪斯講到**深層心理學**（Tiefenhermeneutik），所以我必須擺明我自己的論點，我覺得把詮釋學還原爲「文化傳承物」和在該領域起作用的意義透明性的理想，都被唯心主義地淡化過。意義的理解既不能局限於 mens auctoris（作者的意思），又不能局限於 mens actoris（行爲者的意圖），這是我最本質的觀點。當然這並不是說，理解的最高峰就在於闡明無意識的動機，相反，理解乃是越出個體的有限視域，勾勒出各種意義路線，從而使歷史傳承物開口說話。正如阿佩爾正確地強調過的，詮釋學的意義向度是同理想的解釋共同體無盡的談話相關聯。我在《真理與方法》[14]中試圖指出科林伍德重演理論的不可行，從而相應地，在對作者的文學作品或行爲者的歷史行爲的深層心理學解釋中，肯定經常可以發現某種忍俊不禁的語言遊戲的混淆。

在詮釋學實踐與其訓練中總是有一種效果歷史因素在共同

---

[14] 見我的著作集，第 1 卷，第 376 頁以下。

規定理解者的意識，這就使它與一種純技術的可學性相區別，雖說可以把這種技術叫作社會技術或批判的方法。但這裡也有反向的作用，即被理解的東西也總會產生出某種確信力，它會共同影響新信念的構成。我絕不否認，對事物本身意見的抽象是一種正確的理解努力。誰想進行理解，誰就無須贊同他理解的東西。但我認為，詮釋學經驗告訴我們：這種抽象的力量永遠只是一種有限的力量。我們理解的東西也總是在為自己說話。詮釋學宇宙的範圍就建築在這一點上。由於詮釋學宇宙在它全部活動範圍產生作用，這就會迫使理解者讓他的成見產生作用。這一切就是從實踐而且只有從實踐中才能產生的反思結果。當我把這一切都比作「趨向本文的存在」時，人們也許會因為我是個老的語言學家而原諒我。實際上，詮釋學經驗完全滲透在人類實踐的一般本質之中，對於文字所寫內容的理解雖說是根本地，但卻是以次要的方式被包括在這種實踐中。從根本上說，理性生物的談話能力能達到多遠，詮釋學經驗也就能達到多遠。

　　因此，我感到不能不承認這一事實，即具有說服力的論辯領域（而並非具有邏輯強制性的領域）就是詮釋學和修辭學所共有的領域。在現代科學文化中為修辭學作辯護很困難（甚至當齊格爾用維柯來作說明的時候也誤解了修辭學中的理性特徵，因為他顯然認為，通常只有煽動者才會具有如 in utramque partem disputare （兩面爭辯）那樣的卑鄙的能力，並且認為 Carneades 就是這種煽動者）。顯然自古以來，講話藝術要顧及效果，但即使如此，它也根本未能脫離理性的領域，而維柯賦予 copia 即豐富的觀察角度以特有的價值也就非常正確。另一方面我覺得像哈伯瑪斯所作的論斷非常不符合現實，按照他的判斷，修辭學具有一種為了進行不受強制的合理談話而必須放棄的強制性質。如果說修辭學包含一種強制因素，那麼絕對可以肯定，社會實踐——也許還有革命實踐——如果沒有這種強制因素，那就根本不可想像。我覺得以

下這點很值得注意，即我們時代的科學文化並未降低修辭學的意義，而是補充增加了這種意義，只要看一看大眾媒介（或者哈伯瑪斯對「公眾意見」的傑出分析）就能明白這一點。

操縱（Manipulation）這個概念在這裡的含義非常含糊不清。任何一種通過講話造成的情緒影響在某種意義上都是這樣一種操縱。然而，修辭學歷來就作爲社會生活的一個組成因素卻並不是純粹的社會技術。亞里斯多德就不把修辭學叫作 technê（技術），而是叫作 dynamis（能力）[15]，從而屬於 zoon logon echon（有語言天才的動物）。即使我們工業社會所發展的輿論形成的技術形式，在任何方面也總包含一種贊同的因素，它或者來自於可以隱瞞其贊同意見的消費者，也可以以下具有決定性的方式表現出來，即我們的大眾媒介並非一種統一政治意志的簡單延伸，而是政治爭論的展示之地，這種爭論有時反映著，有時則是決定著社會的政治進程。相反，深層詮釋學理論要證明對社會進行批判的解放性反思，甚至期待從自然語言的一種理論中能「推導出作爲任何講話之必要規則的理性講話原則，哪怕這種講話受到歪曲，與它的意願相反」，這種深層詮釋學理論蘊含著社會工程師的角色——尤其是面對現代社會國家的組織和其中的輿論形成形式，社會工程師的工作不是放任自流而是製造輿論。這將使社會工程師持有輿論工具，並用襲斷輿論的權力而持有由他代表的真理。這並不是虛構的想像。修辭學不會被人拋棄，彷彿不再需要它，不再依賴它。

顯然，修辭學與詮釋學一樣，作爲生活的實施形式，並不依賴於哈伯瑪斯稱作正確生活的預期。這種預期是一切社會伙伴關係及其相互理解努力的基礎。同樣有效的一點是：必然引導著一切從理性理想出發的信念試圖的理性理想，同時也禁止在其他的

---

[15]　《修辭學》，A2，1355b。

蒙蔽中要求正確的洞見。因此在自由溝通中，共同生活的理想既是有約束力的，又是不正確的。在這種正式範圍內存在著極爲不同的生活目標。甚至那事實上對於所有實踐理性都具有本質意義的對正確生活的期待，也必須具體體現，這就是說，這種預期必須接受純願望和實現真正目標的意願尖銳的對立。

我認爲，對我來說最關鍵的問題乃是認識一個老問題，亞里斯多德在他對柏拉圖的善的一般理念進行批判時就已看到這個問題[16]。人類的善就是在人的實踐中遇到的東西，它並非無須具體境遇就可得到規定，在具體境遇中才會有某些因素比其它因素更爲優異。只有這樣，而並非反事實的認同，才是批判的善的經驗。它必須在境遇的具體化中加以發揮，這樣一種正確生活的理念作爲一般理念乃是「空泛的」[17]。這裡有一個至關重要的事實，即實踐理性的知識並不是一種面對未知者而意識到自己優越性的知識，相反，在這裡任何人都會提出這種要求：去認識對於整體的合理性。但這對於人類的社會共同生活則意味著必須說服其他人──這意思當然不是說，政治學以及社會生活的成形只不過就是談話共同體，從而把擺脫一切統治壓力的自由談話看作真正的治療手段。政治要求理性把利益導向意志的構成，而一切社會和政治的意志表達都有賴於通過修辭學構成共同的信念。這就包含著人們總必須顧及正確對待對立信念的可能性，不管這種信念存在於個人抑或社會領域。我認爲這點也屬於理性這個概念。我很樂意承認詮釋學經驗造就了西方文化傳統的特殊內容，這種詮釋學經驗的道路導致我要求採用一個具有最廣泛運用的概念。我指的就是遊戲概念。我們並非僅從現代經濟學的遊戲理論中了解這個

---

[16] 現在參見我的海德堡學術論文〈柏拉圖和亞里斯多德關於善的理念〉，海德堡，1978，現載我的著作集第 7 卷。

[17] 亞里斯多德，《尼各馬可倫理學》，A4，1096b20。

概念。我認爲，它倒是反映了和人的理性活動相聯繫的多元性，同樣也反映了把互相衝突的力量結合進一個整體的多元性。力量的遊戲受到信念、論辯和經驗遊戲的補充。對話模式在正確的運用中保持著它的豐碩成果：在力量的交換中，就如在觀點的相互衝突中一樣，建立起一種共同性，這種共同性超越了個體和個體所從屬的團體。

第五篇

詮釋學的任務

（1973）

〔法國〕里克爾（Paul Ricoeur）著

李幼蒸 譯

文本是作者於 1973 年 5 月在美國普林休斯頓神學院所做
的兩次講演的第一講。由 David Pellauer 譯載於《今日哲學》
1973 年夏季號，並重印於《海德格和現代哲學》一書中。文
中提到的第二講未收入該書。

我採用的詮釋學的暫行定義如下：詮釋學是關於與**文本**
（text）的解釋相關聯的理解程序的理論。我的主導思想是有關
作爲文本的**話語**（discourse）的形成的問題，在整個第二講中我
將詳論文本的諸範疇。這樣我們就有可能設法解決在第一講中提
出的中心難題——在說明和理解之間的那種在我看來是破壞性的
分裂。設法在這兩種態度之間尋求某種互補性的聯繫（而具有語
義學根源的詮釋學一直傾向於使二者分離），將通過文本概念在認
識論上表明詮釋學方向的轉變。

我在這裡提出的詮釋學歷史概述將集中闡述一個難題，這個
難題也一直推動著我本人的研究。因而以下的介紹並非以什麼中
立的立場爲根據，就是說我並未打算擺脫某些前提條件。甚至可
以說，詮釋學本身也使我們對自以爲具有這類中立態度的錯覺保
持警惕。

我認爲詮釋學的近期歷史是由兩種傾向支配的。第一種是，

逐步擴大詮釋學的目標，以使得各種局部詮釋學匯合成一門一般詮釋學。但是詮釋學研究從局部性到一般性的這種演變，只有當詮釋學使其嚴格認識論的傾向（我是指它努力使自己成為一門科學的那種傾向）從屬於它的本體論傾向時，才能完成。在本體論的傾向中，「理解」不再表現為單純的「認知」方式，這樣它才能成為一種「存在的方式」，並使自己與存在物和與存在發生聯繫。於是，詮釋學朝向一般性方向的這種演變，就與某種朝向基本性方向的演變同時發生了，按照後一種演變，詮釋學不僅變成了一般詮釋學，而且也變成了基本詮釋學。

一、從局部詮釋學到一般詮釋學

1.解釋的第一個「領域」

詮釋學企圖研究的第一個「領域」無疑是語言，尤其是文字語言。對這一領域的大致輪廓有所了解是重要的，因為在下一講中將介紹的我本人的研究，大概就是設法借助「文本」概念來為詮釋學「重劃領域」。因而有必要說明一下詮釋學為什麼與語言問題有著特殊的重要關係。我們似乎可以先談一下自然語言要求在最初級和最平常的談話層次上進行某種解釋活動的這個值得注意的特點。這個特點就是語言的多義性。當我們的字詞脫離開它們確定的應用語境來考慮時，就會有不只一種含義。在這裡我並不考慮由於語言使用經濟的理由有必要依靠某種表現出這樣一種獨一無二特性的詞法的問題。與目前討論有關的是，字詞的多義性要求在確定某一信息的當下意義時，要有語境的選擇作用作為補充因素，該信息是在特定的情境中由一特定說話者傳與某一聽話者的。這樣，對語境的敏感性就成為字詞多義性的必要補充和不

可缺少的補充因素。

但是語境的運用接著引起一種對話雙方具體信息交流中的辨別活動，其模型就是語言的問答遊戲。我們把這種辨別活動恰當地稱作解釋。解釋就在於辨識出說話者將什麼樣的具有相對單義的信息建立在普通詞彙的多義性基礎之上。解釋的首要基本工作是產生由多義性詞語組成的某種相對單義的話語，並在接收信息時確認這種單義性的意向。正是在這一廣闊的信息交換領域裡，文字語言開闢了一個狄爾泰稱作「由寫作凝固起來的生命表現」的有限領域。讓我們暫時這樣說，通過「問答遊戲」也就是通過對話進行直接解釋的條件已不再成立了。對於話語來說，需要專門的技巧來建立成套的書寫記號，並通過與「文本」話語的形成相適應的附加編碼作用來辨識訊息。

2.施萊爾馬赫

從局部詮釋學到一般詮釋學的真正演變，開始於人們使一般性課題脫離發生於每一個別事例中具體解釋活動的努力，儘管諸「文本」可以互相不同。施萊爾馬赫的研究工作就在於確認這個中心的和統一化的問題。在他以前曾經有關於經典文本（主要是希臘－拉丁古代經典）的**古典語言學**（philology）和關於聖經文本（如新約與舊約）的**釋義學**（exegesis）。在這兩類研究領域中，解釋工作隨各類「文本」內容的不同而異。因而，一門一般詮釋學要求研究者超出各種特殊的詮釋學的運用，並辨識出兩大類詮釋學領域所共同具有的解釋程序。但是為了達到這個目的，我們必須不止僅僅超出其中零零散散包含著理解藝術的各種規則和方法的特殊性。詮釋學的產生是由於人們努力想把釋義學和古典語言學提高到一門**技藝學**（Kunstlehre）的水準，也就是說提高到一門「工藝學」或「技術學」的水準，這樣它就不限於是互無關聯

的諸解釋程序的簡單匯集了。

於是，使釋義學和古典語言學的特殊規則從屬於有關理解的一般問題的過程，就形成了一次類似於康德哲學在其他方面，主要是與自然科學有關的方面，所完成的革命。在這一點上我們可以說，最接近詮釋學的哲學領域就是康德哲學。我們知道，批判哲學的一般精神使認識理論與存在理論的關係顛倒了過來。我們在提出存在的性質的問題之前必須先衡量一下認識的能力。可以理解，使解釋的規則不是與各種各樣的「文本」以及這些「文本」中包含的事物有關聯，而是與把各種各樣的解釋統一起來的主要程序有關聯的這一設想，正是在康德哲學範圍中才得以形成的。如果說施萊爾馬赫本人未曾意識到在釋義學與古典語言學中產生了康德在自然哲學領域中所完成的那種哥白尼式的革命，那麼生活於 19 世紀末新康德主義範圍中的狄爾泰則充分地認識到了這一點。爲此需要具有一種施萊爾馬赫無從獲得的卓識，這就是認識到應當把釋義學研究與古典語言學研究納入歷史科學之中去。只有在這樣的體認下，詮釋學才能被看作是對康德主義包含的巨大裂隙的一種全面反應。而且卡西勒也明確地認識到：在批判哲學中存在著物理學與倫理學之間的不可彌合的裂隙。

但問題不只在於填補康德主義中的裂隙，同時也在於對康德的主體概念施以深刻的革命性改造。因爲康德主義只限於研究物理學和倫理學中客觀性的一般條件。康德主義只能闡明某種作爲普遍判斷可能性條件之擔負者的非個人性心智或精神，詮釋學如果不是從浪漫主義哲學吸取了它最基本的信念，即精神是在個別天才人物身上起作用的無意識的創造因素，它是不會對康德主義有所增益的。施萊爾馬赫的詮釋學綱領帶有浪漫主義和批判哲學的雙重印記。它的浪漫主義表現在它訴諸與各種創造過程的活生生的聯繫，而它的批判哲學特點表現在它想擬定一些普遍適用的理解規則。或許可以說，一切詮釋學研究都始終以對浪漫主義和

批判哲學的雙重依屬關係為特點。例如，通過下述著名格言來表示的堅決反對「誤解」的詮釋學命題就是批判性的:「哪裡有誤解，哪裡就會有詮釋學」;而「理解一位作者要像後者理解自己一樣好，甚至比他對本人的理解更好」這個命題則是浪漫主義的。

我們要懂得，施萊爾馬赫在其有關詮釋學的筆記中留給他後繼者的，既是一個思考的難題，也是一種關於詮釋學的最初概述，但他最終也未能將其筆記擴展成一部完整的著作。他曾對以下兩類解釋——「語法的」解釋和「技術的」解釋——之間的關係苦思冥想。他的研究始終具有這個特點，不過其含義卻幾經變更。直到 1959 年齊梅爾版的施萊爾馬赫的《詮釋學》一書問世以前，我們並不知道 1804 年和以後諸年代的這些筆記。因此人們都曾以為他贊成一種心理學的解釋，其實這種解釋在起初只相當於一種語法的解釋。

語法的解釋關心的是某種文化共同具有的話語的特性。心理學解釋關心的是作者的訊息的個性，即天才人物的特性。現在，即使這兩類解釋都正確，我們也不能同時都加以運用。正如施萊爾馬赫所說，考慮共同的語言就是去忘記作者;而理解一位個別的作者就是去忘記剛剛過目的語言。我們或者領悟共同性，或者領悟特殊性。第一種類型的解釋被叫作「客觀的」，因為它涉及的是作者特有的語言特性，但它也被叫作「否定的」，因為它只是指出了理解的限度。它的批判價值只與字詞意義的錯誤有關。第二種類型的解釋被稱作「技術的」，自然這是由於技藝學或工藝學這種設想本身的緣故。詮釋學的真正構想正是在這第二種類型的解釋中完成的。問題是要達到說話人的主觀世界，語言則被忘記了。在這裡語言變成了為個性服務的工具。這種解釋也被叫作「肯定性的」，因為它觸及了產生話語的思想行為。

一種解釋不僅排除另一種解釋，每種解釋還需要不同的才能，正如每種解釋過了頭時所顯示的那樣。第一種解釋過了頭就

變成了文字賣弄；第二種解釋過了頭就使意思模糊不清了。只是在施萊爾馬赫後來的著作中第二類解釋才超過了第一類解釋，同時解釋的預言性才強調出它的心理學特點。但即使這時，心理學的解釋（這個詞取代了技術解釋一詞）從來也不限於僅僅與作者相似。它在比較的活動中包含了批判的動機，個性只能經由比較和對照才能加以把握。這樣，第二類詮釋學也包括了技術性的和推論性的成分。我們從不直接把握個性，而只是把握它與其他個性以及與我們自己個性的區別。於是我們在權衡兩種詮釋學時所遇到的困難，由於在第一組對立（「語法的」和「技術的」）之上又加上了另一組對立（「預言」和「比較」）而愈形複雜。施萊爾馬赫的著名作品《皇家科學院論文集》證實了這位近代詮釋學創立者所遭遇的嚴重困惑。我打算在下一講中指出，只有當我們闡明了作品與作者主觀世界的關係，只有當我們把解釋的重心從對隱存在主觀世界的情感性研究轉移到作品本身的意義和所指對象上來時，才能克服這種困惑。但我們首先必須通過考慮狄爾泰在使古典語言學問題和釋義學問題從屬於歷史問題時所完成的決定性擴展，使詮釋學難題進一步向前推進。詮釋學在更具普遍性意義上的這種擴展，為在更具基本性意義上的從認識論向本體論的推移做了準備。

3.狄爾泰

狄爾泰處於詮釋學的重要轉折點上，此時討論問題的範圍擴大了，但它仍然表現出整個新康德主義時代所特有的那種關注認識論辨析的特點。

把局部的解釋問題納入更廣闊的歷史知識領域裡去的必要性，被渴望說明 19 世紀德國文化巨大成就的狄爾泰強烈地感受到了，這種成就就是人們發現了歷史是佔頭等地位的科學。在施萊

爾馬赫和狄爾泰之間有德國歷史學家蘭克（Ranke）、德洛伊森（Droysen）等人。從那時以後，須待解釋的文本就成為歷史現實本身及其**相互聯繫網**（Zusammenhang）。但是，人們在問詢如何理解過去的一段文本之前，先應問詢如何領悟歷史的連貫性。歷史的連貫性發生於文本的連貫性之前，歷史被看作是關於人的重要記載，被看作是生活的最基本表現。狄爾泰首先是詮釋學與歷史之間這一盟約的解釋者。今日我們按貶意稱作**歷史主義**的東西表示一種文化事實，即我們的興趣從人類的重要作品轉移到包含這些作品的歷史關聯網絡中去了。對歷史主義的不信任不只是由於它曾引起了困惑，而且是由於晚近發生的另一種文化變遷，後者使我們認為系統優於變化，同時性優於歷時性。在後幾講我們將看到，當代文學批評的結構化傾向如何明顯地反映了歷史主義的失敗和歷史主義問題的更徹底的毀滅。

但是儘管狄爾泰對歷史本身的可理解性這一重要問題進行了哲學的思考，他卻傾向於不是在本體論領域裡，而是通過對認識論的改造，借助於第二類重要的文化事實去尋求解決這一問題的途徑。我們所提到的第二類文化事實，是由實證主義哲學的發展來代表的，我們把這個詞一般地理解為如下這種要求，即思想應以自然科學中通行的那種經驗的說明作為它關於一切可理解性的模式。狄爾泰的時代是全面拒絕黑格爾主義和贊成實驗知識的時代。因而唯一公平對待歷史知識的方法，似乎就是使其具備自然科學業已具有的那種科學性。於是狄爾泰努力為人文科學提供了像自然科學中的方法論與認識論一樣受到尊重的方法論與認識論，這是符合實證主義的。

狄爾泰根據這兩類重要的文化事實提出的基本問題是：歷史知識如何可能，或者更一般地說，精神科學如何可能？這個問題把我們帶到通貫狄爾泰全部著作中的那一重大對立，即自然說明和歷史理解之間的對立前。這一對立對於詮釋學來說孕育著重

要的結果，於是詮釋學就脫離了自然主義的說明，並不得不進入心理直觀的領域。

狄爾泰曾探求心理學中理解的特點。每一種精神科學（他用此指每一種暗示出某種歷史關係的人的知識）都以一種使人進入他人精神生活中的原始能力為前提。實際上，在自然知識中人只觸及了那些他無法把握其基本物質性的特殊現象。反之，在人的領域中，人認識人；不管其他人對我們說來多麼陌生，他並不是在不可認識的物質現實的意義上對我們是疏異的。因而自然物與精神之間性質的區別，要求我們對說明與理解之間的性質加以區別。人對於人不是根本陌生的。因為人表現了自己生存的記號。理解這些記號就是理解人。實證主義學派完全漠視了物理世界與精神世界之間的這一原則性的區別。

人們或許會反對說，精神或精神世界並不一定是個別性的。黑格爾不就證明說存在著有關精神、「客觀」精神、制度和文化的精神等領域嗎？這種精神絕不能歸結於某種心理現象。但是狄爾泰畢竟屬於新康德主義者一代，對後者來說，每一門人文科學的關節點都是個人，個人的確是在其社會關係中被考慮的，但基本上仍然是個別性的。因此作為基本科學的精神科學需要心理學，這是一門有關在社會和歷史中行動著的個人的科學。相互關係、文化系統、哲學、藝術和宗教，都建立在這一基礎之上。更準確些說，而且更具有劃時代意義的是，人企圖把自己理解為活動、自由意志、創新和進取精神。在這裡我們看到了背離黑格爾、離棄黑格爾的民族精神以及重新站到康德一邊的堅定意志，但是我們前面說過，他們所站立的地方恰是康德止步之處。

康德主義所欠缺的這種歷史認識批判的要點，表現於某種「內部聯繫」或「內在聯繫」的基本現象之中，按照這一概念，其他人的生命能夠在其表現中被辨識。因為生命產生形式，並使自己外化於穩定的結構中，對他人的認識從而成為可能。感情評價、

意念規律等等都常常留存在有待他人去譯解的習得的結構之中。
文化在文學形式中產生的組織系統，構成了某種二級層次，這一
層次建立在生命物目的論結構的初級層次之上。我們知道，韋伯
如何企圖以其**理想型**（ideal-types）概念來解決同樣的問題。這兩
個人都爲這同一問題費盡了心思，即如何用概念說明似乎正與自
然的規則性對立的流動性的生命經驗。回答是可能的，因爲精神
生活凝結在結構化的整體中，而這一整體是能夠被別人理解的。
自 1900 年以後，狄爾泰依靠胡塞爾的思想使其「相互聯繫網」概
念具有了前後一致性。胡塞爾當時提出的理論是，心理生活以意
向性爲特徵，意向性是那種意指著一個能被識別的意義的性質。
人們不能達到心理生活本身，但卻可以理解它所意指的是什麼，
這就是心理生活在其中超越自身的、客觀的和同一性的相關對
象。意向性和意向客體同一性的概念使狄爾泰得以通過胡塞爾的
意義概念來加強他的精神結構構念。

那麼在這種新的背景前我們從施萊爾馬赫那裡得到的詮釋學
問題又如何呢？從「理解」（一般被規定爲使某人向另一人輸移的
能力）向「解釋」（按照理解由作品凝結的生命表現的精確意義來
規定的）的過渡，產生了雙重問題。一方面，詮釋學由於爲移情
心理學增添了一個附加的階段而使其完善化了。另一方面，移情
心理學使詮釋學發生朝向心理學的某種偏轉。這說明了狄爾泰何
以從施萊爾馬赫學說中保留了他的詮釋學的心理學方面，即通過
移向另一個人來進行理解，他認識到了自己的問題與這個心理學
方面有關。按照這一觀點，詮釋學就是某種特定的活動，它企圖
通過掌握某類記號來再造一種相互聯繫網，一種結構化的整體，
這類記號凝結爲文字作品或任何相當於文字作品的其他書寫現
象。於是我們不能夠在其直接表現中來理解他人的精神生活。我
們必須通過解釋已被客觀化的記號來再造或重新構造它。由於表
現附著於客體之上，對於這種**複製活動**（Nachbiden）來說就需要

有特殊的規則。正如對於施萊爾馬赫來說，古典語言學，即對典籍文本進行闡釋之學，提供了進行理解的科學步驟。對這兩位思想家來說，詮釋學的基本作用在於「從理論上確立解釋的普遍正當性，確立歷史中一切確定性的基礎，以反對來自浪漫主義的任意性和懷疑論的主觀性的不斷侵擾。」因而詮釋學借助於文本的基本結構建立了理解的客觀表現層。

但是對於以心理學為根據的一種詮釋學理論來說，心理學依然是其最終的正當根據。在以下諸講中將作為我們研究中心的「文本」這個自足領域，現在還只能是一種臨時性的和表面性的現象。正因如此，客觀性的問題對於狄爾泰來說仍然既是不可避免的又是不能解決的問題。說不可避免，是因為他打算通過真正科學的理解概念以符合於實證主義精神。因而狄爾泰不斷改進和完善他的「複製」觀，使它適合客觀化表現的需要。但是，使詮釋學的問題從屬於理解他人的心理學問題，就使得越過解釋的領域去尋找一切客觀化表現的根源不適當了。對狄爾泰來說，客觀化表現概念開始甚早，即開始於對自我的解釋。對我自己來說，我是什麼只能通過我的生命的客觀化表現來理解。自我認識已經是一種解釋，它並不比任何其他解釋更容易，甚或要更困難，因為我只有通過由我給予的我的生命的記號表現來理解我自己，這些記號表現不是由他人給我的。一切自我認識都以記號和作品為中介。這就反映了狄爾泰對在他的時代影響頗大的生命哲學所持的態度。他贊成這種哲學信念：生命基本上是創造性的動力過程。但他反對「生命哲學」之處在於，他認為這種創造性的動力過程不能認識自身，而只能間接地通過記號和作品來解釋自身。因而在狄爾泰的思想中，動力過程概念與結構概念結合了起來：生命表現為使自身結構化的動力過程。這樣，後期狄爾泰企圖使詮釋學的概念一般化，使其日益堅定地與生命目的論結合在一起。後天獲得的意義提出了價值，而遙遠的目的按照過去、現在、將來這

三個時間向度，不斷地使生命的動力現象結構化。「人只有通過自己的行動，通過他的生命的外化，以及通過它們對他人產生的效果來向自己提供訊息。」他只是學習著通過理解活動的迂迴來認識自己，這種理解永遠是一種解釋。在心理學解釋和釋義學解釋之間唯一真正重要的別在於：生命的客觀化表現總是存留於和沉澱於一種穩定的探求活動中，這種探求活動具有黑格爾客觀精神的一切表現。如果說我能理解已然消失了的世界，這是因為每個社會在創造它於其中理解自身的社會的和文化的世界時，也創造了它自己的理解工具。於是人類的普遍歷史就成為詮釋學的領域了。理解我自己，就是去實行最大的迂迴，即一種大規模的記憶的迂迴，這種記憶保持了對於作為一個集團的人類來說是重要的東西。詮釋學就是個人與普遍歷史的知識的融合，也就是個人的普遍化。

狄爾泰的研究比施萊爾馬赫的研究更進一步地闡明了一種詮釋學的主要困境，這種詮釋學把對文本的理解於對在文本中表達自身的另一人的理解的法則之下。如果說這種活動基本上仍然是心理學的，這是由於它不是把文本所說的東西看作最終的解釋，而是把在該文本中表達自身的某人看作最終的解釋。同時，詮釋學的對象不斷地從文本，從其意義和所指，移向文本中被表達的生活。伽達默爾對狄爾泰研究中的這一潛在的衝突談得很好（《真理與方法》205-208頁）。這一衝突最終乃是一種具有深刻非理性主義的生命哲學與一種意義哲學之間的衝突，後者與黑格爾的客觀精神哲學的主張相同。狄爾泰把這一難點用一句格言表示出來了：「生命包含著在意義表現中超越自身的力量。」或如伽達默爾所說，「生命解釋著自身，它有一種詮釋學的結構。」但是這種生命詮釋學是一種歷史，而歷史又是不可理解的。從心理學的理解向歷史的理解的過渡實際上以此為前提：生命的諸成果之間的相互聯繫網不再被任何人經歷或體驗。這就是它的客觀性。因此，

我們可以問，為了考察生命的諸客觀表現，並把它們當作已經完成的，是否一定要把整個思辨唯心主義置於生命的基礎上，一定要最終把生命看作**精神**（Geist）？如果不一定要如此，那麼我們應怎樣理解在藝術、宗教和哲學中生命通過使自身充分客觀化來最完善地表達自身呢？是不是因為在這些領域中只有精神才最得其所呢？這是否等於承認，詮釋學只有通過從黑格爾的概念中借取的東西才能成為合理的哲學？於是人們就有可能像黑格爾談論精神似地談論生命：「在這裡生命把握生命。」

　　然而我們仍然可以說，狄爾泰充分領悟了問題的核心，即生命只有通過意義單元的媒介作用才能把握生命，這些意義單元是超出歷史長河之上的。狄爾泰看到了一種不具備完全超越性、不具備絕對知識的超越性的限有——即解釋。這樣他就指出了歷史主義可由自身加以克服的方向，而又無須要求與某種絕對知識完全符合一致。但是為了繼續進行這一研究，我們必須放棄詮釋學與那種向其他精神生命輸移的純心理學概念的聯繫。必須使「文本」不再朝後向其作者展開，而是朝前向其內在的意義、向它發現和揭示的這個世界展開。

二、從認識論到本體論

　　在狄爾泰之後，詮釋學的決定性步驟不再是去提高精神科學的認識論水準，而是對其基本前提加以質疑，這一基本前提就是：精神科學借助於適當的方法論就足堪與自然科學比美。支配著狄爾泰研究的這一假定意味著，詮釋學是一種「知識理論」，以及在說明和理解之間的爭論可以在對於新康德主義者如此熟悉的方法爭論的範圍內進行。正是這種被理解為認識論的有關詮釋學的假定，主要受到了海德格以及稍後伽達默爾的質疑。他們的貢獻因此不能看作是狄爾泰工作的單純延伸。而是應該認為，他們企圖

在認識論研究活動的底層深掘，以便揭示其本體論的條件。如果我們能把從局部詮釋學向一般詮釋學的第一次變動看作是一次哥白尼式的革命，就應該把現在討論的這一第二次變動看作是第二次哥白尼式的巨變，這一巨變將在基本本體論內部來重新確定方法的問題。因而我們不應期待海德格或伽達默爾會使那種由宗教文本或世俗文本的釋義學中，由古典語言學、心理學、歷史理論或文化理論等學科中產生的方法論研究完善化。反之，現在出現了新的問題。不是去問，「我們怎樣知道？」，而是去問，「只通過理解去存在的那種存在者的存在方式是什麼？」

1.海德格

對於海德格來說，說明或**解釋**（Auslegung）的問題與釋義學的問題絕少共同之處，從《存在與時間》的導論直到「被忘卻的存在問題」都是如此。我們在探索的正是存在意義的問題。但是在這個問題上我們卻是由被尋求的東西所引導著。知識論一開始就被在它之前的一個問題顛倒了過來，而且這個問題有賴於存在者遭遇其存在的方式，它甚至於發生在存在者像客體面對主體似地面對著存在之前。即使《存在與時間》比海德格後期的著作更強調此在——Dasein（即「我們在那兒」的存在），這個此在並不是一個有其客體的主體，而是在存在中的一個存在者。此在指示存在問題發生的「場所」，顯現的場所。此在的中心問題即理解著存在的一個存在者的問題。這個問題是作爲對存在具有本體論的「前理解」的存在者的結構的一個部分。因此，顯示此在的構成根本不是像人文科學方法論中那樣「通過理論推導去奠定基礎」，而是「通過展示作用使基本結構解體」（3）。於是正如我們方才所說，在本體論基礎和認識論基礎之間產生了對立。如果問題是與適用於特殊對象領域、自然領域、生命領域、語言領域、歷史領

域的基本概念有關，這就只是一個認識論的問題。的確，科學本
身是朝著闡明基本概念的方向發展的，特別是在其基礎出現了危
機的方面。但是從事奠定基礎工作的哲學的任務卻是另一回事。
其目的在於使基本概念解體，這些概念「決定著對某一領域最初
的理解，爲某一科學的一切專題對象提供著基礎，因而也就決定
著整個實證研究的方向。」因此在解釋哲學中至重要的問題是「對
於與其存在之構成相關的存在者所做的說明」。這種說明對精神科
學的方法論毫無裨益。相反地，它將在那種方法論的底部進行挖
掘以揭示其基礎：「於是歷史上在哲學中居於優先地位的不是關於
歷史事物概念形成的理論，不是歷史知識的理論，甚至也不是作
爲歷史科學對象的歷史的理論，而是相對於其歷史性的歷史存在
所做的解釋。」詮釋學不是對精神科學所做的思考，而是對精神
科學可能據以建立的本體論基礎所做的說明。由此出現了我認爲
關鍵的一句話：「正是在如是理解的詮釋學內部包含著我們必須在
引申的意義上稱之爲『詮釋學』的東西：即關於精神的歷史科學
的方法論。」

　　在《存在與時間》中看到的這種第一次革命，要求著第二次
變革。對於狄爾泰來說，理解的問題與其他心靈的問題聯結在一
起。通過移情作用進入其他心靈的可能性支配著從心理學到歷史
學的一切精神科學。應當注意，在《存與時間》中理解的問題完
全擺脫了與其他個人交流的問題。其中有關於 Mitsein(being-with/
共在）一章，但是在這一章中我們沒有看到有關理解問題的論述，
如我們從狄爾泰的著作中會看到的那樣。本體論問題的基礎應當
在與世界關係的領域中而不是在與他人關係的領域中去尋找。理
解的基本意義正是包含在與我的情境的關係中，包含在對於我在
存在中地位的基本理解中。回想一下狄爾泰何以如此研究的理由
是有意思的。他是根據康德主義的一個論點提出人文科學的問題
的。他說，對事物的知識導向某種未知物，即物自身。可是對於

精神生活而言並不存在什麼自在之物。不管其他人是什麼，我們
總是我們自己。因此有關精神生活的知識比起有關自然的知識具
有不可否認的優越性。而攻讀過尼采著作的海德格就不再如此單
純了。他知道，對於我來說，他人正如我本人一樣，比任何自然
現象更加陌生。在這裡隱蔽性無疑比任何其他地方更嚴重。如果
存在有一個由**非真實性**（inauthenticity）籠罩著的存在領域，這
個領域就存在於每一個人對每一個其他可能的人的關係之中。正
因如此，關於「共在」這長長的一章乃是有關與「他們」問題的
一場論辯，「共在」是一切隱蔽性的淵藪。因而無足為怪，關於理
解存在者的本體論不是開始於對「共在」的思考，而是開始於對
「在內」（being-in）的思考。不是與他者（他者只不過是重複我
們的主體性）「共在」，而是「在世中」（being-in-the-world）。這
種有關哲學思考場所的置換，與從方法問題向存在問題的過渡一
樣重要。這樣，有關「世界」的問題代替了有關「他人」的問題。
海德格在使理解「現世化」時，也就是在使其「非心理學化」了。

　　這種哲學主題上的更替現象被人們加予海德格的那種存在主
義的解釋完全誤解了，這類解釋特別盛行於盎格魯撒克遜國家。
他們對煩心、憂慮、朝向死亡的存在等等的分析，做了精巧的存
在論心理學的理解。他們未曾注意到，這些分析屬於有關**世界的
現世性**（world-hood of the world）的思辨，其目的在於催毀有關認
知主體是客觀性的尺度的主張。我們從關於主體的這種主張中應
當得到的東西，是存於世界中之條件，根據這一條件而產生了情
境、理解和解釋。因此在理解的理論之前必須得有對一種基礎關
係的認識，這種關係使每一種語言系統，如經文典籍等等，都安
存於某種基本上不是文字網絡或話語現象的東西之內。我們必須
在為自己規定方向之前，首先（不管怎樣）發現自己，發現我們
自己「在那兒」，並（以某種方式）去感觸自身。如果《存在與時
間》探索著諸如恐懼和憂慮這類情緒的深度，這並非是在「實行

存在主義」，而是爲了通過這些啓示性的體驗來解開與（比主客關係更根本的）現實的紐結。通過知識我們已經有並將永遠有客體在我們之前。對情境懷有的情緒發生在面對著我們、使我們處於情境中的這種存在之前。

　　理解就這樣出現了。但它還不是一種語言、作品或文本現象。我們不應把理解本身描述爲一種話語，而應將其看成一種存在力量。理解的最初作用是使我們在某情境中確定方向。因此理解的目的不是爲了把握一種事實，而是爲了領悟一種可能性以及領悟我們最深的潛能。在我們從這一分析中得出方法論的結論時，一定不要忽略了這樣一點：我們要說，理解一段文本不是去發現包含在文本中的呆滯的意義，而是去揭露由該文本所指的存在的可能性。因而我們將忠實於海德格式的理解概念，它基本上是一種**規劃**（project），或以有些矛盾的方式說，一個在先的「被拋入」的「規劃」。在這裡，「存在主義」的語調又在令人迷惘了。「規劃與按構想出的計劃去行動毫無共同之處，也不是說此在通過規劃來安排其存在；正相反，任何此在作爲此在來說已規劃了自身，而且只要它是此在，它就正在規劃著。」（《存在與時間》英文版185 頁）在這裡重要的不是責任或自由選擇一類的存在論因素，而是使選擇成爲問題的存在結構。「或此或彼」不是原初性的，而是來自「被拋入」的結構。

　　因此，只是在「情境－理解－解釋」這三個聯體的第三個位置上才出現使詮釋學家感興趣的本體論因素。但是關於生活和世界的詮釋學發生於文本釋義學之前。解釋首先是一種說明，一種理解的發展，這種發展「不是把理解變成某種其他東西，而是使其成爲自身。」（同上書 185頁）這樣，一切返回知識論的企圖都被禁止了。現在要加以說明的東西是詮釋學中的「作爲」（als）一詞，它與經驗的表達有關。「說明並不使『作爲』顯露，它只是賦予它一種表達。」（同上書 186頁）

但是，如果此在分析並不明確地朝向釋義學的問題，它卻為一種在認識論層次上似乎是失敗的東西提供了一種意義，因為它使這一表面上的失敗與更初始的本體論結構發生了聯繫。這種失敗就是人們常常稱作「詮釋學循環」的東西。人們常看到，在人文科學中主體與客體是相互蘊含的。主體致力於關於客體的知識，反過來在其自身的主觀領域裡它又由客體對它的控制所決定，這種控制甚至發生在主體得以認知客體之前。用主與客關係的術語來說，這種詮釋學循環似乎只能是惡性的。而基本本體論的作用就在於揭示這一基本的結構，它可說明在方法論分析中似乎是「惡性循環」的東西。海德格把這個結構叫作**前理解**（Vorverstandnis）。但是如果我們想根據某種知識論來描述前理解，那就大錯特錯了，因為知識理論本身也屬於主體－客體範疇。例如，我們與一個工具世界所能有的親近關係，使我們能初窺**前有**（Vorhabe）可能意味著什麼，我們從「前有」中獲得對事物的重新利用。這種預期性為每一種具有歷史理解性的存者的存在方式所擁有。這樣，我們根據此在分析應該理解這個命題：「對某件事物的解釋基本建立在『前有』、『前觀』（Vorsicht/fore-sight）和『前悟』（Vorgriff/fore-conception）之上。」（同上書 191 頁）因此在文本釋義學中前提假定所起的作用，無非就是有關解釋的這一一般法則的特例而已。一旦變成知識理論並被人們按客觀性立場衡量，「前理解」就被看成是具有貶意的偏見了。但是相反，對於基本本體論來說，人們只根據理解的預期性結構來理解偏見。所以著名的詮釋學循環只不過是從方法論角度來考察的這一預期性結構的影子。誰要理解了這一點就會明白：「具有決定意義的，不是擺脫這一循環，而是以正確的方式進入這一循環。」（同上書190頁）

你們會注意到，這場思辨的重心與話語或作品沒有關係。海德格的哲學（至少是《存在與時間》）遠非是一種語言哲學，對他

來，說語言問題只是在情境、理解和解釋等問題之後才被引入的。在《存在與時間》階段，語言仍然是表達的第二個層次，即在「陳述」（該書 33 節）中的解釋的表達。但是陳述與理解和解釋的聯繫令我們看到，它的首要作用既不是與另一個人的交流，也不是使謂語歸屬於邏輯主語，而是「指出」、「指示」、「顯示」（192 頁）。語言的這一最高的作用令我們記起了它與在它之前的本體論結構的聯繫。這就是海德格在該書 34 節中說的：「語言只是現在才成爲我們考察的主題，它表明這一現象的根源在於此在的**被揭示性**（disclosedness）的存在論結構。」（203 頁）同頁稍後他又說：「話語是可理解性的表達。」於是我們必須把話語重新置於存在的結構中，而不是把後者置於前者之中；因此他說：「話語是我們表達『在世』的可理解性的方式。」（該書 204 頁）

從最後這句話中我們看到了海德格哲學從前期向後期的過渡，在他的後期哲學中此在概念被忽略了，他開始直接關注語言的表現力問題。但是在《存在與時間》中可以看到，**說話**（redden/saying）似乎比**言談**（sprechen/speaking）更重要。「說話」指存在性結構，而「言談」指前者進入經驗領域的現世性方面。因此，「說話」的首要的決定作用不是去說什麼東西，而是指「聆聽」－「緘默」這一組言語行爲。在這裡海德格又使我們日常的習慣，甚至使我們語言的習慣性，也就是使言談動作（談話，對話）具有的優先性顛倒了過來，這樣，理解就變成了聆聽。換言之，我與言語的首要關係不在於我發出了它，而在於我接受了它。他說：「聆聽構成著話語。」（206 頁）聆聽的這種優先性標誌了言語與向世界和向他人敞開的這種基本關係。它的方法論結果是重要的：語言學、符號學和語言哲學都牢固地與「言談」的層次相關聯，而未達到「說話」的層次。在這種意義上，基本哲學既未改進語言學，也未增益釋義學。言談迫使我們回到言談著的人，而話語卻迫使我們回到所說的事物。

講述到這裡，人們當然會問一下：爲什麼我們不停止在這裡，乾脆宣稱我們都爲海德格主義者？前面所說的著名的「難題」現在又在哪兒呢？我們不是消除了有關理解理論的狄爾泰難題（人們批評它既與自然主義的解釋對立，又與後者爭相以更具客觀性或更具科學性自詡）嗎？我們不是通過使認識論從屬於本體論而超越了這個難題嗎？在我看來，難題並未被消除，它只是被轉移到了別處，甚至由於這一轉移而變得更嚴重了。它不再存在於認識論之中（在兩種認知方式之間），而是存在於本體論和作爲整體的認識論之間。在海德格那裡，我們可以後退到基礎去，但是不可能從本體論再返回到有關人文科學身份的認識論問題上去。這是人們所能設想的最不幸的情況，因爲一種哲學如若斷絕了與人文科學的對話，將只剩下孤單一身了。此外，只有在向後追溯時，我們才能證明這樣一種說法：釋義學的問題和一般歷史批判的問題只是「衍生的」問題。只要我們不介入衍生問題的領域，超越這些問題本身而關注於建立基礎的問題，就依然是無庸置疑的。柏拉圖不是告訴過我們，上升的辯證法是最容易的辯證法，而在追溯下降的辯證法時，真正的哲學家才顯露出來本色來嗎？在我看來海德格沒有回答的問題是：「我們應當怎樣在基本詮釋學的框架內說明任何一種批判的問題呢？」然而，正是在這一追溯的運動中，認爲詮釋學循環（在釋義學的意義上）是以理解的預期結構「爲基礎」的主張才能產生和加以證實，這一結構存在於本體論的層次上。但按其結構說，本體論的詮釋學似乎不可能展示這個返回的問題。在海德格的哲學中，這個問題甚至一經提出就被放棄了。他在《存在與時間》中寫道：「在此循環中隱藏著那種最初的認知的積極可能性。的確，只有當我們在解釋中明白我們最初的、最後的和經常性的任務絕不會使我們的『前有』、『前觀』和『前悟』經由遐思暢想或平常的理解呈現在我們眼前，而是通過按照事物本身擬定出這些前結構以保證科學主題的正當性，我

們才能真正地把握這種可能性。」（153頁）

因此，在按照事物本身的預期性與只是來自遐思暢想或平常理解的預期性之間，就出現了原則的區別。但當海德格直接宣佈「史學知識的本體論前提原則上超越了大多數精確科學中包含的嚴格性觀念」時，而且當他避免了適合於歷史科學本身的嚴格性問題時，他又怎能再向前邁進呢？海德格由於關心使這一循環具有比任何認識論都更爲深刻的基礎，而避免了在本體論之後去重複認識論問題的討論。

2.伽達默爾

這個難題於是成爲《真理與方法》（1960年）一書中伽達默爾的詮釋學哲學的中心問題。這位海德堡的哲學家企圖通過海德格本體論，或者更確切些說，通過在海德格後期著作中向詩化哲學的轉向，再次提出了有關人文科學的問題。他的全部研究都按其加以組織的基本經驗，就是對近代**疏異化**（Verfremdung）意識的反感的經驗，在他看來，這種意識正是人文科學的前提。疏異化實際上遠遠不只是一種情緒或情調，而是支持人文科學客觀性的本體論前提。在伽達默爾看來，人文科學的方法論不可避免地意味著間距化，間距化反過來表示對原初的**參與**（Zugehörigkeit）關係的破壞，沒有這種參與關係也就不存對歷史現象本身的關係。於是，伽達默爾把疏異化和參與經驗之間的爭執納入到詮釋學經驗的三個領域中去了：美學領域、歷史領域和語言領域。在美學領域中，被把握的存在之經驗永遠在批判地運用判斷力之前，並使後者得以成立，對此康德曾以判斷的理論加以論述。在歷史領域中，由在我之先的傳統所引致的存在意識，使在人文科學與社會科學領域中運用的歷史方法論得以成立。最後，在某種意義上與前兩個領域重疊的語言領域中，通過話語創造者重要的

聲音所表達的事物的共同從屬性，發生於作爲現成工具的語言的每次科學運用之前，以及通過客觀技術來對我們文化中的文本結構進行支配的每次要求之前，並使它們得以成立。因此，在《真理與方法》的三大部份中貫穿著一個單一的主題。

伽達默爾的哲學表現了我們論述過的兩種運動的綜合，一種是從局部詮釋學到一般詮釋學的運動，另一種是從人文科學認識向本體論的運動。詮釋學經驗的表達很好地表現出了這一綜合的特性。但是此外伽達默爾也注意到海德格哲學中出現了從本體論返回認識論問題的傾向。我正是根據這一觀點來討論伽達默爾的。他的作品的名稱本身包括了海德格的真理概念與狄爾泰的方法概念之間的對立。問題是，這部書在什麼程度上可被正當地稱作「真理與方法」，而不應被稱作「真理或方法」。如果說，海德格借助一種重要的超越運動避免了與人文科學之間任何爭論，那麼伽達默爾則完成了一次對此問題的較好討論，這只是因爲他認真地考慮了狄爾泰的問題。在這方面，他作品中討論歷史意識的部分是非常重要的。伽達默爾在談論自己的思想之前做了一番漫長的歷史回顧，這一回顧表明，詮釋學哲學首先應該概括一下浪漫主義詮釋學反對啓蒙思想的鬥爭，即狄爾泰與實證主義的鬥爭和海德格與新康德主義的鬥爭。當然，伽達默爾所表明的意圖不是要退回到浪漫主義那條老路上去。他認爲，浪漫主義只是顛倒了啓蒙運動的主題，而並未成功地更替問題本身或改變討論的領域。因此，浪漫哲學企圖恢復那種作爲啓蒙哲學一個範疇的「偏見」概念，這個偏見概念繼續重複著批判哲學（即一種關於判斷力的哲學）的立場。浪漫主義在由其對手確定的領域內，使有關傳統與權威在解釋中的作用鬥爭繼續進行下去。但是問題在於了解伽達默爾的詮釋學是否真地超出了浪漫主義詮釋學的起點，而且他的這個斷言，即「作爲存在者的人發現他的限有性的特點是，他首先發現自己處於傳統中」（206 頁），是否能逃脫各種各樣的

反對意見呢？他注意到，浪漫主義哲學在面對每一種批判哲學的主張時都受到這些反對意見的限制。他指責狄爾泰仍然受到兩種方法論相互衝突的束縛，而且「不懂得怎樣擺脫傳統的知識理論」（260頁）。他的出發點仍然是作為自我之主宰的自我意識。對狄爾泰來說，主觀性仍然是最終的依靠。因此，在某種程度上恢復了偏見、權威和傳統等概念，目的在於反對主觀性和內在性的支配，就是說反對反思哲學的標準。對反思哲學的批評有助於使這一要求顯得像是返回到了前批判哲學的立場。然而不論這一要求多麼使人煩惱，姑且不說使人激怒，它卻導致歷史的因素壓倒了反思的因素。歷史在我之前，也在我的反思之前發生，我先屬於歷史然後才屬於自己。狄爾泰未能理解這一點，因為他的變革工作仍然是認識論性質的，而且因為他的反思哲學標準壓倒了他的歷史意識。在這個問題上，伽達默爾繼承了海德格，從後者得到了這樣的信念，即我們稱作偏見的東西其實表達了人類經驗的預期性結構。同時必須使古典語言學的解釋成為基本性理解的一種派生的形式。

這種歷史意識的理論，標誌著伽達默爾對「精神科學」基礎進行思考的最高成就。他把自己的理論稱作是Wirkungsgeschichtliches Bewusstsein（按字面說即「效果歷史的意識」）。這個概念不再是從歷史研究的方法論中產生的，而是從對其方法論進行反思的意識中產生的。它是向歷史及其作用敞露的意識，而且這種敞露的方式使我們不可能將這種外加予我們的作用客觀化，因為這種作用也是歷史現象本身的一部分。我們在他的《論文集》158頁上讀到：「我用這個詞指我們不可能使自己脫離開歷史演變，或者說，不可能使自己與其保持距離，以便使過去變成我們的對象。……我們永遠處於歷史中……就是說，我們的意識是由真實的歷史演變所決定的，以致於意識不能隨意地使自己面對過去。另一方面，我的意思是，問題永遠在於重新意識

到這樣加予我們的歷史作用，以致於我們剛經歷過的每一樁往事都迫使我們充分關注它，並以某種方式接受其真實性……。」

我想提出我的問題，它也是從歷史作用概念開始的，即：如何可能把某種特殊的批判因素導入一種由於擯棄間距化而被明確規定的參與性意識？我想這只能在這種情況下成立，即歷史意識不只是擯棄間距化概念，同時也企圖接受它。伽達默爾的詮釋學包含著許多有決定性意義的建議，這些建議將成為下一講中我個人研究的出發點。首先，儘管在參與性與疏異化之間存在著顯著的對立，效果歷史意識本身仍包含著某種距離因素。效果歷史正是在歷史距離條件下發生的歷史。它是對遠處事物的接近，或是說，它是距離的效果性。因而存在著一種關於他人性的矛盾，一種對於任何歷史意識來說都是重要的近與遠之間的張力關係。

視界融合（Horizontverschmelzung/ fusion of horizons）概念則提供了參與性與間距性辯證關係的另一標誌。實際上在伽達默爾看來，如果歷史知識限有性條件排除了每一種超越觀，即每一種黑格爾意義上的最終綜合，這種限有性也不是指我被包容在某種觀點之內。哪裡有情境，哪裡就有視界，視界可以縮小和擴大。伽達默爾的一種含義豐富的觀點是，各自處境不同的兩種意識間的超距交流，是通過它們的視界的融合，也就是通過他們關於遠近性和敞開性的意向的混合而發生的。在近、遠、敞開之間的間距性因素仍然是必需的。這個概念意味著，我們既非生存於封閉的視界內，又非生存於獨一無二的視界內。就視界融合觀排斥整體的和獨一無二的知識的觀念而言，這個概念意味著自我與他者之間以及近與遠之間的張力關係，因而在二者的共同存在中就產生了一種「差異性作用」。

最後，伽達默爾在其語言哲學的研究中十分明確地表示了一種不那麼含有否定性的對疏異化概念的解釋。普遍**語言性**（Sprachlichkeit）的意思是，我對一種或多種傳統的參與關係是

發生於對記號、作品和「文本」的解釋中的，文化遺產即銘存於它們之中以待人們去譯解。當然，伽達默爾關於語言的全部思想都反對把符號世界歸結爲可供我們任意使用的工具。《真理與方法》第三部分整個篇幅都用來爲「我們即是對話」和爲支持我們生存的那種原初性理解進行熱烈的辯解。但是語言經驗只能起到媒介的作用，因爲對話雙方都在所談事物面前消弱自身，在某種意義上對話就是由所談事物來引導的。那麼我們所說的事物對對話者的支配，在聲音語言變爲**書寫語言性**（Schriftlichkeit）時，或者換言之，當通過語言媒介變爲通過文本媒介時，就會更爲明顯了。於是使我們進行超距交流的東西就成爲文本的「效果」，這種效果既不再屬於作者也不再屬於讀者了。

第六篇

詮釋學與意識型態批判

（1973）

〔法國〕里克爾（Paul Ricoeur）著

洪漢鼎 譯

文本原載於《詮釋學與人文科學》（劍橋大學，1981）。文本譯自奧密斯頓（G. L. Ormiston）和施里弗特（A. D. Schrift）編《詮釋學傳統：從阿斯特到里克爾》，紐約州立大學出版社，1990年，第 298-334 頁。

關於這一題目所引起的爭論遠超出社會科學基礎問題討論的範圍。它提出了我將稱之為哲學基本特徵的問題。這種特徵是否公開表明了一切人類理解都被歸入有限範圍的歷史條件呢？或者寧可說，它歸根結底是一種挑釁的行為，一種不斷重複地和無止境地對「錯誤的意識」，對那種隱藏了統治和暴力永遠運用的人類溝通行為的歪曲進行批判的示意呢？這就是最初似乎與人文科學認識論層次相聯繫的爭論的哲學界標。界標的內容可以用一種選擇來表示：或者是詮釋學意識，或者是批判意識。但事情果真如此嗎？難道這種選擇本身不要受到挑戰嗎？我們有可能表述一種將會公正對待意識型態批判的詮釋學嗎？——這種詮釋學將指明意識型態批判對於它自己的核心問題的必要性，顯然，界標是值得考慮的。我們不打算一開始就用那些太普遍的詞彙和採用一種過分炫耀的態度而冒險探究一切問題。相反，我們將只注意那種以或此或彼形式表現問題的當代討論。即使這種選擇最終必須被

超越，我們也不會忽略那些要被克服的困難。

這場爭論的主角，詮釋學一方是伽達默爾，批判的一方是哈伯瑪斯。他們之間戰論的文獻彙編現已出版，部分重印在題爲《詮釋學和意識型態》的小冊子裡[1]。我從中摘取一些清楚說明詮釋學和意識型態批判理論之間衝突的觀點。我想把這兩種哲學對於傳統的評價作爲這場論戰的檢驗標準。與詮釋學的積極評價相反，意識型態理論採取了一種懷疑態度，認爲傳統只是在未公開承認的暴力條件下對溝通行爲根本歪曲的表現。選擇這種檢驗標準的好處是把與詮釋學的「普遍性要求」有關的爭論提到了顯著地位。因爲意識型態批判之所以重要因爲它是一種非詮釋學的學科，故而只在解釋哲學科學的權限範圍之外，並且正標誌著解釋哲學科學的基本界限。

文本的第一部分我將限制於表現彙編文獻的內容。我將一種簡單的選擇來這樣做，或者是詮釋學或者是意識型態批判。論文的第二部分我將更多保留一些我個人的看法，集中討論如下兩個問題：1）詮釋學哲學能夠說明意識型態批判的合法要求嗎？如果能，那麼代價是什麼？它必須放棄它的普遍性要求並重新深刻地

---

[1] 關於這場論戰的歷史是這樣：1965 年伽達默爾的《真理與方法》出了第二版（第一版是在 1960 年），這一版有一篇答覆第一批批評者的序言。哈伯瑪斯在 1967 年在於其《社會科學的邏輯》一書中首次作了攻擊，矛頭針對《真理與方法》第二部分為成見、權威和傳統正名以及著名的「效果歷史意識」理論。同一年，伽達默爾出版了《短篇著作集》第 3卷，其中有 1965 年講稿〈詮釋學問題的普遍性〉以及〈修辭學、詮釋學和意識型態批判〉。哈伯瑪斯在慶祝伽達默爾 70 誕辰的紀念文集《詮釋學與辯證法》裡寫了一長篇論文〈詮釋學的普遍性要求〉（1970）作答。伽達默爾的〈修辭學、詮釋學和意識型態批判〉和哈伯瑪斯這篇文章以後重印於哈伯瑪斯和其他人匯編的《詮釋學與意識型態批判》（1971）一書中，此書附錄有一篇在 1965 年發表的題為〈一般背景〉的關於原則和方法的解釋。哈伯瑪斯關於當代意識型態的看法可以在他為馬庫塞 70 誕辰紀念文集所寫的一篇題為〈作為意識型態的技術和科學〉裡找到。

表述它的綱領和方案嗎？2）意識型態批判在什麼條件下是可能的？它最終能脫離詮釋學的先決條件嗎？

我必須指出，沒有任何合並的計劃，任何調和的觀點來支配這場爭論。我和伽達默爾一樣，預先承認這兩種理論的出發點各不相同；但我希望表明每一方都能以在對方的結構中標出自己的位置的方式而重新承認對方的普遍性要求。

一、兩種觀點

1.伽達默爾：傳統的詮釋學

我們可以直接從哈伯瑪斯在其＜社會科學的邏輯＞一文中所攻擊的批判點——關鍵點，即歷史意識的概念和對成見、權威和傳統這三個互為聯繫概念的挑釁辯護開始。這篇文章絕不是附帶性或旁注性的。它直接涉及到根本的經驗，或如我剛才所說，涉及到這種詮釋學觀點和它提出它的普遍性要求的出發點。這種經驗按照現代意識水平是由那種**疏異的間距性**（alienating distanciation）——即**異化**（Verfremdung）——所構成的令人反感東西，而這種疏異的間距性不只是一種感情或情緒，而是支持人文科學客觀行為的本體論先決條件。這些人文科學的方法論必然包含了間距的假定；而這反過來又以破壞原始的隸屬（Zugehoerigkeit）關係為前提——其實沒有這種隸屬關係，也就不會有這種歷史關係本身。疏異的間距化和隸屬經驗之間的爭論，伽達默爾是通過詮釋學經驗被劃分的三個領域，即審美領域、歷史領域和語言領域來探究的。所以，雖然我們注意的焦點是第二部分，但我們必須記住，這個爭論在某種意義上已在審美領域內展開了，正如它只是在語言領域裡達到頂點一樣，並且正是由於語言經驗，審美意識和歷史意識才被引出討論。因此歷史意識

理論既是整個工作的概要，又是這場重大論戰的縮影。

在詮釋學哲學聲稱其目標的普遍性的同時，它也宣告了它自己的具體出發點。伽達默爾是從那種由試圖解決人文科學基礎問題的歷史所規定的立場出發講話，這種試圖最初出現在德國浪漫主義裡，繼後在狄爾泰的工作中進行，最後採用海德格本體論術語。這一點即使在伽達默爾宣布詮釋學向度的普遍性時也被他自己預先所承認。因為普遍性不是抽象概念；對於每一個研者來說，它都是集中於某種具有支配性的問題，某種具有特許權的經驗。伽達默爾在＜修辭學、詮釋學和意識型態批判＞一開始就這樣寫道：「我自己的試圖是與狄爾泰恢復德國浪漫主義遺產的嘗試相關係的，因為狄爾泰把人文科學理論看作是他的主題，並把它放到一個新的更廣闊的基礎之上；藝術的經驗以及藝術所特有的**當代化**（contemporaneousness）經驗為人文科學的歷史間距性提供了回答」[2]。所以詮釋學具有先於和超出任何科學的目的，具有一種被「與世界交涉的行為的普遍語言性」[3]所證實的目標，但是，目的的普遍性乃是它植根於的原始經驗的狹隘性的對立物。因此，原始經驗的局部性質應與普遍性要求一起被強調這一事實，並不是與意識型態批判支持者的爭論不發生關係。我們同樣可能不從歷史意識本身開始，而是從閱讀經驗中對「文本」的解釋開始，就像施萊爾馬赫的詮釋學所表明的。正如我將在文本第二部分所說明的，在選擇這種多少有些不同的出發點時，間距性問題可能具有比伽達默爾所認為的更多的積極意義。伽達默爾尤其把「為文本的存在」（Sein zum Text）這一本身作為人類對世界行為的語言模式的反思認為是不要重的而加以忽視——他似乎把這種反思還原為翻譯問題的考慮。但是，我在第二部分轉向這一反思，希

---

[2] 伽達默爾，《詮釋學和意識形批判》，第 57 頁。
[3] 同上。

望從中推導出較少地從屬於傳統問題而更多地爲意識型態批判所
接受的思考方向。

由於把歷史意識和人文科學可能性的條件問題作爲反思的中
心軸，伽達默爾不可避免地使詮釋學哲學轉到爲成見辯護並捍衛
傳統和權威，從而使這種哲學與任何意識型態批判處於一種衝突
的關係。同時，這種衝突本身儘管採用了現代術語，然而仍回到
它的原來的表述，正如浪漫主義精神和啓蒙運動精神之間的鬥爭
所表現的，這種衝突必然沿著一種強制性的路線採取重複同一鬥
爭的形式：從浪漫主義開始，經過狄爾泰的人文科學的認識論階
段並經歷海德格的本體論轉向。伽達默爾由於採用了歷史意識的
特許經驗，他也就走上了一條他必然要重覆的哲學之路。

浪漫主義和啓蒙運動之間的鬥爭是我們自己問題的泉源，同
時也是兩種基本哲學態度形成對立的背景：一方是啓蒙運動及其
反對成見的鬥爭；另一方是浪漫主義及其對過去的懷戀。問題是
按照法蘭克福學派而確立的意識型態批判和伽達默爾詮釋學之間
的現代衝突是否標誌這場爭論中的任何進步。

就伽達默爾而言，他聲稱的意圖是完全清楚的：浪漫主義的
隱患必須避免。以**效果歷史意識**（wirkungsgeschichtliches
Bewusstsein）著名理論而結束的《真理與方法》第二部分，包含
了對浪漫主義哲學的尖銳攻擊，因爲它只是改變了論證的術語而
沒有更改問題本身，也沒有改變爭論的範圍。因爲在輕率（太倉
促判斷）和傾向（追隨習慣或權威）這雙重意義上，「成見」正是
通向啓蒙運動卓越性（par excellence）的範疇。按照一句著名的
格言（sepereaude），成見就是爲了思想，爲了敢於思想而必須被
放置一邊的東西，以便我們能進入成熟時代。爲了重新找出「成
見」（prejudice）一詞的較少單一的否定意義（成見實際上成爲無
根據的或錯誤的判斷的同義語），爲了恢復拉丁文 praejudicium（偏
見）一詞在先於啓蒙運動的法律傳統中所具有的歧義，我們必須

對使理性與成見對立的哲學先入之見提出疑問。這些先入之見事實上就是批判哲學的先入之見；正是對於判斷哲學——批判哲學就是判斷哲學——成見才是極爲否定性的範疇。因此必須追問的東西就是判斷在人對世界的行爲中的首要性；唯一把判斷視爲公斷的哲學就是使客觀性（正如科學所典範表現的）成爲知識尺度的哲學。判斷和成見只是在笛卡兒開創的哲學類型中才是佔支配地位的範疇，這種哲學使方法論意識成爲我們與存在和存在物關係的鑰匙。因此，爲了恢復不是對啓蒙運動精神簡單否定的成見的名譽，我們必須對判斷哲學的基礎、主體和客體問題的基礎進行深入探究。

正是在這裡，浪漫主義哲學既證明是最初的基礎，又證明是根本的失敗。它之所以是最初的基礎，是因爲它敢於向「啓蒙運動對成見的懷疑」（這是《真理與方法》第 241-5 頁上的標題）進行挑戰；它之所以是根本的失敗，是因爲它僅僅改換了回答而未改變問題本身。浪漫主義是在敵手防禦的土地上發動戰爭，在這塊土地上，傳統和權威在解釋過程中的作用尚有爭議。正是在這同一塊土地上，同一個研究基地上：神話比邏各斯更受歡迎、舊事物被保護以反對新事物、歷史基督教國被保護以反對現代國家、友好的共同體被保護以反對新事物、創造性的無意識被保護以反對不生育的意識、神秘的過去被保護以反對理性烏托邦的未來、詩意的想像被保護以反對冷酷的推理。所以浪漫主義詮釋學把它的命運寄託在與復興（重新得到上帝的恩寵）相聯繫的每一事物上。

這就是歷史意識詮釋學力求避免的隱患。問題再一次成爲：伽達默爾的詮釋學是否真正超過了浪漫主義詮釋學的出發點，他關於「人類的有限性在於他首先在傳統的核心中發現他自身這一事實」的斷言（《真理與方法》，第 260 頁）是否擺脫了他認爲與批判哲學要求相衝突的哲學浪主義所陷入了的那種倒轉的遊戲

呢？

　　按照伽達默爾的觀點，僅僅由於海德格的哲學，成見問題才能明確作為問題而得到重新構造。在狄爾泰階段，這個問題不是完全明確的，正相反，我們把自然科學和人文科學是由兩種科學性、兩種方法論和兩種認識論來刻劃其特徵的錯誤想法歸於狄爾泰。因此，儘管伽達默爾感恩於狄爾泰，但他卻毫不猶豫地寫道：「狄爾泰不能使自己擺脫傳統的知識理論。」（第 261 頁）狄爾泰仍然從自我意識開始：對於他來說，主體性一直是最終的參照系。體驗（活的經驗）的統治就是我所是的**原生性**（primordiality）的統治。在這種意義上，基本的東西就是**內在存在**（innesein），內在的東西，自我的意識。因此，為了反對狄爾泰，同時也為了不斷復興啓蒙運動，伽達默爾聲稱「個體的成見遠遠超出他的判斷而構成他的存在的歷史實在」（第 261 頁）。所以為成見、權威和傳統辯護將旨在反對主觀性和內在性的統治，也就是反對反思的標準。然而不管這種辯護如何可能引起爭論——不是說能夠挑起爭論——這種辯護卻證實了歷史向度在反思瞬間恢復了活力。歷史先行於我和我的反思；我在屬於我自己之前就隸屬於歷史。狄爾泰不能理解這一點，因為他的革命仍是認識論的，他的反思標準壓倒了他的歷史意識。

　　然而我們可以追問，反對狄爾泰的評語的尖銳性與對浪漫主義的攻擊有同等意義嗎？對狄爾泰的忠誠不是比對他的批判更深刻嗎？這將解釋為什麼歷史和歷史性的問題而不是文本與註釋的問題繼續提供了我將以類似於伽達默爾本人的方式稱之為詮釋學首要經驗的東西。也許正是在這層次上，這就是說，在他對狄爾泰的忠誠比他的批判更為重要的層次上，伽達默爾的詮釋學必須被質疑。我們把這一問題留到第二部分，現在我們只限於追隨從對浪漫主義和狄爾泰認識的批判到問題的海德格階段的運動。

　　要恢復人的歷史向度，所需的的遠遠不只是簡單的方法論的

改革，也遠遠不只是「人文科學」觀念在面對「自然科學」要求所應有的認識論合法性。只有認識論從屬於本體論的這一根本變革才能產生**理解的前結構**（Vorstruktur des Verstehens）的真實意義，理解的前結構是任何爲成見辯護的條件。

我們都非常熟悉《存在與時間》論理解的那一節（31 節，第115-20 頁）[4]，在那裡，海德格收集了許多帶有 vor（前）的表達式（如 Vor-habe 前有，Vor-sicht 前見，Vor-griffe 前把握），並進而以一種預期結構——這是人類在存在中的地位的部分——建立人文科學的詮釋學循環。伽達默爾這樣明確地表述爲：「海德格的詮釋學反思的最終目的與其說是證明這裡存在循環，毋寧說是指明這種循環具有一種本體論的積極做含義。」（第 251 頁）但是值得注意的是，伽達默爾不僅援引了 31 節——這仍是「對此在的基本分析」的部分（最初劃分的題目），而且也援引了 63 節——這一節清楚地把解釋問題轉爲暫存性問題；它不再只是**此在**（Dasein）的**此**（Da）的問題，而是它的**整體存在的潛在性**（Ganzseinskoennen 整體能在）的問題，而這一問題表現爲三次暫時煩心的狂喜之中。伽達默爾正確地「探究了那種來自海德格從此在的暫時性而推出理解的循環結構這一事實的對於人文科學詮釋學的結論。」（251 頁）但是海德格本人卻沒有考慮這些問題，而這些問題可能會以一種難以預料的方式把我們引向到這樣一個據說與純粹認識論或方法論問題一起被刪除的批判的論題。如果我們追隨那種不僅從狄爾泰到海德格、而且從《存在與時間》31 節到 63 節內容的激進化運動，那麼特許的經驗（如果我們仍能這樣說）似乎就不再是歷史學家的歷史，而是西方形而上學中存在的意義問題的歷史。因此解釋得以展開的詮釋學境遇的特徵似乎就是，我們得以探究存在的預期結構是由形而上學的歷史所

---

[4] 海德格，《存在與時間》，蒂賓根，1927 年。

提供的；正是它取代了成見的位置。（以後我們將提問海德格關於
這種傳統所確立的批判關係是否也不包含一種爲成見批判的辯
護）。因而海德格使成見問題發生了根本改變：成見——即**先入之
見**（Vormeinung）——乃是預期結構的部分（參看《存在與時間》
第 150 頁）。這裡文本註釋的例子不只是一個特例；它是一種發展
（在此詞複製的意義上）。海德格可能喜歡把語文學解釋稱之爲
「派生的模式」（同上書，第 152 頁），但它仍是檢驗標準。正是
在這裡我們能夠看到從惡性循環撤退的必要性，因爲在這種循環中
由於語文解釋以從精確科學那裡借來的科學性模式來理解自身，
它轉變爲由我們所是的真正存在的預期結構而構成的非惡性循
環。

但是，海德格對這種從構成我們的預期結構返回到具有真正
方法論的詮釋學循環的運動不感興趣。這是很不幸的，因爲正是
在這一返回過程中詮釋學才可能遇到批判；特別是意識型態的批
判。因此我們關於海德格和伽達默爾的考察將從返回運動引起的
困難開始，因爲在返回運動中，語文學解釋是一種「理解的派生
模式」這一概念可能單獨被賦予合法性。如果這種派生一直未加
嘗試，那麼我們仍不能證明前結構本身是根本的。因爲一個事物
如果並未派生出任何其他東西，那麼它就決不是根本的。

伽達默爾對問題的獨特貢獻必須建立在這三重基礎之上——
浪漫主義、狄爾泰派和海德格派。在這方面，伽達默爾的文本就
像是層覆一層的聚集物，有如多層塗抹的厚厚的透明物，總有可
能從中區分出一層浪漫主義，一層狄爾泰派，一層海德格派，在
每一層上我們都可能閱讀它。同時每一層都在伽達默爾通常認爲
是他自己的觀點上被反射。正像伽達默爾的對手所清楚看到的，
首先，伽達默爾的獨特的貢獻與他似乎按照純粹現象學方式建立
的成見、傳統和權威的聯繫有關；其次，是他根據效果歷史意識
概念——我將把這翻譯爲「受歷史效果影響的意識」或「歷史效

應的意識」——對這一秩序的本體論解釋；第三，認識論的結論，或像伽達默爾在其《短篇著作集》裡稱之爲「無批判的」結論：對成見的徹底性批判——因此也是意識型態的批判——是不可能的，因爲不存在這種批判由之出發的原點。

現在我們依次分別考察這三個要點：成見、傳統和權威的現象學；受歷史效果影響的意識的本體論；以及批判的批判。

伽達默爾爲成見、傳統和權威辯護的嘗試決不是沒有挑釁性的目的，分析是「現象學的」，這是說它力求從這三種現象抽出那種啓蒙運動由於輕率的評價而模糊的本質。對於伽達默爾來說，成見不是與沒有前提的理性相對立的一極；它是理解的一個組成部分；它與人類存在的有限的歷史特徵相聯繫。主張只有無根據的成見是錯誤的，因爲在法學意義上，存在有或許能夠或許不能夠隨後給予檢驗的前判斷，甚至存有「合法的成見」。所以，即使預期的成見更難於正名，那麼傾向的成見也有被從純粹批判立場出發的分析所忽視的深刻意義。然而反對成見的成見卻有更深的基礎，即反對權威的成見，這種權威非常快地與統治和暴力相等同。權威概念使我們來到與意識型態批判爭論的核心地帶。我們可以想到這一概念也處於韋伯的政治社會學的中心：國家是卓越的機構，其基礎是對其權威和其在最終情況使用暴力權力的合法性的信任。現在伽達默爾看來，對這一概念的分析自啓蒙時代以來就遭受到統治、權威和暴力之間的混淆。正是在這裡對本質的分析是根本性的，啓蒙運動在權威和盲目服從之間假定了一種必然聯繫。

> 但是，這決不是權威的本質。的確，首先是人才有
> 權威。但是人的權威最終不是基於某種服從或拋棄理性
> 的行動，而是基於某種承認和認可的行為，即認可他人
> 在判斷和見解方面超出自己，因而他的判斷領先，即他

的判斷對我們自己的判斷具有優先性。與此相關聯的是，權威不是現成被給予的，而是要我們去爭取和必須去爭取的，如果我們想要求權威的話。權威依賴於承認，因而依賴於一種理性本身的行動，理性意識到它自己的局限性，因而承認他人具有更好的見解。權威的這種正確被理解的意義與盲目的服從命令毫無關聯。而且權威根本就與服從毫無直接關係，而是與認可有關係。(《真理與方法》德文版，第 264 頁)

　　因此關鍵的概念是認可(承認)，它取代了服從的概念。我們順便可以注意到這一概念包含某種批判因素：伽達默爾進而說道：「對權威的承認總是與這一思想相聯繫的，即權威所說的東西並不是無理性的和隨心所欲的，而是原則上可以被認可接受的。這就是教師、上級、專家所要求的權威的本質。」(《真理與方法》德文版第 264 頁)這一批判因素為意識型態批判提供了清楚表述權威現象學的可能性。

　　但是，這不是伽達默爾最終強調的方面。儘管他早先對德國浪漫主義進行批判，但他又返回到德國浪漫主義的主題，即把權威與傳統聯繫起來。具有權威的東西就是傳統。當伽達默爾把這兩者加以等同時他就以浪漫主義的語調講話：

　　　　存在一種浪漫主義特別要加以保護的權威形式，即傳統。由於傳統和習俗而奉為神聖的東西具有一種無名稱的權威，而且我們有限的歷史存在是這樣被規定的，即因襲的權威不僅是有根據的見解，而且總是具有支配我們活動和行動的力量。一切教育都依據於這一點。……(習俗和傳統)是在自由之中被接受的，但決不是被自由的見解所創造，或者被它們自身所證明。其實，我們

稱之為傳統的東西，正是它們有效性的基礎。事實上，
我們是把這樣一種對啓蒙運動的更正歸於浪漫主義，即
傳統具有理性論證之外的正當理由，並且在一個相當大
的範圍內規定了我們的態度和行為。古代倫理學優越於
近代道德哲學的特徵在於：古代倫理學通過傳統的不可
或缺性證明了倫理學向「政治學」、即正確的統治藝術過
渡的必然性。與此相比較，現代啓蒙運動則是抽象的和
革命的。〔《眞理與方法》德文版，第265頁〕〔請注意力
量（Gewalt）一詞如何在權威（Autoritaet）背後溜進正文，同
時注意統治（Herrschaft）如何出現在「從傳統而來的統治」
（第265頁）這一表達式中。〕

　　當然，伽達默爾並不想回到浪漫主義和啓蒙運動不可調和的
爭吵的老路上去。我們必須感謝他試圖和（而不是對立）權威和
理性。權威的真正意義來自它為自由判斷的成熟所做出的貢獻：
因此「接受權威」就是通過懷疑和批判的屏障。由於「傳統總是
自由和歷史本身的要素」（第265頁），權威和理性的聯繫甚至更
為根本。如果文化遺產的「保存」（Bewahrung）與自然實在的簡
單守恆相混淆，那麼這一點就會被忽視。傳統必須被掌握、採用
和保持；因此它要求一種理性行動：「保存正如革命和復興一樣，
是一種自由選擇行為。」（第266頁）
　　但我們可以注意一下，伽達默爾是用了**理性**（Vernunft）一
詞，而不是**知性**（Verstand 理解）一詞。只有在此基礎上，與哈
伯瑪斯和阿佩爾（Karl-Otto Apel）的對話才有可能，他們兩人也
致力於捍衛區別於技術專家知性的理性概念，他們認為技術專家
知性屈從於純粹的技術方案。情況很可能是，法蘭克福學派關於
溝通行為、理性工作和工具主義行為、技術知性工作之間的區分，
只有借助於傳統——或至少是借助於與政治化、制度化的傳統相

對立的活生生的文化傳統——才能被作出。威爾（E. Weil）關於技術的**合理性**（rationale）和政治學的**能合理性**（reasonableness）的區別在這裡也同樣重要；對威爾來說，能合理的東西只產生於創新精神和傳統精神之間的對話過程中。

對成見、權威和傳統這一系列的真正「本體論的」解釋可以說是在「效果歷史或效果歷史意識」範疇中被具體化，效果歷史或效果歷史意識標誌著伽達默爾關於人文科學基礎的反思所達到的頂峰。

這一範疇並不屬於方法論和歷史研究，而是屬於對這種方法論的反思意識。它是歷史意識範疇。以後我們將看到哈伯瑪斯的某些概念，如自由溝通的規範觀念，是與社會科學的自我理解處於同一層次。因此我們必須非常仔細地分析效果歷史意識範疇。一般說來，它可以刻劃為受歷史影響和受歷史效果影響的意識，其意義是這種對我們的行為不能被客觀化（對象化），因為效果正如歷史現象一樣乃屬於行動的真正意義。在伽達默爾的《短篇著作集》中我們讀到：

> 以此我首先是指，我們不能使自己脫離歷史進程。所以不能使我們與歷史進程有距離，以致過去就對我們成為一個對象……我們總是處在歷史之中……我是說，我們的意識是由真實的歷史過程所決定；這樣我們不能隨意使自己與過去並列。而且我意指，我們總是必須對那種支配我們的行動重新意識，這樣我們所經驗到的任何過去東西都迫使我們完全掌握它並以某種方式假定它的真理」。[5]

---

[5] 伽達默爾，《短篇著作集》，第 1 卷，第 158 頁。

讓我們進一步分析意識甚至在它醒悟之前就屬於和依賴於影響它的東西的大量綜合事實。這種進入醒悟之前的預先行動可以在哲學思想層次上用四個主題來表述，我認爲這四個主題都集中在歷史效果意識範疇中。

首先，這一概念必須與**歷史間距**（historical distance）概念緊密相連並處於一種緊張關係之中。伽達默爾在我們上述引語之前有詳細說明的歷史間距這一概念被構成研究的方法論條件。間距是一個事實；造成間距就是一種方法論態度。效果歷史正是在歷史間距條件下發生的東西。它是對久遠東西的接近。因此伽達默所鬥爭的幻覺，即間距結束了我們與過去的聯繫，並創造了一種可與自然科學的客觀性相比較的境遇，其根據是熟悉性的喪失，也就是與偶然性決裂。爲了反對這一幻覺，重要的是要恢復過去之「它者」的悖論。效果歷史就是有距離的效果。

歷史效果觀念裡所包含的第二個主題是：不存在任何使我們能在一瞥之下就把握效果整體的「概觀」（overview）。在有限知識和絕對知識之間必須進行選擇；效果歷史概念屬於有限的本體論。它起的作用正如海德格本體論裡「被拋的籌劃」和「境遇」所起的作用。歷史存在就是永不進入自我認識的東西，如果有一種相應的黑格爾派概念，那它將不是**知識**（Wissen），而是**實體**（Substanz），如果有必要，黑格爾總是用實體概念來談論達到辯證談話的不可測的深奧。爲了公正對待黑格爾，我們必須追溯《精神現象學》的路程，而不是向下直到絕對知識。

第三個主題多少修正了上述觀點：如果沒有概觀，那麼也就不存在絕對限制我們的境遇。只要有境遇，也就有可小可大的**視域**（horizon）。就像我們存在的視覺圈（風景就被組織在其近處）證實了寬和廣，同樣，歷史理解也是如此。一個時候人們認爲視域概念可以通過把它比做使自己處於他人觀點中的方法論規則來說明：視域就是他人的視域。因此人們認爲歷史必須與科學的客

觀性相結合；忘卻我們自己的觀點而採用他人的觀點，這不是客觀性嗎？然而沒有什麼東西比這種虛假的比擬更糟糕。因爲被當作絕對客體的文本被剝奪了它關於某事要告訴我們什麼的權利，這種權利只有通過對事物本身的先行理解的觀念才能保留。對歷史事業真正意義的破壞最危險的莫過於這種客觀間距，客觀間距既支持觀點的張力又支持傳統要對存在物傳承真實講話的要求。

由於恢復觀點的辯證法和自我與他人之間的張力，我們達到視域融合這一終極概念——我們的第四個主題。這是一個辯證的概念，它是由拒絕兩種觀點而產生的：一種是客觀主義，在忘卻自身之上假定他人的客觀性；一種是絕對知識，普遍歷史可以在一個單一的視域內被表述。我們既不存在於封閉的視域中，又不存在於一個唯一的視域中。沒有視域是封閉的，因爲總可能使自己置於他人觀點和他種文化之中。主張他人是不可接近的，這將使人想起克魯蘇（Robinson Crusoe）。但是也沒有視域是唯一的，因爲他人和自己之間的緊張關係是不可超越的。伽達默爾在某個階段上似乎接受了包容所有觀點的單一視域的觀念，有如萊布尼茲的單子論一樣（第 288 頁）。看來這是爲了與尼采的激進的多元論進行鬥爭，這種多元論會導致不可溝通性以及破壞對邏各斯哲學有本質意義的「關於事物的共同理解」的觀念。在這方面，伽達默爾的說明類似黑格爾的說明，他們都主張歷史的領悟需要「關於事物的共同理解」，因而需要一種唯一的溝通邏各斯；但是伽達默爾的立場只略爲觸及黑格爾的立場，因爲他的海德格派的有限狀態本體論阻止他把這唯一的視域轉變成知識。「視域」這一詞指出了對知識觀念的最終否定，而其實正是在知識中視域融合才被把握。這種對比——由於這種對比，一種觀點突出於另一種觀點之上（Aufhebung）——標誌了詮釋學和任何黑格爾主義間的鴻溝。

視域融合這一不可超越的概念賦予成見理論以其最突出的特徵：成見是現在的視域，是近物在其向遠物開放中的有限狀態。

這種自我與他人的關係給予成見概念以其最後的辯證作用：僅由
於我使自己處於他人觀點中，我才使自己與我現在的視域、我的
成見發生衝突，只有在他人與我、過去文本與讀者的觀點之間的
緊張關係之中，成見才具有歷史的作用和本質。

　　歷史效果這一本體論概念的認識論含義是易於分辨的。它們
涉及的是社會科學裡的研究地位問題：這是伽達默爾想指明的東
西。**研究**（Forschung）——科學探究——並不脫離那些活著的並
創造歷史的人的歷史意識。歷史知識不能脫離歷史條件。這可推
知，科學籌劃要擺脫成見是不可能的。歷史只是由於開始於質問
它的傳統而對過去提出富有意義的問題，追求富有意義的研究並
獲得富有意義的結果。對**意義**（Bedeutung）一詞的強調沒有留下
任何疑問；作為科學的歷史在研究的開端和結尾都從它所保留的
與已接受和承認的傳統的聯繫中獲得它的意義。傳統的行為與歷
史的研究被一條紐帶聯結在一起，批判意識除非使研究本身成為
無意義，否則決不能消除這種聯繫。歷史學家的**歷史**（Historie）
只能使**歷史**（Geschichte）中的生命之流處於更高的意識層次：「現
代歷史研究本身不僅是研究，而且是傳統的傳遞。」（第 268 頁）
人與過去的聯繫先於並包含對歷史事實的純客觀處理。問題仍然
可看出，哈伯瑪斯使之與傳統概念相對立的無限制和無強迫的溝
通理想是否脫離伽達默爾反對歷史完全知識以及歷史作為自在客
體的可能性的論證。

　　不管這種論證對意識型態批判有什麼結果，詮釋學歸根到底
是要求成為一種批判的批判或**後設批判**（meta-critique）。

　　為什麼是後設批判呢？這一術語的含義就是伽達默爾在《短
篇著作集》裡所說的，「詮釋學問題的普遍性」。我看到三種解釋
普遍性這一概念的方式。首先，它可以解釋為詮釋學具有與科學
相同範圍的要求。因為普遍性首先是科學的要求，它涉及我們的
知識和我們權力。詮釋學聲稱它包括了科學研究的所有領域，這

就使科學研究建立在那種先於並包括科學知識和權力的世界經驗之中。所以普遍性要求被提出的基礎與對科學知識及其權力的可能性條件進行批判的基礎是相同的。因此最初的普遍性來自詮釋學任務本身：「將客觀的技術世界（科學使之任我們支配和處置）與我們存在的基本秩序（這此秩序既不是任意的也不受我們所控制，而是只要求我們注意）重新加以聯繫。」[6]去掉科學使之任我們支配的處置權：這就是一項批判的條件。

但是人們可能說，這種普遍性仍是派生的。按照伽達默爾的看法，詮釋學具有一種可以只從普遍意義的某種特許經驗開始而能悖理達到的特殊普遍性。由於害怕變成一種方法論，詮釋學只能夠從非常具體的領域，即從總是要被「非局部化的」局部詮釋學中提出它的普遍性要求。在非局部化的過程中，詮釋學可能碰到來自它所開始的經驗的真正本性的抵抗。因爲這是卓越的異化——疏異化——的經驗，不論它是處於審美的、歷史的、還是語言的意識之中。反對方法論的間距化的鬥爭使詮釋學轉變爲批判的批判；它必須再次把薛西弗斯的巨石推起，恢復已被方法論侵蝕的本體論基礎。但是同時，批判的批判又假定一種會在「批判」的眼光看來似乎是可疑的論題：即**一致同意**（consensus）已經存在，它奠定了審美的、歷史的和語言的關係的可能性。對於曾經把詮釋學定爲**克服誤解**（Missverstaendnis）的技術的施萊爾馬赫，伽達默爾作如下駁斥：「事實上，難道不是每一種誤解都預先假定一種『根本的相互一致』嗎？」[7]。

這種**根本的相互一致**（tragendes Einverstaendnis）觀念是絕對基礎性的；認爲誤解是由先天理解所支持的這一斷言乃是卓越的後設批判主題。另外，它還導致伽達默爾著作中可以被找到的

---

[6] 同上書，第 101 頁。
[7] 同上書，第 104 頁。

第三個普遍性概念。允許詮釋學非局部化的普遍元素是語言本身。支持我們取得一致意見的是在對話中所達的理解——不是鬆弛的面對面的境遇，而是最極端形式的問題關係。這裡我們越過基本的詮釋學現象：「沒有任何斷言可能不被理解為對問題的回答，斷言只可能以這種方式被理解」[8]。所以每一種詮釋學都結於**語言性**（Sprachlichkeit）或「語言向度」，雖然「語言」一詞不能解釋為**語言體系**（langues），而是解釋為所說事物的集合，最有意義的告知的總合，這種告知不只是由日常語言而是由所有造成我們所是的卓越**語言**（langages）所傳達的。

我們將考察哈伯瑪斯的批判，探問「我們所屬的對話」是否確實是允許詮釋學成為非局部化的普遍元素，或者相反，它構成一種相當特殊的經驗，既包括對於人類溝通行為真實條件的盲目性，也保持無限制和無強迫的溝通行為的希望。

2.意識型態的批判：哈伯瑪斯

現在我們將要考察論戰的第二位主角。為了清楚起見，我將把這場論戰比作一場單一的決鬥。我將在四個相繼的標題下討論作為與傳統詮釋學不同的另一種選擇的意識型態批判。

(1)當伽達默爾從哲學浪漫主義借用**成見**（prejudice）概念，並用海德格前理解概念來重新解釋它時，哈伯瑪斯卻提出**旨趣**（interest）概念，這概念來自於盧卡奇和法蘭克福學派（霍克海默、阿多諾、馬庫塞和阿佩爾等）重新解釋的馬克思主義傳統。

(2)當伽達默爾呼籲與當代重新解釋的文化傳統相聯繫的人文科學時，哈伯瑪斯卻訴諸於批判社會科學，矛頭指向制度的**非人化**（reifications）。

---

[8] 同上書，第 107 頁。

　　(3)當伽達默爾引入誤解作為理解的內在障礙時，哈瑪伯斯卻提出意識型態理論，並把它解釋為通過隱藏的力量作用而對溝通行為的系統歪曲。

　　(4)最後，當伽達默爾把詮釋學任務建基於「我們所屬的對話」的本體論上時，哈伯瑪斯卻召喚無限制和無強迫的溝通的調整理想，這種溝通並不是先行於我們，而是從未來點指導我們。

　　為了清晰起見，我以這種概括的選擇形式來表現兩種觀點。如果這兩種明顯對立的立場沒有交叉地帶——我認為這種交叉地帶應成為新階段詮釋學（這種詮釋學我將在第二部分概述）的出發點——那麼爭論就沒有任何意義。

　　不過首先讓我們討論他們的分歧。

　　(1)旨趣概念使我們要稍為談及哈伯瑪斯與馬克思主義的關係，這關係大致相當於伽達默爾與哲學浪漫主義的關係。哈伯瑪斯的馬克思主義是一種完全獨特的類型，它與阿爾都塞的馬克思主義很少有共同之處，它導致了一種非常不同的意識型態理論。在 1968 年出版的《知識與人類旨趣》一書中，馬克思主義被放入知識考古學之內，這種考古學不像傅柯的考古學，它並不旨在孤立那種既不能被主體構造又不能被主體操縱的不連續結構；相反，它的目的是追溯由於客觀主義和實證主義興起而淹沒了的單一問題的連續歷史，反思的歷史。這本書力圖重構「現代實證主義的前史」以及批判功能消解的歷史，其目的可稱之為辯護性的，即「恢復被忘卻的反思經驗」[9]。處在反思成就和失敗的歷史中的馬克思主義，只能表現為一種很不明確的現象。一方面，它是批判反思歷史的部分；它處於由康德開始，後經費希特和黑格爾的這條線的一端。我沒有時間去描述哈伯瑪斯如何在康德的主體、黑格爾的意識和費希特的自我，以及在生產活動中隨著人與自然

---

[9] 哈伯瑪斯，《知識和人類旨趣》，第 309 頁。

的綜合而告終的相繼階段中看待這一系列激進的反思任務。這種
從批判問題表述馬克思主義系統的方法本身是很有啓示的。把馬
克思主義設想爲是對客觀性和客體的可能性條件問題的新穎解
答，說「在唯物主義裡勞動具有綜合作用」，就是把馬克思主義從
屬於真正的「批判的」讀物（在「批判」此詞的康德派和後康德
派的意義上）。因此哈伯瑪斯說政治經濟批判在馬克思著作中具有
如邏輯在唯心主義中的同樣的作用。

　　因此處於批判反思歷史內的馬克思主義必然要以雙重面貌出
現，既作爲後設批判的最先進的立場，因爲人這個生產者取代了
先驗主體和黑格爾的精神的位置；又作爲忘卻反思和實證主義與
客觀主義前進的歷史中的一個階段。對人這種生產者的捍衛導致
以所有其他事物爲代價的一種行動範疇的實體化，即工具主義行
動。

　　爲了理解這種自認爲是對馬克思主義內在的批判，我們必須
引進旨趣這一概念，這裡我在轉向《知識與人類旨趣》一書前將
首先討論 1965 年的論文，這篇論文作爲附錄收入該書之中。

　　旨趣概念與理論主體想使自己處於慾望領域之外的一切意圖
相對立，這種意圖是哈伯瑪斯在柏拉圖、康德、黑格爾和胡塞爾
著作中所看到的；批判哲學的任務正是揭露旨趣是知識事業的基
礎。很顯然，不管旨趣概念可能與伽達默爾的成見和傳統概念如
何不同，但它們都具有一種家庭相似，這點我們將在以後解釋。
目前它將使我們引進意識型態概念，這一概念在一種類似於弗洛
伊德概念的意義上，被理解爲有助於在合理化指導下掩蓋旨趣的
一種所謂無旨趣（無動於衷）的知識。

　　爲了評價哈伯瑪斯對馬克思的批判，重要的是認識到有幾種
旨趣，或更恰當地說，存在一種旨趣的複數域。哈伯瑪斯區分了
三種基本旨趣，其中每一種支配一個研究領域，因而支配一組科
學。

首先，存在有技術的或工具主義的旨趣，它支配「經驗分析科學」，它支配這種科學是這種意義，即可能的經驗陳述的意義在於它們的技術的**可使用性**（exploitability）；經驗科學的有意義事實是在工具主義行動的行為系統中由我們經驗的一種先天組織所構成。與杜威和皮爾士的實用主義相聯繫的這一論題對於理解哈伯瑪斯（跟隨馬庫塞）認作為現代意識型態、即科學和技術本身的東西的功能來說是決定性的。意識型態的臨近可能性來自於經驗知識和技術旨趣之間的這種關聯，哈伯瑪斯把這種旨趣更精確地定義為「在技術控制客觀化過程中的認識旨趣」[10]。

但是，存在有第二種旨趣領域，這種旨趣不再是技術的，而是康德意義上的實踐的。在其他著作中，哈伯瑪斯把溝通行為與工具主義行為加以對立；這是同一的區分：實踐領域是主體間進行溝通的領域。他把這一領域與「歷史詮釋學科學」的領域相聯繫。在這一領域中所產生的命題的意義並不是來自於可能預見和技術可使用性，而是來自於理解意義。這種理解的產生是由於對日常語言中所交流的訊息的解釋，通過對傳統所傳遞的文本的解釋，憑借使社會作用制度化的規範**內在化**（internalization）。顯然，這裡我們更接近伽達默爾而不是馬克思。接近伽達默爾，是因為在溝通行為層次上，解釋者的理解從屬於前理解條件，而前理解條件反過來又是在被具體化於捕捉任何新現象的傳統意義基礎上被構成的。甚至哈伯瑪斯所強調的詮釋學科學的實踐方面對於伽達默爾也不是完全陌生的，因為伽達默爾曾把對有距離的和過去的東西的解釋與此時此地的**應用**（Anwendung）聯繫起來。接近伽達默爾，我們也就遠離馬克思。因為這兩種層次旨趣即技術旨趣和實踐旨趣的區別，兩種層次行為即工具主義行為和溝通行為的區別，以及兩種層次的科學即經驗分析科學和歷史詮釋學科學

---

[10] 同上書，第 309 頁。

的區別，爲內在地批判馬克思主義提供了出發點（這裡我轉到《知識和人類旨趣》主要正文）。

批判要求是內在的，是因爲哈伯瑪斯在馬克思本人的工作中認出了他自己關於兩種類型的旨趣、行爲和科學的區分的概貌。他是在「生產力」和「生產關係」這一著名區分中看到這一點的，生產關係意指生產活動在其中進行的制度形式。馬克思主義事實上依賴於力和形式之間的分離。生產活動應當造成一種唯一的自我生產的人性，一種唯一的人的「類本質」；但是，生產關係卻把生產主體分解爲對抗的階段。在這裡哈伯瑪斯看到他自己區分的開端，大意是說，統治和暴力現象，以及對這些現象和政治解放事業的意識型態的掩飾，是在生產關係領域而不是在生產力領域內產生的。因此，爲了說明馬克思分析的現象：對抗、統治、掩飾、解放，我們必須意識到工具主義行爲和溝通行爲之間的區別，但是，這種意識正是馬克思主義在對其思想的理解中所缺乏的。在把力和關係歸屬到同一個生產概念時，它阻止了旨趣，因而也是行爲層次和科學領域的真正分離。在這方面，馬克思主義顯然屬於實證主義歷史，屬於反思遺忘的歷史，即使它在某種程度上是影響溝通的非人化意識的歷史的一部分。

(2)我們仍沒有講到哈伯瑪斯稱之爲**解放旨趣**（the interest in emancipation）的第三種類型的旨趣。他把這種旨趣與第三種類型科學，即批判的社會科學相聯繫。

這裡我們觸及到與伽達默爾分歧的最重要源泉；當伽達默爾把「人文科學」看作原初的參照系時，哈伯瑪斯卻求助於「批判的社會科學」。這種最初的選擇對於結論是重要的。因爲「人文科學」接近於伽達默爾稱之爲**人性**（humaniora）的東西；它們本質上是文化科學，與文化遺產在歷史現在的復興相關。所以它們按本性是傳統的科學——用其此時此地的含義重新解釋和重新發現的、但仍然是連續的傳統的科學，從一開始，伽達默爾詮釋學的

命運就和這些科學相聯繫。它們能具體化批判要素，但它們本性上自然傾向於反對審美的、歷史的和語言的意識的疏異的間距化。結果，它們禁止了對權威的承認和重新解釋的傳統本身提出批判要求。批判要求僅僅只能作為一種從屬於有限狀態和依賴於前理解形象（這常先於和包含它）的意識的要素被發展。

境遇在批判社會科裡是完全不同的。它們本質上就是批判的；這正是使它們區別於上述經驗分析科學的東西。批判社會科學的任務是，在經驗社會科學所觀察的規則基礎上去辨認那些只能通過批判才改變的「意識型態上凍結的」依存關係。所以批判觀點是由解放旨趣所支配，哈伯瑪斯把這種解放旨趣也稱之為自我反思。這種旨趣為批判的命題提供參照系：哈伯瑪斯在 1965 年的草稿中說，自我反思使主體擺脫了對神性力量的依賴。我們可以看出，這是激勵過去哲學的真正旨趣；它是哲學和批判社會科學共同之點。它是獨立的、自主的和自治的旨趣。但是本體論掩蓋了這種旨趣，在已經造成的支持我們的存在現實中摧毀了它。這種旨趣只在批判事例中才起作用，這種批判事例揭露了知識活動中起作用的旨趣，這種旨趣指出理論主體對來自制度強制的經驗條件的依賴性，並且把對這些強制形式的承認轉向解放。

所以批判事例處於詮釋學意識之上，因為它表現為「消除」那種不是來自自然而是來自制度的強制的事業。因此在詮釋學方案和批判方案之間出現了鴻溝，前者使假定的傳統高於判斷，而後者使反思高於制度化的強制。

(3)我們一步步被導致第三個分歧點，這是我們爭論的焦點。我將對此點作如下論述：意識型態概念在批判社會科學中所起的作用與誤解在傳統詮釋學裡所起的作用是相同的。正是施萊爾馬赫在伽達默爾之前就使詮釋學與誤解概念相聯繫。凡有誤解的地方就有詮釋學。但是有詮釋學是因為具有這樣的相信和確信，即先於並包含誤解的理解具有通過對話模式的問和答的運動可以把

誤解重新整合於理解的方法。假如我們可以這樣說，誤解與理解是同性質的並屬於同一種類；因此理解並不求助於解釋程序，因為解釋程序乃屬於「方法主義」的過分要求。

與意識型態的關係還有另一方面。什麼造成區別？在這裡哈伯瑪斯經常求助於精神分析學和意識型態理論之間的比較。比較依賴於如下標準。

第一，在法蘭克福學派中以及在一般意義上仍能被稱之為馬克思主義的傳統中，曲解總是與權威的壓制行為，因而與暴力相聯繫。這裡關鍵概念是**審察**（censorship 壓抑），一種原始的政治概念，經過精神分析後轉到了批判社會科學。意識型態和暴力的聯繫是根本性的，因為它把一種向度，即勞動和權力的向度引入反思領域，而這種向度雖然並未脫離詮釋學但卻沒有被它所強調。按照廣義的馬克思主義，我們可以說，階級統治的現象是與人類勞動同時生產的，意識型態以一種我們將簡略解釋的方式表現這些現象。用哈伯瑪斯的術語，統治現象出現於溝通行動領域，正是在這裡語言關於它在溝通能力水平上的應用條件被歪曲。因此，堅持**語言性**（Sprachlichkeit）理想的詮釋學只是因為三個向度——勞動、權力和語言——之間的關係被改變才在影響語言的現象中找到它的界限。

第二，因為對語言的曲解不是來自語言的用法本身，而是來自於語言與勞動和權力的關係，因此這些曲解是不可被共同體成員認可的。這種錯誤的認可是意識型態現象所特有的。它只可以通過求助於精神分析類型概念從現象學上加以分析：這些概念包括：與錯誤相區別的**錯覺**（illusion），作為錯誤超驗構成的**預測**（projection），作為按照合理證明現象隨後對動機再組的**合理化**（rationalization）。為了在批判社會科學領域內說相同的事物，哈伯瑪斯講到「偽溝通」或「系統歪曲的溝通」，以此等單純誤解相對立。

　　第三，如果錯誤認可難以通過直接對話路徑而克服，那麼意識型態的解除就一定要經過不僅涉及理解而且也涉及解釋的迂迴程序。這些程序乞靈於某種理論工具，這種工具不能從停留在日常講話本能解釋層次上的任何詮釋學中推出。這裡精神分析又提供一個好的模式：這種模式在《知識與人類旨趣》第三部分以及題爲「詮釋學的普遍性要求」的論文中都有詳細的說明。[11]

　　哈伯瑪斯採用了洛倫澤（Lorenzer）關於精神分析是語言分析的解釋，按照這種語言分析，意義的「理解」是由於處理與兩個其他「背景」——「症狀背景」和人爲的「轉換背景」——關係中的「原初背景」的「重構」而完成的。的確，精神分析一直處於理解領域內，並且處於在主體意識裡結束的理解領域內；因此哈伯瑪斯稱它爲**深蘊詮釋學**（Tiefenhermeneutik）。但是意義的理解需要對**非象徵化**（desymbolisation）過程的「重構」的迂回之路，對於這種非象徵化，精神分析是在一種相反的方向上沿著**再象徵化**（resymbolisation）路線加以追溯。所以精神分析並不完全外在於詮釋學，因爲它仍然可以用非象徵化和再象徵化來表現；其實，由於與「原初背景」的「重構」相聯繫的解釋力，它構成一種**限制的經驗**（limit-experience）。換句話說，爲了「理解」徵候是什麼，必須「解釋」它的爲什麼。這種解釋階段產生了理論工具，這種工具建立了解釋和重構的可能性條件：地域的概念（三種力量和三種作用），經濟學概念（防禦機制，首要的和次要的壓抑，分裂），類屬的概念（象徵組織的著名階段和相繼階段）。關於那特殊的三種力量**自我－本我－超我**（ego-id-superego），哈伯瑪斯說，它們通過分析的對話過程而被結合到溝通領域，通過分析的對話病人被導向對他自己進行反思。哈伯瑪斯結論說，後

---

[11]　參閱《詮釋學與意識型態批判》，第 120 頁以下。

設心理「只可能作爲後設詮釋學而被建立」。[12]

不幸的是，哈伯瑪斯對於精神分析的解釋和後設詮釋學的格式如何能轉變到意識型態層面的途徑閉口不談。我認爲必須指出，與統治和暴力的社會現象相聯繫的對溝通的歪曲也構成非象徵化現象。哈伯瑪斯有時非常恰當地講到**擺脫溝通**（excommunication），召喚維根斯坦關於公共語言和私有語言的區分。我們還必須指明，在什麼意義上對這些現象的理解需要那種將恢復「背景」的理解或這三種背景本身的某些特徵的重構。無論如何，我們必須指明理需要解釋的階段，以便一當無意義的起源有了解釋，意義也就被理解。最後，我們還必須指明這種解釋如何求助於可與弗洛伊德的地形學或經濟學相比較的理論工具，這種工具的核心概念既不能從日常語言框架內的對話經驗中推出，又不能從應用於直接理解談話的文本注釋學中推出。

這些就是意識型態概念的主要特徵：談話中的暴力影響，其關鍵內容未得以意識的掩飾以及通過原因的解釋而迂迴的必要性。在詮釋學看來，這三種特徵使意識型態現象成爲一種限制的經驗。因爲詮釋學只能發展一種自然能力，我們需要一種表述溝通能力的變形理論的後設詮釋學。批判就是這種能力的理論，它包括理解藝術、克服誤解的技術和曲解的解釋科學。

(4)在沒有說明使哈伯瑪斯區別於伽達默爾的也許是最深刻分歧的時候，我不想就此結束對哈伯瑪斯思想的概述。

對於哈伯瑪斯來說，伽達默爾說明的主要缺陷是本體論化的詮釋學；他以此意指伽達默爾詮釋學堅持理解或**一致**（accord）；好像先於我們一致意見是某種本質的東西，某種在存在裡被給予的東西。伽達默爾不是說理解是**存在**（Sein）而不是**意識**（Bewusstsein）嗎？他不是像詩人一樣講到「我們所是的對話」

---

[12] 同上書，第 149 頁。

（das Gespraech, das wir sind）？他不是把語言性認爲是一種本體論構造，一種我們活動於其中的環境（milieu）嗎？更根本的，他不是把理解的詮釋學繫在有限狀態的本體論裡嗎？哈伯瑪斯只能懷疑他認爲是罕見經驗的本體論聖經化的東西，即通過支持它們的理解而先在於我們最恰當對話的存在經驗。這種經驗不能被調整因而不能成爲溝通行爲的範例。阻止我們這樣做的東西正是意識型態現象。如果意識型態只是理解的內在障礙，只是一種問和答可以解決的誤解，那麼我們就可以說，「凡存在有誤解的地方，就存在有先天的理解」。

凡在傳統詮釋學按照設定的傳統進行思考的地方，意識型態批判必須按照預期來進行思考。換句話說，意識型態批判必須在我們面前把傳統詮釋學認爲是在理解起源上就存在的東西設定爲調整觀念。正是在這一點上，指導認識的第三種旨趣即解放旨趣才開始起作用。正如我們所看到的，這種旨趣激勵了批判社會科學，爲所有在精神分析和意識型態批判中所構成的意義提供一種參照系。自我反思乃是解放旨趣的相關概念。因此自我反思不能建立在先天一致基礎之上，因爲先天的東西正是一種中斷的溝通。我們不能像伽達默爾那樣講那種實現理解的共同一致，即無須假定實際並不存在的傳統的會聚，無須神聖化那種乃是錯誤意識源泉的過去，無須本體化那種總只是一種曲解的「溝通能力」的語言而實現理解的共同一致。

因此意識型態批判必須放置在調整觀念的標誌之下，也即在無限制和無強迫的溝通的標誌下。這裡康德的強調是明顯的；調整觀念不只是「是什麼」，它更是「應當是什麼」，不只是重新收集，它更是預期。正是這一觀念給予每一種精神分析學或社會學的批判以意義。因爲只有在再象徵化方案中才有非象徵化，只有在結束暴力的革命背景中才有這種方案。當傳統詮釋學力求抽象權威的本質並把它對卓越性的認可相聯繫時，解放的旨趣則回到

＜關於費爾巴哈的提網＞的第 11 段：「哲學家們只是用不同的方式解釋世界，而問題在於改變世界。」所以一種非暴力的末世學形成了意識型態批判的最終哲學視域。這種與布洛赫（Ernst Bloch）主張很接近的末世學取得了傳統詮釋學裡語言理解的本體論位置。

二、走向批判詮釋學

1.對詮釋學的批判反思

現在我將提出我自己對於每一種立場的前提的思考，並著手解決導言中提出的問題。我們說過，這些問題涉及哲學最基本特徵的意義。詮釋學的特徵是一種謙卑的特徵，它承認一切人類理解由於有限性而從屬於的歷史條件；而意識型態批判的特徵則是一種傲慢的特徵，它針對人類溝通的歪曲進行挑戰。對於前者，我使自己處於我知道我所隸屬的歷史過程中；對於後者，我把被歪曲的人類溝通的現時狀態與一種受無限制和無強迫的溝通這一限定概念指導的本質上是政治言論的觀念加以對立。

我的目的不是以一種包容兩者的超體系將傳統詮釋學和意識型態批判加以混合。正如我一開始所說的，它們每一方都從不同的立場講話。然而每一方都可以被要求承認對方，不是把對方作為陌生的和純粹敵對的立場，而是作為以它自己方式提出合法性要求的立場。

正是在這種精神指導下，我轉到導言中提出的兩個問題：(1)詮釋學哲學是否能說明意識型態批判的要求？如果能，代價是什麼？(2)在什麼條件下，意識型態批判是可能的？它最終能離開詮釋學的前提嗎？

第一個問題是對詮釋學一般說明批判事例的能力進行挑戰。

詮釋學由何能有批判呢？

我將首先指出，對批判事例的認可在詮釋學內乃是一種不斷被重申但又經常被忽略的模糊願望。從海德格開始，詮釋學整個來說是致力於返回基礎，這是一種從關於人文科學可能性條件的認識論問題走向理解的本體論結構的運動。但我們可以問，從本體論到認識論的返回路線是否可能呢？因爲只有沿著這一路線我們才能證實註釋學－歷史學的批判問題是「派生的」，以及註釋學意義上的詮釋學循環是「建立」在理解的基本預期結構之上的這樣的斷言。

本體詮釋學出於結構上的理由似乎不能展現這種返回問題。在海德格自己的著作中，問題一當被提出就被拋棄。所以在《存在與時間》裡我們這樣讀到：

> 在理解的循環中……隱藏著最源始的認識的一種積極可能性。當然只有在我們的解釋（Auslegung）中我們理解到我們首先的最終的和經常的任務始終是不讓我們的前有、前見和前把握以偶發奇想和流俗之見的方式對我們表現，而是根據事物本身作出這些預期從而確保這些科學論題，我們才眞正把握這種可能性。（《存在與時間》，第 153 頁）

這裡我們基本上發現了根據事物本身的預期和源自偶發奇想（Einfaelle）和流俗之見（Volksgriffe）的預期之間的區別；這兩個詞與倉促的成見和轉換的成見有著視覺上的聯繫。但是當我們隨後直接地宣稱，「歷史知識的本體論前提在原則上超越最精密科學的嚴格性觀念」（同上書，第 153 頁），從而迴避了歷史科學本身特有的嚴格性問題時，這種區別如何能被追溯呢？比任何認識更深刻地固定循環的關懷（concern）阻止認識論問題被提到本體

論根據上。

　　這是否說在海德格自己著作中不存在任何與認識論批判環節相應的發展？確實在著這種發展，但是，這種發展被應用於其他地方。在從仍然包含理解和解釋理論的對此在的分析過渡到包含理解第二種思考（第 63 節）的時間性和整體性理論的過程中，所有批判的努力似乎都是為了**消解形而上學**（deconstructing metaphysics）。其理由是清楚的，既然詮釋學已變成存在的詮釋學——存在意義的詮釋學，適合於存在意義問題的預期結構也就被形而上學的歷史所給出，形而上學取代了成見的位置。所以存在的詮釋學在與古典的和中世紀的實體，與笛卡兒派和康德派的我思（cogito）的爭論中使用了它所有的批判手段。與西方形而上學傳統的對抗取代了對成見批判的位置。換句話說，從海德格觀點看，能夠被認作揭蔽事業組成部分的唯一內在的批判是形而上學的消解：一種真正的認識論批判只能間接地被恢復，因為形而上學的殘餘在自稱是經驗的科學裡仍能起作用。但是，對這種起源於形而上學的成見的批判是不能取代與人文科學、與它們的方法論和認識論的前提的真正對抗。因此對徹底性的過分關注切斷了從一般詮釋學向局部詮釋學的回歸之路：即向語文學、歷史學、深層心理學等的回歸之路。

　　關於伽達默爾、毫無疑問他曾經從指向派生物的基本原則中完全掌握了這種「下降辯證法」的緊迫性。所以正如我們上面注意的，他旨在「探究那些根據海德格從此在的時間性推導（Ableitung）理解循環結構這一事實而為人文科學的詮釋學所提出的結論。」（《真理與方法》第 251 頁）正是這些結論使我們感興趣。因為正是在推導的運動中前理解和成見之間的聯繫才成為問題，以及批判問題在理解核心裡重新被提出，所以伽達默爾在談到我們文化的文本時，反覆地堅持這些文本是自我指稱的，存在著對我們講話的「文本的內容」。但是，如果不面對關於前理解

和成見得以混淆的方式的批判問題,「文本的內容」如何能被講出呢?

在我看來,伽達默爾的詮釋學似乎阻礙了走這條路線,這不僅是因為所有思考的努力都是為了基礎問題的徹底化,有如海德格一樣,而且也因為詮釋學經驗本身阻止對任何批判事例的承認。

這種詮釋學的主要經驗,由於決定了它提出普遍性要求的立場,所以包含了對要求人文科學客觀化態度的「疏異的間距化」——異化——的拒絕。這樣,整個工作設定了一種兩分的特徵,這種特徵即使在《真理與方法》書名中也表現出來,這書名是分離超過了結合。在我看來,正是這種最本源的兩分情況阻礙了伽達默爾真正承認批判事例,因而不能公正地對待意識型態批判,意識型態批判乃是現代後馬克思主義的批判事例的表現。

我自己的質問正是從這種觀察進行的。轉變詮釋學的最初立場重新以這種方式表述問題,以致隸屬經驗和疏異的間距化之間的辯證法變成了詮釋學的主要動力,內在生活的關鍵,這難道不是恰當的嗎?

這種改變詮釋學問題最初立場的觀念是由詮釋學本身的歷史所提出的。在這整個歷史中,強調的重點總是返回到詮釋學或語文學,這就是說,總是返回到與基於文本或與文本有相同地位的文獻或紀念物中介的傳統的關係。施萊爾馬赫是《新約全書》的注釋家和柏拉圖的翻譯家。狄爾泰則在文字固定的現象或更一般地說在銘文現象中找到了與直接理解他人(Verstehen)顯然不同的解釋(Auslegung)的特殊性。

在回到文本的問題,回到註釋學和語文學的過程中,初看之下,我們似乎限制了詮釋學的目的和範圍。但是,既然任何普遍性要求都是事出有因,我們就可期望詮釋學和注釋學之間的聯繫的恢復將顯露出它自己普遍的特徵,這些特徵並不與伽達默爾詮釋學有真正矛盾,它們將以一種對於與意識型態批判的爭論具有

決定性的方式糾正伽達默爾的詮釋學。

我將概述如下四個論點，這四個論點對傳統詮釋學將構成一種批判性的補充。

（A）這種詮釋學在其中通常看到一種本體論的優點失落的間距化表現為文本存在的一種積極成分；它典型地屬於解釋，不是作為解釋的對立面，而是作為它的條件。在書寫固定化以及在談話交流領域的所有類似的現象中都包含有間距化因素。書寫文字不只是談話的物質固定化的材料，因為固定化是更為基本的現象的條件，文本自主性的條件。存在有三種自主性：關於作者的意圖；關於文化境遇和文本生產的一切社會學條件；最後關於原始的聽眾。文本所意味的東西不再與作者所意指的東西一致；語詞的意義和精神的意義具有不同的命運。這第一種形式的自主性已經暗含了「文本的內容」有脫離作者的受限制的意向視域的可能性，以及文本的世界可能衝破它的作者的世界。適合於心理學條件的東西也適合於社會學條件，即使準備清算作者的人很少準備在社會學領域進行同樣的活動。不過，文學作品的特殊性——作品本身的特殊性——要超越它自己的心理學－社會學的生產條件，因而對無限制的系列讀物開放，儘管這些讀物本身是處於總是不同的社會的文化背景之中。簡言之，從社會學的和心理學的觀點看，作品**消除語境**（decontextualize）本身，並且在閱讀行動中能不同地**重構語境**（recontextualize）本身。由此推出，文本的中介不能被處理為對話境遇的擴大。因為在對話中，談話的雙方是由**放置自身**（setting itself）所預先給予的；由於文字，原來的聽眾被超越了。作品本身創造聽眾，這聽眾從可能性上說包括所有能閱讀的人。

文本的解放為在解釋核心上承認批判事例構成最基本的條件；因為間距化現在屬於中介本身。

在某種意義上說，這些評論只是擴大了伽達默爾自己所說的

東西，一方面是關於「時間距離」，正如我們上面所說，時間距離是「受歷大效果影響的意識」的一個方面；另一方面是關於文字性，按照迦達默爾自己的看法，文字性賦與語言性以新的特徵。但在同時，這種分析也擴大了伽達默爾的分析，它多少改變了強調的重點。因為文字（書寫）所表現的間距化已經表現在話語自身中，話語包含了**所說的東西**（the said）與**說**（saying）的距離的萌芽，根據黑格爾在《精神現象學》一開始的著名分析：說消失了，但所說的東西仍然存在。在這方面，書寫並不代表話語構成中的徹底革命，只是完成了後者深刻的目的。

（B）如果詮釋學想利用它自己的前提說明批判事例，那麼它必須滿足第二個條件：它必須克服來自於狄爾泰的關於**解說**（explanation）和「理解」之間的災難性的二分性。眾所周知，這種二分性是由於如下確信造成，即任何解說態度都是借用自然科學方法論並非法地擴大到人文科學。但是，文本領域的符號學模式現象使我們相信所有解說都不是自然主義的或因果性的。特別是應用於敘述理論的符號學模式借用了語言領域本身，通過從小於語句的單元到大於語句的單元（詩、記敘文等）。這裡話語必須置於不再是書寫的範疇之下，而是作品的範疇之下，也即必須置於從屬於實踐、勞動的範疇之下。話語的特徵是它能作為一種展現結構和形式的作品而產生出來。作為作品的話語的生產比書寫更多地包含一種客觀化，使得話語在總是新的存在條件下被閱讀。但是與會話（這自發地進入問與答的運動）的單純話語相反，作為作品的話語在結構上「堅持」要求一種中介「理解」的描述和解說。我們在這裡處於一種類似哈伯瑪斯所描述的情況：**解結構**（reconstruction）是理解之路。但是，這種情況不是精神分析學以及所有哈伯瑪斯用「深層詮釋學」所指的東西所特有的；它乃是一般作品的條件。所以，如果存在詮釋學——並且這裡我反對那些仍保持在解說層次上的結構主義形式——它一定是通過中

介過程而構成，而不是反對結構解說的傾向。因爲理解的任務就是談論什麼作爲結構而是源始給出的。我們必須沿著客觀化路線盡可能遠地走去，直到在我們能聲稱用由此講話的「內容」「理解」文本之前，達到結構分析揭示文本的深層語義學之地步。文本的內容不是單純閱讀文本就啓示的東西，而是文本的形式排列所中介的東西。如果情況是這樣，那麼真理與方法就確實不構成分離，而是構成一種辯證的過程。

（Ｃ）文本詮釋學以第三種方式轉向意識型態批判。在我看來，真正詮釋學要素的產生是當我們越過文本的界限而對伽達默爾本人稱之爲「文本的內容」，即文本所開啓的那種世界進行詢問。這可以稱之爲所**指域**（referential）要素，借用弗雷格關於意義和所指的區分。作品的意義是它的內在的組織，而所指則是在文本面前所展示的存在方式。

我們可以順便注意一下，這裡存在有與浪漫主義詮釋學最決定性的決裂：所追求的東西不再是隱藏在文本之後的意圖，而是在文本面前所展示的世界。文本要開啓實在向度的力量原則上包含了反對任何給定的實在以及批判實在的可能性。在詩人的話語中這種破壞的力量非常活躍。這種話語的策略包含堅持兩個要素的平衡：中止日常語言的所指和開放第二層所指，這其實就是我們所說的由作品開啓的世界的另一名稱。在詩的情況中，虛構是重新描述之路；或者像亞里斯多德在「詩學」中所說的，神話的創造，「寓言」的創造，是 mimesis 之路，即創造性模仿之路。

這裡我們又在發展伽達默爾本人，尤其是在他關於遊戲那些動人的段落裡所概述的一個主題。但是，隨著這種在虛構和重新描述之間進行中介的關係來到結束，我們引進了一個傳統詮釋學勢必要拋棄的批判主題。然而這一批判主題卻出現在海德格關於理解的分析之中。回想一下海德格是如何使理解與「我們最本真的可能性的籌劃」概念相結合的；這意味著文本所開啓的世界的

存在方式乃是可能的方式，或更恰當地說，是能在的方式：這裡
存在有想像的破壞力。詩的所指的悖論正是在於這一事實，即只
有在話語被提升爲虛構時，實在才被重新描述。

所以，能在的詮釋學自身轉到了意識型態批判，它構成意識
型態批判最基本的可能性。同時，間距化也在所指的核心裡出現：
詩的話語使自己與日常實在形成距離，目向作爲能在的存在。

（D）最後一種方式，文本的詮釋學爲意識型態批判指明了
位置。這最後一點涉及解釋裡的主觀性狀態。因爲，如果詮釋學
的主要關注不是揭示隱藏在文本之後的意圖，而是展示文本面前
的世界，那麼真正的自我理解正如海德格和伽達默爾所想說的，
乃是某種可以由「文本的內容」所指導的東西。與文本世界的關
係取代了與作者的主觀性的關係，同時讀者的主觀性問題也被取
代了。理解不是把自己投射入文本中，而是把自己揭露給文本；
它是在接受一種由於佔有解釋所展示的設定世界而擴大的自我。
總而言之，正是文本的內容給予讀者以他的主觀性向度；所以理
解不再是主體具有其關鍵的構成。把這種觀點推到底，我們必須
說，讀者的主觀性與文本所展示的世界一樣是可疑的和潛在的。
換句話說，如果虛構是文本所指的基本向度，它同樣是讀者主觀
性的基本向度：在閱讀中，我「沒有認識我自己」。閱讀把我引入
想像的自我變形。遊戲中的世界變形也是自我的玩耍的變形。

在「自我的想像變化」這一觀念中，我看到批判主體幻覺的
最根本可能性。這種聯繫在傳統詮釋學裡可能一直被隱藏著或未
發展，因爲傳統詮釋學過早地引入**佔有**（Aneignung）概念以反對
疏異的間距化。但是，如果與自己的間距化不是要被反對的缺點，
而是在文本面前理解自己的可能性條件，那麼佔有就是間距化的
辯證對立面。所以意識型態批判可以由本質上包含批判主體幻覺
的自我理解概念來設定。與自己間距化要求對文本所提供的設定
世界的佔有經過對自我的非佔有（放棄）。所以錯誤意識批判可以

成爲詮釋學的一個組成部分，它把哈伯瑪斯歸於詮釋學的後設詮釋學向度賦與意識型態批判。

2.對批判的詮釋學反思

我現在將對意識型態批判作一類似的反思，目的是評價意識型態批判的普遍性要求。我並不期望這種反思使意識型態批判回到詮釋學信仰，而是想證明伽達默爾這一觀點，即兩種「普遍性」，即詮釋學的普遍性和意識型態批判的普遍性的相互滲透。我們的問題也可以用哈伯瑪斯的話來表現：即在什麼條件下批判能表述爲後設詮釋學？我想根據我所概述的哈伯瑪斯思想的次序來說明這些論點。

(1)我將從作爲先驗現象學和實證主義的意識型態批判基礎的旨趣理論開始。人們可能會問，下述論點的權威何在：所有研究都由這樣一種旨趣所支配，這種旨趣爲它的意義域建立一種有成見的參照系；存在有三種這樣的旨趣（而不是一種或兩種或四種），即技術的旨趣、實踐的旨趣和解放的旨趣；這些旨趣固定在人類的自然史中，但它們標誌著人從自然中產生，在勞動、權力和語言領域內取得形式；在自我反思中，知識和旨趣是同一的；知識和旨趣的統一是一個東西；知識和旨趣的統一被表明在一種辯證法中，這種辯證法認淸了壓制對話的歷史蹤跡並構造了曾經被壓制的東西。

這些「論點」在經驗上是可證實的嗎？不能，因爲如果那樣，它們將會受到從屬於一種旨趣即技術旨趣的經驗分析科學的支配。這些論點是一種「理論」嗎，例如在精神分析學所給予該詞的意義上，或者在允許重構最初背景的解釋性解說之網的意義上？不是，因爲如果那樣，它們將像任何理論一樣成爲局部的論點，並將再次被一種旨趣也許是解放旨趣所證明，而證明就會陷

入循環。

　　是否從此就無需承認，在知識基礎上對旨趣的揭露、旨趣的等級次序以及它們與勞動－權力－語言三部曲的聯繫，依賴於一種類似於海德格對此在的分析、特別是類似於海德格的「煩」的詮釋學那樣的哲學人類學呢？如果果真這樣，那麼這些旨趣既不是可觀察到的，也不是如弗洛伊德著作中的「自我」、「超我」和「本我」那樣的理論實體，而是**生存性的東西**（existentiales）。它們的分析依賴於詮釋學，因爲它們同時是「最封閉的」和「最隱蔽的」，以致它們必須被揭露才能被承認。

　　對旨趣的分析可以稱之爲「後設－詮釋學的」，假如我們認爲詮釋學主要是一種話語的詮釋學，確實是一種語言生活的唯心主義。但是，我們已經看到它和這毫無關係，前理解的詮釋學基本上是一種有限狀態的詮釋學。因此我完全願意說，意識型態批判是從不同於詮釋學的立場，即從勞動、權力和語言相互交織的立場提出它的要求。但是，這兩種要求卻交會在一個共同的基礎之上；即有限狀態的詮釋學，這種詮釋學先天地確保了成見概念和意識型態概念之間的相關性。

　　(2)我現在將重新考慮哈伯瑪斯在批判社會科學和解放旨趣之間所建立的契約。我們曾經把批判社會科學的立場和歷史詮釋學科學的立場作了尖銳的對比，後者傾向於承認傳統的權威而不傾向於反對壓迫的革命行動。

　　這裡詮釋學向意識型態批判提出的問題是這樣：你能給解放旨趣指定一個不同於你爲激勵歷史詮釋學科學的旨趣所假定的地位嗎？區別是這樣獨斷地被肯定，以致似乎在解放旨趣和道德旨趣之間形成一鴻溝。但是哈伯瑪斯本人的具體分析卻違背這種獨斷的目的。令人吃驚的是，精神分析所描述和解釋的曲解卻在哈伯瑪斯放置它們的後設詮釋學層次上被解釋爲溝通能力的曲解。任何事物都表明，對於意識型態批判極其重要的曲解也在這一層

次發生作用。回憶一下哈伯瑪斯如何根據工具主義行為和溝通行為之間的辯證關係重新解釋馬克思主義。正是在溝通行為核心上，人類關係的制度化才淪為非人化，以致溝通的參與者對它不可認識。由此推出，所有曲解，包括精神分析發現和意識型態批判所譴責的曲解，都是對人的溝通能力的曲解。

因此，解放旨趣是否能被認為是一種不同的旨趣呢？看來不能，特別是當我們從肯定方面認為它是一種真正的動機而不再從否定方面根據它與之爭論的非人化來考慮，這種旨趣除了是無限制和無強迫的溝通理想外不再有任何別的內容。解放旨趣如果不被放在與歷史詮釋學科學同一水平上，即溝通行為的水平上，那麼它將是完全空洞而抽象的。但是，如果情況是這樣，扭曲的批判能與溝通經驗本身分開嗎？能與它開始的立場分開嗎？能與它是真實的和典範的地方分開嗎？傳統詮釋學的任務就是提醒意識型態批判注意，只有在重新創造性地解釋文化遺產的基礎之上，人才能籌劃他的解放和期望一種無限制和無強迫的溝通。如果我們沒有任何溝通經驗，不管它是如何受限制和殘缺不全，我們如何能希望它對所有的人有說服力並在社會關係的制度水平上盛行呢？在我看來，批判既不是第一也不是最後的事例。曲解只能以**一致意見**（consensus）的名義受到批判，我們不能只是用調整觀念的方式（除非觀念被舉例說明）空洞地期望一致意見，並且溝通理想例證的真正場所正是我們在解釋過去遺留著作時克服文化距離的能力。凡是不能重新解釋其過去的人也無能力具體地籌劃他的解放旨趣。

(3)我現在來到傳統詮釋學和意識型態批判之間分歧的第三點。它涉及到似乎把簡單的誤解與病理學的或意識型態的曲解分離開來的深淵。我將不重新考慮上面已提到的論證，這些論證勢必淡化誤解和曲解之間的區別；深層詮釋學仍是一種詮釋學，即使它被稱之為後設詮釋學。我相反地將強調意識理論那種與精神

分析比較無關的方面。哈伯瑪斯大部分著作不是針對抽象的意識型態理論，而是針對當代的意識型態。當意識型態理論是這樣用對現時的批判而具體提出時，那麼它就揭示了那種要求解放旨趣和溝通旨趣之間具體的──而不只是理論──和睦關係的方面。

　　因為按照哈伯瑪斯，什麼是現代佔統治地位的意識型態呢？他的回答接近於馬庫塞和埃盧爾（Iacques Ellul）的回答：它是科學和技術的意識型態。這裡我將不討論哈伯瑪斯對先進資本主義和發達工業社會的解釋。我將直接去到這樣一些基本特徵，這些基本特徵在我看來武斷地把意識型態理論轉回到詮釋學領域。按照哈伯瑪斯的看法，在現代工業社會裡，曾被用來證明權力的傳統合法性和基本信念已經被科學和技術的意識型態所取代了。現代國家不再是用來代表壓迫階級利益的國家，而是用來消除工業體系機能障礙的國家。通過隱瞞其機制而證明剩餘價值是正當的，不再是意識型態的首要的合法的功能，有如它在馬克思所描述的自由資本主義時代中所表現的，這一點完全是因為剩餘價值不再是生產能力的主要源泉，佔有剩餘價值也不是這個體系的支配性特徵。這個體系的支配性特徵乃是理性本身的生產性。這種生產性具體化為自我調節系統；因此，要被證明合法的東西乃是體系本身的維持和發展。正是為了這一目的，科學－技術的裝置已變成了一種意識型態，即成為對工業體系的功能所必須的統治與不平等關係的合法性，但是這種關係卻在由體系所提供的一切種類的報酬之下被掩蓋了。因此現代意識型態很明顯不同於馬克思所描述的意識型態，後者只盛行於自由資本主義短暫時期並不具有時間的普遍性。現在前期資產階級意識型態是沒有什麼東西留下來了，資產階級意識型態顯然是與自由勞動合同的法律制度中被掩蓋的統治相聯繫。

　　假如這種對於現代意識型態的描述是正確的，那它用旨趣術語說明什麼呢？它指明，工具主義行為的分系統不再是一個分系

統，它的範疇已超過了溝通行為的範圍。在這裡存在有韋伯所講的東西的著名的「合理化」：不僅合理性征服了新的工具主義行為領域，而且它也控制了溝通行為領域。韋伯用**除魅化**（disenchantment）和「世俗化」來描述這種現象；哈伯瑪斯把它描述為工具主義行為層次（這也是勞動層次）和溝通行為層次（這也是一致的規範、象徵溝通、個性結構和理性裁決過程的層次）之間區別的消除。在現代資本主義體系裡——在這裡它似乎等同於工業體系——古代希臘的「善的生活」問題由於操縱體系的作用而被廢除。與溝通——尤其是與重要政治問題需受公眾討論和民主決定的願望相聯繫的實踐問題沒有消失；它們仍然存在，只是以一種受壓制的形式。正是因為它們的消失不是自動的以及合法化的需要一直沒有滿足，所以仍然需要有使權威合法化的意識型態來保證體系的作用；今天的科學和技術就起了這種意識型態的作用。

但是，詮釋學向當代意識型態批判提出的問題是這樣：假定今日之意識型態在於隱瞞溝通行為規範秩序和官僚條件作用之間的區別，因此就是在於分解通過語言進入到工具主義行為結構中的相互作用範圍，那麼解放旨趣除了在溝通行為本身的重新意識中使它具體化外，如何能夠保留除了虛假誓言之外的任何其他事情呢？如果不是依據文化遺產的創造性的復興，你將依據什麼來支持對溝通行為的重新意識呢？

(4)政治責任的重新認識和溝通行為傳統源泉的復興之間的必然聯繫，使我必須在結束時對於什麼是詮釋學意識和批判意識之間似乎是最棘手的區別講些話。我們說過，前者是被轉向「一致同意」，這一種一致同意先於我們並且在這種意義上是存在的；後者是預期一種以調整觀念形式表現的未來自由，這種自由不是現實而是一種理想，即無限制和無強迫溝通的理想。

由於這種明顯的對立，我們達到了這場爭論最生動的但也許

是最無益的觀點。因爲在最後，詮釋學將會說，如果不是從你自
己曾譴責爲**非立場**（non-place）、先驗主體的非立場出發，那麼當
你求助於**自我反思**（Selbstreflexion）時你是從什麼立場講話呢？
確實，你是從傳統基礎講話。這種傳統也許與伽達默爾的傳統不
相同；它也許是啓蒙運動傳統，而伽達默爾的則是浪漫主義傳統。
但它仍然是一種傳統，解放的傳統，而不是往事回憶的傳統。批
判也是一種傳統。我甚至要說，批判投入到最感人的傳統裡，即
自由行動的傳統裡，逃離埃及和耶穌復活的傳統裡。如果逃離埃
及和耶穌復活從人類記憶裡被抹掉……那麼也許就不再有解放的
旨趣，不再有自由的期望。

　　如果情況是這樣，那麼沒有比先天理解本體論和自由的末世
論之間的所謂矛盾更容易欺騙了。我們在其他地方已經遇到這種
錯誤的矛盾：好像它是在懷舊和希望之間必須作出選擇的！用神
學的話說，如果沒有對解脫過去的行動的背誦，那麼末世論就不
再是什麼。

　　在概述這種傳統回憶和自由期望的辯證法時，我並不想以任
何方式去消除詮釋學和意識型態批判之間的區別。它們各自有自
己的特殊立場，而且如果我可以這樣說的話，它們各有不同的區
域性偏愛：一方是注意文化遺產，也許最堅定地關注文本的理論；
另一方是制度理論和統治現象理論，焦點是對非人化和異化的分
析。鑒於各方爲了賦予它們的普遍性要求以具體特徵而必須被區
域化，所以它們的區別必須被保留，以避開任何合併的傾向。但
是，哲學反思的任務正在於消除這種欺騙性的矛盾，這種矛盾將
使對過去的文化遺產的重新解釋的旨趣與致力於自由人性未來主
義方案的旨趣相對立。

　　當這兩種旨趣變成徹底的決裂時，詮釋學和批判本身也就無
非只是……意識型態！

第七篇

詮釋學

（1974）

〔德國〕伽達默爾（Hans-Georg Gadamer）著

洪漢鼎 譯

　　本文是根據理特爾（J. Ritter）主編《哲學歷史辭典》1974
年德文版 3 卷〈詮釋學〉辭條譯出的。伽達默爾還有一篇同標
題的論文 1969 年發表在《當代哲學》（佛羅倫斯）第 3 卷裏。
後收入《伽達默爾著作集》第 2 卷。有幾個譯名說明如下：
Hermeneutik 和 Ausegungslehre 是不同的，後者著重方法，前
者著重哲學，所以將 Hermeneutik 譯爲「詮釋學」，把
Ausegungslehre 譯爲「解釋學」，Philologie 譯作「語文學」，
不譯作「文獻學」，因爲它著重語法詞語的研究；
Wrikungsgeschichte 譯作「連續影響史」，不譯作「效果史」，
因「連續影響」是動態的，而「效果」是靜態的。關於
Wirkungsgeschichte 的解釋，可參閱布白納《現代德國哲學》
（1981 年劍橋大學出版社）第 61 頁——譯者。

詮釋學（Hermeneutik）是 ἑρμηνεύειν 即宣告、口譯、闡明和
解釋的技術。「赫爾墨斯」（Hermes）本是上帝的一位信使的名字，
他給人們傳遞上帝的消息。他的宣告顯然不是單純的報導，而是
解釋上帝的指令，並且將上帝的指令翻譯成人間的語言，使凡人
可以理解。詮釋學的基本功績在於把一種意義關係從另一個世界
轉換到自己的世界。這一點也適合於 ἑρμηνεία（即「陳述思想」）
的基本意義，因爲陳述這一概念本身是多義的，包括述說、闡明、

解釋和翻譯。亞里斯多德著作＜解釋篇＞（《工具論》中的一篇）
根本不是詮釋學，而是一種邏輯語法研究，它研討直陳語句（判
斷）的邏輯結構，並且排斥所有那些重點不僅在「真」的語句。
詮釋學作爲一門技術，自柏拉圖[1]以來並不隸屬於所有有關思想表
達的學問，而只是屬於那種指明君王或宣諭官是怎樣了解的知
識。在《愛匹諾米斯》[2]裡，詮釋學與占卜術同屬一類──顯然是
作爲一種解釋上帝旨意的技術，具有傳諭和要求服從的明顯雙重
意義。不過只是在後希臘時期，ἑρμηνεία 這個希臘字才用來表示
「有學識的解釋」，ἑρμηνεύς 表示「解釋者」或「翻譯者」[3]。但
是有一點是很突出的，即 ἑρμηνεία 的「技術」或詮釋學在當時是
同聖經學（Sakralsphäre）聯繫在一起的，聖經學是向聽眾公開表
露上帝的權威意志。在今天科學理論的意識裡，這種情況是不再
存在了，儘管詮釋學得以形成的兩種主要形式──法律的法學解
與聖經經典文獻的神學和語文學的解釋──仍還包含有原來的規
範意義。

當我們今天講到詮釋學，我們是處於近代的科學傳統之中。
與這個傳統相適應的「詮釋學」這個用語的使用正是隨著現代方
法學概念和科學概念的產生而開始的。《詮釋學》作爲書名第一次
出現是在 1654 年，作者是丹恩豪爾（J. Dannhauser）[4]。自那以後，
人們區分了一種神學－語文學的詮釋學和一種法學的詮釋學。

在神學方面，詮釋學表示一種正確解釋聖經的技術。這種本
身相當古老的技術早在教父時代就被用到方法的思考上，這首先
表現在奧古斯丁的《論基督教學說》裡。因爲基督教教義學的任
務就是由於猶太民族的特殊歷史（如舊約聖經從救世史方面對它

---

[1]　柏拉圖：《政治論》260d。

[2]　《愛匹諾米斯》975c。

[3]　福第歐斯：（Photios），參考文獻 7；柏拉圖，Jon 534e；萊格斯 907d.

[4]　丹恩豪爾：《聖經詮釋學或聖經文獻解釋方法》（1654）。

的解釋）和新約聖經中耶穌的泛世說教之間的緊張關係而被提出的，在這裡詮釋學必須幫助並且做出解答。奧古斯丁在《論基督教學說》中借助新柏拉圖主義的觀點教導靈魂要通過語詞的和道德的意義而上升到精神的意義。因此他把古代的詮釋學遺產概括在一個統一的觀點之下。

　　古代詮釋學的核心乃是 **寓意解釋**（ allegorischen Interpretation）的問題。這種解釋本身相當古老。ύπόνοια，即背後的意思，乃是表示寓意意思的原本的詞。這種寓意解釋早在智者派時代就已經被習用了，即從這樣一個時代開始，那時被認為屬於貴族社會的荷馬史詩的價值世界已喪失了它的約束力。隨著城市興起而來的民主化，城市的新貴們採用了舊貴族倫理學。當時表示這種轉變的說法是智者派的教育觀念：「奧德賽超越了阿基里斯」。以後寓意法特別慣用在斯多噶派對荷馬的希臘化地解釋中。教父時代的詮釋學──奧里根（Origens）和奧古斯丁總結的詮釋學──在中世紀被卡西安（Cassian）加以系統化，並進一步發展成為四種字義的方法。

　　由於宗教改革時期轉向聖經的文字研究，詮釋學獲得了一種新的促進，這對宗教改革家用這種方法對教會學說的傳統及其對聖經經文的處理展開了論戰[5]。尤其是寓意方法受到他們的抨擊，因而出現了一種新的方法學意識，這種意識試圖成為客觀的，受對象制約的，擺脫一切主觀意願的。可是中心的起因仍是一個通常的想法：即近代神學的或人文主義的詮釋學中所關心的是正確解釋那些包含需要重新爭得真正權威東西的聖經經文。就此而言，促進詮釋學努力的動機，如後來施萊爾馬赫表現的那樣，不是因為留傳下來的東西難以理解或可能造成誤解，而是因為現存

---

[5] 參閱霍爾（K. Holl）對路德詮釋學的研究《路德對發展解釋技術的意義》（1920），以及艾貝林的續編《福音教義解釋，對路德詮釋學的研究》

的傳統由於發現它被掩蓋了的原始東西而破壞和變形了。它的隱蔽的或變了形的意義應當再被探索和重新說明。詮釋學試圖通過返回到原始的根源來對那些由於歪曲、變形或誤用而被破壞了的東西（如聖經由於教會的教授傳統、經典文獻由於經院哲學的粗野的拉丁文而被敗壞）獲得一種新的理解。這種新的努力應當力使經典重新有價值，如同我們在宣告上帝的某個消息、解釋某個奇蹟或神律時所做的那樣。

但是在近代初期，除了這些事實方面的起因外，也還得有一種形式方面的理由，促使新科學的方法論意識擁向一種一般的解釋理論，這種解釋理論由於其具有普遍應用性而被當作邏輯學的一部分來闡述[6]。在這方面沃爾夫在其《邏輯學》裡劃出一章來寫詮釋學[7]確實起了決定性作用。這裡起作用的乃是一種邏輯－哲學的興趣，這種興趣力圖以一種普通語義學來奠定詮釋學的基礎。這種努力首先出現在邁爾（G. Fr. Meier）的《普通解釋技術試探》（1756）一書裡，邁爾有一個卓越的先驅者就是克拉登紐斯（J. A. Chladenius）[8]。但是一般來說，直到 18 世紀為止，從神學和語文學裡成長起來的詮釋學學科仍是片斷零碎的，只服務於說教的目的。為了實用的目的，詮釋學曾發展了一些方法學的基本規則，這些規則大部分是從古代語法學和修辭學裡吸取出來的（奎因梯利安 Quintilian）[9]。但整個來說，這時的詮釋學只是收集一些本是闡發對聖經的理解（或在古代文化研究領域對古典著作的理解）的片段解釋。「Clavis」（指南）是當時經常使用的書名，如在弗拉

（1942），〈路德詮釋學的開始〉，載《神學院雜誌》，1951 年，48 期。

[6] 蓋爾德裁策（L. Gedsetzer）在邁爾的《普通解釋技術試探》重印版（1965）導言中的解釋，尤其是 X 頁以下。

[7] 沃爾夫：《推理哲學或邏輯》（1732），第 3 部分，第 3 篇，6、7 章。

[8] 克拉登紐斯：《正確解釋合理的講演和著作導論》（1742，重印版 1970）。

[9] 奎因梯利安：《演說方法》。

西烏斯（M. Flacius）那裡[10]。

舊的新約教派詮釋學的概念詞彙全都來自古代修辭學。梅蘭希頓（Melanchthon）把修辭裡的基本概念轉到用於對書籍的正當研究（bonis auctoribus legendis），這是劃時代的事情。所以那種想從整體理解一切個別的要求回到了以古代修辭學爲典範的caput（整體）和 membra（部分）的關係。在弗拉西烏斯那裡，這種詮釋學當然導致其對立的應用，因爲弗拉西烏斯用以反對對新約著作進行個別解釋的教義統一規則強烈地限制了路德教派的原則：「聖經是自身解釋」，不久後西蒙（R. Simon）[11]尖銳地批判了這一點。最後，早期啓蒙運動的神學詮釋學由於否認靈感說而試圖獲得理解的一般規則。尤其是聖經的歷史批判在當時找到了它的最早的詮釋學方面的合法根據。斯賓諾莎的《神學政治論》（1670）是重要事件。他的批判，例如他對奇蹟概念的批判，由於理性的這樣一個要求，而被認爲是正當合理的，即只承認理性的東西，也就只承認可能的東西。但是這種批判同時也包含一種積極的轉變，如果理性所攻擊的聖經裡的那些東西也要求一種自然的解釋的話。這就導致轉向歷史的東西，即從虛假的（和不可理解的）奇蹟故事到（可理解的）奇蹟信仰的轉變。

虔誠教派的詮釋學與此相對立。這種詮釋學自弗蘭克（A. H. Franck）開始就把聖經經文的解釋同有教益的應用緊密地結合起來。拉姆巴赫（J. J. Rambach）[12]的富有影響的詮釋學〔根據莫魯斯（Morus）〕把應用的精巧性與理解和解釋的精巧性相提並論。完全由人文主義的競爭觀念而形成的「精巧性」（精緻優美）一詞巧妙地表明，解釋的「方法」，如同所有一般規則的應用一樣，需

---

[10] 弗拉西烏斯：《聖經指南》（1567）或《論聖經文字的合理認識》（《指南》的一部分，德文拉丁文對照本 1968 年重印版。）

[11] 西蒙：《新約經文歷史批評》（1689）；《論聖經的啓示》（1687）。

[12] 拉姆巴赫：《聖經詮釋規則》（1723）。

要判斷力，而這種判斷力本身不能又由規則確保的[13]。但後來 18世紀的詮釋學作爲神學仍還經常地尋求與教義興趣的協調〔如艾納斯第（Ernesti），和塞姆勒（Semler）〕。

只有施萊爾馬赫〔受施萊格爾（Schlegel）的影響〕才使詮釋學作爲一門關於理解和解釋的一般學說而擺脫了一切教義的偶然因素。這些因素在他那裡只有在詮釋學特別地轉向聖經研究時才附帶地得到重視。因而聖經經文的正常的基本意思——唯有這種意思曾賦予詮釋學的努力以意義——退到了次要的位置。由於精神的同質性，理解乃是原先思想產物的再生產的重覆，施萊爾馬赫根據一切生命都是個體化的這種形而上學思想曾這樣說過。因而語言的作用突出了，而且基本克服語文學只限於書面文字的那種局限性。施萊爾馬赫的詮釋學由於把理解建立在對話和人之間的一般相互了解上，從而加深了詮釋學基礎，而這種基礎同時豐富了那些建立在詮釋學基礎上的科學體系。詮釋學不僅成爲神學的基礎，而且是一切歷史精神科學的基礎。權威經文的教義方面的前提——由於這種前提，詮釋學的活動（包括神學家的活動和古代文化研究的語文學家的活動，但不包括法學家的活動）曾有它原先的調解作用——現已消失了。因而歷史主義有了獨立的道路。

特別是心理學的解釋，在施萊爾馬赫之後，在天才的下意識創造活動的浪漫主義學說支持下，成爲全部精神科學的永遠起決定作用的理論基礎。這在斯坦達爾（H. Steinthal）那裡已經最有教益地顯示出來[14]，並且在狄爾泰那裡導致一種試圖在理解的和描述的心理學上重新系統地建立精神科學概念的想法。早在博艾克（Boeckh）的《語文科學辭典和方法學》這部著名的講演集（1877）

---

[13] 參閱康德：《判斷力批判》（1799），第 7 章。
[14] 斯坦達爾：《心理學和語言科學導論》（1881）。

裡，新的認識論興趣就已經變了向，在那裡博艾克規定語文學的
任務是「對已認識東西的認識」，因而那種在人文主義時期重新發
現的而且一直被仿效的古典文學的正常意義逐漸變得失去歷史作
用了。博艾克從理解的基本任務出發，區分了四種不同的解釋方
法：語法的、文學－類型的、歷史－真實的和心理－個人的。在
這裡，狄爾泰與他的理解的心理學有密切聯繫。可是對於狄爾泰
來說，天才歷史學家德羅遜斯（J. G. Droysens）由以產生的歷史
哲學的或歷史神學的背景，以及他的朋友思辨的路德教派瓦騰堡
的約克對當時的樸素歷史主義所作的嚴格的批判，卻有一種持久
的魅力。這兩人都為狄爾泰後來開拓新的發展道路作了貢獻。在
狄爾泰那裡構成詮譯學心理學基礎的**體驗概念**
（Erlebnisbegriff），由於區分了**表達**（Ausdruck）和**意義**
（Bedeutung）而得到充實；這一方面是由於受胡塞爾對心理學批
判的影響〔見其《邏輯研究導論》（1899）〕和他自己的柏拉圖化
的意義理論，另一方面是由於黑格爾的客觀精神理論的重新結合
[15]——這在 20 世紀產生很多結果。狄爾泰的工作被米希（G.
Misch）、瓦赫（J. Wach）、弗雷耶（H. Freyer）、羅塔克（E.
Rothacker）、鮑勒諾夫（O. Bollnow）以及其他人更加向前推進了。
從施萊爾馬赫直到狄爾泰以及狄爾泰之後的詮釋學的整個唯心主
義傳統都被法學史家貝蒂（E. Betti）[16]所吸收。

當然，狄爾泰自己不能真正完成這個折磨他的任務，即把「歷
史的意識」與科學的求真從理論上加以調和。特羅爾席（E.
Troeltsch）的「從相對性到整體性」這個公式——這個公式本是對
相對主義問題的狄爾泰意義上的理論解決——正如特羅爾席自己

---

[15] 狄爾泰：《全集》，4、8 卷（1914 年以後）。
[16] 貝蒂：《一般解釋學基礎》（1954）；《作為精神科學方法論的一般解釋
學》（1967）。

的工作一樣，仍陷在他所試圖要克服的歷史主義裡。非常引人注
目的是，特羅爾席在他的歷史主義著作中也總是偏離入他的（卓
越的）歷史的解釋。反之狄爾泰卻試圖在一切相對性的後面回到
一種穩固基礎，並提出一種極有影響的符合生命多方面性的所謂
世界觀的類型學說。當然，對歷史主義的這樣一種克服，本身也
包含一些未加反思的獨斷的前提（雖然不再像費希特那樣明確，
費希特的一句經常被濫用的話「人們選擇什麼樣的哲學，依賴於
他是一個什麼樣的人」[17]，就是一種明顯的唯心主義自白）。這一
點，首先在那些後繼者中間接地表現出來：當時風行一時的教育
－人類學的、心理學的、社會學的、藝術理論的、歷史的類型學
說實際地表現出，它們的富有成果其實依賴於作為它們根基的這
一隱蔽的教條。在韋伯（M. Weber）、斯伯朗格（E. Spranger）、
利特（Th. Litt）、品德爾（W. Pinder）、克萊希默（E. Kretschmer）、
楊恩希（E. R. Jaensch）、萊爾希（P. H. Lersch）等人的所有這些
類型學裡都表明，它們本有一種有限的真理價值。但是一旦他們
想把握一切現象的總體，想成為完整的，它們就立即損害了這種
真理價值。這樣一種想包羅萬象地「擴建」類型學的做法，從本
質根據來說只表示這種類型學的自我毀滅，即喪失它的獨斷的真
核。甚至雅斯培的《世界觀的心理學》（1919）也還沒有像他後來
在他的《哲學》裡所要求的（和達到的）那樣完全擺脫韋伯和狄
爾泰之後的這種一切類型學的問題。類型學的思考方式其實只是
從一種極端的唯名論觀點來看才是合法的，但是甚至韋伯慘淡經
營的徹底唯名論也有它的局限性[18]。

　　以施萊爾馬赫的一般基礎所開創的這一時期的神學詮釋學
同樣也陷入了它的獨斷的困境中。施萊爾馬赫的詮釋學講演的出

[17] 費希特：《著作集》，費希特編輯出版（1945/46）1 卷 434 頁。
[18] 參閱亨利希（Henrieh）：《韋伯：科學的統一》（1952）。

版者呂克（Fr. Lücke）就已突出強調過神學的因素。19世紀的神學教義學全部返回到舊的新約教派的詮釋學難題，這難題呈現爲信仰的原則。自由主義神學要對一切教條都要進行批判，這種歷史要求卻以一種愈益增長的無動於衷態度對待這個原則。在這方面，布特曼（R. Bultmann）的詮釋學思想——這本應歸入神話世界觀——由於通過了徹底的歷史主義行程，並在辯證神學〔巴特（K. Barth）、土倫遜（E. Thurneysen）〕的推動下，在歷史的註釋學和教義的註釋學之間建立了真正的和解，是一個劃時代的事件。當然，那種在歷史－個人化的分析和聖言的轉述之間的矛盾仍未得到解決。關於神話世界觀的爭論，如博恩康姆（G. Bornkamm,）以豐富的專門知識闡明的[19]，具有很大的一般詮釋學興趣，因爲在這場爭論中，教義學和詮釋學之間的舊的緊張關係在當時的修正中又重新發生了。布特曼的神學自我思考擺脫了唯心主義，並且接近了海德格的思想。在這方面巴特和辯證神學提出的要求發生了影響，因爲他們不僅意識到「上帝講話」的神學問題，而且也意識到其中人的問題。布特曼試圖找尋一種「積極的」、即從方法上能合理證明的、不丟棄歷史神學一切成就的解決辦法。海德格《存在與時間》（1927）的存在主義哲學似乎在這方面爲布特曼提供了一種中立的人類學的立場，從這個立場開始對信仰的自我理解經歷了一場本體論的建設[20]。趨於本真狀態的人類存在的未來，以及相反的情況，即向世間的沈淪，都可從神學上解釋。海德格詮釋學的成功首先在於他的**前理解**（Vorverstandnisse）概念。至於這種詮釋學意識在註釋學方面取得的豐富成績，我們可以完全

---

[19] 博恩康姆：〈有關布特曼神學的最近討論〉，載《神學叢書》，NF29（1963），33-141頁。

[20] 關於存在主義哲學的這樣一種「中立的」要求的可疑性，可參閱魯維特（K. Löwith）《現象學發展的基本特徵及其與新教神學的關係》，載《神學叢書》，NF2（1930），26頁以下，333頁以下。

不談。

但是海德格的哲學新見解不僅在神學裡發生了積極的影響，而且有可能首先摧毀那種在狄爾泰學派裡佔統治地位的相對主義和類型學的頑固基礎。米希通過將胡塞爾和海德格同狄爾泰對立起來，重新喚起了狄爾泰對哲學的推動力[21]，這無論如何是有貢獻的，儘管他對狄爾泰的生命哲學發端的設想表明狄爾泰最後是與海德格對立的——其實，狄爾泰在「先驗意識」之後重返到「生命」立場上，對於海德格建立其哲學乃是一個重要的支持。由於狄爾泰的觀念進入了存在主義哲學的現象基礎，詮釋學的問題才有了它哲學上的徹底化的過程。當海德格有了一個**關於實存性的詮釋學**（Hermeneutik der Faktizität）的概念，並為反對胡塞爾的現象學的本質本體論，擬定了一項矛盾的任務，即仍然去解釋「存在」的「遠古的東西」（das Unvordenkliche）（謝林），甚至把存在本身解釋為「理解」和根據它自身的各種可能性進行自我設計。這裡達到了這樣一個關鍵點，即詮釋學現象的工具主義的方法觀必須返回到本體的東西中。這裡理解不再是他人背後的人類思想行為，而是人的存在的根本激動。因此歷史性就不再召引歷史相對主義的幽靈了。

但是當後來海德格承認他的基本本體論的先驗基礎是不充分的，當「實存性的詮釋學」在**返回**（Kehre）思考裡轉變成**澄明處**（Lichtung），轉變成存在的**此時此地**（Da）時，唯心主義傳統的詮釋學問題再一次經歷了危急關頭。在《存在與時間》指明了主體概念本體論上在先之後，以及當後來海德格思考「返回」衝破了先驗哲學反思的框架時，那種機智的辯證法——貝蒂曾試圖通過這種辯證法來證明浪漫主義詮釋學的遺產在協調主觀主義和客觀主義方面的合理性——就一定表現為不充分的。構成**顯**

---

[21] 米希：《現象學和生命哲學》（1929）。

（Entbergung）和隱（Verbergung）作用範圍的真理「事件」給予一切顯——也給予理解科學的顯——以一種新的本體論效價（Valenz），因此傳統詮釋學的一系列新的問題又成為可能了。

　　唯心主義詮釋學的心理學基礎證明是有問題的：難道原文的意思真是只在於**被認為的意思**（mens auctoris）嗎？理解難道只是原先產物的再生產嗎？顯然，這種觀點對於法學詮釋學是不適合的，因為法學詮釋學曾經起了明顯的法權創造性的作用。但是人們習慣於把這種作用推給它的正規的任務方面。因此科學中的客觀性概念要求堅持這種原則。但是這種原則真能是充分的嗎？例如在藝術作品的解釋（這些藝術作品在導演、指揮甚至翻譯家那裡本身還有一種實際產品的形式）中？我們有什麼理由把這種再生產的解釋意思同科學的意思分開呢？一種這樣的再生產是否會是夢遊幻想而沒有知識呢？這裡再生產的意義內容確實是不能限制在那種由作者的有意識的意義賦予而產生的東西上。眾所周知，藝術家的自我解釋是很成問題的。他們的創作的意義仍然向解釋提出了一個單義的接近任務。

　　關於歷史事件的意義和解釋又是怎樣呢？同代人的意識的顯著特徵是：他們雖然「體驗」著歷史，卻不知道他們的遭遇如何。因此狄爾泰自始至終一直堅持他的體驗概念的系統結論，正如標準傳記和自傳對於狄爾泰的歷史作用關係理論所說的[22]。科林伍德對實證主義的方法意識所作的機智的批判[23]（這種批判利用了克羅齊的黑格爾主義辯證法工具）由於他的**再規定**（re-enactment）理論，也仍囿於主觀主義的問題堆中，只要這種理論自認為是歷史理解的典範，作為對已實行計劃進行再思考的基礎，就是這樣。施萊爾馬赫曾經選擇的要求歷史學家與他的對象同氣質的出路，

---

[22] 參閱註釋 15 所引狄爾泰著作第 8 卷。

[23] 科林伍德：《思想：一篇自傳》（1955）。

顯然實際上不能繼續下去了。這意味著過分苛求了歷史學家，而且低估了他的任務。

關於聖經的宣告意義又是怎樣的呢？在這裡和**氣質概念**（Der Begriff der Kongenialität）一樣陷入荒謬，因爲這概念召回了靈感理論的幽靈。但是聖經的歷史註釋學在這裡也遇到了限制，尤其是與「自我理解」這一根本概念發生抵觸。聖經的福祉意義是否必然只是那種由於總結新約作者的神學觀點而形成的東西呢？所以虔誠教派的解釋學（弗蘭克，拉姆巴赫）在下面一點上還一直值得我們重視：這種詮釋學在其解釋學說裡，除了理解和解釋外，還附加了應用，並且因而把「著作」的當代意義明顯地突出了。這裡隱蔽了詮釋學的一個中心動機，即詮釋學應真正嚴肅地對待人的歷史性。所以唯心主義詮釋學確實對此要加以清算，尤其是貝蒂通過**意義相應原則**（Kanon der Sinnentsprechung）所作的批判。可是只有果斷地承認前理解概念和連續影響史原則，或者發揮連續影響史的意識，才可以提供一個充分的方法論基礎。新約神學的規則概念作爲一個特例在這裡找到了它的合法證明。與此相應，新近的詮釋學討論也延伸到天主教神學〔斯塔席爾（G. Stachel）、皮塞爾（E. Biser）[24]〕。在文學理論方面，類似的東西可以以**接收美學**（Rezeptionsästhetik）（堯斯 R.Jauss）這一名稱爲代表。可正是這個領域，限制於方法學的語文學的抵抗卻很劇烈〔赫爾席（E. D. Hirsch）、西波姆（Th. Seebohm）〕[25]。

由於這個問題，法學解釋學的可敬的傳統贏得了新的生命。在現代法權學內這種詮釋學可能只起了一個微不足道的作用，這好像是自身完善的法權學的一個永不能完全避免的污點。但無論

---

[24] 斯塔席爾：《新詮釋學》（1967）；皮塞爾：《神學語言理論與詮釋學》（1970）。

[25] 堯斯：《作爲文藝科學對立面的文學歷史》（1970）；赫爾席：《解釋的有效性》（1967）；西波姆：《詮釋理性批判》（1972）。

如何我們必須看到：它是一門規範的學科，起著補充法律的獨斷作用。作爲這樣一門學科，它執行一個本質上不可缺少的任務，因爲它可以在已制定的法律的普遍性和個別事件的具體性之間彌補那無法取消的空隙——就這方面說，它是更原始和更本質的東西。對它的歷史的反思表明[26]：理解的解釋的問題與應用的問題密不可分地聯繫在一起。這雙重的任務自接受羅馬法以來就向法律科學提出了。因爲當時不僅要理解羅馬法律學家，而且也需要把羅馬法的教義學應用於近代的文明世界[27]。由此在法律科學內造成一種解釋學任務和教義學任務相當緊密的聯繫，好像神學擔負起法律科學的任務。羅馬法的解釋學說可能不是那樣長時間參與歷史的異化過程，猶如羅馬法保持其法律上的法權有效作用那樣。1806 年蒂鮑特 （A. F. J. Thibaut）[28]對羅馬法所作的解釋還把下面這一點看作爲理所當然的，即解釋學不僅要能夠依據於法律制度者的觀點，而且也必須把「法律的根據」提高爲真正的詮釋學規則。隨著現代法律編纂學的創立，解釋羅馬法這一經典的首要任務在實踐方面必須丟棄它的教義學方面的興趣，並要同時成爲法學史提問的組成部分。所以它可能使自己作爲法學史毫無保留地適應於歷史科學的方法學思想。反之法學詮釋學作爲一門新型的法律教義學的輔助學科被放到了法學邊緣上。一切法律科學裡的詮釋學現象，作爲《法律具體化》[29]的基本問題，當然，就像神學及其持久的神話學的任務一樣，保留了下來。

因此我們必須要問一下，神學和法學是否爲一般詮釋學作出

---

[26] 參閱瓦爾希爲，愛卡德（G. H. P. Eckard）《法學詮釋學》所寫的序言（1779）。

[27] 參閱科夏克（Koschaker, P.）：《歐洲和羅馬法》（1958）。

[28] 蒂鮑特：《羅馬法的邏輯解釋理論》（1799，21806，1967 重印版）。

[29] 恩格希（Engisch）：〈我們時代法律和法學的具體化觀念〉，見《海德堡科學院論文集》（1953）。

了本質的貢獻。當然神學、法律科學和歷史－語文科學的固有的
方法論問題是不足以展開這一問題的。因為這要取決於我們能否
證明歷史認識的自我見解的限制，能否給予教義學解釋以一種有
限的合法性[30]。當然，科學的無前提性概念也與此對峙[31]。從這種
理由出發，我在《真理與方法》（1960）裡所進行的探究，是從一
種經驗範圍出發，即從藝術的經驗出發，這種經驗在某種意義上
一直必須被認為是獨斷的，因為它的價值要求渴望得到承認，而
不讓人懷疑。這裡理解被認為是普遍承認和同意的：「理解，這就
是令我們激動的東西」〔斯泰格（E. Staiger）〕。可是藝術科學或
文藝科學的客觀性（作為科學的努力，這種客觀性保有它們的全
部嚴肅性）在任何種類的藝術的或詩的經驗裡本是下屬的東西。
而在藝術的經驗本身裡應用卻是與理解和解釋根本不可能分開
的。這對有關藝術的科學來說也可能不是沒有後果的，所以在法
學解釋學裡有其歷代沿襲下來的存在權利的應用結構必定成為重
要的。即使法律史的理解和法律教義學的理解的重新相互接近（從
那時開始突然出現）不能拋棄它們的差別，正如特別被貝蒂和維
艾克爾（Fr. Wieacker）曾經強調的，可是整個來說一切理解具有
先決條件（Voraussetzungshaftigkeit）卻可能認為是已證明了的。
但這決沒有這樣的意思，即如果精神科學不能被提升到「科學」，
並加入「科學的統一」，人們就必須讓精神科學作為一門不精確的
科學繼續帶著它的一切令人遺憾的缺陷苟且偷生。正相反，哲學
詮釋學將出下述結果：只有理解者順利地帶進了他自己的假設，
理解才是可能的。解釋的生產性的貢獻永遠屬於理解的內容本
身。這倒不是使那種個人的和任意專橫的主觀偏見合法化，因為

---

[30]　參閱羅塔克：《精神科學的獨斷思想形式和歷史主義問題》（1954）。
[31]　參閱斯伯朗格：〈論科學的無前提性〉，《柏林科學院論文集》（1929），
作者證明這一新術語是出自 1870 年以後文化鬥爭中的輿論，當然也沒
有對它不受限制的定義產生絲毫懷疑。

這裡所說的事情有明確的責任界限。但是時代、文化、階級和種族的無法取消的必然的差距總是一種給予理解以緊迫感和生命的超主觀的因素。所以詮釋學的問題既在新約學中〔首先在福克斯（E. Fuchs）和艾貝林（G. Ebeling）〕，又在例如文學批評中，但也在海德格哲學思想的繼續發展中，基本上擺脫了主觀的－心理學的基礎，並且轉向客觀的、在連續影響史上被調解了的意義。對於差距的調解來說，基本的**給予性**（Gegebenheit）乃是語言，在這種給予性中解釋者（或翻譯者！）把被理解的東西重新提出來。神學家如詩學家一樣，完全是講語言事件。因此在某種意義上詮釋學以它自己的道路靠近了那種以新實證主義的形而上學批判為出發點的分析哲學。自從這種哲學不再堅持通過人工符號語言分析講話方式和弄清一切講話的意義以永遠消除「語言的迷惑」以後，這種哲學就不會最終超越語言遊戲裡的語言作用，如維根斯坦的《哲學研究》所曾表明的。阿佩爾曾正確地強調說，留傳下來的東西的連續性通過語言遊戲的概念只能不連續地加以描述[32]。如果詮釋學通過對理解條件（前理解、問題的過程性、每句話的動機史）的反思去克服那種基於所與這一概念的實證主義的幼稚想法，那麼它同時就表現了一種對實證主義方法觀點的批判。在這裡它在多大程度上遵循先驗理論的模式，或者寧可說遵循歷史辯證法的方案，這是有爭論的[33]。

無論如何，詮釋學有它自己獨特的研究對象。儘管它有形式普遍性，但它不能合法地歸入邏輯。它不僅就每句話的邏輯值理解每句話，而且還把它理解為答覆。由於它一定可以得到每句話由其動機史所表現出的意義，所以它就能超出了邏輯上可理解的

---

[32] 阿佩爾：〈維根斯坦和理解問題〉，載《神學院雜誌》，1966 年，63 期，49-87 頁。

[33] 參閱伽達默爾紀念文集《詮釋學和辯證法》（1970 年）中的論文以及最近出版的伽達默爾《真理與方法》（1972）後記。

說話內容。詮釋學在黑格爾的精神辯證法裡就已經是基礎了，後來被克羅齊、科林伍德和其他人再次提出，並且被利普（H. Lipp）根據胡塞爾意向性學說建立的《詮釋學邏輯》以現象學方式加以論證。在英國奧斯丁（J. L. Austin）在同一個方向上繼續發展後期維根斯坦的轉變。詮釋學與修辭學的關係非常緊密，修辭學同它一樣都具有 εἰχός，即**可信的論證**。修辭學的傳統（這在德國，尤其在 18 世紀基本上被中斷了）和詮釋學的傳統一樣曾經以一種不可理解的方式在美學領域內實際起作用，多克霍恩（K. Dockhorn）首先指出了這一點[34]。因此對於現代數理邏輯壟斷一切的要求的反抗，也從修辭學和論辯的合理性方面開始表現了出來，如彼雷爾曼（Ch. Perelman）和他的學派所作的那樣[35]。

但在這之後，詮釋學問題還有一個更廣泛方面，即語言在詮釋學領域內所佔據的中心位置。因為語言不僅是一種傳達的工具——在「象徵形式」（卡西勒）的世界內——而且也與在交往活動中實現自身的理性的潛在的**公共性**（Gemeinsamkeit）有一種特別的關係，如荷尼希斯瓦爾德（R. Hönigswald）所已經強調過的。詮釋學向度的普遍性就是以此為依據。這種普遍性在奧古斯丁和托馬斯的意義學說裡就已經有了，這兩人認為必須通過事實的意義超出符號（語詞）的意義，因而證明了超越文字意義的合理性。當然，今天的詮釋學將不能簡單地跟隨這種超越，決不使新的寓意法登上寶座。因為這裡已經預先假設了一種上帝用以與我們講話的上帝創造的萬物的語言。但是我們不能不考慮到，「意義」不僅已經走進了講話和著作裡，而且也走進了一切人的創造活動中，而詮釋學的任務就是讀出這種意義。不僅藝術的語言提出了

---

[34] 多克霍恩：〈伽達默爾《真理與方法》的吸收問題〉，《哥廷根學報》，1966 年，218 期。

[35] 參閱《哲學、修辭學和論證問題》，納湯森和約翰斯通主編（1965）。

合法理解的要求，而且一般來說，每一種人類文化的創作形式都
提出了這一要求。確實，問題還會繼續擴大。因爲有什麼不屬於
我們用語言作出的**世界定向**（Weltorientierung）呢？人類對世界
的一切認識都是靠語言媒介的。第一次的世界定向是在學習講話
中完成的。但是還不僅如此，我們的「在－世－存在」的語言性
最終是表達全部經驗範圍。亞里斯多德表述的和培根所發展的歸
納邏輯[36]，可能不滿足於只作爲一種關於經驗的邏輯理論，它需
要修正[37]。事實接近於語言表達世界在歸納法那裡表現最爲明
顯。一切經驗都是在持久的、加深我們對世界認識的交往過程中
發生的，經驗本身是一種比博艾克刻劃語言文學者事業的公式更
加深刻和更加普遍意義上的對認識的認識。因爲我們生活於其中
的傳統，並不是僅僅由原文和文物構成的，傳達語言所表現的或
歷史文獻所證明的意義的所謂的文化傳統。正相反，經常提供（即
「流傳」）給我們的乃是一個作爲開放的整體的在交往活動中經驗
著的世界本身。凡是世界被經驗了、陌生不熟悉的東西被拋棄了
的地方，凡是產生了明白易懂、理解領會和通曉掌握的地方，並
且最後，凡是成功地把一切科學認識都綜合爲個別人對個別事物
的知識的地方，詮釋學的努力就取得了成功。

　　所以詮釋學這一向度特別關係著已經歷了數千年的哲學概
念的工作。因爲哲學中創造的和留傳下來的概念詞彙並不是標誌
某種明確意義的固定標號和記號，而是在人類通過語言而形成的
解釋世界的交往活動中產生的。這些概念詞彙將被這種交往活動
繼續向前推進、發生變化和日益豐富，進入掩蓋著舊關係的新的
關係裡，沉落到半無思想狀態，並又在新的懷疑思想裡重新活躍

---

[36] 亞里斯多德：《後分析篇》，2章19節；培根：《新工具》，2卷1頁以
下。

[37] 鮑波爾：《探究的邏輯》（1966）。

起來。所以一切哲學的概念工作都以一種詮釋學向度爲基礎，這種向度目前人們是以一個不甚精確的詞「概念史」來標誌的。這種方向不是那種不講事實只講我們所使用的理解手段的第二位的努力，而是我們概念的使用過程本身中的批判因素。那些要求獨斷的和單義的定義的外行們的狂怒，以及對語義學的片面的認識論的單義性幻想，都未認清語言究竟是什麼，未認識到概念的語言是不能被發明、被任意改變、任意使用和任意丟棄的，而是從我們用以進行思想活動的因素中產生出來的。這種活生生的思想和講話之流的僵固的外殼，只有在人造的專門術語裡才能遇到。但是，這種專門術語也還是被我們用講話所進行的交往活動採用了，而理解和贊同正是在交往活動中才得以建立[38]。

詮釋學問題在社會科學的邏輯這一領域裡得到了一個新的刺激。因爲馬克思主義的振奮人心的意識型態批判也與詮釋學對社會科學中存在的樸素客觀主義的批判相一致〔哈伯馬斯；也可參閱阿爾貝特（H. Albert）的激烈的爭辯[39]〕，雖然意識型態批判批駁詮釋學的普遍性要求爲「唯心主義的」，並使用心理分析的模式，以便使對法權理解詮釋學的社會批判要求合法化：自由無拘束的理性的討論應當「治愈」錯誤的社會意識，猶如心理療法的對話將病人引回到對話共同體中一群。事實上通過對話而得到的康愈是一種突出的詮釋學現象，里克爾和拉康（J. Lacan）[40]首先重新討論了這種現象的理論基礎。但是精神疾病和社會疾病之間這種類推的有效範圍卻是值得懷疑的[41]。

---

[38] 參閱伽達默爾〈哲學概念歷史和哲學語言〉，載《北萊因威斯特伐倫州研究工作聯合會會刊》170（1971）。

[39] 哈伯馬斯：《社會科學邏輯》（1967）；《詮釋學與意識型態批判》（1971）；阿爾貝特：《構造和批判》（1972）。

[40] 里克爾：《論釋解：弗洛伊德研究》（1965，德文版 1969）；拉康：《著作集》（1966 年）。

[41] 參閱哈伯馬斯上引書（見注 39）；《詮釋學與意識型態批判》（1971）。

　　詮釋學的普遍性依賴於，詮釋學的理論的先驗的性質在多大程序上被限制在它在科學內部的效用上，或者它是否證明了**感覺通性**（sensus communis）的原則，因而證明了將一切科學的應用統一在實踐意識中的方式。詮釋學在作如此普遍的理解之後又接近了實踐哲學。在德國先驗哲學的傳統中間重新恢復這種實踐哲學，已通過理特爾（J. Ritter）及其學派的工作開始了。哲學詮釋學本身就已意識到這一點[42]。關於實踐的理論顯然是理論，而不是實踐，但是關於實踐的理論也不是一門「技術」或一種使社會實踐科學化的工作：這就是真理，面對現代的科學概念，捍衛這些真理乃是哲學詮釋學的一項最重要的任務[43]。

---

[42] 參閱特爾：《形而上學和政治》（1969）以及理德爾（M. Riedel）編輯的《恢復實踐哲學》，1、2卷（1972/74）。

[43] 伽達默爾：《理論、技術、實踐》，見《新人類學》卷（1972）「導言」。

第八篇

作爲理論和實踐雙重任務的詮釋學

（1978）

〔德國〕伽達默爾（Hans-Georg Gadamer）著

洪漢鼎 譯

本文原爲作者 1978 年 1 月 19 日在明斯特召開的國際法哲學和社會哲學聯合會威斯特伐倫組會上的報告，以及 1978 年 1 月 18 日在海德堡科學院的報告。第一次以擴大篇幅發表在《法律理論》第 9 期（1978），第 257-274 頁。本文譯自《伽達默爾著作集》，1986 年，第 2 卷，第 301-318 頁。

不僅詮釋學這個名詞已經很古老，而且詮釋學這個詞在今天是否重又與解釋（Interpretation）、闡釋（Auslegung）、翻譯抑或只與理解相聯繫，其所指的事情無論如何卻遠遠先於近代發展起來的方法論科學的觀念。甚至近代的語言用法也反映出使詮釋學事務得以顯現的那種獨特的理論和實踐的雙重方面和矛盾性質。18 世紀末和 19 世紀初，在一些作家筆下曾零零星星地出現過詮釋學這個詞，這表明當時這個詞——也許是來自於神學——已經進入到了日常用語，當然，那時它是單指實際的理解能力，也就是說，對別人進行可理解的、充滿同情的構通。這大概是在牧師那兒得到特別的強調。所以我曾在德國著作家紹伊默（Heinrich Seume 他曾在萊比錫當過馬魯斯的學生）和海貝爾（Johann Peter Hebel）那兒發現過這個詞。施萊爾馬赫是近代把詮釋學發展精神科學的

一般方法論的創始人，甚至他也堅決地以下述觀點爲根據，即理解的藝術並非僅以文本爲研究對象，它同樣處於人際溝通的事務之中。

因此，詮釋學並非只是一種科學的方法，或是標明某類特定的科學。它首先指的是人的自然能力。

像「詮釋學」這樣一種會在實踐和理論的含義之間左右搖擺的表達式隨處可見。例如，我們可以在日常與人溝通中講諸如「邏輯」或邏輯錯誤而根本不指邏輯學這門特殊的哲學學科。「修辭學」這個詞的情況也是如此，我們不僅用它指可以學習的講話藝術，同時也用它指自然天賦及其活動。很明顯，正如沒有自然天賦則學習一門可學的東西只會取得很有限的成果。缺乏講話的自然天賦的人，也不可能通過方法論的訓練而在講話時應付自如。對於理解的藝術，對於詮釋學，情況也確實是如此。

這一切都有其科學理論意義。類似於對自然天賦進行訓練並使之達到理論意識的這類科學到底是什麼？這對於科學史也是一個尚未解決的問題。理解的藝術應該如何歸屬？詮釋學究竟是接近於修辭學抑或必須把它置於邏輯學和科學的方法論一邊？我最近寫了一些文章試圖對這個學科史問題進行探究[1]。這個科學史探究表明，就像語言用法所表現的，那種作爲現代科學之基礎的方法論概念已經消解了過去那種明確指向這種人類自然能力的「科學」概念。

因此就出現了這樣一個普遍性的問題，即在科學體系內部至今是否繼續存在著一種因素，它更接近於科學概念的古老傳統而不是現代科學的方法論概念。我們總是可以問，這是否至少適用於所謂的精神科學精確劃定的領域——而不要管在包括現代自然科學在內的所有知識欲中是否有一種詮釋學向度在起作用。

---

[1] 現載《短篇著作集》，第 4 卷，第 148-172 頁以及第 164-172 頁。

　　然而至少有一種科學理論的典範，它似乎能賦予這種精神科學的方法論轉向以某種合理性，這就是亞里斯多德創建的**實踐哲學**[2]。

　　亞里斯多德把柏拉圖的辯證法理解為一種理論的知識，相對於這種辯證法，他要為實踐哲學要求一種特殊的獨立性，並且開啓了一種實踐哲學的傳統，這種傳統延至 19 世紀一直在發揮它的作用，並直到 20 世紀被所謂的「政治科學」或「政治學」所取代。但在亞里斯多德為反對柏拉圖的辯證法統一科學而用以提出實踐哲學觀念的所有規定，這種所謂「實踐哲學」的科學理論方面卻仍非常模糊。直到今天，仍有人試圖在亞里斯多德倫理學的「方法」中僅僅看到一種實踐合理性的作用——亞里斯多德把倫理學作為「實踐哲學」而引入，而在倫理學中實踐全理性的德行（Die Tugnd der praktischen Vernunftigkeit），也即 Phronesis（實踐智慧）據有中心的地位。（任何人的行為都服從實踐合理性的標準——這是亞里斯多德對於實踐哲學思考的貢獻——但這並不說明實踐哲學的方法是什麼。）因此，在這個問題上產生爭論是不足為怪的，因為亞里斯多德關於科學的方法論和系統意義的論述總體而言很少，他顯然較少想到科學的方法特性而更多地想到其對象領域的區別。《形而上學》卷六（E）第一章和卷十一（K）第七章尤其證明了這一點，雖說在那裡物理學（以及其最終目標「第一哲學」）是作為理論科學而與實踐科學和創制科學判然有別。但是，如果我們要檢驗理論科學和非理論科學的區別如何被證明，我們就會發現，那裡僅僅講到這些知識的對象不同。這顯然符合亞里斯多德的一般方法原理，即方法必須依其對象而定，對象定了，事情也就清楚了。在物理學中其對象是通過自我運動來規定，

---

[2] 當我 1978 年 1 月在明斯特談論本文的論點時，我利用機會對我同事里特的記憶力表示了稱道，他對此問題的研究包含著很多有益的觀點。

與此相反，生產性知識的對象，也即要生產的產品，其源泉乃在生產者其知識和能力之中，同樣，實踐－政治活動的對象也受活動者和他的知識所規定。這就可能出現一種假象，彷彿亞里斯多德在這裡說的是技術性的知識（例如醫生的知識）和能夠作出合理性決定的人（Prohairesis）的實踐知識，彷彿就是這種知識本身構成了與物理學的理論知識相對應的創制的科學或實踐的科學。顯然情況並非如此。這裡所區分的種種科學（除此之外，在理論領域內還有物理學、數學和神學等進一步的區分）是被視為同一類知識，它們都尋求認知 Archai（最高原則）和 Aitiai（理由原因）。這裡涉及的是最高原則的研究（Arche-forschung），這就是說，這裡並不涉及處於應用中的醫生、工匠或政治家的知識，而是涉及可以被講出和傳授的**一般性知識**。

值得注意的是，亞里斯多德在這裡根本沒有考慮這種區別。顯然在他看來不言而喻的是，在這些領域中普遍的知識根本不會提出任何獨立的要求，而總是包含有轉用到個別例子的具體運用。但我們的研究卻表明，我們必須把那些以實踐的或創制的活動或生產過程（包括話語的創作和「生產」的過程在內）當作討論對象的哲學科學作為對這些活動或生產過程的研究與這些活動或生產過程本身明確區分出來。實踐哲學並不是實踐合理性的德行。

當然，人們在將現代的理論概念應用於實踐哲學時頗費躊躇，因為這種哲學按其自我標誌就已經是實踐的。因此，最大的困難問題就是找出在這些領域內所適用的這種科學特性所依賴的諸種特殊條件。無論如何，亞里斯多德本人是用含糊的暗示來說明這些特定條件的。說它們不是很清楚，在實踐哲學方面，情況又是特別的複雜，因此更要求某種亞里斯多德角度的方法論反思。實踐哲學需要一種特別的合法性。顯然，關鍵性的問題在於，這種實踐的科學必須和人類生活中包容一切的善的問題打交道，

它不像 Technai（技術學）僅限於某個確定的領域。此外，「實踐哲學」這個用語恰好說明，它並不打算利用某種宇宙論的、存在論的或形而上學的關於實踐問題的論證。如果這裡必須局限於對人而言是重要的東西即實踐的善，那麼處理這種實踐活動問題的方法顯然就和**實踐理性**（praktische Vernunft）具有根本的區別。甚至在「理論哲學」這種看似累贅的表述中以及在「實踐哲學」這個自我標誌中就已經包含著迄今為止仍在哲學家的反思中反映出的因素，即哲學並不能完全放棄那種不僅要認識、而且本身就要有實際作用的要求，也就是說，作為「人類生活中善的科學」本身就要求促進這種善。在被稱之為 Technai（技術學）的**創制科學**（poietische Wissenschaften）中，這一點對我們也是特別清楚的，它們甚而就是**技藝學問**（Kunstlehren），對於這種技藝學問來說，唯有實際的使用才是決定性的。政治倫理學的情況雖然完全不一樣，但它也不可能放棄這樣一種實踐的要求。所以這種要求直至今天仍然一直被人提出。倫理學並非只描述有效的規範，而且也證明這些規範的效用，甚或制定更為正確的規範。至少從盧梭對於啟蒙時代的理性驕傲作了批判之後，這就成為一個現實的問題。如果自然道德意識的純潔性實際上能夠以其無比的精確性和細膩的感受性知道如何認識和選擇善和責任，那麼「關於道德事務的哲學科學」又如何能證明它存在要求的合理性呢？在這裡我們不能詳盡地論述康德面對盧梭的挑戰如何證明道德哲學事業，我們甚而也不能詳盡論述亞里斯多德是如何提出這相同的問題並試圖通過為那些能夠有意識感受到關於「實踐的善」理論指導的人作出某些特殊條件的方法來證明它的合理性[3]。實踐哲學在我們的生活中只是作為此類知識傳統的例子，這種知識與現代方法論

---

[3]　參見我的論文〈論哲學倫理學的可能性〉，見《短篇著作集》，第 1 卷，第 179-191 頁；並見我的著作集第 4 卷。

概念並不吻合。

　　我們的論題是詮釋學，對於詮釋學來說，它與修辭學的關係乃是最爲重要的。即使我們不知道近代的詮釋學是隨著梅蘭希頓（Melanchthon）復活亞里斯多德主義而發展成爲一種與修辭學相平行的學科，修辭學的科學理論問題仍然是現成的研究出發點。顯然，講話的能力和理解的能力具有同樣的廣度和普遍性。對於一切我們都可以講話，而對於人們所講的一切我們又都應該理解。修辭學和詮釋學在這裡具有一種很緊密的內在聯繫。出色地掌握這種講話能力和理解能力尤其可以在文字的運用、在書寫的「講話」和理解所寫的文字這些情況中表現出來。詮釋學完全可以被定義爲一門把所說和所寫的東西重新再說出來的藝術。這到底是一門怎樣的「藝術」，我們可以從修辭學來加以認識。

　　什麼是作爲一門科學的修辭學，或者修辭學的藝術是由什麼構成的，這個問題在科學理論反思的開端就已成爲思考的對象。正是在古希臘教育中哲學和修辭學之間眾人皆知的對立才促使柏拉圖提出了追問修辭學的知識性質的問題。自從柏拉圖在《高爾吉亞篇》中把整個修辭學作爲諂媚術與烹飪術加以等同並使它與所有真正的知識相對立之後，柏拉圖的對話集《斐德羅篇》就致力於賦予修辭學一種更深刻的意義並使之也得到一種哲學證明的任務。所以那裡提出的問題就是修辭學裡究竟什麼才算**技術**（techne）。《斐德羅篇》的觀點同樣也是亞里斯多德修辭學的基本觀點，這種修辭學與其說是一種關於講話藝術的技藝學，毋寧說是一種由講話所規定的人類生活的哲學。

　　這樣一種修辭學就像辯證法一樣具有其要求的普遍性，因爲它並不像某種專門的技術能力一樣局限於某個特定的領域。正因爲此，它又和哲學處於競爭狀態之中，並能作爲一種普遍的基礎知識與哲學競爭。《斐德羅篇》要表明，這樣一種廣義的修辭學如果想克服僅作爲一種規範性技術的局限（按照柏拉圖的觀點，這

種技術只包括 ta pro tes technes anankaia mathemata（那種對於技術的必要性必須被學習的東西）〔《斐德羅篇》269b〕，那麼它最終就必然會歸併到作為辯證法知識之總體的哲學之中。這種論證與我們這裡討論的問題有關，因為在《斐德羅篇》中關於修辭學如何超越一門純粹的技術而進入一種真正的知識（對此柏拉圖當然仍稱之為「技術」）所講的一切，最終也必然能夠運用到作為理解藝術的詮釋學身上。

　　一種被廣為接受的觀點認為，柏拉圖本人把辯證法，也就是哲學理解為一種技術，並在他相對於其他所謂的技術（Technai）來說明它的特徵時，他只是說它是一種最高的知識，是人們必須知曉的最高知識即**善的知識**（megiston mathema）。這個觀點在經過必要的修正後也必定適用於他所要求的哲學修辭學，因而最終也適用於詮釋學。只有到亞里斯多德才出現了具有重大影響的科學、技術和**實踐合理性**（phronesis 實踐智慧）的區分。

　　事實上，實踐哲學這個概念是以亞里斯多德對柏拉圖善的理念作為批判為基礎。唯有很仔細地察看才會發現，如我在一篇於本文發表之際並已完成的論文中所試圖說明的[4]，雖說在那裡對善的追問被提高得彷彿是技術和科學在其領域中所追隨的知識理念的最高實現，但這種善的追問並未在一種最高的可學習的科學中真正得到實現。作為最高可學的對象的善（to agathon）在蘇格拉底的 Elenchos（推理）中總是以一種否定性的論證方式出現。蘇格拉底駁斥了要把技術當作真正的知識的要求。他自己的知識是 docta ignorantia（博學的無知），而且並非不正確地稱作辯證法。只有能堅持到最後的話語和回答的人才能認識。同樣，就修辭學而言，如果它成了辯證法，那它就只能是技術或科學。誰是真正

---

[4]　〈柏拉圖和亞里斯多德關於善的理念〉（海德堡科學講演，1978 年，哲學-歷史卷，論文 3），海德堡，1978。現載我的著作集第 7 卷。

的講話能手，誰就會把他要說服人家相信的東西當作善和正確的
東西加以認識並對之加以堅持。但這種善的知識和講話藝術的能
力指的都並非普遍的「善」的知識，而是人們此時此地必須用來
說服別人相信的知識，以及我們如何行動和面對誰我們這樣做的
知識。只有認識了善的知識所要求的具體內容，人們才會理解，
為何這門教人如何把話寫下來的藝術會在進一步的爭辯中有這樣
的作用。它也可以是一門藝術，柏拉圖在他對伊索克拉特講的和
解的話中明確地承認了這一點，然而也僅僅在文章的這一處，以
及只有當人們了解了上文——超出關於口頭言語的弱點——所述
的所有成文東西的缺陷並能對他和所有講話提供幫助的場合下，
作為進行答辯的辯證法家，情況才是如此。

這個論述具有根本的意義。真正的知識，除了那種是知識的
東西以及最終把一切可知或「整體的本質」所包括內的東西之外，
還要認識 Kairos（良機），也就是說，要知道必須在何時講話以及
如何講話。但這點人們僅僅通過規則或對規則的學習是無法掌握
的。正如康德在他的《判斷力批判》中正確地提到的，規則的合
理使用是無規則可循的。

這在柏拉圖的《斐德羅篇》中（268ff）曾以很有趣的看法表
現出來，誰只掌握醫學的知識和治療規則但卻不知道在何時何地
應用它們，誰就不是一個醫生。同樣，如果悲劇詩人和音樂家只
是學會他們藝術的一般規則和進行方式，但卻無法用它們寫出作
品來，那就不能算是詩人或音樂家（280 B ff）。因此，所有講話
的人必須知道在何時何地說話（hai eukairiai te kai akairiai，現在
有益的東西和現在無益的東西，《斐德羅篇》，272A6）。

在柏拉圖這裡已經預示了一種對可學知識的技術－模式的
過分強調，因為他把最高的知識歸到辯證法上。無論是醫生、詩
人還是音樂家都不知道「善」。辯證法家或哲學家，這裡指的是真
正的辯證法家或哲學家而不是詭辯家，並沒有「有」一種特別的

知識，而是他們本人就是辯證法或哲學的體現。與此相應，在政治家的對話中，真正的政治術作爲一種編織術而出現，人們用它對對立的元素編織成統一體（305e）。政治術就在政治家身上得到體現。同樣，在《菲利布斯篇》中，關於善的生活的知識表現爲一種混合術，它由尋找自己的幸福的人具體地實現。卡帕（Ernst Kapp）在一篇傑出的論文中就「政治家」的情況而指明了這一點。我在自己早期所寫的批判耶格發展史建構的論文中也提出了類似《菲利布斯篇》的觀點[5]。

　　作爲亞里斯多德理論之端的關於理論哲學、實踐哲學和創制哲學的三分法必須根據這種背景來看待，對他的實踐哲學的科學理論地位的評價也必須根據背景來作出。柏拉圖在《斐德羅篇》中對修辭學進行的辯證法加工提高證明是具有里程碑意義的。修辭學不能和辯證法分離，作爲令人信服的說服是不能和真實的知識相分離。同樣，理解也必須從知的角度出發來考慮。這是一種學習能力，當亞里斯多德談到**智慧**（synesis）的時候也強調了這點[6]。對於真正的辯證法演講者和真正的政治家來說，以及在人們對自己生活的指導中，「善」的問題一直是關鍵的問題──善並不表現爲可以通過製造而產生出來的 Ergon（產品），而是表現爲實踐和 Eupraxis〔善行，也就是說，作爲活動（Energeia）〕。與此相應，在亞里斯多德的政治學中，雖說教育學是爲了「造就」好公民，但它卻並沒有被處理爲**創制的哲學**（poietische philosophie），而是像制訂憲法的理論一樣被當作實踐哲學[7]。

　　雖說以下說法是正確的，即亞里斯多德的實踐哲學觀念總體

---

[5]卡帕：〈理論與實踐〉，見《語文學雜誌》，第 6 期，1938 年，第 178-194 頁；伽達默爾：〈亞里斯多德的告誡〉，見《赫爾默斯》，63 期，1928 年，第 138-164 頁；也見《柏拉圖的辯證倫理學》，1931 年，現載我的著作集，第 5 卷，第 164-186 頁以及第 3-163 頁。

[6]　《尼各馬可倫理學》Z11。

而言並未真正被人永記，而只是限於政治學之中。實踐哲學觀念
接近於一種技術的概念，因爲它使一種以哲學的方式活動的知識
服務於制訂法律的理性。這點不久也整合進了近代的科學思想。
與此相反，希臘的道德哲學較少以亞里斯多德的形式而更多以斯
多葛主義的形式影響後代，尤其是近代。同樣，亞里斯多德的修
辭學對於古典修辭學的傳統的影響也很小。對於講演術的大師和
指導人們學會傑出的講演術，它都過於哲學化。然而，正像亞里
斯多德所說，由於它與辯證法和倫理學（peri ta ethe pragmateia
屬於倫理學的東西，見《修辭學》，1356a26）相結合的「哲學的」
特性，它在人文主義時代和宗教改革時代獲得新生。宗教改革家
們、尤其是梅蘭希頓對亞里斯多德的修辭學所做的利用和我們在
此討論的問題特別有關。梅蘭希頓把它從「製造」講話的藝術改
造成相互理解性地追隨講話的藝術，也即改造成詮釋學。這裡有
兩個因素匯合在一起：隨著印刷術的發明而產生的新的書寫文字
和新的閱讀文化，以及宗教改革反對傳統並導致自解原則的神學
轉折。聖經對於福音預告所具有的中心地位導致把它翻譯成民眾
的語言，並把一般僧侶教義變成一種需要新的說明的使用聖經的
方式。因爲凡被外行也能閱讀的任何地方，就不再涉及到那種閱
讀時被某種職業的工匠傳統所指導的人或按照善辯的演講達到理
解的人。無論是法學家使人產生深刻印象的修辭學或是神職人員
的修辭學還是文學的修辭學，都無法幫助讀者。

　　我們都知道，要把一種用外語寫成的文本或雖用本國語言但
卻很難的文本，以立刻就能理解它的方式讀出來有多難。如果在
課堂上請一位新生朗讀一句德語的或希臘語的或漢語的句子，那
他在朗讀時最不能理解的總是漢語的句子，只有當我們理解了所
讀的東西時，我們才能讀得抑揚頓挫，從而真正表達出意思。

7　《政治學》，H1，1337a14ff。

因此，閱讀難懂的文本就成為日益增長的困難，也就是說要把文字表達成話語變得日益困難，正是這種困難在近代從各種不同的方向把理解的藝術提升到了方法論的自我意識。

文字當然不是在我們這個閱讀文化的年代才出現，我們今天倒是接近了這種閱讀文化的終結。隨著文字而提出的詮釋學任務歷來就不是破譯文字符號這種外在的技術，而是正確理解用文字固定下來的意義。只要文字還一直行使著清晰確定和可控制認證的功能，那麼撰寫文字和理解如此寫下的文本的任務就都要求進行技術訓練，這種訓練也許涉及到賦稅、契約（令我們語言研究者高興的是它們有時是用兩種語言寫就）或其他宗教的或法律的文件。因此，詮釋學的技術訓練同樣建築在古老實踐的基礎之上。

詮釋學這種技術訓練意識到在這種實踐中發生的是什麼。對於理解實踐的思考根本無法和修辭學傳統分離，而這正是由梅蘭希頓所作出的對於詮釋學最為重要的貢獻之一，即他提出 Scopi（觀點或視角）的理論。梅蘭希頓注意到，亞里斯多德就像演說家們一樣在其文章的開頭就指出了我們為理解他們的文章所必須依賴的觀點。這顯然與是否在解釋法律或宗教文獻或「古典」詩歌作品不相干。這種文本的「意義」並不是由「中性的」理解所規定，而是取決於它們自己的效用要求。

對文字的解釋問題首先是在兩個領域中發現這種古老的訓練，並提出一種新的日益增長的理論意識：在對法律文本的解釋中，尤其是自從查士丁尼主持編纂羅馬法以來，這種解釋構成了法學家的活動，以及在以教會的基督教義理論傳統對聖經的解釋中。近代法學詮釋學和神學詮釋學都能與這兩個領域聯繫起來。

甚至在任何獨立的法典編匯工作中，找尋法律和提出判決的任務也包含著一種無法避免的對峙，對此亞里斯多德已討論過，也即在具有作用的——成文法或未成文法——法律條文的普遍性與具體案例的個別性之間的對峙。具體的判決事務在法律問題上

並不是理論的陳述，而是「用詞處理事」，這是很明顯的。正確解釋法律在某種意義上是以其運用爲前提。我們甚至可以說，法律的每一次應用決不僅限於對其法律意義的理解，而是在於創造一種新的現實。這就像那種再現的藝術一樣，在那裡對於現存的作品，不管它是樂譜還是戲劇文本都可以超越，因爲每一次演出都創造了和確立了新的現實。然而，在這種再現的藝術中我們仍然可以說，每一次演出都是以對所與作品的某種解釋爲基礎的。同樣我們也可以說，在由這些演出所代表的各種可能的解釋中，我們仍可區分和斷定合適性的程度。至少在戲劇院和音樂會的演出按其理想的規定不僅僅是表現，而是解釋，因此，尤其對於音樂我們完全可以理所當然地談到由進行再創造的藝術家對作品作的解釋。我認爲把法律運用到某種現成的案件上也是以類似的方式包含了解釋活動。但這卻說明，法律規定的每一次應用，就其是事實求是而言，都是對某項法律的意義的具體化和進一步闡明。我認爲韋伯說的下面這段話很正確：「真正有意識的『創造』也即創造新的法律，只有在預言家處理現存生效的法律時才存在。在很大程度上，新法律決不是全新的東西，從客觀性的眼光來看，至多不過是『創造性的』的產物而已，從主觀性的眼光來看，它們充其量不過是已存在的——甚至常是潛在的——法規的代言人，即它們的解釋者和應用者，而不是它們的創造者。」與此相應的是古老的亞里斯多德的智慧，即訟訴活動總需要補充性的因地制宜的考慮，因地制宜的觀點和法律並不矛盾，而是因其放鬆了法律條文的字面意義才真正完全實現了法律的意義。這種古老的法律活動問題在近代的開端隨著羅馬法典的接受而被特別強調，因爲傳統的法律責任規範因爲新的法律而產生了疑問，這樣，作爲解釋理論的法學詮釋學就被賦以一種突出的意義。爲 Aequitas（因地制宜的合理性）進行辯護在近代早期從布德斯（Budeus）到維柯的討論中佔有很重要的地位。我們甚至可以這樣說，構成

法學家之本質的對法律的博學，在今天可以有充分的理由稱之爲
「Jurisprudenz」，即法律的聰慧。這個詞讓我們回想起實踐哲學的
遺產，它在 prudentia（智慧）中看到實踐合理性的最高德行。正
是由於這種法學博學性方法特徵見解及其實際規定的喪失，從而
19 世紀後期法學（Rechtswissenschaft）這個表述就佔了統治地位[8]。

　　神學領域的情況也是如此。雖說自古代後期就存在一種解釋
術，甚至可以說存在有一種對聖經的不同解釋方法進行正確區分
的理論，但自從卡西奧多（Cassiodor）以來所區別的眾多聖經解
釋形式卻更多地是指示如何才能使聖經運用於教會的教義傳統，
而不是像它們所想的那樣是爲了傳達正確的理論而提出一種解釋
聖經的方法。另一方面，隨著宗教改革號召人們回到聖經本身，
尤其是隨著《聖經》閱讀日益擴展，在宗教改革關於普遍宗教精
神的理論中所蘊含的牧師行業傳統之外又出現了完全針鋒相對的
詮釋學問題。然而，當時最關鍵的卻並不是處理《聖經》中用陌
生語言寫成的文本，把這些文本如實地翻譯成民眾的語言以及根
據語言學、文學和歷史學知識對之進行確切理解。通過宗教改革
回溯到新約的極端主義以及回溯到教會的教義傳統反倒使基督教
文獻以某種全新的、陌生的極端性面對讀者，這就遠遠超越了對
於所有其他用陌生語言寫成的古代文本都是必須的語文學和歷史
學的那種片斷性的輔助作用。

　　宗教詮釋學所強調的、尤其是弗拉西斯（Flacius）所強調的
是聖經的福音佈道阻礙了人的自然的前理解。這裡指望得到證明

---

[8] jurisprudentia 這個詞用 Rechtswissenchaft 這個德語詞表述（而不用較
舊的 Rechtsgelehrsamkeit）也許可以追溯到歷史學派的開端，沙維格納
（Savigny）和他的《歷史法學雜誌》就屬於該學派。在那裡歷史科學的
類推法和對獨斷的自然法思想的批判一起發生作用。此外，還傾向於取
代 prudentia 而更強調 Scientia 並突出實踐的公平考慮（例如可參見柯納
（Francois Connan）在《評論》Ⅰ、Ⅱ中對這種趨向法科學傾向的批判）。
也可參看柯夏克的《歐洲和羅馬法》，1953，第 337 頁。

的不是對神律的遵從和可嘉的行為，而是信仰——對上帝成人和
耶穌復活這一奇蹟的信仰。聖經的福音佈道要求人們的是完全堅
信自身、堅信自己的貢獻和自己的「善行」，以致自宗教改革以來
所強調的整個基督教神學活動形式比它在舊的基督教傳統中更堅
決地服務於懺悔、確證和呼籲信仰。因此，這種信仰整個說來是
建築在對基督教佈道的正確解釋之上。於是，通過佈道解釋聖經
在基督教教會的神學活動中佔據了重要地位，這就使神學詮釋學
的特殊任務得到強調。神學詮釋學並非用來對聖經進行科學理
解，而是用作佈道的實踐，據此使福音通過個人，從而使人們意
識到那裡所談論的和所意指的乃是他們自己。因此，**應用**
（Applikation）並非只是對理解的「運用」，而是理解本身的真正
內核。所以在虔信派那兒表現得最為極端的應用疑難並非只是宗
教文本詮釋學中的一個本質因素，而是使詮釋學問題的哲學意義
全部表現出來。它並非只是一種方法的工具。

　　在浪漫主義時代由施萊爾馬赫和他的後繼者把詮釋學構築
成一種普遍的「藝術理論」，並且以此證明神學科學的特性及其在
各門科學前面享有同等方法論權利，這在詮釋學的發展過程中是
決定性的一步。施萊爾馬赫的天才秉賦是善於與他人進行理解性
的溝通，在一個對友誼的培養達到真正高度的年代裡，他也許可
以被稱為最有天才的時代寵兒。施萊爾馬赫有一個很清楚的想
法，即我們不能把理解的藝術僅限於科學範圍。這種理解藝術甚
至社交生活中都起著一種突出的作用，例如當人們想理解一個思
想深邃的人所說的令人無法馬上理解的話時，我們就常常運用這
種理解藝術，在思想深邃的談話者之間傾聽對方的話語就像閱讀
文本一樣有時必須揣摩字裡行間的意思。儘管如此，施萊爾馬赫
的身上仍有近代科學概念在詮釋學的自我理解上打下的印記。他
區分了鬆散的詮釋學實踐和嚴格的詮釋學實踐。鬆散的詮釋學實
踐的出發點是，面對他人的表述，正確的理解和一致意見是常例

而誤解只是例外，與此相反，嚴格的詮釋學實踐的出發點則是，誤解才是常例，只有通過訓練有素的努力才能避免誤解，從而達到正確的理解。很顯然，按照這種區分則所謂解釋的任務就從真正理解生活中經常出現的理解關聯中被分離出來。於是就必須克服一種完全的**異化**（Entfremdung）。消除疏異使之同化成熟悉的內容這項需要技藝的活動因而就取代了溝通能力——在溝通能力中人們共同生活並與他生活於其中的傳承物進行調解。

與施萊爾馬赫開闢的詮釋學普遍化的傾向相適應，尤其與在「語法的」解釋之外他又引進「心理學的」解釋這種獨特的貢獻相適應，在 19 世紀他的後繼者們那裡詮釋學被發展成了一種方法論。它的對象是作為研究者面對的匿名的「文本」。尤其是狄爾泰追隨施萊爾馬赫致力於為精神科學建立詮釋學基礎，以使精神科學能和自然科學相匹敵，因為他進一步發展了施萊爾馬赫對心理學解釋的強調。他認為詮釋學最獨特的勝利就在於對藝術作品的解釋，這種解釋把無意識的天才創作提升到意識。對面藝術作品，所有傳統的詮釋學方法，諸如語法的、歷史的、美學的和心理的方法，只是在它們都必須服務於對個別作品的理解這一範圍內才達到理解理想的較高層次的實現。正是在這裡，尤其在文學批評領域內，浪漫主義詮釋學發展成一種遺產，它在語言用法上也帶著它古老起源的痕跡，即**批導**（Kritik）。批導的意思就在於，從效果和內容角度評價一部作品，並把它和所有不符合它標準的作品相區別。狄爾泰的努力顯然在於把現代科學的方法概念也擴展到「批導」之中，並把詩意的「表述」從理解心理學出發作科學的解釋。通過「文學史」間接之路終於出現了**文學科學**（Literaturwissenschaft）這個表述。它反映了一種傳統意識在 19 世紀科學實證主義時代的衰落，這種意識在德語世界中日益被現代自然科學的理想所同化，直至改變了它的名稱。

如果我們從近代詮釋學進展的**概觀**出發回溯到亞里斯多德

的實踐哲學和技術理論傳統，那麼我們就會面臨一個問題，即柏拉圖和亞里斯多德已感受到的技術知識概念，與包容了人類最終目標在內的實踐－政治知識概念之間的衝突，在現代科學和科學理論地基上將會產生多大成果。就詮釋學而言，它面臨的任務就是要把那種與現代理論科學概念及其實踐－技術運用相適應的理論與實踐脫節的狀態，與這樣一種走著從實踐到其理論意識相反道路的科學思想相對照。

從這點出發可以比從今天科學方法論的內在疑難出發更清楚地闡明詮釋學的問題，我覺得這一點可以從詮釋學與作為它基礎的修辭學以及亞里斯多德的實踐哲學這種雙重關係來考察。當然，要對一門像亞里斯多德的修辭學那樣的學科在科學理論裡規定一個位置是非常困難的。但我們卻仍有理由把它和詩學恰當地聯繫起來，並且無法否認這兩種以亞里斯多德的名義保存下來的作品的理論意義。它們不可能被列入技術手冊的行列，併在一種技術的意義上促進講話和作詩的藝術。在亞里斯多德的眼中會不會把它們與治療術和寧可當作技術科學的體育學歸並在一起呢？亞里斯多德在他把大量政治知識的材料進行理論加工的《政治學》中，難道不是大大擴展了實踐哲學的問題域，使它超越了他所研究和分析的憲法形式的多樣性，而讓最好的憲法、從而關於「善」的「實踐」問題成為首要的討論問題嗎？被我們稱之為詮釋學的理解藝術如何才能在亞里斯多德的思想視野中找到它的位置呢？

我覺得在此必須說明，**理解**（Verstehen）和**相互理解**（Verstaendnis）的希臘詞 Synesis 通常是出現於學習現象中的中性語境中並且可以與希臘文**學習**（Mathesis）一詞在互換的意義上被使用，但是在亞里斯多德倫理學中，理解這詞卻表現為某種精神的德行。顯然，這是對亞里斯多德常常在中性意義上使用的詞更嚴格的用法，這種嚴格用法和 Techne（技術）和 Phronesis（實踐智慧）在這方面詞彙學的嚴格含義相適合。但這個詞的含義遠不

止於此。「相互理解」在希臘詞中的意義與我開頭提到的詮釋學在
18 世紀作爲靈魂的知識和靈魂的理解的意義一樣。「相互理解」
意指一種實踐合理性的變形，意指一種對他人實際考慮的明智判
斷[9]。顯然，這裡指的不僅僅是對所說的某事的理解，它還包括一
種共同性，通過這種共同性雙方進入一種**彼此商討建議**
（Miteinander-zu-Rate-gehen），即提出建議和採納建議，具有首要
的意義。只有朋友或有友好態度的人才能給出建議。這實際上就
完全觸及到和實踐哲學觀念相聯繫的問題的中心，因爲由這種與
實踐合理性（實踐智慧）相對應的部分可推出道德蘊涵。亞里斯
多德在其倫理學中分析的是「德行」，是一種一直處於其規範有效
性前提之下的規範概念。實踐理性的德行並不是一種能夠發現達
到正確目的或目標的實踐手段的中性能力，而是和亞里斯多德稱
爲 Ethos（習行，倫理）的東西不可分割地聯繫一起。Ethos 對於
亞里斯多德來說，就是 Arche（原則），是一種從它出發就可以作
出一切實踐－哲學的解釋的東西。雖然亞里斯多德出於分析的目
的把倫理的德行和**知性的德行**（Dianoetischen Tugend）相區別，
並把它們歸到兩個所謂理性靈魂的「部分」。但這種靈魂的「部分」
到底是什麼意思，抑或它們只是像凹和凸兩面一樣被理解爲同一
個事物的兩個不同方面，對此亞里斯多德也追問過（《尼各馬可倫
理學》A13, 1102a28ff）。最後，在他對於人類何謂實踐的善的分
析中，這種基本的區別也必須根據他的整個實踐哲學所提出的方
法要求來加以考慮。它們並不會取代實際上合理的決定，這種決
定是處於任何環境中的個體所要求的。亞里斯多德所有典型的描
述都該從這種具體情況去理解。甚至很符合亞里斯多德倫理德行
的關於中庸之道的著名分析，也是一種含義很多的空洞規定。不

---

[9] 波曼（Claus von Bormann）：《批判的實際根源》（1974），他在這本一
般說來很有成果的書的 70 頁中卻把事實搞顛倒了，他想根據「對自我

僅它們要從兩個極端出發獲得它們的相對內容，這種相對內容在人們的道德信念和相反行為中的諸側面比值得贊賞的中庸之道更具有更多的規定性，而且它就是以這種方式系統描述的 spoudaios（認真）的倫理習行（Ethos）。hos dei（理應如何）和 hos ho orthos logos（正確如何）並不是對於嚴格的概念要求的托詞，而是指出 Arete（德行）能獲得其規定性的唯一具體條件。顯然，作出這些具體條件就是具有實踐智慧（Phronesis）的人的事情。

從這種考慮出發，曾經多次討論的關於實踐哲學和政治哲學任務的初步描述就得到了一種精確的勾勒。伯耐特（Burnet）認為亞里斯多德有意識地向柏拉圖關於技術（techne）的用法靠攏[10]，這在「創制的」技術知識與以典型的普遍性解釋「善」的「實踐哲學」之間存在的衝突中有其真實的根據，因為這種實踐哲學本身並不是實踐智慧。在這裡**實踐**（Praxis）、**選擇**（Prohairesis）、**技術**（techne）和**方法**（methodos）組成一個系列並構成一個逐步過渡的連續統[11]。但是，亞里斯多德也反思了**政治學**（politike）能為實際生活所起的作用。他把這種實際事務的要求比作弓箭手在瞄準他的獵物時所注視的**準線**（Marke）。由於注視這個準線，他就輕而易舉地射中目標，這當然不是說射箭術僅僅在於瞄準這個準線。為了能射中目標，人們必須掌握射箭的技術。但是，為了使人能夠更容易對準目標，為了更精確和更好地掌握發射的方向，這種準線卻能起了它的作用。如果我們把這種比喻應用到實踐哲學上，那麼我們將必須從這一事實出發，即作為一個是其所是──即按他的「習性」行事的人，在其具體的決定中是受他的實踐合理性的指導，而確實不依賴於某一個教師的指導，雖然這

的批判理解」來證明對他人的理解。
[10] 見他出版的《尼各馬可倫理學》A1 的評注。
[11] 《尼各馬可倫理學》A1，1094a1ff。

裡也可能由於幫助理性思考保持其行動的最終目標，從而為有意
識地避免在道德事務中可能出現的偏差而提供幫助。實踐合理性
並不只限於某個特定的領域，它根本不是某種能力「應用於」某
個對象。實踐合理性可以發展出方法——不過，這與其說是方法，
不如說是**簡便規則**（Faustregel），並且很可能作為人們掌握的藝
術而達到真正的操縱。儘管如此，它仍然不是那種有如製造能力
一樣的可以（任意或根據要求）選擇自己任務的**能力**（Koennen），
而是像生活實踐一樣自立的。因此，亞里斯多德的實踐哲學不同
於專家的所謂中性專業知識，專家們往往像一個不相干的觀察者
對待政治和立法的任務。

　　亞里斯多德在討論從倫理學到政治學的那章裡清楚地說明
了這一點[12]。實踐哲學的前提就在於，我們總是已經被自己受教於
其中並作為整個社會生活秩序之基礎的規範觀念所預先規定。但
這決不是說，這些規範的觀點會不改變地長存和不受批判。社會
生命就存在於對迄今生效的東西加以不斷改變的過程中。然而，
想要抽象地推導出規範觀念並且企圖以科學的正確性來建立其有
效性，這乃是一種幻想。這裡要求的是這樣一種科學概念，這種
概念不承認不相干（不參與）的旁觀者的理想，而是力圖以對聯
繫一切人的共同性的意識取代這種理想。我在自己的研究中已經
把這一點運用到詮釋學上，並且強調了解釋者對於其所解釋的東
西的依賴性。誰想進行理解，誰就總是預先帶著某種使理解者和
他想理解的對象聯繫起來的東西，即一種基本的**一致意見**
（Einverstaendnis）。若某個講話者想在爭論性的問題上說服別人
並使人信服，那麼他就總是必須使自己和這種一致意見相聯繫[13]。

---

[12]　《尼各馬可倫理學》K 10，1179b24 和 1180a14f。
[13]　佩爾曼（Ch. Perelman）及其學派從法學家經驗出發復活了「論辯」
作為一種修辭學過程的結構和意義的古老的觀點。

因此，對他人意見或某個文本的每一次理解儘管有一切可能的誤解，仍可從相互理解關聯中進行把握並試圖克服不一致的意見而達到理解。這一點甚至適合於活生生的科學實踐。科學實踐也不是簡單地把知識和方法運用於一個任意的對象。只有置身於科學中的人，問題才會對他提出。時代本身的問題、思想經驗、需要和希望如何強烈地反映著科學和研究的利益指向，對此每個科學史家都耳熟能詳。理解科學的普遍主題是置身於傳統中的人，在這種理解科學的領域中繼續存在著柏拉圖加諸於修辭學的古老的普遍性要求。這種與哲學的親近關係也適合於詮釋學，而這種關係正是《斐德羅篇》關於修辭學的討論中最爲激動人心的成果。

　　這決不意味著現代科學的方法嚴密性必須被放棄或加以限制。所謂的「詮釋學」或「精神科學」，儘管它們的利益指向和程序與自然科學的做法大相徑庭，但都遵循標誌一切科學方法進程的同一的批判合理性標準。不過它們首先可以正確地以實踐哲學的典範爲基礎。亞里斯多德也把實踐哲學叫做「政治學」。政治學被亞里斯多德稱爲「最具建築學特點的」[14]，因爲它把古代系統學的所有科學和藝術都包括在自身之內。甚至修辭學也屬此列。因此詮釋學的普遍性要求就在於，綜合整理所有的科學，認識所有科學方法應用於對象的認知機會，並盡其可能地利用它們。但正如「政治學」作爲實踐哲學並非只是一種最高的技術，詮釋學的情況也同樣如此。它把所有科學所能認識的東西都包括進我們處身於其中的理解關聯之中。正因爲詮釋學把科學的貢獻都歸入這種把湧向我們的傳承物和我們聯結成現實生活統一體的理解關聯之中，因此詮釋學本身並不是一種方法，也不是在19世紀由施萊爾馬赫和伯克直到狄爾泰和貝蒂作爲語文科學的方法論所發展出的一組方法，它是哲學。它不僅提供關於科學應用程序的解釋，

---

[14]　《尼各馬可倫理學》A1，1094a27。

而且還對預先規定一切科學之運用的問題作出說明——這就像柏
拉圖所說的修辭學。這是一些規定所有人類認識和活動的問題，
是對於人之為人以及對「善」的選擇最為至關緊要的「最偉大的」
問題。

第九篇

從認識論到詮釋學

（1979）

〔美國〕羅蒂（Richard Rorty）著

李幼蒸 譯

羅蒂（Richard Rorty 1931-）是當代美國哲學家，新實用主義主要代表，主要著作有《語言學轉向》（1967），《哲學與自然之鏡》（1979）和《實用主義的後果》（1982）等。

本文選自《哲學與自然之鏡》（*Philosophy and the Mirror of Nature*, Princeton Unitersity Press, 1979.），第七章。

一、共量性和談話

在第三章中我曾提出，對知識論的願望就是對限制的願望，即找到可資依賴的「基礎」的願望，找到不應游離其外的框架，使人必須接受的對象，不可能被否定的表象等願望。當我把反對基礎探索的新近的這種相反傾向形容爲「認識論的行爲主義」（在第四章中）時，我並非想暗示，奎因和塞拉斯使我們能夠具有一種新的、較好的「行爲主義的」認識論。而是說他們向我們指出，當我們放棄了對照和限制的願望時，事物會是什麼樣子。然而基礎認識論的撤除，往往使人們感到留下了須予填充的真空。在第五和第六章我批評了種種填充它的企圖。因此，在本章中我將談論詮釋學時，從一開始我就要申明，我並非提出詮釋學來作爲認

識論的一個「繼承的主題」，作為一種活動來填充曾由以認識論為中心的哲學填充過的那種文化真空。在我將提供的解釋中，「詮釋學」不是一門學科的名字，也不是達到認識論未能達到的那種結果的方法，更不是一種研究綱領。反之，詮釋學是這樣一種希望的表達，即由認識論的撤除所留下的文化空間將不被填充，也就是說，我們的文化應成為這樣一種狀況，在其中不再感覺到限制和對照的要求。認為存在有一種哲學能顯示其「結構」的永恆中性構架，就是認為，與心相對照的對象或限制著人類研究的規則，乃是一切話語共同具有的，或者至少是在某一主題上每一種話語都具有的。這樣，認識論是根據這一假設來進行的，即對某一話語的一切參與活動都是可共量的。一般說來，詮釋學就是為反對這一假設而進行的一種鬥爭。

我用**可共量的**（commensurable）一詞指能被置於一組規則下，這組規則將向我們表明，關於在諸陳述似乎發生衝突的每一點上會解決爭端的東西，如何能達到合理的協議[1]。這些規則告訴我們如何建立一個理想的情境，在其中一切其餘的分歧將被看作「非認識性的」或僅只是口頭上的，或僅只是一時的，即通過繼續前進可能被解決的。重要的是，對於如果要達致一種解決的適應當去做什麼的問題，當應有一個協議。同時，說話者可以同意有分歧，即同時滿足於彼此的合理性。通行的認識論概念是：要想合理，要想充分合乎人性，要想履行我們所應做的事，我們必須能與其他人達成協議。去建立一門認識論，即去找到與他人共同基

---

[1] 請注意「可共量的」一詞的意義不同於「賦予諸詞以同一意義」。這個意思（在討論孔恩時往往會使用的一種意思）在我看來沒什麼用，因為「意義相同」這個概念過於脆弱。說爭議諸方「以不同方式使用語詞」在我看來是一種無啟發性的描述下列事實的方式，即他們不可能就會解決爭端的東西找到達成協議的方法。參見第六章，第三節對這一問題的討論。

礎的最大值。關於可建立一種認識論的假定，就是關於存在著這樣的共同基礎的假定。有時這種共同基礎被想像作存於我們之外，例如存於與生成領域對立的存在領域內，存於既引導著研究又爲其目標的形式內。有時它又被想像成存於我們之內，如在 17 世紀這樣的看法中，即通過理解我們自己的心，我們應當能理解發現真理的正確方法。在分析哲學內部，它往往被想像成存於語言中，語言被假定著爲一切可能的內容提供普適的圖式。指出不存在這種共同的基礎，似乎就危及了合理性。對共量性的需要發生懷疑，似乎是返回人互爲戰的第一步，因此（例如）對孔恩和費耶阿本德（Paul Feyerabend）的共同反應是，他們在贊同使用力，而非使用說服。

我們在杜威、維根斯坦、奎因、塞拉斯和戴維森思想中所看到的那種整體論的、反基本主義的、實用主義的知識和意義觀，幾乎同樣地冒犯了許多哲學家，因爲他們都放棄了對共量性的追求，因而是「相對主義者」。如果我們否認存在著被用作調節知識論斷共同根據的基礎，作爲合理性守護者的哲學家概念似乎就遭到了威脅。更一般地說，如果我們認爲不存在認識論這類東西，在（例如）經驗心理學或語言哲學中也不可能找到它的替代物，那麼人們會以爲我們在說不存在合理的協議和歧議這類東西。整體論的理論似乎認可每個人去構造他自己的小整體（自己的小範型、他自己的小實踐、他自己的小語言遊戲），然後再鑽進去。

我以爲，認爲認識論或某種適當的接替它的學科爲文化所必須的觀點，混淆了哲學家發揮的兩種作用。第一種是博愛的愛好者、廣泛涉獵者和各種話語間的蘇格拉底式調解者所起的作用。可以說，封閉的思想家們在其沙龍中被誘使脫離了他們自我封閉的實踐。在各學科和話語中的分歧，在談話過程中被調合或超越。第二種是文化監督者的作用，他知曉人人共同依據的基礎。柏拉圖的哲學王知道每位其他人實際的所做所爲，不論他們對此知與

不知，因爲他知道他們在其中活動的最終的環境（形式、心、語言）。第一種作用適合於詮釋學，第二種作用適合於認識論。詮釋學把種種話語之間的關係看作某一可能的談話中各線索的關係，這種談話不以統一著諸說話者的約束性模式爲前提，但在談話中彼此達成一致的希望絕不消失，只要談話持續下去。這並不是一種發現在先存在的共同基礎的希望，而只是達成一致的希望，或至少是達成刺激性的、富於成效的不一致希望。認識論把達成一致的希望看作共同基礎存在的徵象，這一共同基礎也不許不爲說話者所知，卻把他們統一在共同的合理性之中。對詮釋學來說，成爲合理的就是希望擺脫認識論（即擺脫這樣一種思想，認爲存在著一套特殊詞語，談話的一切組成部分均應表諸於該詞語中），並希望學會對話者的行話，而不是將其轉譯爲自己的語言。對認識論來說，成爲合理的，即去發現一組適當的詞語，談話的一切組成部分均應轉譯爲該組詞語，如果要達成一致的話。對認識論來說談話是含蓄的研究。對詮釋學來說研究是慣常的談話。認識論把參與者看作統一在奧克肖特所謂的一種 universitsas（整體）中，即在追求共同目的中由相互的利益統一起來的一個團體。詮釋學把參與者看作統一在他所謂的一個 Societas（社群）中，社群中的個人的道路在生活中結合起來，個人是由禮儀而不是由共同的目標、更不是由某一共同基礎合起來的[2]。

　　我使用**認識論**和**詮釋學**這兩個詞來代表兩種觀念的對立，也許顯得牽強。我將通過指出整體論和「詮釋學循環」之間的一些聯繫來對其加以證明。作爲準確再現物的知識觀念自然導致這樣的看法，即某種再現物、某些表達、某些過程是「基礎的」、「特殊的」和「基本的」。我在前幾章中詳細考察的對這種看法的批評，

---

[2] 參見〈論近代歐洲國家的特徵〉，載於奧克肖特：《論人類行爲》，牛津，1975 年。

是由整體論的形式論證支持的：我們將不可能抽離基本成分，除非根據這些成分在其中出現的整個架構的先驗知識。因此我們將不能用「準確再現」（成分對成分）的概念來取代成功地完成一種實踐的概念。我們對成分的選擇將由我們對該實踐的理解所支配，而不是說實踐由諸成分的「合理再構造」來「證明有理」。整體論的論證路線認爲，我們將永不可能避免「詮釋學的循環」，這就是，除非我們知道全體事物如何運作，我們就不可能了解一個生疏的文化、實踐、理論、語言或其他現象的各部分，而同時我們只有對其各個部分有所了解，才可能理解整體如何運作。這種解釋概念表明，獲得理解與其說像追隨論證，不如說像熟悉某個人的過程。在兩種情況下，我們都在關於如何刻畫個別陳述或其他事件的猜測和關於整體情境問題的猜測之間來回擺動，直到我們逐漸地對曾是生疏的東西感到心安理得爲止。作爲一種談話而非作爲建立在基礎之上的一個結構的文化概念，與這種詮釋學的知識觀十分符合，因爲與生疏者進入談話情境，正像通過依照模型獲得一種新品質或技巧一樣，乃是一個 φρόνησις（慎思）的問題，而非一個 ἐπστήμη（知識）問題。

討論詮釋學和認識論之間關係的通常方式是指出，二者應將文化一分爲二，認識論關心嚴肅的和重要的「認識的」部分（在此部分中我們履行我們合理性的義務），詮釋學關心其他各部分。在這一劃分背後的想法是，嚴格意義上的「知識」ἐπστήμη 必定有一 λόγος（邏格斯），而且 λόγος 只能由發現一種共量性方法來給予。共量性觀念被納入「真正認知」概念中，於是「只是一種趣味的或意見的問題」這類討論不須由認識論照料，凡認識論不能使其可被共量的東西，就被蔑稱爲僅只是「主觀的」。

由認識論的行爲主義提出的實用主義知識研究，將把可被共量的話語和不可被共量的話語之間的分界線，僅只解釋爲正在「常態」話語和「非常態」話語之間的分界線，後一區分將孔恩（T. S.

Kuhn）在「常態」科學和「革命」科學間的區分普遍化了。「常態」科學是在有關被認爲是對某現象的好的說明和有關什麼是應該解決的問題這一共識的背景前去解決問題的實踐。「革命的」科學是引入一種新的說明「典範」，因此引入了一套新的問題。常態科學非常近似於認識論者關於合理性究爲何意的概念。每個人都同意如何評價每個其他人說的每件事。更一般地說，常態話語是在一組被公認的規約內運行的，這組規約涉及什麼是適當的話語組成部分，什麼是對一個問題的回答，什麼是對該回答的好的證明或對該問答的好的批評。非常態話語就是當某人加入該話語，但他對這些規約或一無所知、或加以排斥時所發生的東西。έποτήμη 常態話語的結果，可被其他參與者認爲是有理性的一切參與者共同視爲真的那類陳述。非常態話語的產物可以是從胡言亂語到思想革命之間的任何東西，而且不存在可描述它的科學，也不存在致力於不可預測事物或「創造性」問題的學科。但是詮釋學從某種常態話語觀點看是對一種非常態話語的研究，它企圖闡明在這樣一個階段上所發生的情況，在此階段上我們對該情況還不太肯定，以致不能對其描述，從而也不能對其進行認識論論述。關於詮釋學不可避免地把某種規範視爲當然的事實，迄今爲止使其具有「輝格式的」色彩。但就其還原地進行工作並希望選擇一種新的看待事物的角度而言，它超越了自身的「輝格性」。

於是根據這一觀點，認識論與詮釋學各自領域之間的界限不是一個有關「自然科學」和「人的科學」間的區別的問題，也不是有關事實與價值之間、理論與實踐之間、「客觀知識」與某種較可疑的知識之間的區別的問題。這個區別純粹是熟悉性的區別。當我們充分理解發生的事物並想將其整理以便擴大、加強和傳授，或爲其「奠定基礎」時，我們的工作就是認識論的。當我們不理解發生的事物但足夠誠實地承認這一點，而不是對其公然採取「輝格式」態度時，我們的工作就必定是詮釋學的。這就意味

著，只有當我們已經有了共同同意的研究實踐（或更一般地說，話語實踐）時，我們才能獲得認識論的共量性，在「學院派」藝術、「學院派」哲學或「議會」政治中，正像在「常態」科學中一樣容易看到這一現象。我們可以獲得認識論的共量性，不是因爲我們發現了關於「人的知識的性質」的什麼東西，而只是因爲當一種實踐繼續得足夠長時，使其可能的（以及使關於如何將其劃分爲諸部分的共識有可能的）規約，相對來說較易被抽取出來。古德曼在談論歸納推理和演繹推理時說過，我們通過發現我們習慣上接受什麼推理來發現其規則[3]；一般而言認識論也是如此。在神學、道德或文學批判中，當這些文化領域是「常態的」時，不難獲得共量性。在某些時期，決定哪些批評家對一首詩的價值具有「正確的體悟」，正如決定哪些實驗家能進行準確觀察和精密度量一樣容易。在另一些時期（例如在「諸考古層」之間的過渡期，這是傅柯在最近歐洲思想史中察覺到的），了解哪些科學家實際上在提出著合理的說明，正像了解哪些畫家注定要流芳百世一樣困難。

二、孔恩和不可共量性

近年來關於與詮釋學對立的認識論可能性的辯論，由於孔恩的研究而獲得了新的結果。他的《科學革命的結構》一書在某種程度上得益於維根斯坦對標準認識論的批評，但它使這些批評以新的方式與公認的意見發生了關聯。自從啓蒙時代以來，特別是

---

[3]　古德曼對邏輯的實用主義態度，清楚地總結在再一次令人想到「詮釋學循環」的一段論述中：「這看起來顯然是循環性的……。但這個循環是一個良性循環……。一個規則被修正了，如果它產生了一個我們不想接受的推論；一個推論被拒絕了，如果它違反了我們不想去修正的一個規則。」（《事實、虛構和預測》，麻州劍橋，1955 年，第 67 頁）。

自從康德以來，自然科學一直被看作知識的一個範型，文化的其他領域必須照這個範型加以衡量。孔恩從科學史中取得的教訓表明，自然科學內部的分歧，比啓蒙時代所認為的更像是日常談話（有關一種行為是否該受責備，謀求官職者的資格，一首詩的價值，立法的可取性）。孔恩特別追問科學哲學能否為諸科學理論間的選擇建立一個規則系統。對於這個問題的懷疑，使他的讀者加倍懷疑認識論從科學出發能否通過發現凡可被看作「認識的」或「合理的」人類話語的共同基礎，而被推廣到文化的其也部分中去。

孔恩關於科學中「革命性」變化的例子，如他本人所說，正是詮釋學總認為是自己特殊任務的那種例子；在這些例子中一個科學家論述事物如此荒謬，以致於很難相信我們正確地理解了他。孔恩說他向學生提供了下面的格言：

> 當讀一位重要的思想家的著作時，先尋找文中顯然誤謬之處，然後問自己，一位明智的人怎能寫出它們來。當你找到一個答案時，……當這些段落可被理解了時，你會發現，一些你先前以為自己已經理解了的更重要的段落現在已改變了意義。[4]

孔恩繼續說，這個格言無須告訴歷史家，他們「有意無意都是詮釋學方法的實踐家」。但是孔恩引用這樣一個格言令科學哲學家感到困惑，他們都在認識論傳統中工作，勢必根據一種中性格式（「觀察語言」、「架構法則」等）去思考，這個中性格式會使（例如）亞里斯多德和牛頓之間是可共量的。他們認為這樣一種格式可用來使詮釋學的猜測活動不再必要。孔恩斷言，在具有不同的

---

[4]　孔恩：《基本張力》，芝加哥，1977 年，第 xii 頁。

成功說明典範、或不具有相同的約束模式、或二者兼有的科學家集團之間，不存在可共量性[5]，這種看法似乎使很多這類哲學家認為危及了科學中理論選擇的概念。因為「科學哲學」（「認識論」即在這個名字下存在，它潛藏在邏輯經驗主義者之內）認為自己為理論選擇提了一個規則系統。

孔恩主張，除了一種在**事實以後的**（post factum）和輝格式的規則系統（這一系統將一種認識論建立在科學爭論中優勝一邊的詞彙或假設的基礎上）外不可能有規則系統，然而這種看法被孔恩本人有「唯心主義」氣味的附加物弄模糊了。認為各種理論擁護者可在其中提出自己證據的「中性觀察語言」幾乎無助於在諸理論間進行選擇是一回事，認為不可能有這種語言，因為各擁護者「觀察不同的事物」或「生存在不同的世界中」，則是另一回事。孔恩不幸偶然論及後者，哲學家們對他的說法大肆攻擊。孔恩想反對這樣一種傳統的主張，即「隨一個典範而變化的只是科學家對觀察物的解釋，觀察物本身被環境和知覺工具一勞永逸地確定了下來。[6]」但是這種論斷是乏味的，如果它僅只意味著，觀看的結果永遠可用雙方都可接受的詞語來表達的話。（「液體看起來色暗」，「指針朝右」，或在緊急時說「現在是紅燈！」）孔恩應滿足於指出，獲得這類乏味的語言似毫無助於在一個規則系統內的諸理論之間做出選擇決定，更無助於在一規則系統下的司法審判中去決定有罪與無罪，理由也是一樣。問題在於，中立語言和在決定眼下問題時有用的惟一語言之間的裂隙過大，很難由**意義公設**（meaning postulates）或任何其他傳統經驗主義援引的虛構事物所

---

[5] 參見〈關於典範的第二種思想〉（同上書）一文中孔恩在兩種「主要的」「典範」意思間所做的區別，這兩種意思在《科學革命的結構》中被混為一談，現在才加以區分，這就是作為取得的結果的「典範」和作為「約束性模式」的典範。

[6] 孔恩：《科學革命的結構》第二版，芝加哥，1970年，第120頁。

溝通。

孔恩應該乾脆完全拋棄這種認識論構想。但是他卻要求「一種傳統認識論典範的可行的替代方案」[7]，並且說「我們必須學會理解那些至少類似於『科學家以後（在革命之後）在一不同的世界中工作』之類語句的意義」。他認為我們必須也理解這樣的主張，即「當亞里斯多德和伽利略望著旋轉的石子時，前者看見的是約束落體，後者看見的是一種擺」，同時「擺的產生是由於某種極其類似於導致典範的**格式塔轉換**（gestalt switch）所促成的。」這些說法的不幸結果是使這個擺再次在實在主義和唯心主義之間擺動起來。為了防止傳統經驗主義的混淆，我們無須闡釋所說的格式塔轉換，也不須說明這樣的事實，人們無須一定依靠中間的推論就可通過關於擺的論述而對感覺刺激做出反應。孔恩正確說道：「由笛卡兒創始的、與牛頓動力學同時被發展的一種哲學典範」應予拋棄，但他讓他的所謂「哲學典範」概念被康德的如下概念所調整，即對成功的映現的一種實在主義論述的惟一代替物，就是對被映現世界的可塑性的一種唯心主義論述。我們的確必須放棄「材料和解釋」概念以及它的如下暗示，即如果我們可達到未被我們的語言選擇所沾染過的**真實**材料，我們將為合理的選擇「奠定基礎」。但是我們可以通過做認識論的行為主義者、而非通過做唯心主義者來擺脫這個概念。詮釋學不需要一種新的認識論典範，自由政治思想也不需要一種新的主權典範。反之，詮釋學正是當我們不再關心認識論以後所獲得的東西。

把孔恩的偶然的「唯心主義」放在一邊，我們可以只集中於孔恩所說的不可能獲得關於理論選擇的規則系統這一看法。這導致他的批評家斷言，他容許每位科學家建立自己的典範，然後根據該典範去定義客觀性與合理性。如我前面所說，這種批評通常

---

[7] 本段中這一部分和其他部分的孔恩的引文選自同書，第 120-121 頁。

也是針對任何整體論的、非基本性的知識論的。因此孔恩寫道：

　　在學習一種典範時，科學家同時獲得了理論、方法
和標準，它們往往存於一種不可分離的混合體中……
　　觀察……對於互相競爭的典範之間的選擇何以經常
提出不能由常態科學標準解決的問題，提供了竹找們最
初明確的說明……。正像相互競爭的標準問題一樣，這
只能根據完全在常態科學之外的標準來回答，而且正是
對外部標準的依賴最明顯地使典範辯論革命了。[8]

而像舍夫勒爾一類批評家往往把他解釋為：

　　……對相互競爭性典範的比較評價，非常可能被看
作一種出現在第二話語層次的一種從容商討的過
程……，至少在某種程度上它受到適合於二級討論的共
同標準調節。然而剛才引述的一段話指出，共同具有二
級標準是不可能的。因為接受一個典範，不只是接受理
論和方法，而且也接受流行的準則標準，後者被用作反
對其競爭的典範……。因此典範區別必然向上反映到第
二層次的準則區別上。結果，每個典範實際上必然是自
行調整的，而且典範辯論必然欠缺客觀性：我們似乎又
被驅回到非理性的轉換概念上去了，這是對科學團體內
部的典範變換的最終刻畫。[9]

要論證「因此典範區別必然向上層反映」誠然是可能的，但

[8] 孔恩：《科學革命的結構》，第一版，芝加哥，1961 年，第 108-109 頁。
[9] 舍夫勒爾：《科學和主觀性》，印第安那波里斯，1967 年，第 84 頁。

是孔恩事實上沒有這樣去論證。他只是說，向**後設話語**
（meta-discourse）的這種反映使解決關於典範轉換的爭議比解決
常態科學內的爭議更爲困難。到此爲止，像舍夫勒爾這樣的批評
家不會有異議；如孔恩指出的，甚至「大多數科學哲學家現在
會……把傳統上追求的那種規則系統看作難以達到的理想[10]。」
把孔恩和他的批評者區分開來的惟一的實在問題是，在科學典範
轉換時發生的那種「從容商討的過程」（孔恩在《哥白尼革命》一
書中指出，這種過程可延伸一世紀之久），在性質上不同於在（例
如）從古代制度轉換到資產階級民主、或從奧古斯都時代轉換到
浪漫主義時代發生的那種從容商討的過程。

　　孔恩說，在諸理論間的選擇準則（甚至在常態科學內部，此
時詮釋學的問題還未提出）「不是作爲決定選擇的規則，而是作爲
影響選擇的價值而起作用。」（第 331 頁）他的大多數批評者甚至
會同意這種看法，但他們會堅持說，關鍵的問題是我們是否能找
到一系列將影響這種選擇的特殊科學價值，後者與「外在的考慮」
（科學對神學的影響，生命前途對地球的影響等等）對立，他們
認爲外在的考慮不應容許進入這個「從容商討的過程」。孔恩把準
則本身看作爲「準確性、一致性、範圍、簡明性和富於成效」（第
322 頁），這是一個大致的標準清單。而且我們會傾向於說，容許
這些準則以外的任何價值來影響我們的選擇，都將是「不科學
的」。但是在符合這種種準則之間的交替換用，爲無窮無盡的合理
的辯論提供了可能。如孔恩所說：

　　　　雖然歷史家總能找到那些儘可能長久地對一種新理
　　論進行不合理的抵制的人們（如普里斯特里），但他將找

---

[10] 孔恩：《基本張力》，第 326 頁。

不到抵制變成了非邏輯的或不科學的那類問題。[11]

　　但是我們能找到一種說法，認爲貝拉民大主教（Cardinal Bellarmine）提出來反對哥白尼理論的各種考慮（對天體構造的聖經描述）是「非邏輯的或反科學的嗎？[12]」這或許是孔恩和他的批評者之間的爭論界限可被鮮明地劃分出來的那一點。17世紀關於一個「哲學家」應是什麼樣子的很多看法，以及啓蒙時化關於「合理的」應是什麼意思的很多看法，都認爲伽利略是絕對正確，而教會是絕對錯誤的。提出在這些問題上有合理的分歧之可能（不只是理性與迷信間你死我活鬥爭的可能），是會危及「哲學」概念本身的。因爲這危及了這樣一種看法，找到「一種發現真理的方法」，後者將把伽利略和牛頓力學當作典型學科[13]。一整套複雜的相互支持的觀念（作爲區別於科學的一種方法論學科的哲學，作爲提供共量性的認識論，作爲只有根據形式共量性的共同基礎才能成立的合理性），當關於貝拉民的問題被給予否定的回答時，似乎受到了威脅。

　　孔恩對此問題沒有給與明確回答，但他的著作爲支持一種否定回答的論點提供了一個武器。無論如何，本書的論證包含著一種否定的回答。至關重要的考慮是，我們是否知道如何在科學和神學之間劃一條分界線，以使得正確理解天體，是一種「科學的」價值，而保持教會和歐洲總的文化結構，則是一種「非科學的」

[11]　孔恩：《科學革命的結構》，第二版，第159頁。

[12]　貝拉民對各種哥白尼理論的精細反駁所起的歷史作用，桑提拉那在《伽里略的罪行》（芝加哥，1955年）一書中予以論述了。波拉尼在《個人的知識》（芝加哥，1958年）一書中討論了貝拉民立場的意義。

[13]　「近代哲學」奠基者們在雙重意義上把力學看作典型科學。一方面，「發現真理的方法」必須是牛頓所遵循的那種方法，或至少是會與牛頓的結果相符的方法。另一方面，對洛克一類作家來說，牛頓力學是「內部空間」力學的模型（萊伊德和賴爾都諷刺過的「準力學的」心理活動。）

價值[14]。一種看法認為我們並不以下述看法為中心，即各學科、各主題、文化的各部分之間的分界線本身受到重要的新建議的威脅。這種論點可根據「範圍」準則的範圍來表述，這個準則是上舉諸理論的標準的必要項目之一。貝拉民認為哥白尼理論的範圍小於人們所想像的。當他提出也許哥白尼理論對於（例如）航海目的和其他各種實用性的天體計算而言確實是一種巧妙的啟示性工具時，就等於承認理論在其適當的限制內是準確的、一致的、簡明的，以及甚至是富於成效的。當他說不應把它看作具有比上述這些更廣的範圍時，他是這樣來維護自己的觀點的，即通過表明我們具有極好的、獨立的（聖經的）證據去相信天體大致是符合托勒密理論的。他的證據引自另一範圍，因此他提出的範圍限制就是「非科學的」嗎？究竟是什麼決定著聖經不是天體構造方式的極好的證據來源的呢？各種各樣的因素，尤其是啟蒙時代的決定，它認為基督教大部分內容只是教會權術制度。但是貝拉尼的同時代人（他們大多數人認為聖經的確是神的語言）對於貝拉民應當說些什麼呢？他們所說的意見之一是，信奉聖經不可能與信奉用於解釋聖經的種種外來的（如亞里斯多德的和托勒密的）觀念分離。（19世紀自由派神學家後來關於創世說與達爾文進化論所說的也是類似的看法）。關於某人的聖經詮釋學可以合法地自由化到什麼程度的所有這類論點，都是離題的嗎？這些論點可以說企圖限制聖經的範圍（因此還有教會的範圍），與貝拉民本人企

---

[14] 同樣性質的另一個例子是由反對傳統的文化領域分界的馬克思主義批評家提出的關於「客觀性」的問題。例如參見馬爾庫塞：《單面向的人》，波士頓，1964年，第6-7章。我們可以更具體地問，是否存在有在獲有理智承繼性的「科學」價值和阻止種族主義的「政治」價值之間進行區分的明確方法。我認為馬爾庫塞正確地說，啟蒙時代大多數（資產階級）思想工具對於完成這種區分來說都是必要的。然而與馬爾庫塞不同，我希望即使在拋棄掉這些工具中的一種——以認識為中心的「基本的」哲學之後，我們仍可保留這種區分。

圖限制哥白尼的範圍在方向上是相反的。於是關於貝拉民（以及必然還有伽利略的維護者們）是否引入了外在的「非科學的」考慮的問題，似乎就是關於是否存在有某種決定一個陳述與另一個陳述關聯性的、在先的方式的問題，也就是是否存在有某種**構架**（grid,讓我們用一下傅柯的詞），它可決定著**能夠**有什麼樣的關於天體運動陳述的證據。

顯然，我想得出的結論是，在 17 世紀後期和 18 世紀中出現的這種「構架」，在伽利略受審的 17 世紀早期還不存在以供人們依賴。在它被設想出來之前，沒有任何可想像的認識論，沒有任何關於人類知識性質的研究可能去「發現」它。關於什麼應當是「科學」的觀念，留在被形成的過程中。如果人們認可伽利略和康德共同具有的價值（也許或者是相互競爭的諸價值的等級表），那麼貝拉民當然就是「非科學的」了。但是當然，幾乎我們大家（包括孔恩，雖然也許不包括費耶阿本德）都欣然認可它們。我們都是關於重視嚴格區分科學與宗教、科學與政治、科學與藝術、科學與哲學等等的歷時三百年的修辭學的子孫。這種修辭學形成了歐洲的文化。它造成了我們今日的狀態。我們很幸運，在認識論內部或在科學史學內部沒有任何令人困惑的事物足以使其失效。但是宣稱我們忠於這些區分，不等於說存在著接受它們的「客觀的」和「合理的」標準。可以說伽利略贏了那場爭論，而且我們大家都立足於關於相關性與不相關性「構架」這個共同的基礎上，這是「近代哲學」由於這場勝利的結果而發展起來的。但是有什麼可以指出，貝拉民和伽利略的爭論「在性質上不同於」克倫斯基和列寧的爭論或皇家科學院（大約 1910 年）和倫敦布魯姆斯伯里區之間的爭論呢？

我可以通過回顧可共量性概念來說明這裡討論的「性質上的不同」是什麼意思。可取的區別是這樣的，它會容許我們說，貝拉民－伽利略爭論的任何通情達理的、不偏不倚的觀察者，在考

慮了一切有關問題後，會站到伽利略一側，然而通情達理的人，對於我剛才提到的其他爭論，仍然各執異見。但是這當然正好把我們帶回到這樣的問題，即貝拉民所援引的價值是否真正地是「科學的」，他的態度是否被看作「不偏不倚的」，而他的證據是否被看作「相關的」。在我看來，在這一點上我們滿可以放棄飄浮於當時教育的和制度的型式之外的某些價值（「合理性」、「不偏不倚性」）觀念。我們可以只說，伽利略在研究中「創造」了「科學價值」觀念，他幹得極其出色，而他這樣做與是否「合理」的問題是毫無關係的。

　　正如孔恩在對一個較小的、但顯然更有關係的問題上所說的，我們不可能通過「主題」，而只能通過「考察教育和交流的型式」來區分諸科學團體[15]。在常態研究時期去了解什麼是與某主題的諸理論間的選擇相關的東西，屬於孔恩所謂的**約束性模式**（disciplinary matrix）。在相關的研究者團體成爲問題的時期，在此時期中，在「學者」、「僅有經驗者」和瘋人之間（或換一個例子說，在「嚴肅的政治思想家」和「革命的小冊子作家」之間）的界限，變得模糊不清了，此時相關性的問題又爲人爭相考慮了。我們不可能通過專注於主題和說（例如）「別操心聖經上說上帝做過什麼，只去觀察星體，並看看它們在做什麼」這類話去決定相關性。單只觀看星體將無助於我們選擇我們的天體模型，單只閱讀聖經也不行。在 1550 年，某一組考慮是相關於「合理的」天文觀的，但到了 1750 年相關的是極其不同的一組考慮了。在被認爲是相關的事物中的這種變化，在回顧中可被看作是在實際存於世界的東西之間劃出適當的區別（「發現」天文學是個自主的科學研究領域），或者可被看作是文化氣候中的一種變化。我們以什麼方式去看待它無關宏旨，只要我們了解這種變化不是由「合理的論

---

[15] 孔恩：《基本張力》，第 xvi 頁。

證」產生的，這裡所說的「合理的」一詞其意義可做如下理解，（例如）關於社會對奴隸制、抽象藝術、同性戀或受威脅的物種的態度中近來所發生的變化，或許不被認為是「合理的」。

現在把我論述孔恩和他的批評者時所採取的路線總結一下。他們之間的爭議是：作為對實際存於世界上的東西加以發現的科學，在其論證型式上是否不同於「符合現實」概念對其更不適當的那些話語（例如政治和文學批評）。邏輯經驗主義的科學哲學以及笛卡兒以來的整個認識論傳統一直想說，達到自然之鏡中準確表象的方法，在某些深刻的方面不同於達到關於「實踐的」或「美學的」事物中一致的方法。孔恩使我們有理由說，這種區別並不比在「常態的」話語和「和非常態的」話語中發生的東西之間的區別更深刻。這種區別直接涉及到科學和非科學之間的區別。孔恩的著作所引起的強烈憤怒是自然的[16]，因為啟蒙時代的理想不只是我們最珍貴的文化遺產，而且由於極權國家日復一日地吞噬人性，它有瀕臨消失之虞。但是，啟蒙時代科學對神學和政治保持自主獨立的理想，與作為自然之鏡的科學理論形象混為一談的事實，並非可成為保持這種混淆的理由。我們幾乎完全襲自 18 世紀的這種關於相關性與非相關性的架構，將會變得更有吸引力，如果它不再與這一形象聯繫在一起的話。陳舊的鏡喻無助於維持伽利略這份（道德的和科學的）遺產的完整性。

---

[16] 然而這種狂怒主要出現在職業哲學家中。孔恩對於科學如何運作的描述並不令科學家吃驚，而科學家的合理性卻是哲學家熱衷於去保護的。但是哲學家們把對鏡喻的職業性的依附與對這些隱喻在啟蒙時代所起的主要作用的理解結合了起來，從而為近代科學形成了制度性的基礎。他們正確地看到，孔恩對這一傳統的批評是深刻的，從而那種保護了近代科學興起的意識型態處於危殆之中。他們錯誤地認為，制度仍然需要意識型態。

三、做為符合和一致的客觀性

孔恩的批評者有助於使這樣一個教條永久化，這就是，只有在存在著與現實相符合的地方才有獲得合理的一致性的可能，在此「合理的」一詞的特殊意義是以科學為典範的。這種混淆又為我們對「客觀的」一詞的使用所加深，這個詞既指「對一種觀點的刻畫，這一觀點由於作為未被非相關的考慮所歪曲的論證結果而被一致同意」，又指「如其實際所是的那樣來再現事物」。這兩種意思有大致相同的語義範圍，而且對於非哲學的目的而言，把二者混同也不致造成什麼麻煩。但是如果我們開始嚴肅地看待以下一類問題時，這兩個概念之間的張力就開始出現了。這些問題如「究竟在什麼意義上，存在於那裡的善，由於對道德問題合理論證的結果，而有待於被準地再現？」，「究竟在什麼意義上存在著現實的物理特性，在人們想到去準確再現它們之前，只有通過微分方程或張量才可準確地再現它們？由於柏拉圖，我們有了第一種問題，而由於唯心主義和實用主義，我們有了第二種問題。無論哪個問題都無法回答。我們自然地傾向於對第一個問題回以一個堅定的「無意義」，而對第二個問題回以一個同樣堅定的「在最可能的和最直接的意義上」，這種做法也將無助於擺脫這些問題，如果我們仍然覺得需要通過建立認識和形而上學的理論去證明對這些問題的回答的話。

自從康德以來，對這些理論的主要運用是要支持與主客區別有關的直觀，這或者是企圖指出，在自然科學以外沒有任何東西被認為是「客觀的」，或者是企圖把這個美稱應用於道德、政治或詩歌。形而上學作為發現人們可對其保持客觀的東西的企圖，被迫去詢問以下各種發現之間的異同，例如（作為最終解決長期存在的道德困境結果的）對某一新道德律的發現，（由數學家所完成

的）對一種新的數或一組新的空間的發現，量子不確定性的發現和對貓在席子上的發現。最新一次的發現（作為「與現實接觸」、「作為符合的真理」、和「再現準確性」等概念的一個自然的據點）成為一個標準，在客觀性問題上其他的發現都按其加以衡量。因此形而上學家必然要為價值、數和波包等等都與貓相類似的那些方面殫思竭慮。認識論者必定關心那樣一些方面，在其中更令人關注的陳述都具有成功的映現所具有的那種客觀性。所謂成功的映現即如適當地說出「貓在席子上」。按照來自認識論的行為主義的觀點，不存在去發現是否（例如）有應予符合的道德律的令人關注的途徑。例如，「人性所含蘊的道德標準」，對亞里斯多德的質形二元的世界比對牛頓的力學世界更為適合一事，並不就是認為在著或不存著一種「客觀的」道德律的理由。任何其他事實也不可能是。正如實證主義者所說，形而上學的麻煩在於，無人明了在它之內會被看成滿意的論證的東西究竟是什麼，儘管這種說法也完全適用於實證主義者所實踐的「不純的」語言哲學。（例如奎因關於意向性事物的「非事實性」的命題）。按照我所建議的觀點，在一個諸領域中的一致意見幾乎是完全的這樣一個想像的時代中，我們可以把道德、物理、心理學都看成是「客觀的」。然後我們可以把文學批評、化學和社會學這些更有爭議的領域歸入「非認識性的」領域，或者「把它們加以操作主義的解釋」，或者把它們「還原到」某一「客觀的」學科內。應用「客觀的」和「認識性的」這類敬語，只不過表示了研究者之間一致性的存在或對一致性的期待而已。

　　儘管會對前面說過的東西有所重複，我認為孔恩和其批評者之間的爭論，在「主客」區分的討論範圍內仍然值得再加以關注，這只是由於，這種區分的控制力是如此強大而又如此充斥著道德情感。這種道德情感又是下述（完全正當的）看法的結果，即保持啟蒙時代的價值是我們最高的希望所在。於是在本章中我將試

圖再一次切斷這些價值與自然之鏡形象間的聯繫紐帶。

我們從孔恩本人對他的觀點打開了「主觀性」水閘的斷言所做的論述方式開始比較方便。他說道：

> 「主觀的」一詞具有幾種既定的用法，在一種用法
> 中它與「客觀的」相對，在另一種用法與「判斷的」
> （judgmental）相對。當我的批評者把我所訴諸的特徵
> 描述為主觀的時，我認為他們錯誤地訴諸了第二種意
> 義。當他們抱怨說，我使科學失去了客觀性時，他們是
> 把主觀的一詞的第二種意義與其第一種意義合而為一
> 了。[17]

孔恩繼續說，在「主觀的特徵」是非判斷性的意義上，它們成了「趣味的問題」，它們是些無人關心去討論的東西，只不過是對人自身心理狀態的報導罷了。但是當然，在此意義上，一首詩或一個人的價值不是一個趣味的問題。於是孔恩可以說，一種科學理論的價值在同一意義上是一個關於「判斷而非關於趣味」的問題。

對「主觀性」責難的這一回答就其本身而言是有用的，但並未達到這一責難背後隱藏的更深的憂慮。這種憂慮是，在趣味問題和能夠以某一可預先陳述的規則系統解決的問題之間實際上不存在中間地帶。我想，認為無此中間地帶的哲學家的推理大致如下：

(1)一切陳述或者描述人的內在狀態（他們的鏡式本質、可能被蒙遮的鏡子），或者描述外在現實（自然）的狀態。

(2)我們可以通過觀察根據哪類陳述我們知道如何獲得普遍

---

[17] 孔恩：《基本張力》，第 336 頁。

的一致的辦法，來區別兩類陳述。

(3)於是永久性分歧的可能性表示，不論合理的論辯會看起來
　　怎樣，確實不存在任何可爭辯的東西，因為主體只能是內
　　部狀態。

由柏拉圖主義者和實證主義者共同採取的這個推理過程，在
後者中間產生了這樣一種看法，通過「分析」語句我們可以發現
它們實際是關於「主觀的」事物的，還是關於「客觀的」事物的。
在這裡「分析」意味著去發現在健全理性的人中間是否存在著有
關會被認為是確證他們的真理的東西的普遍一致性。在傳統認識
論內，這後一種認識極少被看作像它目前被理解的這樣，它是這
樣一種承認：我們惟一可用的「客觀性」概念，是「一致性」，而
非映現性。例如甚至在艾耶爾（A. J. Ayer）使人耳目一新的坦率
論述中，他說「我們把合理的信念定義為通過我們現在認為可靠
的方法所達到的信念」[18]，「可靠性」概念仍然暗示著我們只能通
過與現實相符而成為合理的。他的另一段同樣坦率的承認是，世
界上一切特殊的表象將仍然容許一個人「在面對看起來對立的證
據時維持自己的信心，如果他準備做出必要的特定假設的話」（第
95 頁），甚至這也不足以破壞艾耶爾的如下信心，即他在把「經
驗的」東西與「情緒的」和「分析的」東西分開時，也把「關於
世界的真理」和其他事物分開了。這是因為艾耶爾像柏拉圖一樣
為上述推理線索增添了另一個基本主義的前提：

(4)只有在與外在現實的無可置疑的聯繫為辯論者提供了共
　　同基礎的領域內，我們才能刪除持久的、無法決定的合理
　　的分歧。

---

[18] 艾耶爾：《語言，真理和邏輯》，紐約，1970 年，第 100 頁。

認爲在不能發現與應被映現的客體的無可置疑的聯繫（例如特殊的表象）之處就不可能有一種規則系統的斷言，再加上認爲在不可能有一種規則系統之處只可能有合理的一致的**表面現象**的斷言，導致了這樣的結論：欠缺相關的特殊表象一事表明，我們只有「一個趣味的問題」。孔恩正確地說，這與通常的「趣味」概念相去甚遠，但常態作爲應當與一致性毫無關係的某種東西這類同樣不通常的真理概念一樣，它在哲學中有著漫長的歷史[19]。這個歷史應當被理解，如果人們要明了爲什麼像孔恩所做的這樣平凡的歷史學暗示，應當擾亂訓練有素的哲學心靈的較深意識層次的話。

也許對待責難孔恩「主觀主義」的最佳方式是，在「主觀的」一詞的不同意義間加以區別，這個區別不同於他本人在我所引述的一段話中所做的區別。我們可以區分「主觀性」的兩種意義，它們將大致與前面區分的「客觀性」的兩種意義中的每一種相對立。第一種意義的「客觀性」是理論的一種性質，經過充分討論以後，它被合理的討論者的共識所選中。反之，一種「主觀的」考慮曾被、將被或應被合理的討論者所摒棄，這種考慮被看作或應被看作是與理論的主題無關聯的。我們說某人把「主觀的」考慮帶入欠缺客觀性的討論中，大致就是說他所引入的考慮被其他人視爲文不對題。如果他強行提出這些外在的考慮，他就是在把

---

[19] 康德使這一關於現實的真理觀深深嵌入德國哲學之中（而且進而嵌入作爲一種職業化學科的哲學之內，這一學科把德國大學作爲自己的楷模）。他是通過區分單純複製現象和理智上直觀本體來完成這個任務的。他還把認識性判斷和審美性判斷之間的區別以及審美性判斷與單純趣味之間的區別嵌入歐洲文化之中。然而對於目前爭論的目的而言，主要是他在「美感判斷」和「趣味」之間所做的區別，前者可以對或錯，後者則不能消除。孔恩的批評者可以更慎重地（但按他們自己的見識，也咄咄逼人地）批評他把科學中的理論選擇當成了一個美感判斷、而非認識判斷的問題。

常態的研究轉變爲反常的話語，就是說他或者是「古里古怪」（如果他文不對題），或者是革命者（如果他取得進展）。在此意義上的主觀的考慮就是不熟悉的考慮。於是判斷主觀性像判斷相關性一樣是冒險的事。

另一方面，在「主觀的」一詞的更爲傳統的意義上，「主觀的」與「符合外界存在物」相對立，因此意味著某種像是「只是內部存在物之產物」的東西（在心中，或在心靈的「含混」部分，它不包含特殊表象，因此並不準確地反映外界存在物）。在此意義上，「主觀的」與「情緒的」或「幻想的」有聯繫，因爲我們的心和我們的想像是具有個人特質的，而我們的理智至多是自身同一的外界對象的同一性的鏡子。在這個問題上我們與「趣味的問題」發生了聯繫，因爲在某時刻上我們情緒的狀態（我們對某藝術作品的未經考慮的即時反應是一個例子），確實是不可辯駁的。我們對在我們內部發生的東西具有特殊的認識通道。這樣，柏拉圖以來的傳統把「規則系統對非規則系統」的區別與「理性對激情」的區別混合了起來。「客觀」與「主觀」的種種含混性說明了這種混淆展開的方式。如果不是由於傳統上這些區別的聯繫性，強調科學家分歧和文學批評家分歧之間類似性的研究史家，就不會被人們解釋作，由於提升了我們的情感而威脅了我們的心智。

然而孔恩本人有時對傳統做了過多的讓步，特別當他暗示說，存在著關於科學活動最近爲何如此出色這樣一個嚴肅的和未解決的問題。因此他說道：

> 甚至連那些追隨我到這一程度的人也想知道，我所描述的那種以價值爲基礎的活動如何能像一門科學那樣發展，不斷產生出預測和控制的強大的新技術。不幸我對這個問題也根本沒有答案，但這只等於用另外一種方式說，我不認爲解決了歸納法的問題。如果科學借助某

種共同的和有約束力的選擇規則系統取得了進步，我同樣也茫然不知如何說明其成功。裂隙是我尖銳感覺到的，但其存在並未使我的立場與傳統區別開來。[20]

如我在上一章論述普特南（Hilory Putnam）的「形而上學實在主義」時指出的，這個空隙不應被尖銳地感到。我們不應當對我們無能表演一種沒有任何人知道如何表演的技藝感到遺憾。關於我們面對著填充這一空隙的挑戰的觀念，是體現柏拉圖的**想像之所**（作為與一致性脫離的真理）的又一結果，而容許在自身與無條件的理想之間的裂隙使人覺得，他還不理解他的存在的條件。

按照我所主張的觀點，「如果科學僅只是……，為什麼它產生了供預測和控制用的強而有力的新技術？」這個問題，很像下面這個問題，「如果 1750 年以來西方道德意識中的變化僅只是……，為什麼它能對類自由做出如此多貢獻？」我們可以用「信奉以下的有約束性的規則系統」或以「一系列孔恩式制度化了的約束性模式」來填充第一個空白。我們可以用「把世俗思想應用於道德問題」，或用「資產階級的罪惡意識」，或用「那些控制力的槓桿的人的情緒構成中的變化」，以及或者用許多其他短語，來填充第二個空白。在任何情況下都沒有人知道什麼可以被看成是好的回答。我們將永遠能以回顧的方式、「輝格派方式」和「實在

---

[20] 孔恩：《基本張力》，第 332-333 頁。我將指出，在該書中還有其他一些段落，孔恩在那些段落裡過多地承認了認識傳統。在第 xxiii 頁的一段中他表示希望對「指稱決定和轉換」的哲學理解將有助於澄清這個問題。在第 14 頁的一段中他提出，科學哲學具有與科學史家的詮釋學活動十分不同的使命：「哲學的任務在於合理的重新構造，而且它只須保持對於作為正確知識的科學來說重要的那些主題成份。」這一段在我看來完全保留下來了這樣的神話，即存在著供哲學家描述的所謂「正確知識的性質」的東西，這種活動極其不同於對所謂在組成當時文化的種種約制性模式內的證明所做的描述。

主義的方式」，把所希望的成就（對自然的預測和控制，對被壓迫者的解放）看作對存在物（電子、星雲、道德律、人權）獲得更清晰的看法的結果。但是這些絕不是哲學家需要的那種說明。用普特南的話來說，它們是「內在的說明」，這種說明滿足了我們對我們和世界的相互作用提出一個首尾一致的因果描述系列的需要，但不是通過指出它如何逼近真理以滿足我們強調我們的映現作用的先驗需要。按孔恩的意思，「解決歸納法的問題」將類似於「解決事實和價值的問題」；這兩個問題只是作為某種未予清晰表達的不滿足感的名稱而存在。它們是不可能在「常態哲學」內部被表述的那種問題。所發生的一切只是，某種技術性的巧妙發明偶爾被貼上對這一問題「解決」的標籤，以便模模糊糊地希望建立起與過去或與永恆的接觸。

我們所需要的不是對「歸納問題」的解決，而是要有能力以這樣的方式來思考科學，即認科學為一種「以價值為基礎的活動」，而不必為此大驚小怪。一切妨礙我們這樣做的東西是這樣一些根深蒂固的看法，即「價值」是「內部的」，而「事實」是「外部的」，以及我們如何能以價值開始而生產了炸彈，和我們如何能從私人性內部事件開始而避免遇到事物，這二者都是同樣神秘難解的。這樣我們就又轉到了「唯心主義」這個嚇人的東西，並認為，尋求一種規則系統是與「實在主義的」科學方法聯繫在一起的，而鬆散地轉入歷史學家的純詮釋學的方法，則是投降於唯心主義。不管何時人們提出在理論與實踐、事實與價值、方法與談話之間的區別應該弱化，使世界「順從人類意志」的企圖就受到懷疑。這就再次產生了這樣的實證主義主張，我們應當或者在「非認識性的」東西和「認識性的」東西之間做出明確區別，或者把前者「歸結為」後者。因為第三種可能性（將後者歸結為前者）似乎由於使自然像是歷史或文學而將自然「精神化了」，歷史和文學是由人們**創造**、而非由人們**發現**的東西。孔恩向他的一些批評

者建議的，似乎就是這第三種選擇。

　　然而這種打算重新把孔恩看作趨向「唯心主義」的企圖，是重申像前面(4)一類主張爲眞的一種混亂的方式，這就是我們應當把科學家看作「與外在世界接觸」，因而可通過政治家與詩人所不具備的手段來達成合理的一致。這種混亂在於提出了孔恩通過把科學家的方法歸結爲政治家的方法，而把神經細胞的「被發現的」世界，歸結爲社會關係的「被創造的」世界。在此我們又一次看到了這種看法，凡不能被配有適當算法（規則系統）程序的機器所發現的東西，即不能「客觀地」存在，因此在某種意義上它必定是某種「人的創造物」。在下一節中我試圖把我關於客觀性的論述與本書前幾部分中的論題結合起來，希望指出認識論和詮釋學之間的區別不應被看成是類似於「在那兒」的東西與我們「製作」的東西之間的區別。

四、精神和自然

　　應當承認，認爲存在著適合**軟性**學科（精神科學）的一系列特殊方法的看法與唯心主義有著特殊的歷史聯繫。正如阿佩爾指出的，在分析哲學和作爲哲學方略的「詮釋學」之間目前在的對立似乎是自然的，因爲

　　　應被看作精神科學基礎的 19 世紀唯心主義中關於
　　精神和關於主體的形而上學（雖然前者肯定更著重物質
　　性研究），以及西方哲學中一切其他概念，都被後期的維
　　根斯坦看作一種語言的「疾病」。[21]

---

[21]　阿佩爾：《語言的分析哲學和精神哲學》，多爾得萊希特，1967 年，
　　第 35 頁；同時參見第 53 頁。

　　認爲經驗自我可交與自然科學、而構成著現象世界和（或許）起著道德行爲者作用的先驗自我不可交與自然科學的看法，與任何其他東西一樣，都使精神－自然的區分具有意義。因此這一形而上學的區別隱伏在精神科學－自然科學關係的每一項討論的背景中。這幅圖景又進一步被如下模糊的看法弄得複雜化了，這就是那些喜歡談論「詮釋學」的人是在建議以一種新方法（一種不無可疑的「軟性」方法）來代替另一種方法（例如「科學方法」或「哲學分析」）。在本節中我希望指出，作爲關於至今不可共量的話語的話語的詮釋學與下述三件事均無特殊聯繫；(a)笛卡兒二元論的「心」的一側；(b)康德在自發性的構成的和結構化的機能和接受性的被動機能之間所做區分的「構成性」一側；(c)去發現語句真值的一種方法，它與在哲學以外學科所追求的常態方法處於競爭關係。（然而我認爲，我所應用的這種有限制的和純化的「詮釋學」含義，仍然與伽達默爾、阿佩爾和哈伯瑪斯一些作家對這個詞的使用有聯繫。在下一章中我試圖說明這種聯繫）。

　　「墮入唯心主義」的恐懼折磨著那些受孔恩的誘惑而打算拒絕標準的科學哲學（以及更一般地說，認識論）概念的人，這種恐懼又爲這樣的想法所加強，即如果關於物理世界真理的科學研究被施以詮釋學的考察，這種研究將被看成是精神的活動（去創造的機能），而不被看成是映現機能的應用，後者乃是去發現自然已經創造了的東西。隱伏在關於孔恩的討論背景中的這種潛在的浪漫與古典的對立，由於孔恩不幸使用下列表述（在前面第二章中曾加以反對）而致成疑問，他用了浪漫主義的「被給與了一個新世界」這樣的短語，以代替古典式的「使用對世界的一種新的描述」這樣的短語。按照我所建議的觀點，在這兩個短語之間、在「創造」譬喻和「發現」譬喻之間的選擇上，並無什麼深刻的含義。因此它們類似於我在上一節談過的「客觀的」和「非客觀

的」、或「認識性的」和「非認識性的」之間的對立。然而堅持古典式的概念，認爲對物理學「最好描述已在的東西」，矛盾性會少一些。這並非出於深刻的認識論的或形而上學的考慮，而只是因爲當我們以輝格派的方式談論有關我們祖先逐漸爬上我們所站立的（可能錯誤的）山頂的故事時，我們須要在整個故事中維持某些不變的東西。被目前物理理論想像出的自然力和物質的細小成分，對於這一作用而言是好的選擇。物理學是「發現」的典範，只因爲很難（至少在西方）在一種不變的道德律或賦詩法的背景前講述變化中的物理世界的故事，但卻很容易講述相反一類的故事。認爲精神理論不可還原爲自然卻依附於自然這種硬心腸的「自然主意的」意義，只不過是認爲物理學爲我們提供了一個良好背景，在它之前我們可以講述歷史變化的故事。情況並非如我們對實在性質具有某種深刻的見識，它告訴我們除原子和盧空外萬物都是「依規約」（或「依精神」，或「依被創造」）而存在的。德謨克里特的看法是，關於事物細小成分的故事，爲關於由這些細小成分構成的事物間變化的故事，構成了一個良好的背景。接受這種世界故事的樣式（盧克萊修、牛頓和玻爾等人逐步實現的）可能決定了西方的方向，但它不是一種可以獲得或要求認識論的或形而上學的保證的選擇。

我的最終看法是，孔恩派的人應當抵制那樣一種誘惑，即通過談論「不同的世界」來挫敗輝格主義者。放棄了這種語言，他們就不致於向認識論傳統做任何讓步了。說研究科學史像研究其他歷史一樣必須遵循詮釋學，以及否認（如我而非孔恩所要做的那樣）存在可使當前科學實踐**合法化**的所謂「合理的重新構造」這類額外之物，仍然並不等於說由自然科學家發現的原子、波包等等是人類精神的創造。根據從某人所處時代的常態科學中獲得的東西以編造有關種族歷史的最可能的故事，並不是說，物理學在政治學或詩歌是非客觀的意義上是「客觀的」，除非他也借助在

前一節中提及的種種柏拉圖式的教條。因為在創造和發現之間的界限，與不可共量性與可共量性之間的界限毫無共同之處。或者換句話說，人被說成是精神的而不只是自然的存在者這個意義（這個意義是麥金太爾、泰勒和格雷恩這些反還原論者都給予注意的），並非是認為人是創造世界的存在物這個意義。像沙特那樣說，人創造了自身，因此他區別於原子和墨水瓶，是完全與摒棄任何關於他的自我創造的某個部分「構成著」原子和墨水瓶這類說法並容不悖的。但是在以下三種關於人的概念之間的混淆需要再詳細加以考察，這就是作為自我創造者的浪漫主義概念，作為構成著現象世界的康德概念，和包含著一種特殊的非物質的組成部分的笛卡兒概念。這一系列混淆表現於有關下列問題的廣泛討論中，如「精神性質」、「人的不可還原性」、行動與運動間的區別，以及精神科學和自然科學的區別。由於最後一種區別多半與詮釋學方法和其他方法間的區別範圍相當，為了闡明我所提出的詮釋學概念對其加以考慮是特別重要的。

我將通過討論下面的看法並開始揭露這個三重性的混淆，這種看法認為詮釋學特別適用於精神或「人的科學」，而某種其他的方法（「客觀化的」和「實證的」科學的方法）則適合於「自然」。如果我們像我所做的那樣在認識論和詮釋學之間劃出界限（作為在關於常態話語與關於非常態話語之間的對立），那麼似乎很明顯的是，二者並不彼此對抗，反而相互補益。對於異國文化的詮釋學研究者來說，最有價值的莫過於發現一種在該文化內形成的認識論了。對於確定該文化所有者是否說出了任何有用的真理來說（按照我們自己時代和地區中常態話語的標準，難道還有別的標準嗎？），最有價值的事情莫過於對如何轉譯它們、又不致使它們顯得莫名其妙而去進行詮釋學的發現了。因此我猜想，關於相互競爭的方法的概念來自這樣的看法，世界被劃分為兩大部分，一部分可在我們自己的文化的常態話語（用前戴維森的語言說──

「概念圖式」)中被清晰描述，另一部分則否。這種看法特別指出，人們總是因某種緣故傾向於如此糢糊和滑溜（沙特說「黏性」），以致於逃脫了「客觀的」說明。但是再說一遍，如果人們像我希望的這樣去劃分詮釋學和認識論之間的界限，就不會去要求人應當比物更難於被理解。情況僅只是，詮釋學只在不可共量的話語中才為人需要，以及，人需要話語，而物則不需要。形成區別的東西不是話語對沉默，而是不可共量的話語對可共量的話語。正如物理學家正確指出的，一旦我們能想出如何轉譯所說的內容，就沒有理由認為，對它何以被說出所做的說明，在性質上應不同於（或在應用的方法不同於）對運動和消化的說明。並不存在形而上學的理由去說明為什麼人類應當能夠說不可共量的事物，也沒有任何保證說他們將繼續這樣做。他們在過去這麼做了只是由於人類的好運（從詮釋學的觀點）或壞運（從認識論的觀點看）。

　　關於「社會科學的哲學」的傳統的爭吵一般來說是以如下方式進行的。一方說，**說明**（explanation）（大致說可歸為預測法則之下）以**理解**（understanding）為前提，但不可能取而代之。另一方則說，理解不過是進行說明的能力，他們的對於所說的「理解」，僅只是摸索某些說明假設的最初階段而已。雙方都很正確。阿佩爾正確地指出：

> 「理解」的（即**精神科學**）擁護者總是從背後攻擊說明理論的（如客觀的社會科學的或行為科學的）支持者，反之亦然。「客觀的科學家」指出，「理解」的結果只有前科學的、主觀啟示性的正確性，因此它們至少應當以客觀的分析方法來檢驗和補充。另一方面，理解的擁護者堅持說，在社會科學內獲得任何材料（以及因此獲得對假設的任何客觀的檢驗），都以對意義的……「實

際理解」為前提。²²

那些懷疑詮釋學的人想說，某些生存物會說話這一事實，並不提供理由去認為他們逃脫了由預測性強而有力的法則組成的那張統一的巨網，因為這些法則可預測他們將說的、以及他們將吃的東西。那些維護詮釋學的人說，關於他們將說的東西的問題有兩個部分——他們造成了什麼聲音或文字（也許通過神經生理學，它們會成為足以為人們所預測）和這些聲音文字意味著什麼，後者與前者完全不同。在這一點上，對「統一科學」維護者的自然反應是說，這並非不同，因為存在著把任何有意義的言語轉譯為某一單一語言——統一科學本身的語言——的程序。假定存在有一種包含著人人可說的任何事情的單一語言（如卡爾納普企圖在《構造》一書中組成這樣一種語言那樣），關於該語言中哪些語句是由有關的語言使用者在研究中提出的問題，並不比他將在晚餐時吃什麼的問題更「特殊」。向統一科學的語言轉譯是困難的，但是進行轉譯的企圖並不涉及與說明飲食習慣不同的什麼方法。

在對此進行回答時，詮釋學的維護者應當只說，按照純事實而非按照形而上學的需要，不存在「統一科學的語言」這類東西。我們不具有一種將被用作表述一切有效說明假設的永久中性模式的語言，而且我們對於如何獲得這樣一種語言竟無絲毫想像的餘地。（這與這樣的說法是相容的，即我們的確有一種中性的、儘管無用的觀察語言）。因此認識論（作為通過把一切話語轉譯成一組編好的詞語來使它們可被共量的企圖）不大可能成為一種有用的方略。理由不在於，「統一科學」只為一個形而上學領域、而不為另一個形而上學領域所用，而在於，認為我們具有這樣一種語言的輝格式假設堵塞了研究之路。我們可能永遠需要改變我們用以

22 同上書，第30頁。

進行說明的語言。我們可能這樣做，特別是因為我們發現了怎樣轉譯由我們說明的主體所說的語言。但這或許只是某人具有較好觀念這種永久可能性的一個特例。理解主體所說的語言，把握他們對何以這樣做所給予的說明，可能有幫助，也可能無幫助。對於那些特別愚笨的或精神失常的人，我們正確地把他們的說明甩在一邊。我們用以解釋他們的意圖和行為的詞語，他們並不接受，甚至並不理解。有一種熟悉知的說法完全正確，一位說話者關於自己的描述在判定他在進行什麼行為時往往需要被加以考慮。但是那種描述可以完全被撇在一邊。與此聯繫在一起的特殊性是道德的而非認識論的。他的描述和我們的描述之間的區別意味著（例如）他不必受到我們的法則的考驗。這並不意味著我們不可能用我們的科學去說明他。

認為我們如果堅持把一種異國文化輝格式地解釋為具有著「過多的」我們自己的信念和慾望，就不可能理解該文化，這種看法只是孔恩下列觀點的一種概括說法，即我們如果堅持對過去的科學家做同樣的事，就不可能理解他們。這種看法本身又可概括為這樣的論斷，我們不應假定迄今為止所用的詞彙將對任何出現的其他事情有效。問題不在於，精神內在地抵制被人們預測，而只在於，沒有理由以為（而幾乎有理由不認為）我們自己的精神現已掌握了最好的詞彙以表述那些將用以說明和預測一切其他精神（甚或其他身體）的假設。這一觀點是由泰勒提出的，他這樣表述自己的問題：

　　……我們或許會對這樣一種詮釋學科學的前景感到如此驚慌不安，以致於想返回到證實模型去。我們為什麼不能把我們對意義的理解當成發現邏輯的一個部分，就像邏輯經驗主義者對於我們不可加以形式化的觀點所建議的那樣，並仍然把我們的科學建立在我們預測的精確

性上？[23]

並通過列舉爲什麼「這種精確預測根本不可能」的三項理由，來對這個問題進行回答。他說：

> 對於準確預測不可能性的第三個、也是最重要的理由是，人是自我規定的動物。他的自我規定改變了，人是什麼也隨之而改變了，於是對其理解所根據的語詞也必定不同了。但是人類歷史中概念的變化能夠、並往往實際上產生了不可共量的概念網，這就是説在這張網內，語詞不能相對於一個共同的表達層次來規定。

認爲干擾對生疏文化中居民行爲進行預測的東西就是他們語言的不可共量性的觀點，在我看來是完全正確的，但我認爲當他繼續說出下面一段話時就進而使其自己的觀點模糊不清了：

> 自然科學中預測的成功是與如下事實聯繫在一起的，系統的過去與未來的一切狀態都可以用同一組概念描述爲（例如）同一些變元的值。所以太陽系的一切未來狀態像過去的狀態一樣均可用牛頓力學的語言來刻畫……。只要過去與未來被納入同一概念網，人們就可把未來狀態理解作過去狀態的某種函數，從而可進行預測。
> 這種概念的統一性在有關人的科學中就不靈了，因爲概念的更新反過來改變了人的現實。（第 49 頁）

23　泰勒：〈解釋和人的科學〉，載於《形而上學評論》，1971 年，第 25 期，第 48 頁。

　　在這裡泰勒恢復了的這樣一種概念，他由於發現了更好的（或至少新穎的）描述、預測和說明本身的方式，而從內部改變了自己。作為**自在存在**的非人的存在物，並不從內部改變自己，而只是被人們用更好的詞彙加以描述、預測和說明。這種表述方式把我們引回到那種認為宇宙是由兩類事物組成的、壞的舊形而上學概念，即人類通過重新描述自身來改變這種觀念，正如他們通過改變自己的飲食構成、性伴侶或居住地來改變自己這種觀念一樣，都沒有什麼形而上學的激發力或神秘性。二者的意思相同，即新的和更有趣的語句對他們都適用。泰勒繼續說，「人們如果要正確理解未來將必須借以刻畫未來的那些詞語，是我們目前完全不具有的」（第 50 頁），而且他認為這種情況只適用於人類。但是就我們所知，很可能人類的創造力枯竭了，在未來從我們的概念網中緩緩掙脫出來的將是非人的世界。有可能，一切未來的人類社會將（或許由於無所不在的技術官僚極權主義）成為一個個平凡的變體。但是現代科學（它似乎已經說明針灸、蝴蝶遷徙等等感到無能為力）可能很快就會像亞里斯多德的形質二元論一樣捉襟見肘了。泰勒所描述的界限不在人與非人之間，而在研究領域的兩個部分之間，在一個部分裡，我們對於手邊是否有合適的詞彙感到毫無把握，而在另一個部分裡，則對此感到頗有把握。這的確暫時大致符合精神科學領域和自然科學領域之間的區別。但是這種符合可能僅只是巧合。從足夠長遠的觀點看，人或許證明比索福克勒斯想像的更少 δεινός（頑固性），而自然界的力量或許比現代物理學家所想像的更多 δεινός。

　　為理解這一點，記住下面這一事實是有益的，世上有許多情境，在其中我們十分成功，以致於忽略了人類的**自為**。例如對於特別枯燥無味和墨守陳規的人就是如此，他們的每樁行為和言語

都如此可加以預測，以致於我們毫無猶豫地將他們「客觀化」了。反之，當我們遇到某種從我們剛剛使用過的概念網中掙脫出來的非人的東西時，十分自然地是開始談論某種未知語言。試想像（例如）遷徙的蝴蝶具有一種語言，它們用這種語言描述牛頓力學中尚無適用名稱的世界特徵。或者，如果我們不扯得過遠，我們至少自然地滋生這樣的看法，自然這本大書還未被破譯，它既未包含「引力」也未包含「慣性運動」。把非人的世界或其某一部分擬人化是一大引誘，直到我們省悟到我們並未「說同一種語言」，這與我們遇到異國文化中的土著或其言談對我們來說高不可攀的天才時的情況類似。大自然是如此循環蹈矩、為人熟悉和能予操縱，以致於我們不知不覺地信賴了我們自己的語言。精神是如此之不為人熟悉和不可操縱，以致於我們開始不解我們的「語言」是否「適合」它了。我們的疑惑，除去其鏡喻之外，只是關於某人或某物是否不用這樣的詞語來對待世界，對於這類詞語我們的語言未含有現成的相當詞語。還可更簡單地說，這種疑惑正是關於我們是否不需要改變我們的詞彙，而不只是改變我們的陳述。

　　在本章開始時我曾說過，大致而言，詮釋學是關於我們對不熟悉事物所做研究的描述，認識論是關於我們對熟悉事物所做研究的描述。如果承認我剛剛對「精神」和「自然」所加予的有些牽強的解釋，而認識論描述我們對自然的研究。但我認為最好完全拋棄這種精神－自然二分法。我已說過，這種區分把三種不同的東西混為一，這就是：(a)在我們目前說明和預測事物的方式中適用的東西和不適用的東西的區別；(b)在統一著某一時期被認為是人所特有的種種特徵（在第一章第三節中曾加以列舉）的東西和世界其餘部分之間的區別；(c)在自發性機能（先驗構成活動）和接受性機能之間的區別（在第三章第三節中我曾予以批評）。（這種混淆是由於把我們的先驗感覺接受機能與構成「經驗自我」的感覺顯相領域合併所致，這種合併是康德本人不可能去避免的）。

把作爲浪漫主義自我超越創造性的精神（永遠易於用與我們目前的語言不可共量的方式去開始談話）與作爲與人的鏡式本質等同的精神（具有其不受物理說明約束的全部形而上學自由）、以及與作爲現象實在「構成者」的精神混爲一談的結果，導致了 19 世紀德國唯心主義形而上學。這是一系列頗富成效的同化，但其不那麼可喜的結果是導致了這樣的看法：哲學具有十分不同於科學的、獨立的專門範圍。這種同化有助於維持作爲一門以認識論爲中心的學科的哲學概念的生命力。只要作爲先驗構成者（在康德的意義上）的精神概念爲笛卡兒二元論和浪漫主義者的要求所加強，被稱作「認識論」或「先驗哲學」這一主導學科的概念（既不可歸結爲自然科學，如心理生理學，又不可歸結爲精神科學，如知識社會學）就可無庸置疑地存在下去。另一不幸的遺產是，對非機械性轉譯的（以及更一般地說，對想像的概念形成的）需要，與「構成性先驗自我的不可還原性」的混淆。這一混淆使唯心主義－實在主義爭論在其早應結束以後繼續存在著，因爲詮釋學的朋友們認爲（如本節開始時所引阿貝爾的話說明的），唯心主義這類東西是他們活動的憲章，而其敵人則假定，任何公然實行詮釋學的人必定是「反自然主義的」，而且必定欠缺對物理世界純外在性的正當理解。

於是，爲了總結我關於「精神科學不可還原性」的看法，讓我提出下述論題：

物理主義或許是正確地說，有一天我們將能夠參照人體內部的微觀結構去「在原則上」預測人體的每一次運動（包括他的喉頭和寫字的手的運動）。

這種成功對人類自由的威脅是極小的，因爲「在原則上」這個條件考慮到了這樣的或然性，即最初條件（微觀結構的在先狀態）的決定將太難完成了，除了作爲一種偶而發生的教學活動以外。嚴刑拷打和洗腦無論如何已佔據著可恣意干涉人類自由的有

利地位；科學的繼續進步不可能再改善它們的地位。

在自然與精神的傳統區別背後以及在浪漫主義背後的直覺是，我們可以預測什麼樣的聲響將從某人口中發出而無須明了它們的意義。因此即使我們能預測公元四千年時科學研究者集體所發出的聲音，我們將仍然不能加入他們的談話。這種直覺是完全正確的。[24]

我們能預測聲音而無須知曉其意義的事實，正是這樣的事實，產生聲音的必要而充分的微觀結構條件，將極少類似於用於描述該微觀結構的語言中的語句和由該聲音表達的語句之間實質的相同。這不是因為任何事物在原則上都是不可預測的，更非因為自然與精神之間的本體論區分，而只是因為在適於對付神經細胞的語言和適於對付人的語言間的區別。

我們可以知道如何回答一種不同語言遊戲中的某一語義不明的話語，而無須知道或關心在我們習常的語言遊戲中什麼語句實質上等同於該話語[25]。通過發現從不同語言遊戲中引出的語句之間的實質性等同去產生可共量性，只是對待我們同類的各種方法之一。當它不起作用以後，我們就訴諸任何會起作用的東西，例如去獲得一種新語言遊戲的要義以及可能忘記我們舊的語言遊戲。

---

[24] 這是在奎因關於精神科學不包含「事實」這一論斷中被隱蔽的真理核心。高斯在對奎因的一篇討論中對此表示得很清楚：「甚至當我們掌握一種自然理論，它能使我們永久預測某人的語言意向，我們也不會因此而明了他的意思是什麼。」（〈奎因和本體論的不確定性〉，載於德文《哲學新雜誌》，1973 年，第 8 期，第 44 頁註。）

[25] 一切語言（由於第六章中提到的戴維森的理由）都可互相轉譯一事，並不意味著這種等同性可以被找到（哪怕「在原則上」）。這只是意味著我們不可能闡明這樣的斷言，即存在著一種對於我們的方法的不只是暫時的障礙，這就是所謂「不同的概念圖式」的東西，使我們未能了解怎樣與另一位語言使用者談話。它未曾消除認為偉大詩歌不可翻譯這一虛假的浪漫主義看法的背後所隱藏著的直觀。它們當然是可翻譯的；問題在於，翻譯作品本身並不是偉大的詩歌。

當非人的自然顯示出很難以傳統的詞彙加以預測時，我們也將使用這同一種方法。

詮釋學不是「另一種認知方式」──作爲與（預測性）「說明」對立的「理解」。最好把它看成是另一種對付世界的方式。如果我們只是將「認知」概念給與預測性科學，並不考慮「替代性的認知方法」，它就會傾向於哲學的闡明。如果不是由於有康德的傳統和柏拉圖的傳統的話，**知識**一詞本來似乎不值得人們去爲之鬥爭，前者指，做一名哲學家就是去獲得一種「知識理論」，後者指，不以命題真理知識爲基礎的行爲是「非理性的」。

第十篇

無鏡的哲學

（1979）

〔美國〕羅蒂（Richard Rorty 1931- ）著

李幼蒸 譯

本文譯自羅蒂的《哲學和自然之鏡》（R. Rorly, *Philosophy and the Mirror of Nature,* Princeton University Press, 1979.），第八章。

一、詮釋學和教化

　　我們目前對於哲學家應當是什麼形象的觀念，與康德使一切知識論斷成爲彼此可共量的企圖聯繫得如此密切，以致於難以想像不含認識論的哲學會是什麼樣子。更一般地說，很難想像任何一種活動如果與知識毫無關係，如果在某種意義上不是一種知識論，一種獲得知識的方法，或至少是有關在何處可找到某種最重要知識的暗示的話，能有資格承當「哲學」的美名。這一困難來自柏拉圖主義者、康德主義者和實證主義者共同具有的一個概念：人具有一個本質性，即他必須去發現各種本質。把我們的主要任務看成是在我們自身的鏡式本質中準確地映現周圍世界，這一觀念是對德謨克里特和笛卡兒共同具有的如下觀念的補充，宇宙是由極簡單的、可明晰認知的事物構成的，而對於其本質的知識，則提供了可使一切話語的共量性得以成立的主要詞彙。

　　在棄置以認識論爲中心的哲學之前，先須棄置有關人類的這

幅經典圖畫。作爲當代哲學中一個有爭議的詞的「詮釋學」，是達成這一目的之企圖的名稱。依此目的使用這個詞，主要來源於伽達默爾的《真理和方法》這本書。伽達默爾在該書中闡明，詮釋學不是一種「獲得真理的方法」，這個真理適用於古典的人的圖畫：「詮釋學現象基本上不是一個方法的問題」[1]。反之，伽達默爾問，我們可以從我們不得不從事詮釋學這一事實中得出什麼結論來，即從作爲有關認識論傳統企圖將其撇在一邊的人的事實的「詮釋學現象」中，得出什麼結論來。他說道：「本書所發展的詮釋學不是……一種人文科學的方法論，而是理解除了其方法論的自我意識之外、人文科學究竟是什麼的一種企圖，它並探討將人文科學與我們世界經驗整體聯繫在一起的東西。[2]」他的書是對人的一種再描述，企圖將古典的人的圖畫置入一幅更大的畫面中去，從而將標準的哲學問題「置於一定距離之外」，而非對其提供一套解答。

　　就我目前的目的而言，伽達默爾一書的重要性在於，他設法使哲學的「精神」概念中的三個潮流之一（浪漫主義的、作爲自我創造者的人觀）與另外兩個與它纏結在一起的潮流區分了開來。伽達默爾（像海德格一樣，他的某些研究即得力於海氏）既未向笛卡兒的二元論讓步[3]，也未向「先驗構成」（在可賦予一種唯心主義解釋的任何意義上）概念讓步。因此他有助於使我在前

---

[1] 伽達默爾：《真理和方法》，紐約，1975 年，第 xi 頁。甚至我們可以合乎情理地把伽達默爾這本書稱作反方法觀念本身的一個宣言，後者被看成是一種達致共量性的企圖。注意到這本書與費耶阿本德的《反對方法》一書之間的類似性，是富於教益的。我對伽達默爾的研究受益於麥金太爾；參見他的〈解釋的語境〉，載於《波士頓大學學刊》，1976 年，第 24 期，第 41-46 頁。

[2] 伽達默爾：《真理和方法》，第 xiii 頁。

[3] 參閱同上書第 15 頁。「但是我們可以承認，**自我形成**（Bildung）是精神的一種因素，它與黑格爾的絕對精神哲學沒有聯繫，正如意識歷史性

章中企圖提出的「自然主義」觀點（即「精神科學的不可還原性」不是一個形而上學二元論的問題）與我們的「存在主義直觀」相調和，後者是說，重新對自己進行描述，是我們所能做的最重要之事。爲此他以 Bildung（教育/自我形成）概念，取代了作爲思想目標的「知識」概念。認爲當我們讀得更多、談得更多和寫得更多時，我們就成爲不同的人，我們就「改造」了我們自己，這正相當於以戲劇化的方式說，由於這類活動而適用於我們的語句，比當我們喝得更多和賺得更多時適用於我們的語句，往往對我們說來更重要。使我們能說出關於我們自己的新的、有趣的東西的事件，比改變了我們的形態或生活水準的事件（以較少具有「精神性」的方式「改造」我們），在這種非形而上學的意義上，對我們（至少對我們這些住在世界上一個穩定和繁榮地區的、相對有關的知識分子）來說更「基本」。伽達默爾發展了他的**效果歷史意識**（那種對改變著我們的過去的意識）概念以形容一種態度，它與其說關心世界上的存在物或關心歷史上發生的事件，不如說關心爲了我們自己的目的，我們能從自然和歷史中攫取什麼。按照這種態度，正確獲得（關於原子和虛空，或關於歐洲史）事實，僅只是發現一種新、更有趣的表達我們自己、從而去應付世界的方式的準備。按照與認識論的或技術的觀點相對立的教育的觀點看，談論事物的方式，比據有真理更重要[4]。

的觀點與黑格爾的世界歷史哲學沒有聯繫一樣。」

[4] 這裡提出的對立，類似於涉及「古典」教育和「科學」教育之間傳統爭論的那種對立，伽達默爾在該書開頭論「人文主義傳統的意義」一節中對此論及。更一般地看，它可被看作詩歌（它不可能從古典型教育中省略）與哲學（當它把自己看成超科學時，就想成爲科學型教育的基礎）。葉芝曾問精靈（他相信是精靈通過他妻子的顯靈術賜予他以一種想像力的）爲什麼到此來，精靈回答說「爲了帶給你詩的隱喻」。另一方面，一位哲學家或許待獲得關於另一世界究竟是什麼的某種確叢事實，但葉芝並不失望。

由於「教育」一詞聽起來有些太淺薄，而 Bidung 一詞有些過於外國味，我將用**教化**（Edification）一詞來代表發現新的、較好的、更有趣的、更富成效的說話方式的這種構想。去教化（我們自己或他人）的企圖，可能就是在我們自己的文化和某種異國文化或歷史時期之間，或在我們自己的學科和其它似乎在以不可共量的詞彙來追求不可共量的目的的學科之間建立聯繫的詮釋學活動。但它也可能是思索這些新目的、新詞語或新學科的「詩的」活動，並繼以（譬如說）與詮釋學相反的活動：用我們新發明的不熟悉的詞語，去重新解釋我們熟悉的環境的企圖。無論在哪種情況下，這種活動都是（儘管兩個詞在字源學上有關係）教化的，而不是建設的，至少是說，如果「建設的」一詞指在常態話語中發生的那種完成科研規劃時的協作的話。因為教化性的話語應當是非常態的，它借助異常力量使我們脫離舊我，幫助我們成為新人。

對伽達默爾來說，在教化的願望和真理的願望之間的對立，並不表現須加解除或緩解的一種張力。如果存在著一種衝突，它是在柏拉圖－亞里斯多德的觀點和另一種觀點之間衝突，前者認為受教化的唯一方式是認識什麼在那裡存在著（去準確地反映事實，通過認識諸本質來實現我們的本質），後者認為真理的探求只是我們可能依其受教化的諸多方式之一。伽達默爾贊揚海德格提出了這樣一種觀點，把對客觀知識的探求（首先由希臘人發展，奉數學為楷模）看作是人類諸種探求規劃之一[5]。然而在這一點上沙特的態度尤為生動，他把獲得對世界的、因而也就是對自己的客觀知識的企圖，看作是避免選擇自己個人規劃的責任的企圖[6]。

---

[5] 參見《真理與方法》第 214 頁以下題為「克服認識論問題……」這一節，並與海德格的《存在與時間》第 32 節相比較，該書由麥克里與羅賓遜譯為英文，1962 年紐約版。

[6] 參見沙特：《存在與虛無》，巴爾奈譯，紐約，1956 年，第二部分，第

對沙特來說，這種說法並不等於認為，對自然、歷史或其它什麼對象的客觀知識注定不能成功，或甚至注定導致自欺。它只是說，就我們以為通過認識在某些常態語話內何種描述適用我們就可認識自己而言，上述態度提供了一種自欺式的誘惑。對海德格、沙特和伽達默爾來說，客觀探求是完全可能的，往往是實際的。對它提出的唯一反對是，它在描述我們自己的諸多方式中只提出了某一些方式，而後者有可能阻礙教化的過程。

　　現在讓我們總結一下這種「存在主義的」客觀性觀點：客觀性應被看成即是符合於我們所發現的有關我們的（陳述的及行為的）證明規範。只是當超出這一點來看待時，就是說當被看成達到某種東西的一種方式，它是另一種東西中通行的證明實踐的「基礎」時，這種符合才成為可疑的並具有自欺性。這樣一種「基礎」被看成是無待證明的，因為它可如此明晰地被認知，以致可被看成是某種「哲學根基」。它的自欺性不只是由於將最終的證明建立在不可證明物之上這種一般的荒謬性，而且是由於這樣一種更具體的荒謬性，即認為目前科學、道德等等中使用的詞彙與實在具有某種特殊的聯繫，這使它不只是一系列進一步的描述。同意自然主義說的重新描述不是「本質的變化」的看法，還須接著完全放棄「本質」概念[7]。但是大多數自然主義的標準哲學方略是找到某種途徑來指明我們自己的文化的確掌握了人的本質，因而使一切新的和不可共量的詞彙僅只成了「非認識性的」裝飾[8]。「存在

三章，第五節，以及該書的「結語」。

[7] 如果沙特把他的話貫徹到底就幸運多了，他說人是這樣一種存在物，其本質是由於說該本質也適用於一切其它存在物而沒有了本質。除非做這一補充，否則沙特將似乎是以另一些詞語堅持好的形而上學的精神與自然之間的舊二分法，而不只闡明人永遠自由地選擇（其中包括對他本人的）新的描述。

[8] 在我看來，杜威是不具這種還原態度而往往被歸為「自然主義者」的一位作者，儘管他不斷談論「科學方法」。杜威的獨特成就在於，仍然

主義」觀點的有用性是，由於宣稱我們無本質，它容許我們把我們在自然科學某一（或全體）學科中發現的對我們自己的描述，看作是與由詩人、小說家、深層心理學家、雕塑家、人類學家和神秘主義者提出的替代性的描述價值相當的。前者並不由於下面的事實而成為特殊的表象，即在科學中比在藝術中（暫時）有更多的共識。它們均屬於可供我們支配的自我描述儲存庫。

這一看法還可作為這樣一種常識的引申提出，即如果你僅僅知道當代常態自然科學的結果，你就不能被看作是**有教養的**（gebildet）。伽達默爾在《真理與方法》一書開頭討論了人文主義傳統在賦予 Bildung 概念以意義時所起的作用，而 Bildung 被看作某種「在自身之外無目標」的東西[9]。為賦予這一概念以意義，我們需要對描述的詞彙具有相對於時代、傳統和歷史事件的性質有所理解。這正是教育在人文主義傳統中所做的事，也是自然科學成果的訓練所不能做的事。假定承認這種相對性概念，我們就不能認真看待「本質」的概念，也不能認真看待人的任務是準確再現本質這種概念。自然科學本身使我們相信，我們既知道我們是什麼，又知道我們能是什麼，不只是知道如何預測和控制我們的行為，而且知道這種行為的局限（尤其是我們有意義的言語的局限）。伽達默爾擺脫（穆勒和卡納普共同有的）對**精神科學**客觀性的要求的企圖，即防止教育由於常態研究的結果而被歸結為訓令的企圖。更廣泛地說，它是防止非常態研究僅因其反常性而被懷疑的那種企圖。

把客觀性、合理性和常態研究都置入有關我們須受教育和教化這一更廣闊圖景中去的「存在主義」企圖，往往為打算將了解事實與獲得價值區分開來的「實證主義」企圖所反對。從實證主

足夠黑格爾化，因此不把自然科學看作對於獲得事物本質方面具有優先地位，同時又足夠自然主義化，因此根據達爾文理論來考慮人類。

義的觀點看，伽達默爾對效果歷史意識的說明，似乎可能只不過是恢復了一種常識看法，這就是即使我們知道了關於我們本身的一切客觀上真實的描述，我們可能仍然不知道我們該做什麼。按照這一觀點，《真理和方法》（以及本書第六章、第七章）只是對下述事實的過分誇張的戲劇性表述，這就是完全符合常態研究提出的一切證明要求，仍然使我們得以自由地從這樣被證明的論斷中抽取我們自己理解的寓意。但從伽達默爾、海德格和沙特的觀點看，事實與價值二分法的麻煩是，它的發明恰恰是爲了弄混這一事實：除了由常態研究的結果所提供的描述外，還存在著替代性的可能描述[10]。這種二分法指出，一旦「一切事實均備齊」，剩下的就只是「非認識性的」接受這一一種態度了，這是一種不能合理地加以討論的選擇。它掩蓋了這樣的事實，使用一套真語句在描述我們自己，已經是在選擇對待我們自己的態度了，而使用另一套真語句就是採取一種相反的態度。只是當我們假定存在有一種擺脫價值的詞彙，它使這些「事實的」語句系列可共量了，實證主義在事實與價值、信仰與態度之間的二分法似乎才有可能成立。但是認爲這樣一套詞彙呼之欲出的哲學幻想，從教育觀點看是災難性的。它迫使我們自以爲我們可把自己劈裂爲真語句的認知者和生活、行爲或藝術品的選擇者。這些人爲的分裂，使我們不可能準確理解教化觀念。或者更準確些說，它們誘使我們以爲教化與常態話語中使用的合理能力毫不相干。

　　於是伽達默爾擺脫基本作爲本質認知者的人這幅古典圖畫的努力，也是擺脫事實與價值二分法、從而使我們把「發現事實」看作教化的諸多規劃之一的努力。這就是何以伽達默爾如此不惜

---

[9] 伽達默爾：《真理和方法》，第 12 頁。

[10] 參見海德格在《存在與時間》中對「價值」的討論（第 133 頁），以及沙特的《存在與虛無》的第二部份，第一章第四節。試比較伽達默爾對韋伯的論述（《真理與方法》，第 461 頁以下）。

筆墨地摧毀康德在認知、道德和美學判斷之間所做區分的理由[11]。就我所能理解的而言，我們沒有辦法辯論是保持康德的「構架」，還是將其拋棄。對於那些把科學和教化分別看作「合乎理性的」和「非理性的」人，和那些把客觀性探求看作在效果歷史意識中應予考慮的諸種可能性之一的人而言，並不存在可爲雙方提供共同的共量性基礎的「常態」科學話語。如果不存在這類共同基礎，我們所能做的就只是指出從我們自己的觀點，另一方是什麼樣子。就是說，我們所能做的僅是對這種對立加以詮釋學的處理，即設法指出他們所說的那些奇特的、矛盾的或令人不快的東西，如何與他們想說的其它的東西結合在一起，以及他們所說的東西，用我們自己替代性的語言表述時，會是什麼樣子。富有**論辯意義**的這種詮釋學，是爲海德格和德里達所共同遵奉的，他們都企圖使傳統解構。

二、系統哲學和教化哲學

從詮釋學的觀點看，真理的獲得降低了其重要性，它被看成是教育的一個組成部分，這種看法只是當我們採取另一種觀點時才能成立。教育必須自文化適應始。於是追求客觀性和對客觀性存於其中的社會實踐的自覺認識，是成爲有教養的必不可少的第一步。我們應當首先把自己看作**自在**（en-soi）（如由在判斷我們同伴時客觀上真確的那樣一類陳述所描述的），然後才在某一時刻把自己看成**自為**（pour-soi）。同樣，不發現我們的文化提供的大量世界描述（如通過學習自然科學的成果），我們也不可能是受過

---

[11] 參見伽達默爾反對康德第三批判中「美學現象主觀化」的論辯（《真理與方法》，第 87 頁），並比較海德格在〈論人道主義的信簡〉中有關亞里斯多德區分物理學、邏輯學和倫理學的論述（海德格：《基本著作集》，克萊爾編，紐約，1976 年，第 232 頁）。

教育的。也許稍後我們可以不那麼重視「與現實接觸」了，但只有在經歷了與我們周圍發生的話語的規範有了隱含的、之後是明顯的和自覺的符合這些階段之後，我們才能這麼做。

　　我提出這樣一種老生常談的觀點——教育（甚至是革命者或預言家的教育）須要以文化適應和符合爲起始——只是爲了對「存在主義」的如下論斷提供一審慎的補充，即正常地參與常態的話語，只是一種規劃，一種在世的方式。這一警告相當於說，反常的和「存在的」話語，永遠依託於常態的話語上，詮釋學的可能性永遠依託於認識論的可能性（甚至依託於現實）之上，以及教化永遠使用著由當前文化提供的材料。企圖重新開始非常態的話語而又不能認出我們自己的非常態性，從最直接和極端的意義上說，都是愚蠢的。堅持在認識論行之有效的領域去從事詮釋學（使我們自己不能根據其自身動機去看待常態話語，而只能從我們自己非常態話語的內部去看待它）並非愚蠢，但卻表現了欠缺教育。採取沙特、海德格和迦達默爾共同具有的對待客觀性和合理性的「存在主義」態度，只有當我們自覺地脫離某一充分了解的規範後而這樣做時，才有意義。「存在主義」是一種**內在地反動**的思想運動，它只有在與傳統的對比中才有意義。現在我想把這兩類哲學家之間的這種對立概括一下，一類人的研究基本上是建設性的，另一類人的研究基本上是反動性的。我將因此在兩種哲學之間展示一種對立，一方以認識論爲中心，而另一方以懷疑認識論主張爲出發點。這就是「系統的」哲學和「教化的」哲學間的對立。

　　在每一種充分反思性的文化中有這樣一些人，他們挑選出一個領域、一套實踐，並將其看作典型的人類活動。然後他們企圖指出，文化的其它部分如何能從這一典範中獲得益處。在西方哲學傳統主流中，這一典範是**認知性的**，即具有被證明的真信念，或更準確些說，具有如此富於內在說服性的信念，以致於使證明

不再必要。在此主流中的一個接一個的哲學革命，由那些受到新
認知技能激發的哲學家們產生了出來，這就是亞里斯多德的發
現、伽利略的力學、19世紀自覺的歷史學的發展、達爾文生物學、
數學邏輯、托馬斯利用亞里斯多德來調和教父哲學、笛卡兒和霍
布斯對經院主義的批評、認為閱讀牛頓自然導致暴君垮台的啓蒙
時代觀念、斯賓塞的進化論、卡納普通過邏輯來克服形而上學的
努力等，都是這樣一些打算以最新認識的成就為模式去改造文化
其它部分的企圖。一位「主流派」的西方哲學家的有代表性的說
法是：既然某一種研究路線取得了如此令人驚異的成就，就讓我
們根據它的模式來改造一切研究、乃至文化的一切部分吧。這樣
一來，就使得客觀性和合理性在那樣一些領域裡得勢了，而這些
領域以前卻曾由於習慣、迷信和欠缺對人們準確再現自然的能力
獲得正確的認識論理解，而模糊一團。

　　在近代哲學史的外圍地帶，我們可看到這樣一些人物，他們
沒有形成一個「傳統」，只是由於都不相信人的本質應是一本質的
認知者這一觀念而彼此相似。哥德、祈克果、桑塔雅那、詹姆士、
杜威、後期維根斯坦、後期海德格，就是這種類型的人物。人們
常常責備他們為相對主義或犬儒主義。他們常常懷疑進步，尤其
是懷疑最新的論斷，如說某某學科最終掌握人類知識的性質到如
此清晰的地步，現在理性將伸遍人類活動的其它部分了。這些作
者不斷提出，即使當我們證明了關於我們想知道的每樣東西的真
實信念，我們也只不過是符合了當時的規範而已。他們始終保持
著歷史主義的意識，認為一個世紀的「迷信」，就是前一世紀的理
性勝利；並保持著相對主義的意識，認為借取自最新科學成就的
最新詞彙，可能並不表達本質的特有表象，而只是可用於描述世
界的潛在上無窮的詞彙之一。

　　我將把主流哲學家稱作「系統的」哲學家，而把外國的哲學
家稱作「教化的」哲學家。這些外國的、重實效的哲學家，首先

懷疑的是系統的哲學，懷疑普遍共量性的整個構想[12]。在我們時代，杜威、維根斯坦和海德格都是偉大的、教化型的外國思想家。這三位人物使人們極難把他們的思想看作表達了傳統哲學問題觀，或看作其本身爲一種協作的和進步的學科的哲學提出了建設性方案[13]。他們都取笑關於人的古典圖畫，這幅圖畫包含著系統的哲學，即用最終的詞彙追求普遍共量性的那種努力。他們鍥而不捨地強調這樣一種整體論觀點，字詞是從其它字詞而非借助自身的再現性來取得意義的，由此必然得出，詞彙是從使用它的人而非從其對現實的透明性關係取得自己的特殊優越性的。[14]

　　在系統的和教化的哲學家之間的區別，與常態哲學家和革命哲學家之間的區別並不等同。後一區別使胡塞、羅素、後期維根斯坦和後期海德格都立於分界線的同一側（「革命的」）。就我的目

---

[12] 思考一下佛朗斯（France）的「伊壁鳩魯的花園」中的一段話，德里達曾在〈白色的神話〉（載於《哲學的邊緣》，巴黎，1972 年，第 250 頁）一開始引述對過它：「……當形而上學家們拼湊成一種新語言時，他們就像那樣一些磨刀匠一樣，在磨石上磨著硬幣和金屬，而不是刀剪。他們磨去了凸出部分、題詞、肖像，而且當人們在硬幣上不能再看見維多利亞、維爾海姆或法蘭西共和國時，他們就解釋道：這些錢幣現在和英國、德國或法國沒有任何特殊聯繫了，因為我們使它們脫離了時空；現在它們不再值（例如）五法郎，而是有了無法估計的價值，而且它們在其中作為交換媒介的領域，已無限地擴大了。」

[13] 參見阿貝爾對維根斯坦和海德格的比較，他稱他們兩人「對作為一門理論學科的西方形而上學提出了懷疑。」（《哲學的變遷》，法蘭克福，1973 年，第 1 卷，第 228 頁）。我並未對杜威、維根斯坦和海德格提出解釋，以支持我對他們做出的論述，但我在以下幾篇文章中曾試圖這樣做：一篇關於維根斯坦的文章，題為〈保持哲學的純化〉（載於《耶魯評論》，1976 年春季號，第 336-356 頁）；〈克服傳統：海德格和杜威〉（載於《形而上學評論》，1976 年，第 30 期，第 280-305 頁）；〈杜威的形而上學〉（載於《杜威哲學新研究》，卡恩（編），漢諾威，1977 年）。

[14] 海德格關於語言的這個觀點，德里達在《聲音與現象》（由艾里森譯成英文，耶萬斯頓，1973 年）一書中詳細地、極富啟發性地予以論述過。參見加富爾在他為這個英譯本寫的導言中對德里達和海德格所做的比較。

的來說，重要的是在兩類革命的哲學家之間的區別。一方面有革命的哲學家（他們創立了新學派，常態的、職業化的哲學可在其中被加以實踐），他們把自己的新詞彙與老詞彙的不可共量性看作一時的不便，其原因在於前人的缺欠，一旦他們自己的詞彙被制度化後就可克服。另一方面有種深怕他們的詞彙將被制度化，或者他們的著作可能被看作可與傳統相比的偉大哲學家。胡塞爾和羅素（像笛卡兒和康德一樣）屬於前者。後期維根斯坦和後期海德格（像祈克果和尼采一樣）屬於後者[15]。偉大的系統哲學家是建設性的，並提供著論證。偉大的教化哲學家是反動性的，並提供著諷語、諧語與警句。他們知道，一旦他們對其施以反作用的時代成爲過去，他們的著作就失去了意義。他們是特意要留在外圍的。偉大的系統哲學家像偉大的科學家一樣，是爲千秋萬代而營建。偉大的教化哲學家，是爲他們自身的時代而摧毀。系統哲學家想將他們的主題安置在可靠的科學大道上。教化哲學家想爲詩人可能產生的驚異感敞開地盤，這種驚異感就是：光天化日之下存在有某種新東西，它不是已然存在物的準確再現，人們（至少暫時）既不能說明它，也很難描述它。

然而一個教化哲學家的概念本身就是一個悖謬。因爲柏拉圖是相對於詩人來定義哲學家。哲學家可提供理由，爲其觀點辯護，爲自身辯解。如此好爭辯的系統哲學家在談到尼采和海德格時說，不論他們可能是什麼，但不會是哲學家。常態的哲學家當然也使用「不真是一位哲學家」的策略來反對革命哲學家。實用主義者曾用它來反對邏輯實證主義者，實證主義者用它來反對「日常語言哲學家」，每當安逸的職業化活動受到威脅，人們就會使用

---

[15] 這位夢想出全部西方哲學觀念的人（柏拉圖）的永恆魅力在於，我們仍然不知道他是哪類哲學家。即使把《第七書》當成偽作棄置不論，在千百年的評述之後仍然無人確知諸對話錄中哪些段落是玩笑話，這使柏拉圖之謎歷久而彌新。

這種策略。但是它只是作爲一種修辭學策略被使用著，它所表明的不過是，一種不可共量的話語正在被提出。另一方面，當它被用來反對教化哲學家時，這一譴責卻具有實在的刺痛力。對一位教化哲學家而言，問題是，他作爲哲學家，提供論證原是本分，而他卻想只提供另一套詞語，並不說這些詞語是本質的（例如「哲學」本身本質的）新發現的準確表象。他在（譬如說）違反的不只是常態哲學的（他時代的學院派哲學的）各種規則，而且是一種後設規則（meta-rule）：後設規則是，人們可以提出改變各規則，只因注意到舊的規則不適用於主題了，它們不適合現實了，它們阻礙著一些永久性問題的解決。教化哲學家與革命的系統哲學家不同，他們在這個後設層次上是反常的。他們拒絕把自己裝扮成發現了任何客觀的真理（比如關於什麼是哲學這樣的問題）。他們表現出來的所做所爲不同於，甚或更加重要於對事物狀況提出準確的表象。他們說，之所以更爲重要乃由於，「準確表象」概念本身不是思考哲學工作的恰當方式。但他們繼續說道，這不是因爲「尋求……（如『現實的最一般特徵』或『人性』）的準確表象」是哲學的一個不準確的表象。

　　雖然不那麼自以爲是的革命者能夠對他們的前輩對其有過觀點的許多事物具有觀點，教化哲學家卻必須摧毀具有一個觀點這個概念本身，而又避免對有觀點一事具有一個觀點[16]。這是一個笨拙的、但並非不可能的立場。維根斯坦和海德格運用得就相當漂亮。他們成功地運用這一立場的理由之一是，他們不認爲，當我們說什麼時，我們必定在表達關於某一主題的觀點。我們可以只是**說著**什麼，即參與一次談話，而非致力於一項研究。也許談說事物並不總是談說事物的狀況。也許說它這件事本身不是說事物

---

[16] 海德格的〈世界觀的時代〉（格雷恩譯出於《界限》，1976年，第II期）是我見過的對這一困難的最好的討論。

如何。他們兩人都指出，我們把人看作在說著事物，不論事物是好是壞，並不把他們看作外化著現實的內在表象。但是這只是他們進入的楔子，因爲之後我們應當不再把自己看作在**看著**這個楔子，也不開始把自己看作在看著別的什麼。我們應當把視覺的、尤其是映現的隱喻，完全從我們的言語中排除[17]。爲此我們必須把言語不只理解作並未外化內部表象，而且理解作根本不是表象。我們應當拋棄符合語句以及符合思想的觀念，並把語句看作與其它語句、而非與世界相聯繫。我們應當把「與事物狀況符合」這個短語，看作賦予成功的常態話語的無意識贊詞，而非看作是有待研究和渴望的一種通貫話語其它部分的關係。企圖把這個贊詞擴展到非常態話語的成就，就像是用留給法官一大筆小費的方式去恭維他的明智判決一樣：這顯示出欠缺策略。把維根斯坦和海德格看作對事物狀況具有觀點，當然不會是搞錯了事情真相，只是趣味不高而已，這種作法把他們置於一個他們不想進入的地位上，而且在這個地位上使他們顯得滑稽可笑。

　　但是也許他們應該顯得滑稽可笑。那麼我們怎麼知道何時去採取一種策略性的態度，又何時去堅持持有一種觀點的道德義務呢？這很像是問，我們如何知道何時某人拒絕採取我們的（例如社會組織的、性習慣的、或會話禮儀的）準則是道德上不可容忍的，而何時它又是我們必須（至少暫時地）尊重的呢？我們並非參照一般性原則去了解這些事情。例如我們並非預先知道，當一個句子說出了或一個行爲完成了時，我們是否應終斷一次談話或一種個人關係，因爲一切都取決於漸漸導致它成立的東西。把教化哲學家看作談話伙伴，是把他們看作對共同關心的主題持有觀

---

[17] 德里達的近期著作是思考如何避免這類隱喻。正像海德德格爾在〈在與一位日本人和一位提問人之間關於語言的對話〉（載於《通往語言之路》，普夫林根，1959 年）中那樣，德里達偶爾也擺脫弄東方語言的象形文字優越性的觀念。

點的一種替代性選擇。把智慧看成某種東西，對它的愛與對論證的愛不是一回事，智慧的成就也不在於再現本質找到正確詞彙，這種看法就是把它看作參與談話所必需的實際智慧。把教化哲學看作對智慧的愛的一種方式，就是把它看作防止讓談話蛻化爲研究、蛻化爲一種觀點交換的企圖。教化哲學家永遠也不能使哲學終結，但他們能有助於防止哲學走上牢靠的科學大道。

三、教化、相對主義和客觀真理

　　關於教化哲學以進行談話而非以發現真理爲目的的這種看法，現在我想通過根據這一看法將真理從屬於教化的熟知的「相對主義」指責所做的回答，來將這一看法擴大。我將主張，在談話和研究之間的區別，類似於沙特把人本身看成自爲和看成自在之間所做的區別，並且因而主張，教化哲學家的文化作用是幫助我們避免自欺，這種自欺的產生，是由於相信我們通過認知一系列客觀的事實而能認識我們自己。在下一節中我將試圖提出相反的論點。我將在該節中說，全心全意的行爲主義、自然主義和物理主義（這些是我在前幾章中所推荐的）有助於我們避免這樣的自欺，即自以爲我們稟賦一種深層的、隱蔽的、有形而上學意義的天性，它使我們「不可還原地」區別於墨水瓶或原子。

　　對傳統認識論有懷疑的哲學家往往被看成是對這樣的看法提出疑問，這就是互不相容、相互競爭的諸理論中至多只有一個能夠是真確的。然而很難看到會有人真地對此有疑問。例如當人們說，一致論的或實用論的「真理論」，考慮到了許多互不相容的理論都會滿足真理條件的可能性時，一致論者或實用主義者往往回答道，這只表明了我們並無在這些備選的「真理」理論中做出選擇的根據。他們說，由此引出的教訓不是他們提出了不適當的「真理」分析，而是並不存在一些詞語（例如「真的理論」,「正確的

待做的事」），這些詞語從直觀上和語法上看都是獨特的，但不可能爲它們提出會找到獨一無二所指的一套必要而充分的條件。他們說，這一事實不應令人驚詫。沒有任何人認爲存在有必要而充分的條件，這一條件將選出（例如）「當她處於十分尷尬的情境時最佳行動選擇爲何」的獨一無二所指者，雖然可以提出或許成立的條件，它將縮短互不相容、相互競爭的備選項清單。對於「她在該嚴重的道德困境中應做什麼」、「人的美好生活」或「世界究竟是什麼構成的？」這些語句的所指者而言，這有什麼不同呢？

爲了理解隱伏在爲真理、實在或善擬定條件的每種企圖中的相對主義，無意提供獨一無二的個別化條件，我們必須採納我前面（在第六章第六節中）討論過的「柏拉圖的」先驗詞語的概念。我們應當把這些詞語（真理、實在、善）的真正所指者，看作是與在我們中間有效的證明實踐不具有任何聯繫。由柏拉圖這類具體哲學例示所造成的兩難困境是，一方面哲學家設法找到挑選這些獨一無二所指者的準則，而另一方面，關於這些準則他所有的唯一提示可能是由當前實踐（例如由當時最出色的道德和科學思想）提供的。因此哲學家們譴責自己在從事一種薛西弗斯式的任務，因爲對某一先驗詞語的論述剛一完成，它就被貼上了「自然主義謬誤」的標籤，即在本質與偶然事件間的一種混淆[18]。我想我們可從如下事實中獲得關於這種自毀式執戀原因的提示，即甚至那些把發現「應做的一件正確的事」之條件的直觀不可能性看作拒絕「客觀價值」理由的哲學家們，也不願把爲一真正的世界理論發現個別化條件的不可能性，看作是否定「客觀物理實在」的理由。然而他們應當如此，因爲在形式上這兩個概念是等價的。贊成和反對採取一種道德真理「符合」論的理由，與贊成和反對

---

[18] 關於這個問題，參見弗蘭克納的〈自然主義謬誤〉，載於《心》，1939年，第 68 期。

採取一種物理世界真理符合論的理由是相同的。我想，當我們發現對可惡的遭遇加以寬恕的通常借口是，我們是受迫於物質現實而非受迫於價值時，就會讓步了[19]。但是什麼東西使被迫狀態必須與客觀性、準確再現或符合有關呢？我想什麼也不，除非我們把現實的**接觸**（一種因果的、非意向性的、無關於描述的關係）與**處理**現實（描述、說明、預測和修改它，這些都是我們在描述項下所做之事）混爲一談。物理現實是皮爾士的「第二性」（secondness）（無中介的壓力）這個意思，與我們描述、應付物質現實的一切方法之一是「唯一正確的方法」這個意思，毫無共同之處。在這裡中介調解的欠缺與中介調解的準確性相混淆了。描述的欠缺與某種描述具有的特殊優越性相混淆了。只是由於這樣一種混淆，對物質事物的一種真正描述提供個別化條件的無能爲力，才與對事物惰性的感覺遲頓混淆在一起了。

　　沙特幫助我們說明了何以這類混淆如此頻繁發生，以及何以它的結果伴有如此強烈的道德熱情。在沙特看來，「一種正確的描述和說明現實的方式」應當包含在我們對「真理」意義的「直觀」之中這種看法，正是具有一種描述和說明的方式這種看法，這種方式是以石頭砸到我們腳上這種粗暴的方式強加予我們的。或者換一種視覺的比喻，會使話語和描述成爲多餘之物的乃是這樣的看法，這就是現實向我們的顯露，並非以如同黑暗中觀鏡的方式，而是以某種不可想像的直接性來顯露的。如果我們把知識從某種論述性的東西、由觀念或字詞的不斷調整所達到的東西，轉變爲這樣一種東西：它像被外力強迫一樣不可避免，或被一種使我們沉默無言的景象所穿透，那麼我們就將不再有責任在各種相互競爭的觀念和語詞、理論和詞彙之間進行選擇了。這種拋棄責任的

---

[19] 他們以還原論的方式說，似乎是為價值所迫的意思，其實只是物質現實的偽裝（例如由父母調節機制編序的神經分佈或腺體分泌）。

企圖，被沙特描述爲使自己變爲物的企圖，即變爲**自在**。從認識論者的觀點看，這種無條理的觀念稟具這樣一種形式，即把真理的獲得當成一個**必然**的問題，不論是先驗論者的「邏輯的」必然，還是革命的「自然化的」認識論者的「物理的」必然。按照沙特的觀點，發現這種必然性的衝動，亦即擺脫去建立另一種替代理論或詞彙的自由的衝動。因此指出這種衝動的無條理性的教化哲學家，被當成了一位欠缺道德誠摯的「相對主義者」，因爲他的確未曾加入這種人類共同的希望，選擇的負擔將一去不返。正如把德性看成亞里斯多德氏的自我發展的道德哲學家，被看成欠缺對同伴的關心一樣，作爲純行爲主義者的認識論者，被當成是不參與人類對客觀真理普遍渴望的人。

沙特幫助我們明了了視覺譬喻何以永遠傾向於超越自己，從而增加了我們對確立了西方哲學問題的這種視覺譬喻的理解。一個無遮蔽的自然之鏡的概念是這樣一面鏡子的概念，它與被映照物將不可分離，因此也就不再是一面鏡子了。認爲人的心，相當於這樣一面無遮蔽的鏡子，而且他對此了然於胸，這樣一種觀念，誠如沙特所說，就是神的形象。這樣一種存在者並不面對一種異己物，後者使他必須選擇一種對它的態度或對它的描述。他總是沒有選擇行爲或描述的需要或能力。如果我們考慮到這一情境的有利一面，他就可被稱作「上帝」，而如果我們考慮其不利的一面，他就被稱作一架「機器」。按照這一觀點，尋找共量性而非只尋找談話（通過發現將一切**可能的**描述歸於一種描述的方式，去尋找使繼續再描述不必要的一種方式），就是逃避人性的企圖。放棄那種認爲哲學必須指出一切可能的話語自然地會聚爲一種共識（這正是常態研究所做的）的想法，或許就是放棄那種不僅僅是人的願望了。因此這或許就是放棄柏拉圖的真理、實在、善等概念，這些實體可能不曾被當前的實踐和信念哪怕是模糊地映現過，並返回到「相對主義」，它假定我們唯一有用的「真」、「實在」和「善」

等概念,都是從我們的實踐和信念中外推而生的。

最後我又回到了上一節結束時提出的看法,教化哲學的目的是維持談話繼續進行,而不是發現客觀真理。按照我所建議的觀點,這種真理乃是常態話語的正常結果。教化哲學不僅是非常態的,而且是反動的,它只是作爲對下述企圖的抗議才有道理,這種企圖打算借助由某些特殊表象的具體例示達成普遍共量性的方案,來結束談話。教化性的話語企圖防止的危險是,某種現成的詞彙,某種人們可按其思考自身的方式,將使他們誤以爲,從今以後一切話語都可能是、或應當是常態話語了。在教化哲學家看來,文化的最終凍結或許就是人類的非人化。因此教化哲學家同意拉辛的選擇:無限地**追求**真理、而非「全部真理」[20]。對教化哲學家來說,具有「全部真理」這個觀念本身就是荒謬的,因爲柏拉圖的真理觀念本身就是荒謬的。它的荒謬性或者在於有關現實真理的觀念,不是有關在一定描述下的現實的真理觀念,或者在於,有關在某特殊描述下的真理觀念使一切其它描述沒有要了,因它是與其中每一種描述可共量的。

把保持談話繼續下去看作哲學的充分的目的,把智慧看作是維持談話的能力,就是把人類看作新描述的產生者,而不是希望能去準確描述的人。把哲學的目的看作是真理(即關於爲一切人類研究和活動提供最終共量性的詞語的真理),就是把人看作客體而非主體,看作現存的自在,而非看作既是自在又是自爲,看作既是被描述的客體、又是描述著的主體。認爲哲學家將使我們能把描述著的主體本身看作一種被描述的客體,就是認爲一切可能的描述,都可借助一種單一的描述詞彙——哲學本身的詞彙,被共量化。因爲只有當我們有這樣一種普遍性描述的觀念,我們才

---

[20] 克爾凱戈爾使這一選擇成爲他本人選擇「主觀性」,而非選擇「系統」的原型。參見《結束的非科學後記》,斯萬森和勞雷譯,普林斯頓,1941

能把在某一描述下的人類等同於人的「本質」。只有借助這樣一種觀念，人具有一個本質的觀念才可理解，不論該本質被看作對本質的認知與否。於是，即使說人既是主體又是客體，既是自爲又是自在，我們也未曾把握我們的本質。我們說「我們的本質是沒有本質」，也並未逃脫柏拉圖主義，如果我們這樣一來就打算把這一觀點看作去發現於關於人類其它真理的建設性的和系統性努力的基礎的話。

這就是何以「存在主義」（以及更一般而言，教化哲學）只能是反動性的，爲什麼一當它企圖沿新的方向去從事不只限於是推進談話的活動時，它就陷入了自欺。這類新方向或許會產生新的常態話語、新的科學、新的哲學研究規劃，從而也就是新的客觀真理。但它們不是教化哲學的目的，而只是偶然的副產品。目的永遠只有一個，即去履行杜威所謂的「擊破慣習外殼」這一社會功能，防止人自欺地以爲他了解自己或其它什麼東西，除了通過某些可供選替的描述之外。

四、教化和自然主義

我在第七章曾主張，一種好的想法或許是，擺脫掉被當成是人與其它事物之間區分或兩類人之間區分的精神與自然的區分，這種區分對應於詮釋學和認識論之間的區分。現在我想再談談這個問題以便強調這樣一種觀點，我一直討論的這個「存在主義的」學說，是與我在前幾章中贊成的那種行爲主義和唯物主義相容的。想要既是系統性的又是教化性的那些哲學家們，往往把它們看作互不相容，並因而提出，我們對自己作爲自爲、作爲能反思者、作爲可選替的諸詞彙選擇者的觀念，如何本身有可能變成哲

學的主題。

不少晚近的哲學（在「現象學」或「詮釋學」的庇蔭下）都玩弄著這個不幸的觀念。例如哈伯瑪斯和阿貝爾都提出了我們可按其創造一種新先驗觀點的途徑，以使我們能完成什麼類似於康德企圖去做的事，而又不墮入科學主義或歷史主義。同時那些把馬克思、弗洛伊德，或把他們兩人，看作應被納入「主流哲學」的大多數哲學家，都企圖發展準認識論的體系，這些體系都以馬克思和弗洛伊德兩人突出強調的現象爲中心，即行爲的改變，緣自自我描述的改變。這些哲學家把傳統認識論看成致力於使人類「客觀化」，而且他們渴望有一種接替認識論的學科，它將爲「反思」做出傳統爲「客觀化知識」所做之事。

我一直強調，我們不應企圖獲得一種接替認識論的學科，而寧可企圖使自己擺脫認爲哲學應當以發現永恆研究構架爲中心這樣的看法。我們特別應當自己擺脫這樣的看法，即哲學可說明科學留下的未予說明的東西。按我的觀點，發展一種「普適語用學」或「先驗詮釋學」的企圖，是極其可疑的。因爲這似乎是允諾沙特告誡我們不應去具有的東西，即一種把自由視作自然的方式（或者不那麼令人費解地說，一種如此來看待我們創造和選擇詞彙的方式，即以與我們在這些詞彙之一的**內部**看待自己時的同一「正常」態度去看待）。這類企圖開始於通過常態話語來看待對客觀知識的追求，其方式正如我建議應當如此去看待的那樣，即當作教化的一種成分。但之後他往往趨向更抱負不凡的主張。哈伯瑪斯下面一段話即爲其例：

> ……知識在實踐生活的普遍境域中所有的作用，只能在某種重新表述的先驗哲學的構架內被成功地分析。順便指出，這並不暗含著一種對絕對眞理要求的經驗主義批判。只要認識的興趣可通過對自然科學和文化科學

內研究邏輯的反思而被認定和分析，它們就可合法地要求一種「先驗的」性質。一旦它們根據自然史的成果被分析，即似乎是根據文化人類學被分析，它們就具有了「經驗的」性質。

反之，我想主張，試圖發現「分析」「知識在實踐生活的普遍境域中所有的作用」的綱領式的一般方法，是毫無意義的，而且文化人類學（在其包括思想史這樣廣泛的意義上）就是我們所需的一切。[21]

哈伯瑪斯和受同一動機驅使的其他作者，把關於經驗研究即已足夠的建議，看作是作體現了一種「客觀主義的妄想」。他們傾向於把杜威的實用主義和塞拉斯與費耶阿本德的「科學實在論」，都看成是一種不適當的認識論的產物。按我的觀點，杜威、塞拉斯和費耶阿本德的偉大功績在於，他們指出了通向一條非認識論哲學之路，並部分地做出了示範，從而它也是一條放棄了對「先驗性」懷抱任何希望的道路。哈伯瑪斯說，理論要「使自身具有先驗性基礎」，就等於理論要

熟悉不可避免的主觀條件領域，後者既使理論得以成立又為其設定限制，因為這種先驗的確證總傾向於自行批評一種過分自信的自我理解。[22]

---

[21] 哈伯瑪斯，《知識和利益》（法蘭克福，1973 年）二版後記，載於該書第 410 頁；由林哈特在《社會科學哲學》1973 年第 3 期內譯出（第 181頁），題為〈《知識和人類利益》的後記〉。關於對哈伯瑪斯此處採取的論證路線所做的一個批評（它與我的批評類似），參見泰烏尼森的《社會與歷史：批判理論的批判》，柏林，1969 年，第 20 頁以下。（我對泰烏尼森此書的參考得助於高斯）。

[22] 哈伯瑪斯：「後記」，第 411 頁；英譯本第 182 頁。

這種過分自信尤其在於

> 以為可能存在有在哲學實在論所假定的意義上的對
> 實在的忠實性。真理符合論傾向於舉事實作為世界中的
> 實體例子。正是這樣去思考可能經驗的條件的認識論的
> 意圖和內在邏輯，揭示了這樣一種觀點主義妄想。每一
> 種先驗哲學都宣稱通過分析可能經驗對象的範疇結構去
> 識別經驗客觀性的條件。[23]

但是杜威、維根斯坦、塞拉斯、孔恩和本書所述的其他一些
主人公對於揭露「在哲學實在論所假定的意義上的對實在的忠實
性」，都有他們自己的方式，而且他們都不認為必須通過「分析可
能經驗對象的範疇結構」來辦到這一點。

認為我們只通過採取類似於康德先驗立場的觀點，就可規避
過分自信的哲學實在論和實證主義還原論，在我看來是哈伯瑪斯
一類方案中（也是以某種「前於」科學提供的觀念的方式去描述
人類的「生活世界現象學」這一胡塞爾看法中）的基本錯誤。為
完成這類值得稱讚的目的所需要的東西，不是康德在先驗立場和
經驗立場之間所做的「認識論」二分法，而是他在作為經驗自我
的人和作為道德行為者的人之間所做的「存在主義」二分法[24]。常

---

[23] 同上書，第 408-409 頁；英譯本，第 180 頁。

[24] 塞拉斯極其有效地利用了康德後一種二分法，堅持說人的特性，是一
個「是我們中間的一位」、或進入「我們都將……」這種形式的實踐性
絕對命令範圍內的問題，而不是應以經驗手段分離的某種有機體的一個
特徵。我在本書中，特別在第四章第四節，曾多次援引這一主張。關於
塞拉斯本人對它的用法，參見《科學和形而上學》，倫敦和紐約，1968
年，第七章，以及〈科學的倫理學〉一文，載於他的《哲學展望》一書，
斯波林費爾德，1967 年。

態的科學話語可以永遠按兩種不同方式來考察，即作爲對客觀真
理的成功追求，或作爲我們介入的諸話語之一、諸種規則之一。
前一種觀點贊同常態科學的正常實踐。道德選擇或教化的問題不
在這裡出現，因爲它們已經爲默默的和「自信的」致力於對有關
問題的客觀真理探求所事先具有了。後一觀點是我們據以詢問如
下一類問題的觀點，如「意義何在？」，「從我們對我們和大自然
的其它部分如何活動的知識中可引出什麼寓意呢？」，或「既然我
們認識了我們自己行爲的規律，我們應該怎樣自處呢？」

　　系統式哲學的主要錯誤始終在於這樣一種看法，這類問題應
該以某種新的（「形而上學的」或「先驗的」）描述性或說明性話
語（論述「人」、「精神」或「語言」等等）來回答。這種以發現
新的客觀真理來回答關於證明的問題的企圖，這種以某一特殊領
域中的描述來回答道德行爲者的證明要求的企圖，是哲學家特有
的一種「自我欺瞞」（bad faith），他用偽認知作爲取代道德選擇的
特有方式。康德的偉大在於識破了這一企圖的「形而上學」形式，
並摧毀了傳統的理性概念，以爲道德信仰讓出地盤。康德爲我們
提供了看待科學真理的如下一種可能，即科學真理永遠也不能對
我們要求的一個論點、一個證明、一種認爲我們關於應做什麼道
德決定是基於對世界性質的知識的主張，提供一個解答。不幸，
康德根據對「不可避免的主觀條件」的發現來提出其對科學的診
斷，這種主觀條件則是經由對科學研究的反思來揭示的。同樣不
幸的是，他認爲對於道德兩難困境確實存在有一種判定的方法（儘
管不是以知識爲基礎的，因爲我們對絕對命令的把握不是一種認
知）[25]。於是他創造了新形式的哲學自我欺瞞，即以發現人的真自

---

[25] 參見康德在《純粹理性批判》第 824-B852 以下對知識和必然信仰之
間的二分法，尤其是他把 Unternehmung（事業，行動）用作後者的同義
語。第一批判書中的這一節，在我看來正是給 Bxxx 頁上關於否定理
性以為信仰留出地盤的那著名段落以最充分的解釋一節。然而在許多其

我的「先驗」企圖，來取代其它人發現世界的「形而上學」企圖。
通過默而不宣地將道德行為者等同於構成性的先驗自我，他敞開
了將自由還原為自然、選擇還原為知識、自為還原為自在的、日
益增加其複雜性的後康德企圖。這是一條我一直在設法堵塞的
路，我的辦法是根據在熟悉事物和不熟悉事物、在常態事物和非
常態事物之間的歷史性、暫時性區別，去重新安排在自然與精神、
「客觀化科學」和反思、認識論和詮釋學之間非歷史的、永久性
的區別。因為對待這些區別的這種方式，使我們不把它看作在劃
分著兩個研究領域，而是看作在研究和某種非研究事物之間的區
別，而後者毋寧說是一種剛開始的提問，從中可能（或不可能）
出現研究（新的常態話語）。

　　我們可以換一個方式表達這個主張，這也許能有助於說明它
與自然主義的聯繫。我想說，實證主義者絕對正確地認為必須根
絕形而上學，當「形而上學」意味著企圖提供有關科學不能認識
的東西的知識時。因為這就是發現這樣一種話語的企圖，這種話
語兼有常態性和非常態性二者的優點，也就是把客觀真理的主體
間可靠性，與一種不能證明、但也無限制的道德主張的教化特性，
結合了起來。使哲學置入可靠科學大道的迫切要求，也就是把這
樣兩部分內容結合在一起的迫切要求，一種是把道德選擇看作圈
點出關於某種特殊對象（上帝理念）的客觀真理這一柏拉圖構想，
另一種是關於在常態科學中發現的對象的主體間的和民主的一致
認識[26]。完全非教化性、完全無關於是否相信神這類道德選擇的哲
學，就會不被看作是哲學，而只被看作某種特殊的科學。於是一

他問題上，康德前後不一地把實踐理性說成是有助於擴大我們的知識。
[26] 實證主義者本身迅速地向這種衝動屈服。甚至當堅持說道德問題是非
認識性的時，他們也以為賦予他們對傳統哲學的道義批判以準科學的性
質，因此使他們自己招致有關他們「情緒地」使用「非認識性的」一詞
的自關涉式的批評。

且置哲學於科學的康莊大道的計劃成功，它就把哲學乾脆轉變爲一種令人煩厭的學院式專業。系統式哲學的存在方式是，永遠跨立於在描述和證明、認知和選擇、正確把握事實和喻示如何生活二者之間的裂隙之上。

　　一旦明瞭了這一點，我們就可以更清楚地看到認識論何以作爲系統哲學的本質而出現。因爲認識論企圖把常態話言內的證明模式看作不只是這樣一個模式。它企圖把這些模式看成掛鉤在某種要求道德承諾的東西之上，這就是實在、真理、客觀性、理性。反之，作爲一名認識論中的行爲主義者，就是從兩個角度來觀看我們時代的常態科學話語，既將其看作由於種種歷史理由而採取的模式，又看作客觀真理的成就，在這裡所謂「客觀真理」，恰恰只是我們當前有關如何說明發生的事物的最佳觀念之謂。從認識論的行爲主義角度看，哈伯瑪斯有關科學研究是由「不可避免的主觀條件」所形成和限制的主張中唯一真確之處是，這種研究是通過採取了證明的實踐才得以成立，而且這種實踐具有可能的替代物。但是這些「主觀條件」，在任何意義上都不是可由「對研究邏輯的反思」發現的「不可避免的」東西。它們只是有關某一社會、職業或其它集團認爲可作爲某種陳述良好理由的東西的事實。這類約束性模式爲「文化人類學」的通常的經驗的及詮釋學的方法所研究。從有關集團的角度看，這些主觀條件乃是常識性的實踐律令（例如種族禁忌、穆勒的方法論）和關於該問題的當前標準理論的結合。從思想史家或人類學家的觀點看，它們是關於人類某集團的信念、慾望和實踐的經驗事實。二者是互不相容的觀點，意思是，我們不可能同時站在兩個觀點上。但是沒有理由和必要來把二者含括在某種更高的綜合之中。該集團可能自己從一種觀點變爲另一種觀點（因此通過「反思」過程將他們過去的自我「客觀化」，並使新語句適用於他們當前的自我）。但是這並非是要求重新理解人類知識的某種神秘過程。明白不過的事實

是，人們可對他們所做之事提出懷疑，之後以與他們先前運用的
方式不可共量的方式開始談話。

這也適用於最令人驚奇和不安的新話語。當馬克思、弗洛伊
德和沙特這類教化型哲學家對我們證明自己行為和陳述的通常型
式提出新的解釋時，以及當這些說明被接受和吸收進我們生活之
中時，我們就獲得了有關思想的變化著的詞彙和行為這一現象的
突出事例。但如我在第七章所說，這種現象不要求對理論建設或
理論確認做出任何新的理解。認為我們通過內在化了一種新的自
我描述（使用「資產階級知識分子」、「自毀的」、「自欺的」一類
詞）而改變了我們自己，這是充分確實的。但這並不比下列這些
事實更令人驚奇，如人類通過植物學理論所創造的雜交法改變了
植物學品種，或人類通過發明了炸彈和牛痘疫苗而改變了自己的
生活等等。思考這類變化的可能性，就像閱讀科幻小說一樣無助
於我們克服對「哲學實在論」的自信。但是這類思考並不須要以
對思想性質的先驗論述來加以補充。所需要的只是教化式的援引
事實或非常態話語的可能性，破壞我們對得自常態話語的知識的
依賴。可予以反駁的這種自信，只是常態話語通過似乎為某問題
的討論提供了典範性詞彙來阻礙談話長流的那種傾向，而且尤其
是常態的、以認識論為中心的哲學的這樣一種傾向，它通過把自
己推舉為適用於一切可能的合理話語的最終共量性詞彙來阻塞道
路。前一種狹隘的常態話語傾向的自信，被教化型哲學家推翻了，
後者對普遍共量性和系統哲學這一觀念本身都加以懷疑。

我不惜一再重覆地想再堅持說，常態話語和不正常話語之間
的區別並不與以下各類區別相符，如主題上的區別（如自然對歷
史，事實對價值）、方法上的區別（如客觀化與反思）、機能上的
區別（如理性對想像），或任何其它系統哲學所使用的區別，以便
使世界的意義體現有關世界的某種先前未注意到的部分或特徵的
客觀真理上。任何事物都可反常地被談論，正如任何事物都可成

爲教化的和任何事物都可被系統化一樣。我討論了自然科學和其它學科之間的關係，只是因爲笛卡兒和霍布斯時代以來，有關科學話語是常態話語、而一切其它話語都須以其爲模式的假設，成了哲學研究的標準動機。然而一旦我們撇開了這個假設，我們也能擺脫種種我所抱怨的反自然主義。我們可以特別堅持以下各種看法：

每一種語言、思想、理論、詩歌、作曲和哲學，將證明完全可以用純自然主義的詞語來預測。對個人內部微觀過程的某種原子加虛空式的論述，將使人能夠將被表達的每種聲音和文字加以預測。幽靈是不存在的。

任何人在決定和創生他自己的行爲、思想、理論、詩歌等等之前，都不可能對它們進行預測。（這不是關於人類奇特天性的有趣說法，而是它打算「決定」和「創生」的東西的平平常常的結果）因此不存在這樣的希望或危險，對作爲自在的某人自我的認知，將使他不再作爲自爲而存在。

使得這些預測得以完成的全部法則，再加上對一切人的（用原子加虛空式語言所做的）全部描述，還不就是有關人類的全部「客觀真理」，也不是關於他們的全部真實預測。或許仍然還會有許多其它不同的這類客觀真理（某些用於預測，某些則不），正像有很多不可共量的詞彙一樣，運用這些詞彙可進行關於人類的常態研究（例如，所有那些我們因其而獲有信念和願望、德行和美的詞彙）。

不可共量性蘊涵著不可還原性，但不蘊涵著不相容性，於是，未能將種種這類詞彙「還原」爲「基層的」原子加虛空式科學的詞彙，並不使人懷疑它們的認識性地位或它們對象的形而上學性質。（這既適用於詩歌的審美價值，又適用於人的信念，既適用於德性又適用於意志）。

所有這些客觀真理的總合（雖然這是不可能的）將仍然不一

定是教化性的。它可能是關於不含意義、不含道德的某一世界的
圖畫。它是否似乎將一種道德指示給某一個人，這取決於該個人。
在他看來世界似乎是這樣或似乎不是這樣，這一情況或真或假。
但是世界「真地」有或沒有一種意義或一種道德，這一情況不會
是客觀上或真或假。他關於世界的知識是否使他具有對世界做什
麼或在世界中做什麼的意識，其本身是可以預測的，但他的知識
是否使他應當如此，則是不可預測的。

對科學、「唯科學論」、「自然主義」、自我客觀化、以及對被
太多的知識變爲物而不再成爲人等等的恐懼，就是對一切話語將
成爲常態話語的恐懼。這也就是如下這樣的恐懼，即對我們提出
的每個問題都將有客觀地真或假的回答，於是人類價值將在於認
識真理，而人類德性將僅是被證明了的真信念。這種情況令人驚
恐，因爲它消除了世上還有新事物的可能，消除了詩意的而非僅
只是思考的人類生活的可能。

不過非常態話語遭遇的危險並不來自科學或自然主義哲學，
而是來自食物匱乏和秘密警察。如果有閒暇和圖書館，柏拉圖所
開始的談話，將不致以自我客觀化告終，這不是因爲世界和人類
的萬事萬物逃避了成爲科學研究對象的可能，而只是因爲自由的
和悠閑的談話，如自然規律那樣確實無疑地產生了非常態話語。

五、在人類談話中的哲學

我以對奧克肖特著名篇名的提示來結束本書[27]，因爲我認爲它
抓住了哲學應按其進行討論的基調。我關於認識論和其可能的後
繼學科所做的許多論述，都是企圖從塞拉斯的下述理論中推出一

---

[27] 參見奧克肖特:〈在人類談話中詩的聲音〉，載於《唯理主義和政治》，
紐約，1975 年。

些必然結論：

> 在刻畫像認知這樣一個事件或狀態時，我們並非在
> 對該事件或狀態做出一種經驗性描述；我們將其置於理
> 性的邏輯空間內，以便證明或能去證明人們所說的東
> 西。[28]

如果我們不把認知看作應由科學家或哲學家加以描述的本
質，而是看作一種按通常標準去相信的權利，那麼我們就安然通
向把談話看作最終境域之途了，知識應當在這一境域中被理解。
我們的重點從人與其研究對象的關係，轉變到可互相替換的諸證
明標準之間的關係，並由這裡轉變到構成思想史的那些標準中的
實際變化。這就使我們懂得了塞拉斯本人對他的發明了自然之
鏡，從而造成了近代哲學的神秘英雄瓊斯所做的描述了：

> 讀者難道未認出瓊斯是正處在一個旅程中途的人類
> 本身嗎？這個漫長的旅程從洞穴中的呼嚕聲直到客廳、
> 實驗室和書房內精巧而多方面的話語，直到亨利與威廉
> 兩詹姆士兄弟、愛因斯坦和哲學家們的語言，他們在努
> 力掙脫話語可以達到超話語的 ἀρχή（始基）時，提供了
> 一切方面中最難以理的方面。（第 196 頁）

在本書中我爲作爲歐洲文化史一個片段的、以認識論爲中心
的哲學史，撰述了一篇緒論。這一哲學可以上溯至希臘並旁及各
種非哲學學科，後者在這一時期或那時期曾打算取代認識論，從
而取代哲學。因此這個片斷不能簡單地等同於教科書上列舉的從

---

[28] 塞拉斯：《科學、知覺和實在》，倫敦和紐約，1963 年，第 169 頁。

笛卡兒到羅素和胡塞爾一系列大哲學家這個意義上的「近代哲學」。但是在這個大哲學家系列中，追求知識基礎的努力是最明顯的。因此我消解自然之鏡這個形象的大部分努力，都集中於這些哲學家身上。我企圖指出，他們突入一種超話語的 $\alpha \rho \chi \acute{\eta}$（始基）的衝動，是以把證明的社會實踐看作不止於是這類實踐的衝動爲根據的。然而我主要集中考察了現代分析哲學中這類衝動的各種表現。因此結果只不過是一章緒論而已。一種適當的歷史論述將要求我並不具備的那種學問和技巧。但我希望這個緒論足以使人把當代哲學問題看作一種談話的某一階段上的事件，這個談話本來對這些問題一無所知，可能也不會再知道它們。

我們可以繼續柏拉圖所開始的談話而無須討論柏拉圖想討論的問題一事，說明了對待哲學的兩種態度之間的區別，一種是把哲學當作談話中一種聲音，另一種是把哲學當作一個學科，一個 Fach（德文「專業」、「學科」。——中譯者），一個專業研究領域。柏拉圖所開始的談話已爲比柏拉圖可能夢想到的更多的聲音所擴大，因此就是被他一無所知的問題所擴大。一個「學科」（天文學，物理學，古典哲學，家具設計）可能經歷變革，但它從它目前的狀態中取得了自我形象，而且它的歷史必然「輝格式地」被寫成是對其逐漸成熟過程的一種論述。這是最通常的撰寫哲學史的方式，而且我不能自以爲我在概述這種須被撰寫的歷史時，已經完全避免了這種輝格態度。但我希望我已指明，我們可以把哲學家們當前關心的、以及他們輝格式地把哲學看作一直（也許不自知）在關心的那些問題，理解作歷史事件的偶然結果，理解作談話所選取的各種方向轉換[29]。談話經歷漫長時間開始了這種轉

---

[29] 兩位晚近作者（傅柯和布魯姆）以歷史根源的純事實性意義作爲他們研究的中心。參見布魯姆的《錯誤解釋的地圖》，紐約，1975 年，第 33 頁：「一切連續性都有在其根源上的絕對任意性，與在其目的上的絕對必然性之間的矛盾。我們從我們大家都以矛盾修辭法稱我們的愛爲生活

換，但它可以轉換到另一方向而不致使人類因此失去其理性或失去與「實在問題」的接觸。

哲學學科的、或某個天才哲學的談話興趣在改變著，並將繼續以由於偶然事件而無法預測的方式改變。這些偶然事件將涉及從物理學現象到政治學現象等各個方面。學科間的界限將趨於模糊和改觀，新的學科將產生，正如伽利略在 17 世紀創造「純科學問題」等概念，只是在大約康德的時代才被理解。我們對認識論或某種後繼學科位於哲學中心（以及道德哲學、美學和社會哲學等等均由其導出）的後康德主義概念，反映了這樣的事實，專業哲學家的自我形象，依賴於他們對哲學之鏡形象的專業性關切。如果不承認康德關於哲學家能夠決定與文化中其它部分的主張有關的合法裁決問題這個假設，專業哲學家的這個自我形象也就瓦解了。該假設依存於這樣一種認識，即存在有理解知識本質之事，這就是塞拉斯所說的，從事我們不可能從事之事。

拋棄了哲學家對認知的認識比任何其他人都更清楚的概念，也就是拋棄了這樣一種看法，即哲學家的聲音永遠居高臨下地要求談話的其他參加者洗耳恭聽。同時也相當於拋棄了這樣的看法，即存在有所謂「哲學方法」、「哲學技術」或「哲學觀點」的東西，它們使專業哲學專家們能夠憑靠專業地位而具有對（例如）精神分析學的體面地位、某些可疑法則的合法性、道德困境的解

一事中，如此鮮明地體驗到了這一點，以致於在愛的文學表現中無須對此加以指明。」傅柯說，他觀察思想史的方式，「使有可能把**偶然、不連續性**和**物質性**等概念導入思想根源本身。」（〈論語言〉，載於《知識考古學》，紐約，1972 年，第 231 頁）。最困難不過的是理解哲學史中的純偶然性，只因為自黑格爾以來哲學的史學一直是「進步的」或（按海德格顛倒了黑格爾關於進步的論述的意義上）「倒退的」，而絕非不含必然性之意。如果我們有朝一日可以把對永恆的、中性的、非歷史的、共量性的詞彙的願望本身理解作一種歷史現象的話，也許我們就可以比迄今為止更少辯證地、更少感情作用地來撰寫哲學史了。

決、史學或文學批評諸學派的「正當性」等等問題的有趣觀點。哲學家們往往對這類問題確實具有有趣的觀點，而且他們作爲哲學家的專業訓練往往是他們具有這些觀點的必要條件。但這不等於說哲學家們具有關於知識（或其它任何東西）的某種特殊知識，從中他們可推演有關的必然結論。他們對我剛提到的種種問題能夠經常隨便議論，是由於他們熟悉有關這類問題的論證的歷史背景，而且最重要的是由於這樣的事實，對這類問題的論證充滿著其他談話參加者在閱讀中遇到的哲學陳詞濫調，但專業哲學家熟知正反兩方面的情況。

於是新康德式的作爲一種專業的哲學形象，就與作爲映現性的「心」或「語言」的形象有了聯繫。因此人們似乎會以爲，認識論的行爲主義和隨之而來的對鏡喻的否定引出了這樣的認識：不可能或不應當有這種專業。但實際並非此。專業可以比產生它的典範存留更久。無論如何，對飽讀已往偉大哲學家典籍的教師的需求，足以確保哲學系的存在，只要大學存在的話。廣泛喪失對鏡喻信心的實際結果，將僅只是使某一歷史時期內由這一譬喻創生的各種問題被圈圍起來。我不知道我們是否真地已面臨著一個時代的結束。我想這取決於杜威、維根斯坦和海德格是否爲人所喜愛。也許鏡喻的、「主流的」系統哲學，將由於某位天才的革命者的努力而重獲新生。也許或者是，康德提出的哲學形象會重步中世紀僧侶的後塵。果真如此的話，甚至哲學家本人也將不再認真看待這樣的看法了：哲學爲文化的其它部分提供了「基礎」或「證明」，或對有關其它學科的正當領域的合法問題進行了裁決。

不論發生什麼情況，均無哲學「日暮途窮」之虞。宗教未因啓蒙精神而告終，繪畫也並未終止於印象主義。即使從柏拉圖到尼采的這一時期，以海德格建議的方式被圈圍和「間距化」，即使20 世紀哲學似乎證明是一個迂迴曲折的過渡階段（如 16 世紀哲

學現在在我們看來成爲過渡階段那樣），在過渡階段的另一邊仍將有被稱作「哲學」的東西。因爲即使表象的問題對於我們的後代，正像形質二元的問題對於我們一樣顯得陳腐過時，人們將仍然會閱讀柏拉圖、亞里斯多德、笛卡兒、康德、黑格爾、維根斯坦和海德格。無人可知這些人在我們後代人的談話中將起什麼作用，也無人可知系統哲學和教化哲學間的區分是否將繼續下去。或許哲學將成爲純教化性，以致於某人對自己作爲哲學家的自我認定，將只根據他所讀過和討論過的書籍，而非根據他想去解決的問題來完成。或許人們將看到一種新形式的系統哲學，它與認識論全然無關，卻使常態的哲學研究得以成立。這些猜測都是姑妄言之的，而且我所說的一切並不能使一種猜測比另一種猜測更有可能發生。我想強調的唯一一點是，哲學家的道德關切應當在於繼續推進西方的談話，而非在於堅持在該談話中爲近代哲學的傳統問題留一席之地。

第十一篇

在現象學和辯證法之間：

一種自我批判的嘗試

（1985）

〔德國〕伽達默爾（Hans-Georg Gadamer）著

夏鎮平譯　洪漢鼎校

本文選自伽達默爾《真理與方法》1986 年德文版第 2
卷，第 3-23 頁。

　　25 年前，我曾把從各個角度出發進行的研究綜合成一個統一
的哲學體系，如今該是對這種理論構想的邏輯一貫性進行一番
檢驗的時候了，尤其要檢查一下該體系的邏輯推論中是否存在
斷裂和不連貫。它們是否會導致嚴重的根本錯誤，抑或它們只
是那種必然會或多或少地過時的表達形式方面的問題呢？
　　在被稱作精神科學的領域中如此地把重點放在語文學－歷
史科學上的做法當然已經過時。在社會科學、結構主義和語言
學的時代，人們不再會滿足於這種與歷史學派的浪漫主義遺產
相聯繫的出發點。實際上在我的理論體系中起作用的正是自身
的出發經驗的局限性。我的體系的目的從一開始就指向詮釋學
經驗的普遍性，假如這種詮釋學經驗真的是一種普遍的經驗，
那麼它就應該是從任何一個出發點出發都能達到的。[1]

---

[1] 我的論文〈修辭學、詮釋學和意識型態批判〉（見我的著作集第 2

　　至於這種研究對於自然科學所提出的相反看法，其有效性無疑就更差了。我很清楚，我在我的體系中沒有觸及自然科學領域的詮釋學問題，因爲該領域超出了我的科學研究的範圍。我只是在歷史－語文學科學中才有某些資格參與這一問題的研究工作。凡在我不能研究第一手材料的領域中，我都覺得自己沒有權利提醒研究者知道他到底幹了些什麼或與之發生了些什麼。詮釋學思考的本質就在於，它必須產生於詮釋學實踐。

　　早在 1934 年，當我讀到石里克（Moritz Schicks）對記錄陳述的獨斷論所作的富有成果的批判時就已經明白，在自然科學中也包含著詮釋學的疑難[2]。但是，當石里克那本書的思想在三〇年代（當時德國與外界日漸隔絕）得到發展的時候，物理主義和科學的統一則是當時流行的對立思潮。盎格魯撒克遜研究中的語言學轉向（Linguistic turn）在那時尚未出現。至於維特根斯坦的後期作品我也只是在徹底檢查了自己的思想歷程之後才可能進行研究，而且我也是在後來才認識到巴柏（K. R. Popper）對實證主義的批判和我自己的研究方向有著類似的動機[3]。

　　因此，我十分清楚自己思想出發點的時代局限性。考慮詮釋學實踐業已改變的條件那已經是年輕人的任務了，而且這種工作已經在許多方面開始進行。若說我這個年屆八旬的老人還能再學習，這似乎是太不自量力了。因此，我就讓《真理與方法》以及所有的後期論文都保持原封不動，而只是偶而作一些小小的改動。

　　然而，我理論體系自身的內在邏輯一貫性就完全是另一碼事

卷，第 219 頁以下）對此有詳語的論述。
[2]　石里克：〈論認識的基礎〉，見《認識》，第 4 期（1934）。也可參見《1926-1936 年論文集》，維也納，1938 年，尤其見第 290-295 頁和第 300-309 頁。
[3]　參見威斯海默（J. C. Weinsheimer）的《伽達默爾的詮釋學——讀〈真理與方法〉》一書序言，耶魯，1985 年版。該序言寫得很令人啟發。

了。因此，本書作爲我著作集的第 2 卷就可以對它作些補充。本書的內容分爲三個部分：(1)《真理與方法》的**準備**——這部分文章因其特有的前理解性有時可能對讀者有用；(2)**補充**，這部分文章是在隨後的年代中寫的。（這兩部分文章絕大部分都已在我的《短篇著作集》中發表過。）這本第 2 卷中最重要的部分是(3)**發展**部分；這種發展，一方面是我已經進行了的，另一方面是通過對自己思想進行批判討論而進行的。特別是文學理論，它在一開始就表現爲我思想的一種擴展，在我著作集的第 8 和第 9 卷中詳細討論了它和詮釋學實踐更緊密的聯繫。關於詮釋學性質的根本性問題既是通過哈伯瑪斯[1]的討論，也是通過同德希達[2]的反覆較量而得到某種新的闡明，這些討論收在本卷中顯得很適，在最後的**附錄**部分編列了補注、《真理與方法》的後期版本中附加的補充、前言和後記。我在 1973 年寫的自述則作爲本書的結束。著作集第 1 卷和第 2 卷只作了一個共同的索引，這是爲強調兩者之間的聯繫。我希望，通過本卷的結構佈局能夠彌補《真理與方法》的缺陷，並能爲年輕一代的繼續工作稍盡棉薄之力。

在我編本卷的時候當然不能不考慮我的理論在批判過程中所產生的反應。事物本身就具有效果歷史，這是一個詮釋學真理，在本卷的編輯時也不能忽視這一真理。在這個意義上我要指出重印在本書附錄中的我爲《真理與方法》第 2 版寫的前言和第 3、第 4 版寫的後記。今天，當我回顧往事的時候，我發現自己所追求的理論一致性在以下這點上沒有完全達到：我未能足夠清楚地說明，遊戲概念和現代的主觀主義思維出發點這兩種對立的基本構想是如何達到一致的。我在書中先是討論藝術遊戲，然後考察了與語言遊戲有關的談話的語言基礎。這樣就提出了更寬廣更有決定性的問題，即我到底在多大程度上做到了把詮釋學向度作爲一種自我意識的對立面而顯露出來，這就是說，在理解時不是去揚棄他者的他在性，而是保持這種他在性。這樣，我就必須在我

業已擴展到語言普遍性的存有論觀點中重新召回遊戲概念。這就使我把語言遊戲和藝術遊戲（我在藝術遊戲中發現了詮釋學典型現象）更緊密地相聯繫。這樣就顯然容易使我按照遊戲模式去考慮我們世界經驗的普遍語言性。在我的《真理與方法》第 2 版的前言以及我的〈現象學運動〉[4]這篇論文的結尾中我都已經指出，我在三〇年代關於遊戲概念的想法同後期維特根斯坦的思想具有一致性。

　　如果有人把學說話稱作一種學習過程，這只是一種空洞的說法。實際上這是一種遊戲，是一種模仿的遊戲和交流的遊戲。在正在成長的兒童的模仿追求裡，發音及發音時感到的娛樂是和意義的閃光相聯繫的。誰也無法用理性的方式回答兒童是如何第一次開始理解意義這一個問題的。在理解意義的活動中總是事先存了先於語言的意義經驗，然後才能進行目光表情的交流，這樣才使一切交流的通道暢通無阻。同樣，完滿的結束也是不可思議的。誰也不可能講清楚當今語言學所說的「語言能力」究竟是怎麼一回事。所謂的「語言能力」顯然並不能像語言的正確成分那樣客觀地被模仿。「能力」這個表達只不過想說明，在說話時形成的語言能力並不能被描繪成規則應用，從而不能被當作僅僅是合規則地處理語言。我們必須把它看作一種自由的語言練習過程範圍內產生的成果。從而使我們最終就像出自自己的能力而「知道」何者正確似的。使語言的普遍性發生詮釋學的作用，我的這一嘗試的核心就是我要把學習說話和獲得世界定向看作人類教化歷史無盡地延續的過程。也許這是一種永無止境的過程——雖然它所建立的仍然是類似能力的東西[5]。我們可以比較一下外語學習。一般

---

[4]　《短篇著作集》，第 3 卷，第 150-189 頁，尤其是第 185 頁以下，現收入我的著作集第 3 卷。

[5]　最近我在海倫阿伯召開的新教學院的大會上作了一個關於〈語言及其界限〉的學術報告，這篇文章收在《進化和語言》，海倫阿伯文集，

說來，除非我們不斷地並完全地進入到一種陌生語言的環境之中，否則我們在學外語時只能說是接近了所謂的語言能力。一般說來，語言能力只有在自己的母語中才能達到，亦即在人們生長和生活的地方所說的語言中才能達到。這就說明，我們是用母語的眼光學會看世界，反過來則可以說，我們語言能力的第一次擴展是在觀看周圍世界的時候才開始得到表現的。

於是問題就在於，這種作為世界遊戲之一的語言遊戲是如何和藝術遊戲相聯繫的。這兩種遊戲之間的關係究竟如何？很清楚，在這兩種情形中語言都適應於詮釋學向度。我認為已令人信服地說明，對於所說出的話的理解必須從對話情景出發，歸根結底也就是說，要從問答辯證法出發加以思考，而人們正是在這種問答辯證法中才達到一致意見並用語言表達出共同的世界[6]。我已經超出了科林伍德（R. G. Collingwood）所提出的問答邏輯，因為我認為世界定向並非僅僅表現在從說話者之間發展出問題和回答，而且這種世界定向也是由所談的事情產生出來的。是事物「提出問題」。因此在本文和它的解釋者之間也有問題和回答在發生作用。本文是用文字寫成的，這一點對於問題境遇景況並沒有任何影響。這裡所涉及的是所談論的事物，涉及的是它這樣或那樣的存在。例如通過信件所傳遞的信息就是借助其他手段來繼續的談話。因此，每一本期待著讀者的回答的書都開闢了這樣一種談話。在這種談話中就有了某些事物得到了表達。

那麼在藝術作品中，尤其在語言的藝術作品中情況又是如何呢？在那裡怎麼談得上理解和相互理解的對話結構呢？在這種藝術作品中既沒有作為回答者的作者，也沒有可以如此這般地存在著並可被人討論的事物。文本作品是自為存在的。如果說這裡也

66（1985），第 89-99 頁。

[6] 參見我的著作集第 1 卷，第 375 頁以下。

有問答辯證法，那它也只是發生在一個方向。也就是說，這種辯證法只是從試圖理解藝術作品的人身上發生的。他向藝術作品提問並且自問，並試圖傾聽作品的回答。作為這樣一個人，他就可能同時既是思考者、提問者，又是回答者，就像在真正的談話中兩個人之間發生的情況一樣。但這種正在理解的讀者和自己所進行的對話卻似乎並不是和文本進行的對話。因為文本是固定的，因而是以完成的形態被給出的。可是，真的有某種以完成的形態而被給出的文本嗎？

　　這裡並不出現問答辯證法。也許藝術作品的特徵就在於我們永遠不可能完全理解藝術作品。這就是說，如果我們帶著問題去接觸藝術作品，那麼我們永遠不可能以我們已經「知道了」的方式獲得一個最終的答案。我們並不能從藝術作品身上得到一個切合實際的訊息——而這就足夠了。對於一件藝術作品，我們不可能像對待某個傳遞訊息的報導那樣把其中所具有的訊息統統收悉，以致它好像完全被採集光了似的。我們在欣賞詩歌作品時，不管是用實在的耳朵傾聽它還是在默讀中用內心的耳朵傾聽它，它都表現為一種循環的運動，在這運動中，回答重又變成問題並誘發出新的回答。這就促成了在藝術作品面前的徘徊逗留——而不管它是什麼形式的藝術作品。**逗留**（Verweilen）顯然是藝術經驗的真正特色。一件藝術作品是永遠不可能被窮盡的。它永遠不可能被人把意義掏空。我們正是通過對藝術作品的是否感到「空洞」，從而區分出它們是非藝術品即膺品或嘩眾取寵的東西等等。沒有一件藝術作品會永遠用同樣的方式感染我們。所以我們總是必須作出不同的回答。其他的感受性、注意力和開放性使某個固有的、統一的和同樣的形式、亦即藝術陳述的統一性表現為一種永遠不可窮盡的回答多樣性。但是我認為，利用這種永無止境的多樣性來反對藝術作品不可動搖的同一性乃是一種謬見。我認為以下說法似乎正是用來反對堯斯（H. R. Jauss）的接受美學和德希

達的解建構主義的（這兩者在這點上是相近的）：堅守文本的意義同一性既不是回復到業已被克服了的古典美學的柏拉圖主義，也不是囿於形而上學。

也許人們會問，我把理解的差異性與文本或藝術品的統一性聯繫起來的試圖，特別是我在藝術領域中堅持作品概念（Werkbegriff）的試圖難道不正是以一種形而上學意義上的同一性概念爲前提的嗎？因爲如果詮釋學意識的反思也承認理解是不同的理解，那麼我們就實際上正確地對待了作爲藝術品之特色的反抗性和不可窮盡性。藝術這個例子真的能構成一般詮釋學能得以展開的領域嗎？

我的回答是：我的詮釋學理論的出發點對我來說正是在於，藝術作品乃是對我們理解的一種挑戰，因爲它總是不斷地擺脫掉窮盡一切的處境並把一種永遠不能克服的抵抗性和企圖把藝術作品置於概念的同一性的傾向對置起來。我認爲，在康德的《判斷力批判》一書中人們就可以知道這一點。正因爲此，藝術例子就可以行使指導職能，我的《真理與方法》的第一部分對於我的哲學詮釋學的整個構想就起著這種指導職能。如果我們把「藝術」的「陳述」的無限多樣性承認是「真」的，那麼這種職能就變得格外明顯。

我從一開始就作爲「惡」的無限性的辯護人而著稱，這種惡使我和黑格爾處於似乎是極爲緊張的關係之中[3]。不管怎樣，在《真理與方法》那本書中處理反思哲學的界限並轉爲分析經驗概念的那章中，我都試圖想清楚地說明這一點。我甚至利用黑格爾帶有敵意地使用的「反思哲學」這個概念來反對黑格爾自己，並在他的辯證方法中看出他和近代科學思想的不良妥協。如果說黑格爾的辯證方法把正在進行著的經驗的外在反思置於思想的自我反思之中，那它只不過是在思想之中的一種調解。

另一方面，我們幾乎無法迴避意識唯心主義的內在封閉性和

反思運動的吸引力，這種反思運動把一切都吸入內在性之中。當海德格通過實存性詮釋學而超越了此在的先驗分析和出發點時，他不是正確的嗎？我又如何找出我自己的道路呢？

事實上我是從狄爾泰及其為奠定精神科學基礎的探究出發的，並通過批判使自己與這種傾向相脫離。當然，通過這種方式，我很艱難地才達到從開初就致力研究的詮釋學問題的普遍性。

人們在我論證的某些論點上會特別感到我的出發點和「歷史」精神科學是一致的。特別是我引進的時間距離的詮釋學含義非常令人信服，這就完全為他者之他在性的根本性意義以及適合於作為談話之語言的根本作用作好了準備。也許，首先在一種一般的形式中談論距離的詮釋學功能更為符合事實。它並非總是涉及一種歷史距離，也並非總是那種能夠克服錯誤的共鳴和歪曲的應用的時間距離。時間距離即使在同時性中也表明是一種詮釋學因素，例如，在兩個通過談話試圖尋找共同基礎的談話者之間，以及在用外語講話或在陌生的文化中生活的人之間進行的談話就是如此。在這些情形中人們總會把一些以為是不言而喻的東西當作自己的前見，因而就不能認識到自己錯誤地把它想當然地等同起來並造成了誤解。對談話基本含義的認識對於人種學研究及其徵詢意見技術的疑問性也具有意義[7]。同樣正確的是，凡時間距離發生作用的地方，它都保持了一種特殊的批判輔助性，因為變化總是此後才發生，而區別也只是此後才能被觀察到。我們可以想像一下評價同時代的藝術的困難性，這一點我在我的著作中特別加以注意。

毫無疑問，這種思考擴展了距離經驗的含義。但它仍然一直處於一種精神科學理論的論證關係之中。我的詮釋學哲學的真正

---

[7] 對此可參閱瓦特松（L. C. Watson）和瓦特松-弗朗克（M. B. Watson-Franke）的新作《解釋生活史》，1985 年，魯特格大學出版社。

推動力卻正好相反。我是在主觀唯心主義的危機中成長起來的，
在我青年時代，這種主觀唯心主義隨著人們重新接受祈克果對黑
格爾的批判而得到勃興。它給理解的意義指出了一種完全不同的
方向。正是他者打破了我的自我中心主義，它使我去理解某些東
西。這種動機從一開始就引導著我。在我寫於 1943 年的文章中（這
篇文章我重新發表在本書中）[8]這種動機得到完全的顯現。當海德
格在當時看到這篇短文時，他一方面點頭讚賞，但同時又問道：「那
麼你又怎麼處理**被拋狀態**（Geworfenheit）呢？」顯然，海德格的
反問中包含的意思是，在被拋狀態這個專門概念中存在著對完全
的自我佔有和自我意識這種理想的反例。但我卻看到了這種他者
的特殊現象並正確地試圖在談話中建立起我們世界定向的語言
性。這樣我認爲自己開闢了一個問題域，這個問題域從我的前驅
者祈克果、戈加滕（F. Gogarten）、赫克爾（Theodor Haecker）、埃
伯勒（Friedrich Ebner）、羅森茨韋格（Franz Rosenzweig）、布伯
（Martin Buber）、魏茨澤克（Viktor von Weizsacker）等人開始就
吸引了我。

　　當我在今天試圖重新思考我和海德格的關係以及我和他的
思想的聯繫時，這一切都歷歷在目。批評家曾經以完全不同的方
式看待這種關係。一般說來，人們都確信是我使用了**效果歷史意
識**（Wirkungsgeschichtliches Bewuβtsein）這個概念。實際上我只是
重新使用了意識概念，而海德格在《存在與時間》中早已清楚地
指出了意識概念的**存有論前在性**（Voreingenommenheit），這對我
來說只意味著適應一種對我來說很自然的語言用法。這當然會造
成與早期海德格的探究密切相連的假象，這種探究從此在出發，
而此在只與它的存在相關並通過這種存在而理解表明自身。後

---

[8] 〈當今德國哲學中的歷史問題〉，見我的著作集第 2 卷，第 27 頁以
下。

期海德格則力求克服《存在與時間》所具有的先驗哲學立場。但我自己引入效果歷史意識概念的動機卻正在於開通往後期海德格的通道。當海德格形而上學概念語言的思想產生時，他陷入了一種語言困境，這種困境導致他依賴賀德林（F.Hölderlin）的語言並導向一種半詩化的文風。我在自己關後期海德格的一些短篇文章中試圖講清楚[9]，後期海德格的語言態度並不表明他已陷入了詩學，相反，在他的思想線索中已經存在著把我引向我自己的研究工作的因素。

我從學於海德格的時代是從海德格由馬堡回到弗賴堡開始，並以我自己在馬堡擔任教席而告終。那時海德格發表了在今天作為藝術論文而著稱的三篇法蘭克福講演。我是在 1936 年聽到這些講演的。在那些講演中出現了「土地」（Erde）這個概念，由於這個概念，海德格就又一次極度地違背了他長期以來從德語的語言精神中更新並在講課中賦予其生命的現代哲學的詞彙。這與我自己的探究和我自己關於藝術和哲學關係的經驗是這樣對立，以致在我心中立即喚起了一種反響。我的哲學詮釋學正是試圖遵循後期海德格的探究方向，並以新的方式達到後期海德格所想完成的工作。為了這個目標我容忍自己堅持意識概念，儘管海德格的存在論批判正是反對這種意識概念的最終建立作用。不過我試圖把這個概念限制在它自身之內。海德格無疑在這裡發現一種倒退到已被他超越了的思想域的傾向——雖說他並未忽視，我的意圖和他自己的思想方向乃是一致的。至於我所走過的道路是否能說已在一定程度上趕上了海德格思想歷險，這一點不能由我來斷定。但我們今天總可以說，這是一條可以由此出發指示出後期海德格的某些思想嘗試的道路，對於那些不能與海德格的思想行程

---

[9] 《海德格之路：後期著作研究》，圖賓根，1983 年，現收入我的著作集第 3 卷。

同步的人，這條道路也能使他們了解一些東西。當然人們必須正確地閱讀《真理與方法》一書中關於效果歷史意識的章節。在這些章節中人們絕不會看到對自我意識的修改，例如某種效果歷史的意識或某種以此為基礎的詮釋學方法。相反，人們必定會在其中發現我們都生活於其中的效果歷史對意識的限制。這種效果歷史是我們永遠不可能完全識破的。正如我當時曾講過的，效果歷史意識「與其說是意識倒不如說是存在」[10]。

因此，當年輕一代批判詮釋學的學者中的一些佼佼者，像安茨（Heiner Anz）、弗朗克（Manfred Frank）或西伯姆（Thomas Seebohm）等人[11]認為我繼續使用傳統的哲學概念是和我的構思相矛盾的，對此我是不能苟同的。德希達曾用這種論證反對過海德格[12]。他認為海德格並未能克服實際上由尼采造成的形而上學。按照這種論證法國最近的尼采崇拜者理所當然地摧毀了存在問題和意義問題。

現在我自己也不得不反對海德格，我認為根本不存在形而上學的語言。我在勒維特的紀念文集中已經說明了這一點[13]。實際上只存在其內容由語詞的運用而規定的形而上學概念，就如所有的語詞一樣。我們的思想據以活動的概念就如我們日常語言用法中的語詞一樣很少受到固定的前定性的僵硬規則的控制。儘管哲學的語言承荷著沉重的傳統負擔，例如被轉換成拉丁語的亞里斯

---

[10] 參見我的著作集，第 1 卷，第 367 頁；第 2 卷，第 247 頁。

[11] 安茨：《詩歌用語的含義——詩學的詮釋學證明及批判之研究》，慕尼黑，1979 年。弗朗克：《可說的和不可說的——最近法國詮釋學和文本學研究》，法蘭克福，1980 年，以及《什麼是新結構主義？》，法蘭克福，1984 年。西伯姆：《論詮釋學理性批判》，波恩，1972 年。

[12] 《哲學的邊緣》，巴黎，1972 年，第 77 頁。

[13] 〈關於黑格爾和海德格這一題目的評註〉，見《勒維特紀念文集》，斯圖加特，1967 年，第 123-131 頁；以及《海德格之路》，第 61-69 頁；也可參閱我的著作集第 3 卷。

多德形上學的語言，但它仍然試圖使語言提供的所有內容具有靈活性。它甚至能夠在拉丁語中重新改造古老的意義指向，例如庫薩的尼古拉的這種天才就曾使我長期驚嘆不已。這種改造並非必然通過黑格爾式的辯證方法抑或海德格的語言力或語言強制而發生。我在我的語境中所使用的概念都通過它們的使用而重新得到定義。它們甚至已不再是海德格的**存有論神學**（Ontotheologie）向我們重新解釋過的古典亞里斯多德形而上學的概念。它們更多地和柏拉圖的傳統有關係。我有時〔例如在**再現**（Repräsentation）的例子中[14]〕通過某些細微的變動而使用的術語像 Mimesis（**模仿**）、Methexis（**分有**）、Partizipation（**參與**）、Anamnesis（**回憶**）、Emanation（**流射**）等，都帶有柏拉圖的概念痕跡。就這些概念由亞里斯多德所建立的形態來說，它們在亞里斯多德那兒至多只是在批判的轉義中起作用，並且並不屬於形而上學的概念。我要再次提請大家注意我那篇關於善的理念的學術論文[15]，我在那篇文章中試圖使人相信，亞里斯多德比起人們所認為的更是一個柏拉圖主義者，而亞里斯多德的存有論神學構想只是他從他的物理學出發進行並收集在《形而上學》一書中的一種設想。

這樣我就接觸到自己和海德格的思想真正的分離點了，我的研究，尤其是關於柏拉圖的研究很大部分都與這個分離點有關[16]。（我感到滿意的是，正是這些研究向年事已高的海德格說明了某些東西。讀者可以在我的著作集第 6 卷和第 7 卷的一部分中找到這些文章。）我認為，我們不能把柏拉圖看作存有論神學的先

---

[14] 參見我的著作集第 1 卷，第 74 頁以下、第 146 頁以下和第 210 頁以下。

[15] 〈柏拉圖和亞里多德關於善的理念〉（《海德堡科學院會議報告》哲學歷史卷，論文集 2）海德堡，1978 年，第 16 頁（現收入我的著作集第 7 卷）。

[16] 對此參見我的著作集第 5、第 6 卷及即出的第 7 卷。

驅者。甚至亞里斯多德形而上學還包含有海德格當年所闡明的因素之外的因素。對此我認爲我能在一定的範圍內引證海德格自己的話。我首先想到的是海德格以前對「著名的類推」的偏好。他在馬堡時期經常這樣說。亞里斯多德的這種 analogia entis（事物的類推）理論對於海德格從早期開始就是作爲對抗終極證明理想的保證人而受到他的歡迎，就如它曾以費希特的方式指導過胡塞爾一樣。在海德格那裡爲了小心翼翼地和胡塞爾的先驗自我解釋保持距離而經常使用的術語乃是**同源性**（Gleichursprünglichkeit）──這個術語可能是「類推」的同義詞，並且基本上是一種現象學－詮釋學用語。引導海德格從 Phronesis（實踐知識）概念出發走上他自己道路的並非僅僅是亞里斯多德對善的理念的批判。正如海德格富有啓發的關於 Physis 的文章所指出的，他感到給予自己以推動的正是亞里斯多德形而上學的中心，正是亞里斯多德的物理學[17]。這正可以說明，爲什麼我要賦予語言的對話結構以如此中心的作用。我是從偉大的對話家柏拉圖那裡，或者說正是從柏拉圖所撰寫的蘇格拉底的對話中學習到，科學意識的獨白結構永遠不可能始哲學思想達到它的目的。我對《第 7 封信》註釋的解釋似乎使我否定了一切對這封信的真實性所具有的懷疑。

　　從那封信我們才能完全理解，爲什麼哲學的語言自那以後總是經常在和自己歷史的對話中不斷地構成──雖說以前它總是隨著歷史意識的出現而在一種新的、充滿緊張的歷史重建和思辯改造的兩重性解說著、糾正著、改變著。形而上學的語言總是也永遠是一種對話，即使這種對話已經經歷了數百年數千年之久的歷史距離。正是出於這種理由，所以哲學文本並不是真正的文本或作品，而是進行了諸多時代的一場談話的紀錄。

---

[17]　〈論 Physis 的本質和概念〉。亞里斯多德《物理學》B1，《亞里斯多德全集》，第 1 系列，第 9 卷，第 239 頁以下。

　　也許我該在這裡對一些有關詮釋學問題的繼續發展和獨立的相反解釋作些評論，例如堯斯和弗朗克是前者的代表，而德希達則是後者的代表。堯斯所提出的**接受美學**（Rezeptionsästhetik）用全新角度指出了文學研究的一個整體向度，這是毫無疑問的。但接受美學是否正確地描繪了我在哲學詮釋學中所看到的東西呢？如果人們在這裡認爲我是在爲古典主義和柏拉圖主義的膚淺概念講話，那我就認爲人們誤解了我在古典型概念的例子所闡明的理解的歷史性。實際情況正好相反。在《真理與方法》一書中關於古典型的例證將表明，歷史的運動性是如何深深地進入了人們稱之爲古典型的東西（以及那些當然包含某種規範成分而不具備風格特徵的東西）的無時間性之中，從而使得理解總是不斷地變化和更新。古典型的例證不僅和古典的風格觀念毫無關係，而且與那些我總是認爲作柏拉圖本身意圖之變形的柏拉圖主義的膚淺觀念也毫不相關[18]。貝克爾（Oskar Becker）在他的批判中譴責我過分沉溺於歷史，並且用畢達哥拉斯主義關於數、聲音和夢的思想來反對我時，他的看法比起堯斯來還算較爲正確一些[19]。不過，這種指責實際上也不正確。但這裡我們並不討論這個問題。堯斯的接受美學如果想把作爲一切接受模式基礎的藝術作品消融在聲音的多角形平面中，那麼我認爲這是一種竄改。

　　我同樣不明白的是，堯斯試圖使其發生作用的「審美經驗」怎樣會使藝術經驗得到滿足。我的**審美無區分**（ästhetische Nichtunterscheidung）這個頗爲費解的概念的要點就在於不該把審美經驗太孤立，以致使藝術僅僅變成一種享受的對象。堯斯對視域融合的「否定」在我看來也似乎犯了同樣的錯誤。我在分析中

---

[18] 在前面第 12 頁提到的關於的理念的文章中我曾試圖使人相信亞里斯多已經進行了這種修正；亞里斯多德用後設物理學重新解釋了的柏拉圖的後設數學。

[19] 《哲學評論》，1962 年，第 10 期，第 225-237 頁。

已經強調，**視域的顯露**（Horizontabhebung）在詮釋學研究過程
中表現為一種整體因素。詮釋學反思告訴我們，這種顯露任務從
本質根據來說是不可能完成的，這也並非表明我們經驗的弱點。
接受研究不可能擺脫存在於一切解釋中的詮釋學關聯
（Implikation）。

　　弗朗克通過他依據於德國唯心主義和浪漫主義的內在知識
的研究同樣在本質上推動了哲學詮釋學。但我認為他所說的也並
非都很清楚。他在很多出版物中[20]從他那方面批判了我對施萊爾
馬赫心理學解釋所作的批判性研究，他的批判以結構主義和新結
構主義的觀點作為根據，並對於施萊爾馬赫正處於現代符號理論
開端的語法解釋給以極大的注意。他試圖褒揚施萊爾馬赫的語法
解釋而反對其心理學的解釋。但我認為並不能因此而貶低作為施
萊爾馬赫真正新貢獻的心理學解釋。同樣，我們也不能僅僅因為
預感（Divination）這個概念和「風格」有關就貶低它。好像風格
並不屬於講話的具體因素。此外，預感這個概念是施萊爾馬赫一
直堅持使用的，他於 1829 年所作的權威性的學術演講就證明了這
一點。[21]

---

[20]　《個體的普遍性：施萊爾馬赫的文本結構和文本解釋》，法蘭克福，
1977 年，以及《施萊爾馬赫論：詮釋學與批判》，1977 年，第 7-66 頁。
[21]　預感概念在那裡完全有我所描述過的作用。顯然在預感的程序中牽涉
到一種類推的程序。但問題在於這種類推程序是為誰服務的。弗朗克在
他那本值得稱道的《施萊爾馬赫的詮釋學》的新版本第 52 頁中，引證了
下述這句話：「一切**告知**（Mitteilung）都是對感覺的重新認識。」使得
解釋不可完成的並不是語法解釋而是心理學解釋，因為語法解釋反而使
完滿的理解得以實現（呂克編 205）。個性化和詮釋學問題並不在語法解
釋中，而是存在於心理學解釋中。我認為關鍵就在於此。弗朗克在反對
基默爾的意見時就正確地指出，心理學解釋在施萊爾馬赫那裡從一開始
就出現了，並且由於施萊爾馬赫而進入了詮釋學。
※〔呂克（Friedrich Lücke）是施萊爾馬赫哲學著作的出版者。這裡伽
達默爾所引證的觀點見呂克編輯出版的《施萊爾馬赫全集》，第 1 系列，
第 7 卷，題為〈詮釋學以及特別就與《新約聖經》的關係所進行的批

　　談論語法解釋的純語言意義，好像有一種不帶心理學解釋的純語法解釋，這是不對的。詮釋學問題正由於語法解釋乃是被個體化了的心理學解釋所滲透才得到顯露，而解釋者複雜的條件性就在這種心理學解釋中產生作用。我願意承認，我因此而願意更強烈地關注施萊爾馬赫的辯證法和美學，弗朗克正確地指出了這一點。也許我對施萊爾馬赫的個體化理解這一很有價值的觀點還可以更好地加以處理。但我在《真理與方法》出版後不久就直接對此作了彌補[22]。我當時的用意並不在於對施萊爾馬赫作全面的評價，而是把他解釋成效果歷史的始作俑者，效果歷史這個概念已由施泰因塔爾（H. Steinthal）投入使用，並以狄爾泰所賦予的科學理論高度取得了無可爭議的統治地位。據我看來，這樣就縮小了詮釋學問題的範圍，並且這種效果歷史絕非虛構。[23]

　　在此期間，弗朗克最近的研究又為德國讀者介紹了新結構主義的基本原理[24]。這使我在某些方面有所明白。特別是弗朗克的闡述使我認清楚，德希達對 Presence（當下）的形而上學的指責主要是依據於海德格對胡塞爾的批判以及海德格以**現成在手狀態**（Vorhandenheit）這個術語對希臘存有論所作的批判。但德希達既沒有正確地評價胡塞爾也沒有正確地評價海德格。其實胡

判〉的論文。該論文現在被基默爾收在他根據遺著重新整理出版的《施萊爾馬赫的詮釋學》（海德堡，1959 年，1974 年）一書中。伽達默爾經常標註呂克版本的頁碼，但實際上是從基默爾編的書中引證的。——譯註〕

[22]　參見我的論文〈施萊爾馬赫詮釋學中的語言問題〉，《短篇著作集》，第 3 卷，第 129 頁以下；也可見我的著作集第 4 卷。

[23]　安茨在《神學和教會》雜誌 1985 年第 1-21 頁的一篇出色的論文〈施萊爾馬赫和祈克果〉中解釋了施萊爾馬赫的「辯證法」中對於哲學詮釋學具有創造性的因素。

[24]　參見弗朗克《可說的和不可說的：對最近法國詮釋學和意識型態批判的研究》（法蘭克福，1980 年）以及《什麼是新結構主義？》（法蘭克福，1983 年）。

塞爾並沒有停留於他的《邏輯研究》第 1 卷所談論的理想的－某一種的－意義（ideal-einen-Bedeutung）上，而是通過對時間的分析證明了那裡所假定的同一性。

　　時間意識的現象學一般只是表現了客觀效用的臨時基礎。這無疑是胡塞爾的意圖並且非常具有說服力。據我看來，即使人們把胡塞爾的先驗的終極證明觀念以及他對先驗自我及其臨時自我結構的承認指責「邏輯研究」的最終保證，這也並不能動搖同一性。

　　這些指責並未觸及自我的同一性以及建立在兩個對話者之間的意義同一性。雖說通過他者進行的理解絕不可能達到對被理解物的完全揭示這一點無疑是正確的。但詮釋學分析卻必須清除一種關於理解和相互理解的錯誤模式。因此在相互取得一致意見的時候絕不是使區別消失於同一性之中。當我們說我們對某事取得一致意見時，這絕不是說，某人和他者在信念上完全一致了。我們德語對此有個很好的表述，即「Man kommt überein」（「達成協議」）。借用希臘語言的天才，這可表述為一種更高形式的 syntheke（綜合）〔4〕。如果我們把講話（Rede），即 discours，的要素孤立起來並使它成為批判的對象，我認為這是一種觀看角度的轉向。實際上並不存在這樣的要素，而且我們也可以理解，為什麼當我們注視著**符號**（Zeichen）的時候必須談**區別**（différance 或 différence）。沒有一種符號能夠在絕對的意義上和**含義**（Bedetung）同一。德希達在胡塞爾的《邏輯研究》和《現象學觀念第一卷》的意向性概念中發現了柏拉圖主義的影子，他對這種柏拉圖主義的批判當然是有道理的。但胡塞爾本人早已澄清了這一點。我認為，從消極的綜合概念和同義的意向性學說出發，實際上有一條很清晰的路線可通向詮釋學經驗，而這種詮釋學經驗凡在它擺脫了先驗思維方式的方法壓力的地方都可以和我的格言一致，即「我們有所理解的時候，我們總

是以不同的方式在理解。[25]」自《真理與方法》完成之後，文學
概念在詮釋學的問題圈中所取得的地位就一直是我主要的研究
課題。大家可以對比一下我的著作集第 2 卷中的〈文本和解
釋〉、〈解釋和解－建－構〉以及第 8 和第 9 卷中的文章。正如
我曾說過的，我在《真理與方法》中並沒有精確地區分語言遊
戲和藝術遊戲之間必要的區別，而實際上語言和藝術之間的聯
繫正是在文學中最能使人把握到，而文學正是通過語言藝術——
——以及書寫藝術——而得到規定的。

　　詩學自古以來就和修辭學緊密相鄰，而隨著閱讀文化的擴
展——它在希臘化時代業已開始並在宗教改革時代得到完成—
——所書寫下來的東西，或者用一般的概念說，litterae（文學）
就被包括在文本之中了。這就意味著，閱讀成了詮釋學和解釋
的中心。詮釋學和解釋都是爲閱讀服務的，而閱讀同時又是理
解。凡和文學詮釋學有關的地方，它都首先涉及到閱讀的本質。
我們自然可以深信活生生的話語所具有的優先地位，存在於談
話中的語言的本源性。然而閱讀卻指示了一個更爲寬廣的範
圍。這樣，更寬泛的文學概念就得到了證明，而這個概念正是
我在《真理與方法》第一部分末尾預先爲後來的觀點指出的。

　　看來有必要在這裡討論一下閱讀和**再現**（Reproduzieren）之
間的區別。雖說我不能像貝蒂（Emilio Betti）在他的解釋理論中
所做的那樣把理解和再現完全區別開來，但我必須堅持以下觀
點，即正是閱讀、而不是再現，才是藝術作品本身真正的體驗方
式，而這種體驗方式則把藝術作品規定爲藝術作品。在藝術作品
中涉及的乃是一種「真正」（eminent）詞義上的「閱讀」，正如詩
的文本乃是一種「真正」詞義上的文本。實際上閱讀正是一切與
藝術照面的進行方式（die Vollzugsform aller Begegnung mit

---

[25] 見我的著作集第 1 卷，第 302 頁。

Kunst）。它不僅存在於文本中，而且也存在於繪畫和建築物中。[26]

再現則是另一回事，它是以聲音和音調等感性材料達到一種新的實現——因此它涉及的似乎是一種新的創作。的確，再現將把真正的作品表現出來，正如戲劇在舞台上的表演以及音樂在演奏中的表現，我認為，這種生動的再現具有解釋的名稱乃是正確的。因此無論在再現的情況中或是在閱讀的情況中都必須堅持解釋的共同性。再現也是理解，雖說理解並非僅僅是再現。再現所涉及的並不是一種完全自由的創造，而是正如「Aufführung」這個詞很好地表達的那樣是一種演出，通過這種演出，對某件固定作品的理解就達到一種新的實現。而在閱讀時的情況則不一樣，在閱讀時，文字固定物的**實際意義**（Sinnwirklichkeit）是在意義進程本身中得到實現，而沒有任何東西發生。因此，在閱讀時理解的實現就不像再現時那樣[27]，它不是以一種新的感性現象來實現的。

閱讀是一種特有的、在自身中得到實現的**意義進程**（Sinnvollzug），從而與劇院和音樂廳裡的演出大相徑庭，這一點在朗讀（Vorlesen）上就可以得到說明。在默讀中這點也相當清楚，儘管默讀有時也發出聲來，例如在古典時代就顯然如此。雖說它只是以一種程式化的方式直觀地得到實現，它仍然是一種完全的意義進程。它保留著用各種想像去進行補充的可能。我已運用英

---

[26] 參見我的論文〈關於繪畫和建築的閱讀〉載伯姆主編的《英達爾紀念文集》，維爾茨堡，1986 年。

[27] 這是一個特別的問題，正如在音樂中關於閱讀和再現的關係問題。也許我們會同意在閱讀音符時並不能真正體驗到音樂，這就構成音樂和文學的區別。這也顯然適用於戲劇，因為戲劇原來也不是為閱讀而寫的。甚至史詩從某種外在意義看以前也是為演唱者而寫的。儘管如此，這裡還是存在本質區別。音樂是需要有人演奏的，而聽眾也彷彿要一起演奏。在這個問題上我從格奧加斯德（Geogiades）那裡學到很多，這裡請讀者參閱最新由他的遺著中整理出版的著作《命名和演奏》（哥廷根，1985 年）。

加登（Roman Ingardin）的研究對此作了說明。朗讀者的情況也是如此：好的朗讀者必須時刻牢記他並不是真正的說話者，他只是服務於一種閱讀過程。雖說他的朗讀在他人看來是再現和表演，也即包含一種在感官世界中新的實現，但它卻封閉在閱讀過程的內部。

通過這種區分我們肯定可以澄清我在其他論文中一直反覆思考的問題，即作者的意圖對於詮釋學事件究竟起著何種作用。在日常的語言用法中，由於它涉及的並不是穿透僵硬的文字，所以這點比較清楚。我們必須理解他人；我們必須理解他人所意指的究竟是什麼。我們可以說並沒有和自己相分離，並沒有一種文字的或固定下來的話語向不相識的人作傳達或轉告，而這個不相識的人則可能由於有意無意的誤解而歪曲了他要理解的內容。此外，我們甚至沒有和我們正與之說話並傾聽我們說話的人相分離。

這位他者在多大程度上理解我所想說的內容，是通過他在多大程度上同意我所說的而得到表現。通過談話被理解的對象就從意義指向的不確定提升到一種新的確定性，這種確定性能使自己發現被人理解了或被人誤解了。這就是談話中所真正發生的：被意指的內容清楚地表達出來，因為它變成一種共同的東西。因此個別的表述總是處於一種商談事件（ein kommunikatives Gescheher）之中並且根本也不能被理解為個別的表述。因此所謂的 mens auctoris（作者的意思），正如「作者」這個詞一樣，只是在不涉及到生動的談話，而只涉及到固定下來的表述的地方才起一種詮釋學的作用。於是問題就在於：是否只有當我們追溯到原作者的時候才能夠理解呢？如果我們追溯到了原作者的意思，這種理解就足夠了嗎？如果因為我們對原作者一無所知而不可能追溯時又將怎麼辦呢？

我認為傳統的詮釋學並沒有克服心理主義的後果。在所有的閱讀和對文字東西的理解時都涉及到一種過程，通過這種過

程，被固定在文本中的內容就提升爲新的陳述並且必定會得到新的具體實現。真正的談話的本質就在於，含意總是會超越所說出的話語。所以我認爲，把說話者的含意假設爲理解的尺度就是一種未曾揭露的存有論誤解。看來好像我們可以把說話者的含意以一種複製的方式製造出來，然後把它作爲尺度對話進行衡量。實際上正如我們所看到的，閱讀根本不是能和原文進行比較的再現。這種說法就如已由現象學研究克服了的認識論理論一樣，即我們在意識中有著一幅我們意指對象的圖像，即所謂的表象。一切閱讀都會越出僵死的詞跡而達到所說的意義本身，所以閱讀既不是返回人們理解爲靈魂過程或表達事件的原本的創造過程，也不會把所指內容理解得完全不同於從僵死的詞跡出發的理解。這就說明：當某人理解他者所說的內容時，這並不僅僅是一種**意指**（Gementes），而是一種**參與**（Geteiltes）、一種**共同的活動**（Gemeinsames）。誰通過閱讀把一個文本表達出來（即使在閱讀時並非都發出聲音），他把該文本所具有的意義指向置他自己開闢的意義宇宙之中。這就證明了我所遵循的浪漫主義觀點，即所有的理解都已經是解釋。施萊爾馬赫曾經這樣明確表述過[28]：「解釋和理解的區別就如發聲的說話和內心的說話的區別一樣。」[29]

　　這也適用於閱讀。我們稱閱讀爲理解的閱讀。因此閱讀本身已經是對所意指的東西的解釋。這樣閱讀就是一切意義進程的共同基本結構。

---

[28] 《施萊爾馬赫全集》，第 3 卷，第 384 頁。

[29] 參見《真理與方法》，見我的著作集第 1 卷，第 188 頁。

　　補正：關於詮釋和解釋結構主義的討論在此期間仍在熱烈進行。參見哈伯瑪斯對德希達所作的出色批判《現代哲學討論》，法蘭克福，1985 年，第 191 頁以下），以及關於〈文本和解釋〉的討論〔由德爾梅厄（Dallmayr）用英語寫作，在愛荷華作準備〕，還有我對德爾梅厄（F. Dallmayr）《城邦和實踐》（劍橋，1984 年）作的評論。這些文章都對〈解構和解建構〉（參見我的著作集第 2 卷，第 361 頁以下）作了補充。

　　儘管閱讀絕不是再現，但我們所閱讀的一切文本都只有在理解中才能得到實現。而被閱讀的文文也將經驗到一種存在增長，正是這種存在增長才給予作品以完全的**現在性**（Gegenwärtigkeit）。雖說閱讀並不是在舞台上或講台上的再現，但我認爲情況正是如此。

　　我在〈文本和闡釋〉（Text und Interpretation）那篇文章中已經詳細地分析了詮釋學必須處理的各種不同形式的文本。然而歷史學這種特殊形式的文本卻需要一種特別的討論。即使我們從這一前提出發，即歷史研究歸根結底也是解釋，因而也是意義的進程，我們也必須提出以下問題，即歷史學家和他要研究的文本亦即歷史本身之間的關係與語文學家和他的文本之間的關係是否兩樣。歷史學家對我在《真理與方法》一書中（第330 頁以下）所指出的觀點所表現的反感使我理解到，我並未能擺脫掉把歷史理解的特殊方式過於同語文學家的理解方式等同的這種危險。我現在發現，這並不像我在《真理與方法》中所考慮的那樣只是一個標準問題。歷史學並非僅僅是擴大意義上的語文學（《真理與方法》，第 345 頁）。毋寧說這是一種意義上的文本，因此理解文本在兩種情況裡都起作用。

　　作爲歷史對象的整個流傳物並不是像單個文本對於語文學家那種意義上的文本。對於歷史學家說來這種流傳物的整體是否就如語文學家所面對的文本那樣被給出的呢？對於語文學家說來，文本，尤其是詩的文本，就像一種先於一切新解釋的固定尺度那樣是被給予的。而歷史學家則相反，他首先需要重構他的基本文本即歷史本身。當然，我們不能在兩者之間作出截然的區分。歷史學家對於他所遇到的文字文本或其他文本首先也得像語文學家一樣進行理解。語文學家也同樣必須常對他的文本進行重建和評論從而使人們可以理解這些文本，他也要讓歷史知識像其他學科中一切可能的其他知識一樣包括在他對文本的理解中。但在歷

史學和語文學中，理解的眼光，亦即對意義的注視仍然是不相同的。一件文本的意義和它所想講的相同。而一件事件的意義則相反，人們只有根據文本和其他證據，甚至通過重新評價這些文本和證據本身的觀點才能釋讀出來。

爲了說明問題，我想在這裡引入一種語文學的意義，這種意義可能是對希臘語詞的詞義翻譯；語文學就是對自己陳述的意義感到樂趣。至於這種意義是以語言形式還是其他形式陳述那是無關緊要的。因此，藝術當然也就是這樣的一種意義承載者，科學和哲學也同樣如此。但是語文學的這種最廣的含義，即理解意義，卻與同樣試圖理解意義的歷史學不同。作爲科學，語文學和歷史學都使用它們的科學方法。但是，一旦涉及的文本（不管是哪種形式的文本），這些文本卻不能僅以方法研究的途徑得到理解。每一件文本在科學給它提供幫助之前都要先找到它的讀者。對自己陳述的意義感到愉悅，以及對被掩蓋的意義進行研究這兩者之間的區別已經劃出了兩種理解方式活動的意義範圍。一方面是讀者對意義的猜測——而讀者這個概念顯然可以毫無困難地擴展到一切形式的藝術。另一方面則是讀者因其自己的出身和來源而具有的不確定知識，以及自己當下的歷史深度。因此，對自己陳述意義的所與文本的解釋就總是和先行的理解有關，並在這種先行理解的擴展中得到完成。

歷史的文本也同樣如此，它部分是由本身的生活史，部分則由通過歷史知識的教育而成爲每個人所知的東西所預先規定的。在歷史研究開始其方法的工作之前，我們都已被置於這樣一種把本身傳統的內容都包括在內的歷史圖像之中。與我們所有的歷史性一樣，那種把傳統和來源同批判的歷史研究相聯結的生命紐帶也永遠不會完全解開。即使有人試圖像蘭克（L. Ranke）那樣作爲臆想的世界史旁觀者來消除他自己的個體性，他也仍然是他自己時代的寵兒和他的家鄉的驕子。不管是語文學家或歷史

學家都無法認出他們自身理解的條件，這些條件乃是先於他們
而存在並且是先於他們方法上的自我控制而存在的。這對於歷
史學家和語文學家都是如此，但語文學家的情形卻不同於歷史
學家的情形。對於語文學家，在文本中陳述的意義的同時性是
通過他的解釋而設立的（如果這種解釋是成功的話）。但在另一
方面，我們在歷史學家那兒發現的則是建立和消除意義關聯，
以及經常的糾正、摧毀傳說、發現錯誤，經常打破意義結構——
——這樣做都是爲了尋求在這後面隱藏著的意義，這種意義也許
根本不可能達到意義證據的同時性。

　　使我繼續發展我的研究的另一個方向是與社會科學和實踐
哲學的問題有關。因此哈貝爾斯於六○年代對我的研究所表示
的批判興趣就具有了批判的意義。他的批判和我的反批判使我
更加意識到我事實上已經進入了的一個領域，因爲我已超越了
文本和解釋的領域而開始研究一切理解的語言性。這就給了我
一個機會，使我不斷地深入到修辭學部分中去。這個部分在詮
釋學的歷史中已有所表現，但詮釋學還要爲社會存在形式佔有
這部分。本書中的部分文章對這一點也作了證明。

　　最後我還有必要更清楚地勾勒出哲學詮釋學的科學理論特
性，以便理解、解釋以及詮釋學科學的程序都能在這種特性中證
明自己的合法性。於是我提出了自己從一開始就苦苦求索的問
題：什麼是實踐哲學？理論和反思如何才能指向實踐的領域？因
爲在實踐的領域中絕不能容忍距離，而是要求義務。這個問題在
開初是由於祈克果的存在激情（Existenzpathos）而吸引著我。在
這個問題上我是以亞里斯多德的實踐哲學的典範爲根據的。我力
圖避免那種關於理論及其應用的錯誤模式，這種模式從近代科學
概念出發對實踐概念作了片面規定。康德正是在這點上開始了對
近代的自我批判。我一直都相信在康德的《道德形而上學原理》
中可以發現一種雖說是部分的亦即只是局限在絕對命令之中、但

整個說來卻是不可動搖的真理，如果啓蒙運動的動機是想維護盧梭的批判（這種批判對康德說按他自己的承認乃是確定的），它就不該纏留在一種社會功利主義之中。

　　在這個問題背後存在著**一般具體化**（Kontretion des Allgemeinen）這個古老的形而上學問題。我在我的早期對柏拉圖和亞里斯多德的研究中就已注意到這點。我思想形成時期的第一篇文章（寫於 1930 年）現在正好以「實踐知識」（Praktisches Wissen）爲題第一次發表在我的著作集第 5 卷中。我在那篇文章中聯繫《尼各馬可倫理學》第 6 卷解釋了 Phronesis（實踐智慧）的本質，我這樣做是由於受了海德格的影響。在《真理與方法》中這個問題佔據中心地位。如今亞里斯多德的實踐哲學傳統已被人從多方面重新接受。我認爲這個問題具有一種真正的現實性，這是毫無疑義的。在我看來這和今天多方與所謂的新亞里斯多德主義相聯繫的政治口號並無關係。什麼是實踐哲學這個問題對於近代思想的科學概念總是一種不容忽視的真正挑戰。我們可以從亞里斯多德那裡得知希臘的科學這個概念，即 Episteme，所指的是**理性知識**（Vernunfterkenntnis）。這就是說，它的典範是在數學中而根本不包括經驗。因此，近代科學與希臘的科學概念即 Episteme 很少相符，它倒是更接近於 Techne（技術）。不管怎樣，實踐知識和政治知識從根本上說與所有這些可學到的知識形式及其應用的結構是不一樣的。實踐知識實際上就是從自身出發爲一切建立在科學基礎上的能力指示其位置的知識。這就是蘇格拉底追問善的問題的含義，柏拉圖和亞里斯多德都堅持了這種做法。如果有誰相信，科學因其無可爭辯的權能而可以代替實踐理性和政治理性，那麼他就忽視了人類生活形式的引導力量，因爲唯有人類的生活形式才能夠有意義並理智地利用科學和一切人類的能力，並能對這種利用負責。

　　但實踐哲學本身卻並不是這樣一種合理性。它是哲學，這

就是說，它是一種反思，並且是對人類生活形式必須是什麼的
反思。在同樣的意義上可以說哲學詮釋學也並非理解的藝術，
而是理解藝術的理論。但這種喚起意識的形式都來自於實踐，
離開了實踐就將是純粹的虛無。這就是從詮釋學的問題出發所
重新證明的知識和科學的特殊意義。這也正是我自《真理與方
法》完成以後一直致力的目標。

〔譯者註〕

　　〔1〕哈伯瑪斯（Jürgen Habermas， 1929-），德國當代
哲學家，法蘭克福學派第二代即批判理論學派重要人物。
主要著作有《理論與實踐》（1963），《認識與旨趣》
（1968），《後期資本主義的合法化問題》（1973）和《溝通
行為理論》（1984）等。

　　〔2〕德希達（Jacques Derrida，1930-），法國當代哲學
家，後結構主義或解－結構主義哲學家，重要著作有《言
語與現象》（1972），《書寫符號學》（1978）年和《書寫與
區分》（1978）。

　　〔3〕黑格爾關於惡的無限的論述可參見《小邏輯》，
第94頁，第104節，黑格爾說：「量的無限進展每為反思
的知性所堅持，用來討論關於無限性的問題。但對於這種
形式的無限進展，我們在前面討論質的無限進展時所說過
的話也一樣可以適用。我們曾說，這樣的無限進展並不表
述真的無限性，而只表述惡的無限性。它絕沒有超出單純
的應當，因此實際上仍然停留在有限之中。這種無限進展
的形式，斯賓諾莎曾很正確地稱之為僅是一種想像的無限
性（infitum imaginations）。……這裡我們便首先遇著了量，

特別是數，不斷地超越其自身，這種超越康德形容為令人恐怖的。其實真正令人恐怖之處只在於永遠不斷地規定界限，又永遠不斷地超出界限，而並未進展一步的厭倦性。上面所提到的那位詩人，在他描寫惡的無限性之後，復加了一行結語：我擺脫它們的糾纏，你就整個兒呈現在我面前。這意思是說，真的無限性不可視為一種純粹在有限事物彼岸的東西，我們想獲得對於真的無限的意識，就必須放棄那種無限進展（黑格爾：《小邏輯》，第 228-230 頁）。按照黑格爾的看法，惡的無限就如數的無限一樣，是一種永遠向外跑的，而且永遠沒有完整的無限，因此他反對這種惡的無限，而主張真的無限，即一種可能在有限之內實現的真正的現實的無限。但是，伽達默爾反黑格爾這種看法。他認為，正是沒有完結或不可窮盡才表現了無限的本質。理解永遠是一個不可窮盡的過程。因此他說：「我從一開始就作為惡的無限性的辯護人而著稱，這種惡使我和黑格爾處於似乎是極為緊張的關係之中。

〔４〕Syntheke，希臘文原意是「相遇」（Zusammensetzen）、「取得一致意見」（übereinkunft）、「達成協議」（übereinstimmen），伽達默爾認為希臘語言的天才可用 syntheke 這詞來表現，因為人們在理解時總是關於意義已經達成協議或取得一致意見。

國家圖書館出版品預行編目資料

詮釋學經典文選（下）／洪漢鼎 編譯 -- 初版.
-- 臺北市；桂冠， 2002 [民 91]
　冊；　公分.

　　　　ISBN 957-730-382-x（上冊：平裝）
　　　ISBN 957-730-383-8（下冊：平裝）

1.解釋學－論文，講詞等
143.8907　　　　　　　　　　91006115

08602
詮釋學經典文選 （下）

著者——伽達默爾、貝蒂、哈伯瑪斯、里克爾 等
譯者——洪漢鼎等
責任編輯——柯朝欽
出版者——桂冠圖書股份有限公司
地址——台北市 106 新生南路三段 96-4 號
電話——02-22193338　　02-23631407
購書專線——02-22186492
傳真——02-22182859-60
郵政劃撥——0104579-2　桂冠圖書股份有限公司

印刷廠——海王印刷廠
裝訂廠——欣亞裝訂公司

初版一刷——2002 年 6 月
網址——www.laureate.com.tw
e-mail ——laureate@laureate.com.tw

本書若有缺頁、破損、裝訂錯誤，請寄回調換
ISBN 957-730-383-8　　　定價—— 新台幣 300 元